谨以此书献给恩师
曹顺庆教授

本书受海南师范大学文学院出版基金资助

比较文学阐释学研究

Hermeneutics of Comparative Literature

王 超 ◎ 著

中国社会科学出版社

图书在版编目(CIP)数据

比较文学阐释学研究/王超著. —北京：中国社会科学出版社，2021.6

ISBN 978-7-5203-7979-3

Ⅰ.①比… Ⅱ.①王… Ⅲ.①比较文学—阐释学—研究 Ⅳ.①I0-03

中国版本图书馆CIP数据核字(2021)第038267号

出 版 人　赵剑英
责任编辑　郭晓鸿
特约编辑　杜若佳
责任校对　师敏革
责任印制　戴　宽

出　　版　中国社会科学出版社
社　　址　北京鼓楼西大街甲158号
邮　　编　100720
网　　址　http://www.csspw.cn
发 行 部　010-84083685
门 市 部　010-84029450
经　　销　新华书店及其他书店

印　　刷　北京明恒达印务有限公司
装　　订　廊坊市广阳区广增装订厂
版　　次　2021年6月第1版
印　　次　2021年6月第1次印刷

开　　本　710×1000　1/16
印　　张　22
插　　页　2
字　　数　295千字
定　　价　128.00元

序　言

听闻王超准备将博士学位论文出版的消息，非常高兴，为之作序，为师欣然同意。认识王超是在 2004 年，当时我正在给四川大学的博士生讲《文心雕龙》，对此类元典著作的重要篇目，我要求学生必须人人背诵。当轮到他背的时候，我看他有点腼腆，就疑惑地问："你能背吗?"他很坚定地说："能!"结果，他像打机关枪一样一字不漏地背了下来，大家都很诧异。后来我才知道，这个二十出头的年轻人，把我的著述几乎都认真读过，我给博士生开设的全部课程，他都来旁听，我布置的学习任务，他都高标准完成，那种渴求知识的眼神，让我记忆犹新。

缘是天意，分在人为。2006 年，他以优异的成绩在川大脱颖而出，获得硕士提前毕业资格，免试保送跟我攻读博士学位。在随后的三年里，我经常给他安排一些论文题目，简要地廓清主题，让他主动去思考，他每次都很快交出令人满意的研究成果。通过几年努力，他在《文艺研究》等 CSSCI 刊物上发表了多篇论文，有的还被人大复印资料全文转载，充分展示了这个年轻人勤奋好学的进取精神。博士毕业以后，他去基层从事多年行政工作，积累了较多社会经验，但是仍然没有忘记学术之初心，2017 年回到高校，凭借较好的基础，短时间内就迎头赶上，发表了多篇高水平论文，出了几本专著，很勤奋。

这本书是他在博士学位论文基础上修改完成的。他博士论文的题目是《弗朗索瓦·于连研究》，2009 年完成后，获得了一些认可，例如 2011 年被评为“四川省优秀博士论文”，2013 年还被四川省推荐参与了“全国百篇优秀博士论文”评选。这本书之所以能够引起注意，在于他通过研究于连的文本，创新阐述了比较文学变异学和比较文学阐释学两个重要学科理论问题。比较文学变异学是我在 2005 年出版的《比较文学学》中正式提出的，2013 年还出版了英文专著 *The Variation Theory of Comparative Literature*。王超不仅参与撰写了这些著述，还于 2019 年出版专著《比较文学变异学研究》，对这个问题作了较深入的思考。变异学的主要创新在于：既肯定同源性、类同性的可比性价值，又强调异质性、变异性的可比性创新，这个观点在国际上产生了较大反响。虽然王超在《比较文学阐释学研究》这本专著中，分析了于连的研究策略与比较文学变异学的逻辑关联，但他认为比较文学变异学并不能完全有效解释于连的研究实践。为了解决这个问题，王超在我的指导下，探索了比较文学阐释学理论，对变异学进行了再深化、再拓展，具有较强的学术前瞻性和学术敏感性。

我认为，这本书的主要价值就在于从理论和实践上探构了比较文学阐释学。这也是我近年来一直思考的问题：为什么王国维《红楼梦评论》是比较文学？为什么钱锺书《管锥编》、刘若愚《中国文学理论》是比较诗学？从标题和内容上看，它们没有严格意义上的“比较”，但我们却一直视之为比较文学或比较诗学，这就说明我们的学科理论还有问题。进一步说，他们的研究既不属于影响研究，也不属于平行研究，与我提出的变异研究也有差异。他们主要采用“阐释”，但他们的“阐释”同台湾学派阐发研究又有所不同，同海德格尔、伽达默尔的哲学阐释学也有差异，那究竟有什么不同呢？学界并没有从学理上予以澄清，更何况，为什么阐释能成为一种比较范式呢？它的合法性基础在哪里呢？为了回应这些问题，王超展开了深入思考，每次开学术会，他都拿个本子来问我。经过几年的努力，他不仅在本书中分析了比较文学阐释学的方法论基础，还以于连为例，指明了其具体的实践路径。在影响研究、平行研究、变异研究的基础上，大胆设想、小心求证，探构了比较文学阐释学话语体系，尽管本书还存在一些瑕疵，但探索方向和思维模式是值得肯定和鼓励的。

凡事怕认真。他没有为职称、项目而急于将论文出版，而是扎实修改了12年。我始终认为，做学术研究，要有悟性，更要认真，两者缺一不可，这样就算没有很好的成就，至少也能在某一个问题上思考得比较深入，不至于浪费时间和生命。这本书是他20多岁时完成的，一字一句都铭刻了他的青春岁月，对他思考不成熟或表述欠妥的地方，希望各位专家学者给予他无私的批评帮助。为师写下这篇序言，期望他在学术研究的道路上执着沉潜、厚积薄发，在人生的道路上无怨无悔、幸福安康！

欧洲科学与艺术院院士
四川大学文科杰出教授　　　　曹顺庆
教育部“长江学者”特聘教授

2020年3月7日

目　录

第一章　比较文学阐释学的理论缘起

第一节　为什么要研究比较文学阐释学

一　从关于钱锺书的论辩谈起

说到中国比较文学，不能不提到钱锺书。钱锺书学贯中西、博学鸿儒，其《管锥编》《谈艺录》《围城》都是不朽经典。在中国比较文学的发展历程中，他一直被公认为是里程碑式的重要学者："标志着中国比较诗学开始真正起步的是1979年中华书局出版钱锺书的《管锥编》，全书由一系列的读书笔记构成，对中国古代文化典籍进行了仔细的考辨和对比。在该书中，作者旁征博引，跨学科、跨语言、跨文明地交叉碰撞，这是中国比较诗学乃至整个比较文学的一个划时代巨著。"① 在国内学术界，钱锺书一直被尊崇为"中西化合"的大师级人物，他的中西文学与文化研究均被视为比较文学研究的典范。

尽管我们给予钱锺书太多崇仰，但是，弗朗索瓦·于连，一个当代法国学者，却对钱锺书的比较文学研究进行了深刻否定和批评。1996

① 曹顺庆、王超：《中国比较诗学三十年》，《文艺研究》2008年第9期。

年，他在一次访谈中指出：钱锺书比较研究的致命要害，就是一味求“同”，把比较视为了类比，于连说：“我很敬佩他，他学识渊博，对中国传统了如指掌，而且具有高尚的人格。他的比较方法是一种近似法，一种不断接近的方法：一句话的意思和另一句话的意思最终是相同的。我觉得这种比较收效不大。在这个问题上我提到过刘若愚，在我的博士论文的前言里与他拉开了距离，我认为他出发点错了，他试图用一种典型的西方模式考察中国诗学，这种方法得出的结果没有什么价值。”① 于连认为，必须承认钱锺书是一个学贯中西的大学者，但是他没有在真正意义上把“比较”弄懂，他只不过是杰出的文学家，而比较文学的成效并不大。相比之下，刘若愚更是南辕北辙，因为他的《中国文学理论》等著作在根本出发点上就走错了方向。多年来，我们对钱锺书等学术大师顶礼膜拜，于连却大胆地拆解掉了钱锺书头上的光环。于连对钱锺书、刘若愚的评论不禁令人思考：究竟怎样的比较才能有切实的价值？于连评判钱锺书、刘若愚的学理根据是什么？这些根据是否成立？我意识到，于连所牵涉出的不仅仅是海外汉学的问题，更是中国比较文学乃至国际比较文学发展的一个关键性和前沿性问题，只有在这个问题上深入掘进，才能更深刻地认识近年来层出不穷的比较文学“危机论”和“死亡论”。

于连对钱锺书、刘若愚的比较研究方法提出质疑之后，大胆推出“差异比较主义”新策略。在他看来，法国学派注重实证和影响，而美国学派注重阐释和对话，两者都是在西方文明圈之内进行的，没有彻底走出西方文化诗学的封闭圈。同样，钱锺书在《管锥编》中采取的“中西互释”，刘若愚《中国文学理论》用西方诗学阐发中国古代文学

① 秦海鹰：《关于中西诗学的对话——弗朗索瓦·于连访谈录》，《中国比较文学》1996年第2期。

理论，台湾学派用西方结构主义理论阐释中国文学文本，诸如此类的研究实践，都是基于不同国家文学之间的同源性、类同性，规避了不同国家文学之间的异质性和阐释变异性。这样也就导致国内的中西比较文学研究成为“自言自语”“自娱自乐”，别人从学科理论上并不将中国文学与文论存在的差异性纳入可比性论域，因此我们也就不能有效地融入国际比较文学话语体系。从这个角度来分析，于连的“差异比较主义”就斩断了思想与思想之间的必然影响、关联和指涉，将差异性作为可比性，走出文化诗学的封闭圈，进行跨文明的文学比较。那么，差异性如何作为可比性？这是否意味着风马牛不相及的诸种对象都可以纳入比较文学研究视野？比较不是求同存异又是什么？没有同只有异，可不可以比？

这些问题的提出，促使我们不得不思考另一个更深入的问题：无论是比较文学还是比较哲学，难道必须要在同和异的视野范围内展开吗？完全相异甚至根本就不相关联的两个对象能否进入比较论域？当然，这需要冒极大的风险，因为，如果连无关性也能成为一种可比性，那么比较岂不是无所不比、无所不包了？如果比较什么都可以，那么比较本身也就没有意义了，比较文学也就更谈不上是一门独立的学科了。克罗齐在比较文学酝酿成立之初，就从这个层面进行了“诘难”，他认为比较就是科学研究的一种基本方法，这种方法不可能成为一门学科。基于此，法国学派才从生物学、社会学、历史学、考古学中获取方法论资源，对欧洲各国文学展开实证性影响研究，这样来确立比较文学学科的“科学性”特征。但这种思路还是没有从根本上解决问题，埋下了不少隐患，导致这一百多年来学科“危机论”“死亡论”此起彼伏、不绝于耳。例如，1993 年，苏珊·巴斯奈特在《比较文学批评导论》中就认为，文化研究风起云涌，但是比较文学一旦随波逐流，走向泛文化倾向，那么必死无疑，所以她主张用翻译研究取代比较文学研究，因为翻译研究有更具体的文本支撑。虽然她提出的策略不一定有效，但这种对学科的忧虑是有价值的。一门学科的发展正如一个人的发展一样，一路顺风顺水不见得是好事，适当经历一些风雨和危机，反而更能激发其昂扬的斗志和向上的潜力。因此，正是在比较文学反复出现的学科理论危机中，于连找寻到了比较文学的创新突破口。

二　于连的研究范式及其面临的学科理论问题

于连究竟如何寻求比较文学的学术突围呢？尽管早在1979年他就出版了在巴黎高师的博士学位论文——《鲁迅，写作与革命》，但大多数读者是通过1999年《迂回与进入》一书的中译本了解到于连其人的。1979年之后，于连辗转中国和日本，自1989年回到巴黎至今，已经出版数十本关于中国思想的专著。他每出版一本书，法国各大媒体都争相采访报道。一方面由于他毕业于赫赫有名的巴黎高师，专修古希腊哲学，具备深厚的西方文化基础。他又曾任法国巴黎国际哲学院院长、葛兰言研究中心主任、巴黎七大汉学系主任等职，在欧洲汉学界有着举足轻重的地位。另一方面，在全球化多元化时代语境下，中国在国际上的影响力越来越大，中国思想也愈加受到西方学术界关注。由于面临跨语言理解阐释的现实困难，很多欧洲人把希望寄托于这些精通中文的学者身上，这些学者对中国的阐释，往往会成为欧洲人了解中国的一个重要途径。基于以上原因，于连关于欧洲和中国的比较研究实践，拓展了一些新的学术生长点，引起了学界的密切关注，同样也引发了各种矛盾争议。

首先是汉学家的批评。汉学家们认为于连采取的方法并不是规范的汉学研究。例如，著名汉学家毕来德，旗帜鲜明地反对于连的创新策略，他于2006年出版了《驳于连》，这本书在法国极为畅销，已经由郭宏安翻译成中文发表在《中国图书评论》上面。毕来德是瑞士日内瓦大学的中文教授，也是《庄子》的权威法译和评注者，曾为中国明朝思想家李贽作传，精通中国书法，还写过《中国书法艺术》，是欧洲比较权威的汉学家之一。其实，早在20世纪80年代，两人就曾因对王夫之的不同解读而有过思想交锋。在《驳于连》这本书中，毕来德首先肯定了于连的巨大影响和他传播中国文化的不懈努力，然而正是因为他的巨大影响而产生了巨大的误导。在毕来德看来，汉学家应当着力于译介、评注中文经典著作，而不是急功近利地用中国思想去解决西方问题，或者说，为了给西方思想注入新的活力而强制阐释和异化中国思想。于连不甘示弱，针对毕来德《驳于连》，2007年也写了一本新书《未来之路——了解中国，重建哲学》，以此开始了他的强烈反击。有趣的是，毕来德也没有就此罢休，用《弗朗索瓦·于连，说到底》这本新书再次回应，在书中批判了于连著作的种种谬误，书名所散发的斩钉截铁的语气表明了这场论战的激烈性。当然，于连也不乏支持者，彼埃尔·夏吉埃2007年编辑出版《敢于建设——为弗朗索瓦·于连辩护》，这本论文集的大多数作者认为，于连不是在刻意异化中国思想，而是跳出西方文明圈，迂回到印欧语系之外的中国，从中国视野反思欧洲文化，从欧洲视野检视中国思想，以此形成中西方文明的对视与互补，这对于当今欧洲思想的重建是大有裨益的。同时，四川大学赵毅衡教授也参与了这次论辩，2007年在*New Left Review*发表了“Contesting Confucius”，对于连的比较策略展开客观分析和批评质疑。概言之，欧洲汉学界基本认为于连的研究策略不属于正统汉学。

其次是比较文学学者的批评。国际比较文学学会会长张隆溪教授，在2000年前后，和于连进行了几个回合的激烈论辩，主要围绕钱锺书《管锥编》的比较策略展开。于连认为，钱锺书的研究模式属于“寻同的比较主义”，这个论断引发了钱锺书先生的弟子张隆溪教授的强烈不满，他如此批评于连：“我十分尊重于连先生在学术上的努力和成就，不过在我看来，把文化视为各自孤立的自足系统，尤其把东西方文化对立起来，把中国看成西方传统的反面，却正是西方思想一个相当结实牢固的框架。”[①] 张隆溪认为，在钱锺书先生的著作中，随处可见差异性比较，于连的论断过于片面。反而是他为了寻找所谓的差异，刻意把中西方进行对立并举，将双方的差异性无限扩大，从而制造出一种“震惊”效应，所以张隆溪教授说：“在于连的著作里，中国和希腊或欧洲构成了一个非此即彼的对立。”[②] 2019 年 8 月，澳门举办第二十二届国际比较文学大会，茶歇时，笔者还和张隆溪教授聊起这段往事，他仍然坚持这个看法。除此之外，国内比较文学界也有一些研究，但这些研究并没有构成“论辩”。从《迂回与进入》开始，于连相继有《论时间》《平淡颂》《大象无形》《本质或裸体》等著作在中国译介传播，虽然形成较大影响，但中国比较文学界对这种方法仍然缺乏比较深入系统的分析阐释。因为在很多中国学者看来，他的大多数著作并没有“比较”，既非对中国经典著作进行实证性考证或笺注，也没有对中西方文学范畴进行对等性的平行阐释，因此大多数中国学者视之为海外汉学家，并没有从比较文学学科理论上对这些研究文本进行反思和批评。

如果我们全面深入地分析其著作，不难发现他的学术创新异常有趣。他在巴黎高师研究古希腊哲学，但是却并不正面研究古希腊哲学文本，而是逃离这个熟悉的领域，去追寻“远方的诗和田野”，追寻神秘的“异域他者”，因为这些遥远的他者：“不是提供现实，而是发明不可呈现但可想象之物的种种暗示。”[③] 这些暗示并不在某一个文本中具体呈现，而是在差异化阐释和想象中似有似无、若即若离。他的中国思想研究，既不实证考察中西文学之间的渊源关系，也不从中西文学与文

---

① 张隆溪：《中西文化研究十论》，复旦大学出版社 2005 年版，第 122—123 页。

② 张隆溪：《阐释学与跨文化研究》，生活·读书·新知三联书店 2014 年版，第 153 页。

③ Jean Francois Lyotard, *The Postmodern Condition: A Report on Knowledge*, Minneapolis: University of Minnesota Press, 1984, p. 78.

论中抽取一些理论范畴进行平行比较，而是跳出同和异的传统比较模式，从一种思想视野闯入另一种思想视野中“冒险”，他着力于思考：为什么某一个范畴（如：平淡、势）中国古人爱不释手而西方学者却掉以轻心？为什么有的概念（如：裸体、本体）西方学者孜孜以求而中国学者却无从谈起？为什么有的话语（如：时间）在西方如此“这”般而在中国却是如此“那”般？为什么会有这么多的异质性和变异性？我们应当如何思考这些异质性和变异性？这些问题对我们很重要，因为它能够激励我们走出一直以来所习惯的处境和舒适的心态，走进陌生的他者和遥远的异域，寻求思想的另一种震惊和启示。

令人诧异的是，于连的这些研究方式，大家一方面觉得很有趣，很有新意，另一方面又不知道它属于哪一个路数，哪一个门派，哪一个招式。传统的影响研究、平行研究、变异研究、阐发研究都不能予以有效解释，它为我们提出了新问题、新方法、新路径。那究竟是什么新方法呢？当前的比较文学教材和各类著述都没有给予清晰说明。不过可以基本肯定的是，这是一种积极有效的学术创新。在这之前，于连自诩为“思想冒险”和“文化叛徒”，他几乎每一本书都激起欧洲学界的大规模论战，对之有褒有贬，可谓毁誉参半。然而，正是这些激烈的学术论辩，才暗示着于连接触到了比较文学中最坚硬的症结所在。这比起那些不痛不痒的论著而言，无疑更具有学术价值。尽管他自己认为这种“不比较的比较”才是真正的比较，但如何从比较文学学科理论上阐明这种方式的合法性、有效性呢？本书试以作答。

三　于连与比较文学阐释学的提出

以上分析可见，于连的“差异比较主义”既非法国学派的影响研究，又非美国学派的平行研究，与变异研究、阐发研究等其他学科理论也存在根本差别，虽然他自己标榜为比较文学，但是大多数中国学者还是视之为海外汉学。这个理论与实践的悖论说明一个问题：我们现阶段所理解的比较文学学科理论存在一定的缺憾或不足，这样才导致不能对这种研究现象作出有效解释。理论与实践是相辅相成的，理论源于实践，但又必须回到实践，从实践中发现新的问题，继而对理论作出新的修正。

事实上，于连是在对比较文学方法论做另一种解读，在他看来，传统比较文学总是预先设定一个模子，然后再从不同的文明或文化体系之中找到类似的范畴或概念，继而展开同与异的对比，钱锺书和刘若愚就是典型代表。那么，我们同样可以反问：如果这不是比较，那什么才是比较呢？于连的基本观点和艾田伯（又译艾金伯勒）一样，即：比较不是理由。只不过，艾田伯提出了比较诗学，而于连并没有从理论上刻意展开话语建构。他认为大多数学者把比较视为一种"设定"，而任何"设定"都逃不开文化的惯习、成规或成见，一旦基于某种特定的成见，那么比较文学就会倾向于思想的同一性和主观式想象。这种同一性思维模式的直接后果就是：我们反复在比较中获取自我认同，也在以西释中的强制阐释中滋生无比的理论优越感，但我们却不愿意面对"他者"之异质性带来的不适感和错位感。通俗地说，西方比较文学界长期存在一种思维定式：我们有，别人也应该有，如果我们没有，而别人有，我们心里就觉得不舒服，要么不和他们玩，要么让他们跟我们玩同一种游戏，按我们的规则玩，当然，他们很难玩得过我们。这种思维定式就导致很多西方比较学者潜意识中喜欢"寻同比较主义"，例如美国比较文学家韦斯坦因就说他："对把文学现象的平行研究扩大到两个不同的文明之间仍然迟疑不决。"① 在他们看来，躺在西方文明圈里比来比去，这种方式很安全，很可靠，也很舒适。但正是这种舒适感，导致了当代国际比较文学"死亡论""危机论"

① ［美］韦斯坦因：《比较文学与文学理论》，刘象愚译，辽宁人民出版社 1987 年版，第 5 页。

的频繁出现，季羡林先生早就一针见血地指出："他们的所谓比较几乎只是限于同一文化体系内的比较，都是近亲，彼此彼此，比来比去，比不出什么名堂。在这一方面，两者又同有一失，失之闭塞。"① 近年来，于连以及其他很多学者都意识到了传统比较文学研究存在的学科理论问题，这个问题就是：如何面对不同文明、不同国家文学之间的异质性、无关性以及变异性？或者说，如何将无关性、异质性、变异性作为一种可比性来展开比较文学研究？这正是于连在研究实践中提出的重大问题。

于连提出的这个问题，对比较文学学科理论建设的意义在于：长期以来，我们总是在比较文学研究中求同存异、以异寻同，将同源性、类同性作为可比性，这种"寻同比较主义"导致对跨文明文学差异性的否定、遮蔽或拒斥。所以，于连采取否定之否定的决然态度，从外部解构传统认知边界，分析每一种话语的可能性指向："进入劣势和否定，区别便不是一种区别，也不是内容，而是每种话语的指向。"② 对西方文明而言，东方文明正是这样一种重要的外部话语指向。

我们知道，中华文明作为世界上最重要也是最古老的文明之一，一直以来对世界文明都有着非常深刻的影响，那么如何反思、阐释和继承这一笔文化遗产，是五四新文化运动之后的一项艰巨任务。然而，国内外比较文学界长期以来主要采用以西释中的比较策略，这种策略的优点在于将东西方异质文明文学纳入了可比性论域，这是值得肯定的，但它潜在地遮蔽了中国文学与文论的原生异质性。

曹顺庆教授指出的"失语症"无疑就切中了这个要害，他认为中国文化与文论中所出现的"失语症"是文化断裂和全盘西化的必然结果，也是以西释中、强制阐释的必然结果。我们要接上传统文化的血

① 季羡林：《比较文学与民间文学》，北京大学出版社 1991 年版，第 194 页。

② François Jullien, *Du mal/Du négatif*, Paris: éditions du Seuil, 2004, pp. 20 – 21.

脉，仅仅靠中国古代文论的现代转换和以西释中等策略还远远不行，这些方式不足以构建属于我们自己的一套话语规则。因为，我们不可能仅仅依靠外来异质文化的横向移植来重构中国文化的生命之光，也不可能忽略传统文化根基，虚构一个适合现代文明的思想大厦。因此，当代中国比较文学研究的重要使命就在于：从跨文明角度重新解读中国文学文本，以这种跨界阐释中发生的意义变异为基础，建构一种新的话语思想资源。这就意味着，阐释不是对源文本的理解、肯定、接受和认同，阐释是一种比较、叛逆、生产、变异和创造。用赛义德的话说，这是文本意义在新情境中发生的历史转移。需要注意的是，这种比较文学研究方式不同于台湾学派的阐发研究，因为阐发研究用西方诗学理论阐发中国文学文本，其结论是印证了西方理论的普适性，这是一种同一性阐释、理解性阐释、强制性阐释。如果我们总是局限于这种特定的思维模式，往往会出现重复式阅读，难以出现创新之处。进一步说，对待任何一种文化文本，不能仅仅从一种视域、一种角度、一种范式去解读，当我们从不同的角度，尤其从异质性、无关性角度去创新解读，会得到不同于传统知识谱系的认知结论。因此，我们可以大胆提出，这种异质文明、文学、文论与文化之间的双向阐释以及发生的意义阐释变异，正是比较文学阐释学的基本理论特征。

第二节　什么是比较文学阐释学

一　基本定义

比较文学阐释学以跨文化、跨文明比较为基本立场，主要以原作与译作之间、作品与作品之间、理论与理论之间、理论与作品之间的双向阐释为基本方法，通过研究文本之间以及某一文本在跨文明理论旅行中产生的阐释变异，构建一种以“阐释”为特征的“不比较”之比较模式，继而在差异对话与文明互补中实现异质文学与文论的交叉融合与创新发展。

比较文学阐释学不同于法国学派的影响研究，也不同于美国学派的平行研究，与台湾学派的阐发研究，以及曹顺庆教授提出的变异研究都有所不同。具体地说，它是以台湾学派阐发研究为方法论基础，融合了双向阐发、跨文化、跨文明、译介学、形象学以及比较文学变异学等思想资源，通过研究文本在跨文明语境中发生的阐释变异，正向分析文学作品流传与阐释中发生的各种文化过滤、文学误读和不正确理解现象。比较文学阐释学主要有三个理论特征：“跨文明”、“阐释”与“变异”。

于连采取的研究范式之所以属于比较文学阐释学研究，因为他符合这三个基本理论特征。首先是跨文明，于连反复强调无关性、间距、之间，无关性就是要摆脱同质文明中的影响、关系和类同，从另一个完全相异的思想支点来确立比较参照体系，因此他找到中国。其次是阐释，他经由中国这个完全异质于印欧语系的文明体系，通过对中国思想文本的跨文明阐释，来重新认识欧洲思想在某些领域的不可能性，这是一种迂回阐释和理论旅行的比较策略。他分析了中国思想中的“时间”“平淡”“势”“裸体”等范畴，但是并没有从西方找出一系列与之对等的范畴，更没有截取一些概念范畴来展开同与异的分析类比，而是从一个潜在的文明立场和背景出发，拉开阐释的支点和间距，深入东西方文明“之间”，通过文本之间的错位阐释来反思自身的文明。再次是变异。他与刘若愚最大的不同在于：刘若愚是用艾布拉姆斯的文学四要素理论置换中国文论话语资源，这是同化阐释，而于连则是从中西方文学与文论中，找到一些在其他境遇下不可能发生的缺类现象或异类现象，例如在《本质或裸体》一书中，他分析道，西方人看到一幅裸体画，倾向于将之作为艺术品，从现象中思考裸体的本质，而中国人看到裸体画首先就想到色情、不雅，于是，古代中国文化艺术倾向于对身体进行“抑身扬心”的道德超越，消解身体与心灵、本质与现象的二元对立，这就是在跨文明阐释中发生的意义变异。如果东西方学者坚守在各自的文明体系之中，都不会发现这样的差异，或者对这种阐释中发生的变异体验不深、感触不多。只有在跨文明比较阐释之中，才能捕捉到这种差异及其历史文化背景。这三个层面都能证明于连研究的跨文明阐释变异特征，以及它作为比较文学阐释学的典型意义。

二　发生缘起

本书主要通过对于连主要著作的深入研究和文本细读，理解他作为一个欧洲文化背景的学者对于中国文化的阐释变异，这种跨文明错位阐释的方式不是为了让中国文学话语“是其所是”，而是通过语境错置和迂回对视，观照其“不是其所是”或“异于其所是”。

长期以来，以韦斯坦因为代表的西方比较文学家，对东西方跨文明比较“迟疑不决”。按照这个逻辑推断，东西方文明文学要么不具有可比性，要么就只能以西释中强制阐释。而于连的比较文学阐释学研究恰恰能够有力证明，东西方不仅具有可比性，而且中国文化所具有的无关性特征，恰恰能够构成西方话语自我体认的一个异域参照支点，从这个支点出发，通过对西方知识谱系的重新阐释，就可以获得一种思想的震颤与反思。所以，比较文学阐释学解决了当下比较文学最根本最重要的问题，即：无关性、异质性、变异性可以建构一种比较文学意义关联域，从而在异质文明文学中展开互补对话。当然，这并不是说我们要主观性地将中西文明文学进行对立并举，张隆溪在《中西文化研究十论》中，就从这个角度对于连的方法进行了深刻批评。当然，这里强调无关性，是想通过设置一种思想的“间距”而不是文明的“差异”，构建一种迂回的空间，从它们“之间”来进行真正的比较、互补和对话，这种策略针对的是以西释中、以中注西的双向异化比较模式，于连坦言：

“通过迂回引起的距离，迂回挫败了意义的所有指令（直接的和命令的），为变化留下了‘余地’，并且尊重内在的可能性。”①

于连在中国留学多年，对中国文化思想有着很深的造诣，能够熟练地阅读和研究中文古典文献，同时他又是希腊文化研究专家。“两希”文明是西方文明的根基和起源，而中国文明又是东方文明的重要组成部分，他的研究始终贯穿着中西文明在各个时期的有意或无意的阐释，这种阐释更像是一种文本的拓展引申，但要注意，这是差异化引申。举个通俗的例子，我们看到理性，可能会从类同性阐释的角度马上反应到感性，但是如果从差异化阐释角度，就会切换一种思维，联想到性感。这个例子不一定恰当，但是它能基本表明我的意图。因此，于连的比较文学研究中存在明显的跨学科和跨文明阐释变异特征。

有的少数学者，一旦看到某本外文著作中有关于中国思想的只言片语，也不从实证路径去追问，就展开了想象式、想当然的比较研究，断章取义地认为中国思想对西方产生了多么重要的影响，继而生成某种“伪文化自信”。2010 年，美国哈佛大学比较文学教授 Stephen Owen（宇文所安）非常坚定地作出论断：“中国文学思想无法影响西方文学理论，除了当下某些追求时髦的思想者，才会严肃地对待叶燮、《文心雕龙》。”② 当然，宇文所安这个论断多少带有一点文化相对主义色彩，不过他提示我们，不一定非得对他人造成了多大影响，才能证明我们的强大。在一个多元文化时代，我们不需要带有某种意图的强制阐释和自我张扬，而是应当立足于本民族文学的差异性，从一个更宏大的语境来进行文本细读和思想阐释。这些阐释不是为了刻意从他者身上找到自己文化的影子或踪迹，也不是为了刻意寻找多大的差异或制造某种差异，

① François Jullien, *Le détour et l'accès*, Paris: Bernard Grasset, 1995, p. 411.

② ［美］宇文所安、程相占：《中国文论的传统性与现代性》，《江苏大学学报》2010 年第 2 期。

而是从多维视角来检视我们在思想传统中难以自我发现的侧面形象，这并非对着镜子照来照去找存在感，而是在黑夜之中点亮无数的灯，一盏连着一盏，不同位置，不同方向，不同角度，不同亮度，让我们可以看到自身的短板，也看清脚下的路和远方的田野，让前行之路变得更加光明。基于此，我和曹顺庆教授一起，将于连的研究策略界定为比较文学阐释学。

三　创新路径

法兰西民族最值得骄傲的事情之一，就是为这个世界培养了一大批卓越的思想家，卢梭、孟德斯鸠、帕斯卡尔、萨特、德勒兹、鲍德里亚、阿尔都塞、利科、列维纳斯……，再到如今的于连，他们对整个人类思想的发展都作出了巨大贡献。于连站在许多先哲的肩上重新反思欧洲思想，提倡全球化语境下的跨文明差异性阐释。他的比较方法和解构主义一样，对长期以来的逻各斯中心主义、西方中心主义进行“祛魅”。当然，他的“祛魅”和马克斯·韦伯的“祛魅”、德里达的“解构”在具体方法上不同，但是基本思路上却是相似的，他们都试图用一种反叛的形式来重新撬开西方思想最坚硬之痛处。只不过，海德格尔、福柯、德里达只是在作品中利用了中国文化思想，他们的基本立场还是西方的，而于连则彻底跳出了西方文明的舒适圈，经由中国思想来体验文明之间的差异性。一方面，他的研究方式让中国思想以自身的姿态重新出现在世界思想舞台之上，而不是仅仅作为一种附庸、注脚或亚文本，他这种思路无疑为中国文论的“失语症”提供了一个良方。另一方面，他最终目的是要用中国思想去阐释西方思想，让在西方文明圈自得其乐的思想体系重新焕发勃勃生机。

秦海鹰教授1996年发表的《关于中西诗学的对话——弗朗索瓦·于连访谈录》，是国内最早介绍于连的文献之一。在这次谈话中，于连认为钱锺书采取的方法是一种类比而不是真正的比较，并提出了“差异比较”

策略。当时，国内学界正在进行激烈的“异质性”讨论，1995年，曹顺庆教授意识到中国比较文学研究与法国学派、美国学派所存在的诸种不同，于是发表《比较文学中国学派基本理论特征及其方法论体系初探》，从学科理论角度分析了中西文学展开差异比较的必要性与可行性问题。1999年，余虹出版《中国文论与西方诗学》，重点指出了中西方文论话语“不可通约的结构性差异”。2000年，曹顺庆、吴兴明、张小元、张荣翼等学者在《文学评论》上展开“异质性”笔谈。2001年，曹顺庆、吴兴明发表《中国传统诗学的“异质性”概说》。这些研究反思了20世纪80年代至90年代期间，中国比较文学研究存在的主要问题，尤其是指出了在以西释中的比较过程中，中国话语异质性被遮蔽的种种现象。

可见，中国学者关于异质性问题的热烈探讨和于连的差异性比较，都接触到了当时国际比较文学界最重要和最前沿的问题。尤其是于连的《迂回与进入》，在中国产生了重要影响，陈来教授1999年发表了批评性解读：“我很欣赏也基本同意于连教授对中国文化的迂回性或间接性偏爱的刻画，并对于连教授对中国经典文化的广泛了解和深刻睿见而感到赞佩。”① 在这篇文章中，陈来对于连的研究方式进行了客观而中肯的评价，同时也指出了他研究中的片面性问题。从那以后，国内学界开始密切关注于连的中国思想研究，关注这个异域他乡的学者如何阐述中国思想，如何把握中国文化的特质。

随着于连的著作被不断译介到中国，他的影响也越来越大。2005年10月29日至30日，上海社会科学院哲学研究所与华东师范大学哲学系共同举办的“中西哲学比较研究国际研讨会”在浙江绍兴举行，于连应邀参与了这次学术研讨会。会议中，他与俞宣孟教授多次交谈，

① 陈来：《跨文化研究的视角——关于〈迂回与进入〉》，《跨文化对话》第2辑，上海文化出版社1999年版。

话题涉及中西哲学观念的更新问题，中西形而上学中的超越性问题，中西哲学的可比性问题等。同时，受华东师范大学中国现代思想文化研究所邀请，于连做了题为“比较视域中的中国哲学”的学术演讲，主要探讨了：①迂回的逻辑；②异地；③迂回的益处——回归；④外部“解构”；⑤“差距”研究；⑥对哲学的再质疑；⑦通过回答反对意见证明这种异国特色的合理性；⑧意识形态的赌注：普遍或统一等问题。于连以一种迂回的策略进行哲学研究，力图创造与中国进行真正对话的可能性条件，从而为东西方思想的自我理解展开另一种阐释的可能性。

2012 年，于连在北京师范大学参加“思想与方法：全球化时代中西对话的可能”高峰论坛，在会上发表《间距与之间：如何在当代全球化之下思考中欧之间的文化他者性》，并和当代新儒家代表人物之一成中英教授展开了深入的学术对话，相关文献 2014 年由方维规教授结集出版。在这次会议中，于连对 20 世纪后期他自己提出的“差异比较”进行了修正，他认为差异仍然是一个认同的概念，不足以从“思想的上游”对中西方思想进行考量，继而提出“间距”与“之间”两个创新的概念，他认为：“间距与差异这两个概念之间的不同，至少有三点。首先，间距并不提出原则认同，也不回应认同需求；其次间距把文化和思想分开，因而在它们之间打开了互相反思的空间，思考得以在其间开展。因此，间距的形象（figure）不是整理、排列、存放，而是打扰，它以探险和开拓为其志向：间距使众多的文化与思想凸显为多彩多姿的丰富资源。最后，我们还可以借助间距概念，避免提出——假设——一些有关人之本性的、总是带着意识形态的成见；间距邀请我们从事我称之为人性的自我反思。”① 应该说，“间距”与“之间”的比较策略对“差异比

① ［法］弗朗索瓦·于连：《间距与之间》，卓立译，方维规：《思想与方法》，北京大学出版社 2014 年版，第 25 页。

较”作出了更进一步的开拓创新，他试图更加彻底地摆脱同与异的纠缠，回归到思想的原初形态，用“不比较的比较”来展开迂回与进入之路。

第三节　比较文学阐释学的实践意义

如何展开比较文学阐释学研究呢？它对于当前的比较文学学科理论具有什么实践价值呢？本书准备以于连为代表来予以说明。本书前面三章分析了比较文学阐释学的理论缘起与创新路径，重点分析了于连对于比较文学阐释学研究的典型示范意义。后面五章以于连的几部著作为主要文本，聚焦于他文本中所思考的几个中国文论话语范畴，以小见大，逐步拓展，具体分析这种研究方式如何体现于连的比较文学阐释学范式。

于连之所以能够引起普遍关注，源于他开创了比较文学阐释学的研究实践，这种实践也开创了比较文学学科理论新局面。因为任何一种科学研究都要解决实际问题，作为更加抽象的文学研究，它的价值并不像自然科学那样提供实在的生产动力，而在于解决精神上或文化上的某种症结，通过对思想问题的深层次触摸，为现实的生存群体提供内在的文化导向。比较文学阐释学，既从学理上论证了跨文明比较的合法性基础，又从实践上分析了阐释变异的发生机制，这对于我们从差异比较主义立场研究中西文学与文化具有重要现实意义。

也许有人会问，类似于连那样的学者并不少，为什么他们的研究不是比较文学阐释学呢？其实在前文已经分析了比较文学阐释学的三个基本特征，其中最关键的一个特征，就是阐释变异。正是基于对阐释变异的深刻认识，于连在批评钱锺书和刘若愚的时候，提出了自己独树一帜的阐释理念：“用中国诗学中某个概念去附和西方的某个类似的概念，或者干脆用西方的模式筛选中国传统，都会使中国诗学面目全非。因此，中西诗学研究的目标不是比较，也不是翻译，而是阐释，即按照中国思想本来的逻辑深入细致地剖析中国古典文论的基本范畴，理出它们特有的内涵、意义网络和运行机制。然后再将阐释的结果同西方的诗学体系相对照，做出差异性的比较。”① 在这一段论述中，他否认将中西诗学的目标视为比较和翻译，并提出了两个非常重要的概念：差异性和阐释。两者的意义融贯一起，也就是比较文学阐释学中的阐释变异。

但是我们通常看到的比较，实际上并没有体现这个特征，早在解构主义大师德里达访问中国的时候，他就已经发现了一个问题，那就是中国文化已经被阐释得“非中国化”了。他和于连一样，从一个西方学者的角度出发，迫切期待远离欧洲大陆，发现那个相对于欧洲来说可以是唯一的、异质性的中国。因为在西方文化全球蔓延甚至是“侵犯”的过程中，完全非西方的、非欧洲的“异在”不可能在英语世界里发现，即使是印度，也在印欧语系的框架内同质化了，因此，他得到的答案只可能是中国。但他的中国之行却让他备感失望，因为他看到的，已经是西方哲学与文化“过滤”和“阐释”后的中国，经由这种同化阐释，中国已经和西方整体趋同，丧失了其异质性话语身份。因此，他发现全球化带来的一个重要误区，就是推进了多元异质思想的同质化趋向。同样，于连也试图去发现他所期待的中国形象，他在《为什么西方人研究哲学不能绕开中国》中，阐述了中国对于欧洲文化的重要性，但是当他到达中国之后，他感到失望，从他对钱锺书和刘若愚的批判可见一斑。一句话，他和德里达期待的“差异化”中国并没有出现，中国已经被阐释为西方符号体系中的结构元素，而他一再期待的中国，那真正异质的、别样的中国，并没有出现。其中一个很重要的原因，就是部分比较文学学者，以比较的名义进行强制阐释，在比较中悄悄置换了原

① 秦海鹰：《关于中西诗学的对话——弗朗索瓦·于连访谈录》，《中国比较文学》1996年第2期。

生态的知识体系和文本质态。当然，和他们感受相同的，还有哈贝马斯。这些感受让我想起2003年8月3日法国《费加罗杂志》刊载联合国教科文组织驻中国代表，汉学家让－吕克·多梅纳克提出的问题："是什么使得中国与自身脱离?"如果中国的崛起不能为世界文化多元发展提供一种主体性的文化价值，那么这种崛起何以被称为中国的崛起而不是西方的话语渗透？说到底，这都是失去文化自信的强制阐释或同化阐释，而比较文学阐释学强调的，正是用跨文明阐释变异来否定同化阐释，用差异比较主义否定类同比较主义，用我们自己的话语方式来言说，让世界倾听中国的声音，让全球化变成真正意义上的多元共生。

从比较文学阐释学的角度，我们可以进一步作出这样的反思：当代中国思想为什么会在一定程度上成为西方文化的一种附庸或者说是一种注脚？换言之，为什么中国文化与文论会"失语"？那就是因为中国的话语异质性被西方话语掩盖和同化掉了。越是民族的，越是世界的。中国文化的价值，就在于为世界文明提供一种独立性的参照体系和文化镜像，这种异质性正是其价值所在。基于此，于连研究模式的创新意义体现在：经由对中国文化的跨文明阐释，抵达中国文化的异质性所在。当然，这种阐释方式并不是拥护文化相对主义立场，而是基于本土文化发展的有利选择，因为他最终要回归于西方思想的重建。美国夏威夷大学中国研究中心研究员田辰山指出："在今天，关注中西文化比较，重视两种传统文化的结构性差异已经变成十分具有紧迫现实意义的问题。弄清二者的结构差别，目的是为了相互理解；只有弄清这种结构差异，才有可能增加相互理解、减少误解，才有可能为逐步实现文明之间的和谐共处找到可实际操作的方法。历史从来没有像今天有这样的中西文化互相开放呈现的机遇。抓住这个机遇，就是希望，抓不住就是危机。"①

① 田辰山：《要重视中西方传统文化的结构差异》，《中国图书评论》2008年第8期。

所以，于连更改了传统西方视域中的中国形象，从文化层面将中国文明纳入世界文明的新构架之中，用中国思想来阐释和重构西方思想，避免了经济全球化导致的文化霸权主义，还原了中国思想的原初形态。

比较文学阐释学的意义，还在于阐释变异所提供的多元化视域。例如，“迂回”作为中国文化诗学中的智慧谋略和示意方式，能让大家更好理解西方正面推进的逻辑辩证思维方式及其缺憾；中国文论话语中的“中庸”，是对某种极端思想和确定意见的回避，也让我们能够更好理解西方思想中的“判断”及其缺憾；中国文论话语中的“良知”或“仁”，从内在的自然精神法则出发，用“应然预设”取代“必然选择”，这是一种以退为进、以柔克刚的迂回策略。同样，在逻各斯中心主义语境下，西方思想强调“是”和“有”，中国思想以无为有、以虚为实，更强调“目击道存”“道法自然”。诸如此类，不胜枚举。

概言之，比较文学阐释学对比较文学学科理论的意义主要体现在以下几个方面。①从方法论角度讲，既要跳出本土文明框架去寻求精神突破和思想重构，同时又不能陷入“中心—边缘”的先验性比较框架。换言之，既不能全部以自己为中心，也不能完全以异域思想为中心，全盘同化或全盘异化都可能导致“失语症”或话语独白一元论。必须跳出主体的自我视野，经由异域思想，反思重构自身，做到中西化合、融会贯通，如巴赫金所说的“对话—整合”。②当代中国应当重新思考自己的话语言说方式和文论话语规则，重新找回属于自己的一套意义生成方式和言说机制。拉康指出：“因为语言的功能不在于去告知，而在于去引发（évoquer）。”[①] 如何告知？如何引发？告知就是一种信息的外在传递，而引发则是思想的内在生成，西方语言中的各种时态以及动词变位，让我们第一时间就可以分辨出其精准的告知功能，而中国古代文论

① Jacques Lacan, *Ecrits*, Paris: Editions du Seuil, 1966, p. 299.

话语中的立象尽意、言外之意，则体现了模棱两可、似是而非的思维特征。我们不能忽略中西方文明中的这些异质元素，不能用西方的思想体系、框架范畴来套用和置换中国文化与文论，不能为了建立比较之可比性而盲目求同，而是先要确立自己的异质性、主体性所在，然后再展开迂回阐释和互补对话。③从具体的研究结论来讲，阐释变异的意义大于思想趋同。于连对中国文学与文论话语的思考始终贯穿着中国思想的本质精神，即：间接性迂回、暗示性表达和对立互补的关系型思维，当然这不是唯一的本质精神，但却是对西方思想来说非常具有启示意义的思维模式。在比较文学阐释学研究实践中，事实判断优先于价值判断，就是说，在中西之间，并不存在谁优谁劣的问题，比较文学研究者应当还原中国和西方思想的本然面貌，相互对话、比较、启示、反思和重建，在两者“之间”拉开“间距”，让这个话语空间充满阐释的可能性和孕育性，不要急于做出价值评判或陷入某一个极端，所以于连才指出：“中国开辟了另一条道路，让人想到另一种可能性。”① 从文本的“必然”可能性中发现“或然”不可能性，从“或然”不可能性中阐释“应然”可能性，这就是比较文学阐释学的创新之处。因此，比较文学阐释学从理论上解决了异质性、无关性如何成为可比性的学理问题，也为中西文学跨文明比较阐释提供了一种积极有效的实践路径。

---

① ［法］弗朗索瓦·于连：《圣人无意》，闫素伟译，商务印书馆2006年版，第86页。

第二章　比较文学阐释学的创新路径

第一节　西方文化诗学的跨文明诉求

一　价值重估：从上帝之死到存在之在

任何一种思想都是“在……之中”的某种陈述，这种陈述所揭示的是主体意识同世界的意义关联。正如海德格尔指出的：“我居住于世界，我把世界作为如此这般熟悉之所而依寓之、逗留之。若把存在领会为‘我在’的不定式，也就是说，领会为生存论环节，那么存在就意味着：居而寓于……，同……相熟悉。因此，‘在之中’是此在存在形式上的生存论术语，而这个此在具有在世界之中的本质性建构。”① 于连作为一个有着深厚古希腊哲学素养的西方学者，他所依据的当然是西方思想传统，这是他一切思考的寓所。在进入他的话语建构之前，必然要对这个思想寓所和“之中”的这个世界进行大致勾勒和描述，也只有从一个宏观的框架不断地收缩、聚敛，才能够精准地把握问题。

---

① ［德］海德格尔：《存在与时间》，陈嘉映、王庆节译，生活·读书·新知三联书店2006年版，第63—64页。

如此说来，于连是在整个西方文化语境中展开研究的，但是，在真正意义上接触到思想本身时，他开始思考这样一些问题：如何开始思想？谁在决定和操控着我们对于思想的认识？我们所熟悉的思想寓所在提供栖身之地的同时，是否刻意回避了某个异域世界？在精心研习了作为西方知识源头的古希腊文明后，于连开始对所谓的“传统”“惯习”进行质疑和反思，他在著作中尝试超越西方文明圈，从“之外”的一个角度去进入思想本身，这样一种行为暗含着另一个契机，即：他如何从一个否定和质疑的视域来开展研究？是西方思想内部出现了什么问题还是存在另一个外部诱惑？沿此思路，首先需要厘清的就是这个“在之中”的思想寓所出现了怎样的问题。毕竟，他的学术思路始终摆脱不了现代西方思想的整体话语，只有在宏观把握之后，才能勾勒出一个具体的知识轮廓，触摸到他比较文学研究的哲学根基。

纵观整个现代西方哲学，尤其是笛卡尔之后，经由尼采、叔本华，直到胡塞尔、海德格尔，不难发现，他们思想的主导语码是主体性、非理性、自我意识、怀疑论、存在论等。理性的光晕在新的哲学视野下被终结、否定、批判和质疑。笛卡尔从普遍怀疑论角度首先肯定了怀疑、思考与“我”之间的关联，他的“我思故我在”在精神意识层面阐明了一个事实：“我只是一个在思维的东西，一个精神，一个理智，或一个理性。”[①] 帕斯卡尔也认为：“人只不过是一根苇草，是自然界最脆弱的东西；但他是一根能思想的苇草。”[②] 在这里，“我”的存在并不是作为“世界”的一个对立面而呈现的，也不是说，“世界”首先存在，然后人才能认知和感觉到这种客观存在。他们从根本上解除了主客体之间的二元对立关系。另外，胡塞尔“本质直观”，海德格尔“存在”，伽

---

① ［法］笛卡尔：《第一哲学沉思集》，庞景仁译，商务印书馆1986年版，第26页。

② ［法］帕斯卡尔：《帕斯卡尔思想录》，何兆武译，陕西师范大学出版社2002年版，第166页。

达默尔“视域融合”，都沿着这条哲学路径一直向前推进。可以说，从笛卡尔开始，哲学逐步转入了主体视域和非理性境域，这一点，黑格尔在《哲学史讲演录》第四卷中也早就谈到了。其实，这种怀疑精神在古希腊哲学中就开始萌芽，在启蒙主义尤其是康德之后才逐渐深化。20世纪在西方被称为“批评的世纪”，一方面源于这种根深蒂固的批判反思传统；另一方面也源于20世纪上半叶发生的两次世界大战。这两个方面的因素结合在一起，在西方知识界就引发了对知识、理性、话语、权利、意识形态等符号表象及其深度秩序的解构。例如，胡塞尔在1935年出版了《欧洲科学的危机》(*The Crisis of European Sciences*)一书，这种研究态度极具代表性，这些学者意识到了西方精神世界存在的普遍危机，并且试图寻求一套新的哲学方法，为充满危机和濒临崩溃的文明赋予一种新的思想秩序。

当然，于连也身处这样一个文化座架之中，他在割断古希腊文明纽带时，正彰显了他的后现代主义文化批评倾向。后现代意味着对理性体系的解构，取而代之的是非理性意识的蔓延。具体地说，20世纪以来，“死亡”之声、“虚无”之声、“终结”之声不绝于耳，例如，尼采的“上帝死了”、弗洛姆的“人死了”、巴特的“作者死了”、卢卡奇的“理性终结”、萨特的“存在与虚无”等。这些论断其实在证明：人的存在价值首先体现为自我意识的觉醒，不能再依附于逻各斯中心主义式的话语独白，我们必须面临思想世界的杂语喧哗。

因此，现代西方思想，从某种意义上说，是从怀疑和否定开始的：“否定精神曾以怀疑、讽刺、抗辩和反叛的形式出现。欧洲式的怀疑把怀疑主义同反过来否定怀疑主义的东西结合起来而更有力。因此，怀疑不但存在于蒙田的沉思录，也同样地存在于笛卡尔方法论，帕斯卡的信仰说，休谟的实证主义中。看看欧洲文学中的英雄，他们是英雄也是英雄的对立面，他们弱点就是他们的伟大。在哈姆雷特的神圣责任，奥勃洛莫夫永远的慵懒，伊凡·卡拉莫佐夫的悲剧，斯特拉弗金的困苦中，怀疑难道不处处居于中心吗?”① 当自我意识以怀疑姿态出现时，就意味着对既成事态的主体性否定，这个否定过程体现为主体欲望的膨胀，在叔本华看来：“‘世界是我的表象’：这是一个真理，是对于任何一个生活着和认识着的生物都有效的真理；不过只有人能够将它纳入反省的，抽象的意识罢了。”② 叔本华对表象世界的怀疑其实延续着康德的终极追问，即：人究竟能够认识什么？人究竟应该做什么？人究竟期望什么？因此，从这个意义上讲：“叔本华的思想发展了康德哲学中的主观主义因素，强调空间、时间和范畴等都纯粹是主观的观念，只适用于现象界，另一方面，他扩展了康德不可知论思想，宣布现实是不可认识的，是纯粹由主观意志所决定的，或者，更确切地说，世界无非是我们的意志的产物。”③ 如果沿着不可知论和纯粹意志哲学的道路前行，只能滑入虚无主义和相对主义的囚笼之中，最后还是海德格尔用“存在”（being）进行了调和。换言之，从胡塞尔到海德格尔，主体与客体不再是非此即彼的单向倾斜，而是不可分离的共在场域。

所以说，20 世纪的西方，荒诞、无聊、悖论、畸形、异化等范畴可以与崇高、优美一样，参与到审美过程之中。或许我们可以大胆质问：为什么不可以？为什么可以？在何种程度上可能或不可能？可能或不可能的条件因素或限度在哪里？最后，为了打个圆场，也只能用“怎么都行”（anything goes）来进行折中调和。从另一个方面说，谁在对世界进行着最高权力的筹划和分类？上帝？理性？还是别有他物？这种怀疑，其实已经涉及整个西方思想大厦的合法性问题。但是，冒险者的声

---

① ［法］埃德加·莫兰：《反思欧洲》，康征、齐小曼译，生活·读书·新知三联书店 2005 年版，第 76—77 页。

② ［德］叔本华：《作为意志和表象的世界》，石冲白译，商务印书馆 2006 年版，第 25 页。

③ ［法］高宣扬：《德国哲学通史》第一卷，同济大学出版社 2007 年版，第 368 页。

音依然坚定，例如在叔本华看来："一切一切，凡已属于和能属于这世界的一切，都无可避免地带有以主体为条件（的性质），并且也仅仅只是为主体而存在，世界即是表象。"[①] 这就显示着，世界并非他物，而是表象者的世界，这个表象者也不是上帝这个唯一的集权者，而是主体："主体就是这世界的支柱，是一切现象，一切客体一贯的，经常作为前提的条件，原来凡是存在着的，就只是对于主体的存在。"[②] 胡塞尔在《〈笛卡尔的沉思〉引论》中也说："根据内在的或'天生的'主导原则，所有这些各种各样的结论都必定是从纯粹自我中得出的。"[③] 既然一切存在依赖于主体，那为什么不可以从"我"的角度重新思考世界呢？既然主体被赋予理论上的先验性批判潜能，那为何不可以怀疑我们根深蒂固的思想成规呢？

之所以将于连思想纳入这样一个整体框架，原因就在于他的比较研究范式牵涉"边界""话语权""差异""他者"等后现代话语。归根结底，这与现代西方怀疑论思想一脉相承。因此当尼采宣布"上帝死了"的时候，被大多数人视为疯子，理由是：尼采凭什么具有这个权利？这个陈述从哪里获得合法性基础？因为，在大多数西方人看来："上帝本是终极视域下的存在论归宿，其死亡的宣布意味着尼采对信仰光环下的绝对真理和最高价值的根本性否定。"[④] 上帝作为西方精神的信仰核心，制约着整个西方的文化符码生成，没有这种原初性的知识基点和理性规定，人凭什么认识世界？世界又能以怎样的方式获得可知性编码？

事实表明，"上帝之死"并非一个不可能事件。当生存无法延续，

---

① ［德］叔本华：《作为意志和表象的世界》，石冲白译，商务印书馆 2006 年版，第 26 页。

② 同上书，第 28 页。

③ ［德］胡塞尔：《〈笛卡尔的沉思〉引论》，张宪译，倪梁康选编：《胡塞尔选集》下卷，上海三联书店 1997 年版，第 873 页。

④ 王超：《从"作者之死"到"读者之死"——论话语分析的权利增值与边际约束》，《文艺评论》2007 年第 5 期。

死亡能充当最好的解脱。尼采的宣告意味着彻底的怀疑，如胡塞尔所言："怀疑的本质当中包含着'有某种东西与此矛盾'。而确真的无可怀疑性却意味着不同的东西，而且所意味的要多得多，它的意思是：凡是在我看我如何看，并且将它确定为我在如何看的地方，在那里我就甚至不能想象这样一种可能性，即被看到的东西不存在，或以另一种方式存在；因此也肯定不能想象这样一种可能性，即以后会表明，被看到的东西不存在。"① 怀疑体现为自由抗争的一种形式，是存在的基本表征，正如萨特所说，存在先于本质而不是本质先于存在，这是人与物的最大不同。

从另一个角度讲，从对象的不可怀疑性出发，可以反思某种另外可能性，或者说，它能以其他方式存在。例如，赛义德在《东方学》中指出，西方人眼中的中国形象与事实中的中国大相径庭，甚至出现"妖魔化"倾向。其实，正是在对这种形象的否定性批判中，可以看到另外一种可能性。不过，一旦这种质疑走向极端，就会迈入虚无主义和不可知论的深渊。

于连的比较文学研究策略，就是从这种怀疑态度开始的。韦斯坦因等学者对东西方跨文明比较"迟疑不决"，因为他们坚持以同源性、类同性为可比性，他们试图躺在西方文明舒适的封闭圈，但是于连却想逃离、分化、拓展和怀疑，他从"我思故我在""上帝死了""价值重估"等论断中获取思想支撑，坚信一切坚固的东西都会烟消云散。也许从亚里士多德"吾爱吾师，吾更爱真理"的箴言中，就已经奠定了这样一种研究路向。

二　意识形态：从知识谱系到话语权利

于连思想的第二个宏观语境，是意识形态理论的兴起。在传统观念

---

① ［德］胡塞尔：《第一哲学》下卷，王炳文译，商务印书馆2006年版，第95页。

看来，文学活动似乎遵循这样一种程序：首先存在一个客观对象或事实（情或物），然后作家借用文字来描述和表现这个对象，最后通过文字的叙述来重新认识这个对象或事实。以历史学为例，在事件发生之后，史学家根据某种途径，用口头或书面形式进行叙述，最后通过史书记载，使我们重新获得对历史事件的认识。但随着现代主义尤其是后现代主义思潮的风起云涌，大众开始质疑这些坚固的历史文本及其合法性基础。也就是说，我们从历史文本中所读到的历史，难道真的是历史本身吗？

正是意识到了“文本并非对事实的客观反映”这一个事实，西方马克思主义学者才把文本视为一种意义生产和书写模式。对于同一个对象，可能采取不同的叙述模式，决定这些叙述模式和意义生产机制的终极根源，就是话语权力下的意识形态体系。意识形态（Ideology）是指一种思想观念的集合。这个词是在 18 世纪末出现的，它由法国大革命时代的哲学家特拉西（Tracy）在《意识形态概论》中首先使用。黑格尔也认为，一个特定时代的思想都是相对于变化着的历史情境而言的，如果历史有理性、有意义的话，那么它也必定存在于整个历史过程中，而不能从特定的个人中去寻找。黑格尔深深影响了马克思，马克思首次将意识形态概念置于政治学批评，并使之成为唯物史观的重要范畴，并于 1859 年在《政治经济学批判》的导言中有经典表述。

在马克思那里，意识形态有三种定义：首先，意识形态是对历史唯心主义的否定；其次，它是对社会存在的系统解释；再次，它在总体上是一类确定的文化，这种文化是对社会存在的反映，受社会存在的制约。一旦某种意识形态与话语权力形成密切的粘连，那么，个人或集体都要自觉或不自觉地受这种特定文化体系的影响，所以马克思提出经济基础与上层建筑的社会结构模型。所谓上层建筑就是指在经济基础之上形成，并组成社会抽象精神的意识形态，或如它的法律体系、政治体系和宗教信仰。对马克思来说，经济基础决定上层建筑，而上层建筑又可以强化和巩固经济基础，它以思想制约、意识形态和话语权力来实现其内在作用力。

在文学理论中详细阐述意识形态问题的是伊格尔顿，他曾指出："如果不能把文学视为一种客观的描述性的范畴，那么也不能把文学只说成是人们随意想要称为文学的东西，因为这类价值判断完全没有任何随意之处，他们根植于更深的观念结构中，这些结构就像帝国大厦一样，巍然不可撼动。"① 那么这些深层的观念结构是什么呢？就是意识形态。卢卡奇、葛兰西都对这个问题作了深入分析。在人文社会科学研究中，意识形态是个难以绕开的问题。朱光潜认为："意识形态总是社会经济基础与阶级关系的反映。"② 文学史、哲学史、思想史的书写，都存在一个话语规则问题，这个规则不是任意性的，也不是绝对固定的，而是随着意识形态体系而不断变化发展。

经历了西方马克思主义的改造之后，意识形态被广泛用于现代西方思想批判体系，韦伯在《理解福柯》中解释了这个术语："意识形态指的是一个文化中某个特定团体所持的思想体系。这一思想体系代表了它们的利益，同时也包括这些团体试图移植它们的思想、意义和价值体系，并让它们被当作普遍和常识性的尝试实践。"③ 从福柯、德里达、巴特等人对深层结构的拆解开始，传统知识谱系随着话语权利的转移而发生质变，这个质变过程使得意识形态的功能越加明显。所以，解构主义学者发现了文本意义、知识话语、符号体系的不确定性，而西方马克思主义学者则找到了这种不确定性的根源，那就是意识形态的文化生产功能，因为："'真正'的历史，即通常所谓的生活本质，从来不会直

① Terry Eagleton, *Literary Theory: An Introduction*, Oxford: Blackwell Publishers, 1996, p. 14.

② 朱光潜：《西方美学史》，人民文学出版社 1979 年版，第 176 页。

③ ［澳］J. 丹纳赫、T. 斯奇拉托、J. 韦伯：《理解福柯》，刘瑾译，百花文艺出版社 2002 年版，第 195 页。

接地呈现于文本之前，呈现于文本之前的既不是真正的历史，也不是完全杂乱无章的现象，而是已经被特定的意识形态构造出来的、被意识形态加以‘意义化’了的历史。”①

于连与其他许多当代法国思想家一样，除了批判、怀疑西方知识话语的合法性，还反思自身意识形态框架下所形成的文明体系，从“他者”“异域”“第三只耳朵”出发，去重建新的知识形态，从思想的必然性滑入偶然性。意识形态的运用策略包含：对他者话语的拒斥，对阐释的控制，对使用者的限制，以及对话语传播机制的操控。于连迂回到遥远的中国，目的就在于完全躲开意识形态的权利规训，拆解权力结构下的知识谱系，面对思想事实本身，回到思想的原初状态，从自由的选择抵达纯粹的意识，从同一性走向差异性。同时，于连也发现了这种方式所潜在的威胁：“我感到了这种危险：在世界化的同时，文化最终要失去一切‘可能的差异性’。这是我研究工作的根本理由：阻止这种思维的程序语言（basic），这种正在传播，扼杀一切思维的无穷尽的哈伯马斯理论——或是重蹈覆辙，我再用这个词：‘枯燥无味。’因为如果不是语言、历史、立场上差异对差异，又是什么能够丰富思想呢？确实，只能从差异出发，人们才能思维。然而，中国文明曾在远离我们的情况下发展，形成这样的特征，今天却拜倒在我们的文明之下——采用我们的‘美学’分类、我们的逻辑分类等等。直至它变得不可认，而且是在它不知不觉中发生了这一切。”②

诚然，人类社会需要一种客观正当性来调和社会秩序，但正当性的权威应当来源于契约，当这些契约在时空变化中仍然要坚守其稳固性的时候，内在的破坏性因素自然而然要涌现出来。更何况，也不存在一种

① 马新国：《西方文论史》，高等教育出版社2002年版，第559页。

② ［法］弗朗索瓦·于连、狄艾里·马尔塞斯：《（经由中国）从外部反思欧洲》，张放译，大象出版社2005年版，第134页。

具有绝对正当性的纯粹真理："没有什么是纯粹正确的；因而当真确是指纯粹正确的时候，也就没有什么是正确的了……。我们只不过具有部分的真和善，同时却掺杂着恶和假。"[①] 胡塞尔也指出："在人们暂时所处的不清晰情况下，每一种正当性似乎也在另外一种意义上变成靠不住的——就是说变成可疑的。对于每一种正当性的本质、意义之超越论的询问——换句话说，这样一种询问：正当性是否以及在多大程度上有效，是否以及在多大程度上能够有效。"[②] 事实上，解构主义对意义理论作出的批判，很大程度上源于对知识正当性的反思。在上帝和理性的光晕下，很少有人去质疑这种权威的正当性以及这种正当性的有效程度，一方面是这种既成事实的正当性奠定了各种知识的基础，另一方面，离开这种正当性，难道仅仅存活于价值虚无的恐惧之中？我认为："对于整个知识领域来说，传统的陈述、分类、推论和价值批判的逻辑性基础出现了问题，因为作为终极授权者的超验主体'上帝'的缺席使价值判断所通约的思想体系近于瓦解。"[③]

福柯在《疯癫与文明》中考察了理性与疯癫两者的文化构成，他认为理性主义长期统治着西方文化，而从 18 世纪后期开始，疯癫体验以一种非理性的思维形式在理性领域游荡，但是在知识权利和理性意识的潜在支配下，作为历史整体结构一部分的疯癫被置于主流文化框架之外。然而，这种排斥并没有使之消失，凡·高、尼采、荷尔德林等人在作品中超验地表现了无意识、梦幻、死亡和疯癫的艺术质素，使得理性之外的诸种"不正当性"话语，例如"性""欲望""死亡""侵犯"等，以他者形式进入观照视野。另外，他的《知识考古学》《规训与惩

① ［法］帕斯卡尔：《帕斯卡尔思想录》，何兆武译，陕西师范大学出版社 2002 年版，第 179 页。

② ［德］胡塞尔：《第一哲学》上卷，王炳文译，商务印书馆 2006 年版，第 343 页。

③ 王超：《从"作者之死"到"读者之死"——论话语分析的权利增值与边际约束》，《文艺评论》2007 年第 5 期。

罚》《词与物》等著作，也思考了话语权力对于知识陈述的决定性作用。他认为，话语权力是一种基础文化代码，决定着语言、观念和运思模式，这个经验系统貌似永恒获得了合法性支撑，本质上不过是在某种历史前提下的主观性辩驳。正如胡塞尔所说："这个世界，以及一切可能的世界，在任何别的地方都没有'实存'，而只有在进行认识的诸主观'之中'，只有'在'它们的意识生活的对于他们本身是自明的事实'之中'，和'在'他们的合乎本质法则的能力'之中'，才能有'实存'。"[①] 因此，不用去追问：我们能认识什么？怎么去认识？我们认识到的是什么？这类问题仿佛陷阱，其实在认识之前，我们已经"在之中"，被嵌入了特定的认知取向和意识形态框架，它有一个实在的符号表象体系和深度的理性意义秩序。所谓的"实在""客体""中心""本质""真理"，其实都是某种意识形态之下的符号现象，并非自在之物，在叔本华看来："现象就叫做表象，再不是别的什么。一切表象，不管是哪一类，一切客体，都是现象。唯有意志是自在之物。作为意志，它就决不是表象，而是在种类上不同于表象的。它是一切表象，一切客体和现象，可见性，客体性之所以出。它是个别（事物）的，同样也是整体（大全）的最内在的东西、内核。"[②] 他进一步分析了西方思想对于"上帝""中心""本体"这类概念的习惯性依赖："许多人们认为是习惯性的事物，其实从根本上来讲就是源自我们天性中的内在的并且是恒永不变的本性。因此，我们总是在同样的环境里重复了同样的事情，每次重复都好似刚开始一样。这种重复不论次数多少，有着必然性的特征。此外，人们之所以有着种种习惯，那是人们害怕面对重新

① ［德］胡塞尔：《第一哲学》上卷，王炳文译，商务印书馆 2006 年版，第 351 页。

② ［德］叔本华：《作为意志和表象的世界》，石冲白译，商务印书馆 2006 年版，第 164—165 页。

选择时的辛苦、烦闹和危险。”[①] 在这个角度上讲，于连的研究之所以宣称为“偶然性”研究，实质上就是在规避这种西方意识形态的必然性制约，把思想、哲学看作是一种偶然行为，他不愿意依赖古希腊哲学的温床。事实上，这种冒险正体现着他对于自我文化根源的责任性内省。因为从一种文化之中生长出来的人总会带有文化的深层积淀和惯习，正如鲍曼说：“一种由被划定（circumscribed）并被限定在此时此地的状况视作‘具有自然性’因而毫无商量余地的自然习性。称为意义共同体的本地成员，也就等于能够被供以有关相关性的、有保障的‘客观’标准，以及一种‘渐进知识’（graduated knowledge）。”[②]

于连的中国研究，显然继承了西方哲学反思批判的文化态度，表面上看他是在逃离或否定西方哲学传统，实质上他是在“迂回”之中更加亲近西方哲学本身。尼采认为：“我们现在称之为世界的东西，是大量谬误与幻想的结果，这些谬误与幻想是在有机存在物的全部发展过程中逐渐产生的，并且相互之间是紧密联系在一起的，现在它们作为整个过去积累起来的财富为我们所继承——作为财富是因为我们任性的价值以此为基础。”[③] 当于连像其他西方学者一样进入希腊哲学源头并且享受这种伟大文化光晕的时候，中国文明的异质性特征却引起了他的震惊和反思。从现象学角度讲，要把握本质首先就要逃避这种光晕的环绕，因为：“在任何时刻所与者往往被一未定的可规定性光晕（Hof von unbestimmter Bestimmbarkeit）围绕，后者以特定的方式在区分诸表象系列时使其‘展开式地’靠近；最初也许还在晦暗中，之后又在所与性范

① ［德］叔本华：《人生的智慧》，亦非译，京华出版社 2006 年版，第 113—114 页。

② ［英］齐格蒙特·鲍曼：《现代性与矛盾性》，邵迎生译，商务印书馆 2003 年版，第 113 页。

③ ［德］尼采：《人性的，太人性的》，杨恒达译，中国人民大学出版社 2005 年版，第 27 页。

围内，直到所意象物进入完全所与性的鲜亮照明圈内。”① 在我们的意识被光晕照亮之前，就应该走出这个光晕，走进异域，走进圈外的阴影部分，走进给予性之外的非理性层面，因为：“非理性主义是对人类思维辩证发展的一种纯粹反动的形式（在从属的和倒退的双重意义上的反动），因此，它的历史取决于科学和哲学的发展，而且它通过下述手法应付科学和哲学所提出的新问题：它把纯粹的问题装扮答案，并宣称根本不能解决的问题就是认识世界的最高形式。”② 对沉默的他者所表示的认同，才能显示对思想本身所持有的实事求是的态度。

本雅明精辟地发现了审美意识形态向消费意识形态的过渡，他指出：“光韵的经验就建立在人间社会通常的反应方式向无生命物或自然与人关系的转换上。”③ 本雅明对光韵的拆解正如马克斯·韦伯的“祛魅”一样，都是要认清意识形态对意义的操控作用。阿多诺在《启蒙辩证法》一书中也反思了启蒙主义对于潜意识的操控，他认为这种操控不是通过国家机器来实现的，而是通过意识形态，或以大众文化传播的方式来复制某种精神上的消费观念。

可见，于连对古希腊文明的“祛魅”和对中国文明的“迂回”，实际上是在对两者进行现象学还原，在践行“回到事物本身”的哲学理念。在事实判断与价值判断之间，意识形态起着至关重要的作用。赛义德《东方学》所揭露的东方，是西方化的东方，于连要走出这种形象虚拟，从西方视野重新打量东方文本，以东方文本阐释西方文明，通过跨文明的迂回与进入，阐发出新的话语资源，这就是比较文学阐释学的基本实践路径。

---

① ［德］胡塞尔：《纯粹现象学通论》，李幼蒸译，商务印书馆1996年版，第171页。

② ［匈］卢卡奇：《理性的毁灭》，王玖兴译，山东人民出版社1997年版，第86页。

③ ［德］本雅明：《发达资本主义时代的抒情诗人》，王才勇译，江苏人民出版社2005年版，第154—155页。

三　走出西方：从话语独白到杂语喧哗

于连总是试图迂回，而我们应当质问的是：为什么要迂回？为什么要研究中国？中国对于西方究竟具有什么意义？是参照、映衬还是猎奇、把玩？要厘清于连思想的哲学缘由，还需要在结构主义、后结构主义、解构主义的哲学链条中予以分析。

其实，解构主义者大多来自结构主义阵营内部。如果说结构主义还在试图维护逻各斯中心主义，那么，解构就意味着向逻各斯中心主义的大举进攻。上文已经论述：西方思想的现代性危机起源于怀疑论，然后播撒在知识、宗教、伦理、消费、生存、话语和意识形态等各个方面。在这样一种宏观语境之下，出现了三种思想倾向：第一是思想重建。这一个倾向的主导话语是“新”，即重新建构当代西方人的精神秩序。例如，丹尼尔·贝尔从社会学角度揭示了后现代文化的矛盾，并认为最终会以“新宗教”为归宿；哈贝马斯则看到了西方现代文化所面临的合法性危机，但他认为“新宗教”只是一种理论构想，现代社会只能建立交往行为规范，重建“新理性”或“交往理性”。第二是社会批判。这里的批判同康德“三大批判”的语境和对象都不同，他们认为现代社会的最大弊端就是“人的物化”，人的主体性向社会虚拟价值普遍认同的进程中，同一性就操纵了整个现代人的精神意识形态。例如霍克海默和阿多诺所著的《启蒙辩证法》以及阿多诺本人的《否定辩证法》都详细阐述了这个问题，他们所说的辩证法与黑格尔的辩证法不同，他们主张与同一性保持距离，否定和批判资产阶级意识形态下的文化工业或大众文化。本雅明在《发达资本主义时代的抒情诗人》中通过对波德莱尔的分析，指出了现代城市的死亡性因素，他把发达资本主义社会表面的理性彻底摧毁，暴露出现代商品社会中人性的丧失和扭曲。马尔库塞在《美学方面》中坚持认为，在资本主义社会的物化语境中，艺术的主要职能就是维护人的主体性，以“大拒绝”姿态来抵抗现实社会的病态。当然，这一个倾向还包括了伊格尔顿和詹姆逊的意识形态批判，不再赘述。第三种倾向是解构主义的摧毁性工作。尽管阿多诺、马尔库塞等人用批判姿态来化解现代社会的病症，但无可否认的是，这种否定批判之后，也有一种积极的重建意识，例如阿多诺希望借助毕加索、卡夫卡甚至是勋伯格的无调性12音体系来刺激人的主体性。但是，解构主义者用断裂、破碎来描述西方世界的同时，显然标榜着对于“建构”行为的彻底否定，解构主义的工作就是破坏逻各斯中心主义下的二元对立模式，捣乱这个理性建构的世界表象符号。

这三种倾向是西方学术界对于发达资本主义社会的总体批判，这样简单勾勒之目的在于揭示：无论这些策略合理与否，工具理性已取代人的主体性成了推动社会的根本力量。当然，随着现代工业社会的高度发达，资本主义世界的科学技术能够给人类提供高度的经济繁荣和物质满足。因此，在西方从“价值重估”走向“价值重构”的进程中，工具理性、技术意识形态以及消费社会观乘虚而入，填补了这种断裂化的处境。然而，当这些新的价值信仰以技术意识形态形式统摄当下社会的时候，遭遇到了众多思想家的深度质疑和批判，例如前文所提到的本雅明、阿多诺、马尔库塞、哈贝马斯等，他们认为当代西方并没有重新建构出一种新的价值体系，反而是物质上的高度发达导致了人们对于工具和技术的强度依赖，以至于形成了一个思想上的“病态社会”和“单向度社会”，陷入了一个类同性单向度思维惯性之中，这使西方思想又陷入了一个新的困惑和危机。这些浓重的悲观主义情绪在文学作品中处处弥漫、比比皆是。例如，艾略特的《荒原》、卡夫卡的《变形记》、萨特的《恶心》、加缪的《西西弗的神话》、贝克特的《等待戈多》等。在这样一种危机重重的情况下，结构主义者坚持认为客观世界的可知性，人类应当从虚无主义中走出来，运用科学的思维方式建立一个关于世界的结构模式。无论是“意志”“原型”，还是“新理性”“新宗教”，都换汤不换药，没有摆脱对本质、起源、中心、真理以及总体性的深度追求，逻各斯依然以各种各样的面貌出现，这在结构主义中显得尤其明显，他们在现象面前向后站，在一个更高更深之处发现本质结构之所在。

然而，1968年5月，法国爆发了声势浩大的反政府学生运动，推进了西方社会对总体性、结构性、本质性等概念的反省，结构主义逐渐向解构主义过渡。解构主义对中心、权威、深度结构进行颠覆，提倡从边缘出发，从异域出发，从差异出发，最终实现多元共存的话语狂欢。德里达的解构首先是从逻各斯中心主义开始的，他认为意义不过是符号与符号之间的“自由嬉戏运动”，它不断“延异”和“播散”。我们苦苦追寻的意义，只能从差异到差异不断延续，根本不可能有一个根本性的起源或中心。德里达的思想解构方式在西方产生重大影响，但也引起诸多批评，哈贝马斯就认为德里达对存在问题进行了爆炸性解散，这种批判容易导致虚无主义和相对主义。

所以，当回到于连的时候，我们至少可以这样认为：他的比较策略，远远不只是猎奇心理，他背后至少潜伏着两种推动力量：第一，古希腊思想的视域限制，就是海德格尔所谓的“在……之中”的存在状态。当今世界已走向多元化时代，思想上的背井离乡在所难免，这不是一种彻底背叛，而是为了从“话语独白”走向“对话整合”。于连指出：“经由中国过程中，我首先发现的甚至是我此后最重视的问题之一，亦即对‘我所来自的’文化多么无知。因此，经由中国的目的也打破这种妨碍认知能力的熟视无睹。”① 他以中国思想来撬开西方思想，就

① ［法］弗朗索瓦·于连、狄艾里·马尔塞斯：《（经由中国）从外部反思欧洲》，张放译，大象出版社2005年版，第207页。

是一种跨文明对话，这也是比较文学阐释学区别于文学批评阐释学的重要特征。第二，西方精神世界面临重重危机。柏拉图、亚里士多德时代建立起的哲学框架，在短短一百多年内面临种种批判、否定和质疑，飞速发展的经济与日益萎缩的理性形成巨大的二律背反。于连的比较研究策略就是：走出西方文明框架，从外部解构，以跨文明比较阐释刺激原初文化的新生。既然结构主义的“结构”是虚无的，西方马克思主义的“批判”也没有在事实上取得很好的疗效，而且解构主义在“解构”之后还是一片茫然无措，那么，不难发现，他们有一个共同缺陷，就是始终没有逃离西方文明的惯习和成规。如果在西方语境下难以解决西方问题，那为什么不可以把这些问题挪到另一个文明体系之中进行他者性阐释呢？需要澄清的是，这不是回避，更不是背叛，而是要通过迂回重新进入本土思想体系之中，不管成功与否，至少，这是一种积极的比较文学创新态度。

第二节　中国文论思想的中国化阐释

一　思想革命：文化根性断裂的价值虚无

于连对中西方文学文本的跨文明阐释，一方面源于西方思想的现代性危机，另一方面还源于中国思想现代转型带来的诸种问题。现代中国走出了儒家思想的信仰体系，但和西方一样，并未建构出具有完全替换功能的价值符号。其中一个重要原因，就是近代中国学者在中西跨文明阐释中，摧毁胜于建构，同化胜于变异，以至于跨文明阐释演变为跨文明改造。一个社会结构可以没有宗教，但不能缺乏信仰，虽然中西方在宗教信仰问题上路数不同，但是：“信仰是人所特有的精神生活，无论东方还是西方，无论古代还是现代，这种信仰需要都是人的生活区别于动物的本质特征。”[①] 如果说，“上帝之死”吹响了西方哲学的批判号角，那么，“五四”新文化运动则推进了传统中国文化的时代断裂。与西方宗教传统相比，中国文化更倾向于一种世俗的精神，但中国没有宗教传统并不意味着没有精神信仰，在儒家文明中，始终贯穿着一种终极关怀，它体现为“仁”“礼”这样的伦理学范畴，这些范畴缺乏西方宗教那种超越精神，以“类宗教”形式传承。而新文化运动在否定儒家思想的时候，把这种终极关怀替换为人的自我意识和理性精神，用人文的、科学的观念抨击封建伦理道德思想。钱理群等在《中国现代文学三十年》中描述道：“‘重新估定价值’的理性批判精神与由于‘人的发现’、‘文学的发现’引起的理性探索精神，是贯穿第一个十年的几乎所有的作品中的。”[②] 因此，新文化运动较之以前的思想革命更具有彻底性：“从洋务运动到辛亥革命，技术上、经济上乃至政治上的变革，却没有能够根本触动中国传统的道德价值，因而也没有走上整体性的反传统之路。只有‘五四’的伦理道德革命，才将此前历次对传统的变易，置换成了整体性的反传统。”[③]

的确，当一种道德自律已经凝固成思想教条的时候，来自客观的外部压迫显然使内在的自由性难以负荷。所以，从某种意义上说，“五四”运动可以简单概括为两个思想倾向：一是对以儒家思想为主导的传统中国古代文化进行深刻质疑、检讨和反思。在对一切文化现象背后的思想根基进行价值重估的同时，用一种革命性的激进态度审视中国文化的发展样态。二是“西学东渐”文化思潮的形成。随着西方思想的大规模引进，中国学界开始在中西文化的碰撞、交流、对话中解构传统文

① 蒋承勇：《西方文学“两希”传统的文化阐释》，中国社会科学出版社 2003 年版，第 46 页。

② 钱理群等：《中国现代文学三十年》，北京大学出版社 1998 年版，第 25 页。

③ 高旭东：《五四文学与中国文学传统》，山东大学出版社 2000 年版，第 11 页。

化观念，用一种新的思维方式介入对中国文化的理解。在这个思想的内发自省与外在进攻交织的过程中，往往呈现出“西方化还是东方化”的矛盾论争。在语言层面上说，“五四”运动主张用现代白话文取代传统文言文，这种形式上的替换导致现当代中国文化在语言思维领域的无根性苦难。因为文明的延续和承传很大程度上是在对传统文化的阐释和贯通中进行的。当然，现代与古代也并非完全决裂，但至少造成了疏离感，因为在语言形态上就已经隔着一层障碍了。

同时又必须意识到，五四运动的价值重估与西方思想中的价值重估存在根本的不同，西方的价值重估是在其内部自然产生的，当历史发展到一定阶段，就积淀出某种“合力”，这股“合力”推进文明的演变，而中国历史的“大河改道”很大程度是在异质文明的挑战和压迫之下而产生被动变异的，而且这个突变的过程在短短几十年间就完成了，这必然要导致剧烈的社会变革。换言之，西方的现代性变革是自身内部的发展趋势使然，而中国的这场变革是内忧与外患相互交织的结果。在这之后的一段时间里，中国并没有建立真正意义上的“新信仰”“新思想”，茅盾说：“现在我们回过头去看，高高堆在那里的这个伟大的‘五四’的骸骨是些什么呢？几本翻译的哲学书；几卷‘新’字排行的杂志，其中并列着而且同样地热心鼓吹着各种冲突的‘新思想’；几本翻译的法国俄国文学作品。”① 虽然没有人像尼采一样宣称“上帝死了”，但是中国传统文化中的信仰模式却被事实性解构了，使得中国社会不得不陷入信仰危机之中：“五四唤醒了整整一代人，但这种苏醒是以热情和冲动为表层意识的，人们并不是十分理性地观察内外世界。对一般人而言，五四思潮也许意味着不安定，而对于那些社会意识的代表

① 茅盾：《茅盾论创作》，上海文艺出版社 1980 年版，第 226 页。

和前台冲杀者来说，又何尝不是充满了怀疑和失望?”①

在颠覆了中国传统文化之后，很多知识分子希望“拿来”西方文化的资源。而事实证明，拿来主义从理论上讲是可行的，在实践上却存在“消化不良”的症状，正如李长之说：“那时所表现的思想，往往是西洋学说的化装。即如胡适的八不主义，试翻渥滋渥斯的论文，即可见其来源。他们对于中国传统的不满，无非是拿外国的尺度来量的结果……。这种文化运动是移植的，像插在瓶里的花一样，是折来的，而不是根深蒂固地产自本土的丰富营养的。”② 这样一来，既无法从历史层面实现身份认同，又难以从空间上实现价值重构，不得不在双向悖论之中呐喊、彷徨。

二 以西释中：中国文论话语的西化之路

现代中国文化失去传统根基的同时，西方文化开始渗入。曹顺庆教授说：“自 19 世纪末至 20 世纪，中国文化第一次受到了西方文化的严峻挑战，西方文化借着西方的坚船利炮，轰开了中华文化的坚固堡垒。中华文化之根，第一次真正动摇了，在民族危亡之中，救亡图存的意识，迫使中华民族不得不‘求新声于异邦’，甚至不惜打倒孔家店，抛弃传统文化。自‘五四’以后，中国文化发展的轨迹上，呈现出一条巨大的断裂带。”③ 这个断裂带源于对传统文化的否定，在否定的同时又不能找到另一个自我认同的价值体系，于是就患上了“失语症”：“所谓‘失语’，并非指现当代文论没有一套话语规则，而是指它没有一套自己的而非别人的话语规则。”④ 在这里，“失语症”所表示的不是

① 赵明：《历史的文学与文学的历史》，宁夏人民出版社 2003 年版，第 154 页。

② 李长之：《五四运动之文化的意义及其评价》，郜元宝、李书编：《李长之批评文集》，珠海出版社 1998 年版，第 336 页。

③ 曹顺庆：《文论失语症与文化病态》，《文艺争鸣》1996 年第 2 期。

④ 同上。

汉语的消失，而是一套话语规则的缺席。

实际上，在中国思想的现代化进程中，并非没有话语重建的努力，这主要体现在三个方面：第一是对中国传统文化的重新阐释，即提倡文化上的复古主义。如“学衡派”的梅光迪、胡先骕、吴宓，他们既是欧美留学生，又是大学教授。他们以《学衡》为阵地，打着学贯中西的旗号，提倡尊孔读经、复古倒退，攻击新文化运动和文学革命。第二是对于一种新文化传统和思想方针的尝试和建构，以胡适、陈独秀等人为代表。第三是对西方资源进行整合和拿来。如鲁迅、周作人、傅雷、林纾等人对西方文化资源的译介和传播。然而，1922 年 1 月在南京创办的《学衡》月刊，1933 年就停刊了，虽然文化传统需要继承和延续，但毕竟历史是不能倒退的。一时代有一时代之文学，必须用发展的眼光来看待问题。胡适、陈独秀等人倡导的新文化运动虽然提出了一些创新思想，但这种创新在实践上具有相当大的难度，毕竟中国文化几千年的沉淀并非一日之功，它存在一个内在的稳定结构和诗学规则。所以，当大家读到胡适 1917 年在《新青年》杂志发表的中国第一首白话诗《两只蝴蝶》时，既感到可笑，又感到失望。同样，“五四”运动的批判大于创建，最终并没有提供一个可靠的文化模式和价值信仰，就像西方现代文学中的达达主义一样，是一部反叛的历史：“在 1914—1918 年的第一次世界大战的可怕杀戮中，西方数千年的文明所沉淀的全部价值好像丧失殆尽。正当此时，达达刮起了一股对西方文明的抗拒和反叛的狂风。它以标榜纯粹的颠覆和恐怖的精神来创造自己的神话。它不仅要在文学和艺术战线，而且要在所有的人类活动领域，持续不懈地从事破坏性的工作，并且贡献从事这种破坏性工作的种种手段。”① 相比之下，

---

① ［法］亨利·贝阿尔、米歇尔·卡拉苏：《达达：一部反叛的历史》，陈圣生译，广西师范大学出版社 2003 年版，第 1 页。

第三种努力从思路上说是可取的，鲁迅的“拿来主义”也从理论上阐明了这一条路的可行性，但由于缺少自身话语之根，所以往往饥不择食，盲目对西方文化进行拼贴和挪用。在接触到西方文化之后，现代知识分子用一种崭新的视域去观照中国传统文化思想，本来自然而然的知识形态，突然就被视为异端，正如曹顺庆、吴兴明所说：“由于西学知识系统对传统知识谱系的全面替换，中国传统诗学已成为一种‘异质’的知识，今天，我们关于诗学的大部分谈论在基本的知识质态和谱系背景上都是西学的。中国古代的文论、艺术理论从术语、观念到体系结构，都往往要‘翻译’成西学质态的知识，对我们才可以‘理解’，才是‘清楚明白’的，传统知识中的大部分都须经过现代知识系统的解释、过滤和处理，才有进入当代中国知识世界的合法性。”[①] 这里，两位学者指出了中国诗学话语所遭遇到的双重尴尬：一是西方知识谱系对中国传统知识的改造；二是当代学者对中国传统知识话语的改造。这两重改造的一个直接后果就是：我们既无法与传统文明对接，又无法与西方话语对接，于是在这个中西比较阐释的过程中，我们不但没有得到，反而失落了本来已有的话语样态。

所以，“拿来主义”很大程度上变成了“同化主义”，忽视了中西方文化诗学异质性，在整体知识质态上进行置换挪用。以中国文学理论为例，西方诗学的拿来，并没有与中国文论话语实现兼容嫁接，反而以一部一部的“学科史”推进了“学科死”。因为现代很多中国文论的研究，一开始就套用西学方法论来进行，中国文论本来是一种活生生的学术生命现象，在用西学体系阐释中国文论时，由于没有顾及中西方文论的异质性元素，去进行横向的移植和拼贴，中国古代文论就被阐释走样了。其中最关键的问题就在于：西方文论成了一个标准、范式、权威，

① 曹顺庆、吴兴明：《替换中的失落》，《文学评论》1999年第4期。

是放之四海而皆准的真理，是一把可以衡量一切的尺子。因此，中国文论话语在面对西方文论的时候，就往往被判断为没有理论体系，只有断章残篇。进一步说，没有理论体系的中国文论是不科学的，是不可把握的“玄学”，所谓的“妙悟”“目击道存”“以少总多”“雄浑”等话语形态在理性思维下很难解释。例如，“妙悟”从审美方式上来说是完全可能的，但具体怎么操作呢？就不知所云了，完全成了一些虚无缥缈的空对空言说。比如，为什么说“池塘生春草，园柳变鸣禽”是非常绝妙的诗句呢？谁能悟得其中的道呢？是怎么领悟的？这个道是什么？很难有一个服众的回答。无法言传的东西只能是一种体验，这种体验也只能存在于个体的认知之中。正如于连所说：“如果在中国文化内部存在体系的话，那这种体系并不是以一种概括的方式，从‘理论’的观点出发凭借全面突出事物一下子被揭示出来的（根据希腊思辨使我们已对之习以为常的总的观点）；它的揭示是随着叙述过程展开的——凭借的是渐进的尝试，连续的定义和积累的经验。”①

因此，按照西方科学的观念，中国文论既没有理论体系，也没有对概念范畴的仔细界定，更没有像艾布拉姆斯的文学四要素、格雷马斯的叙述学理论那样的普适性文学研究方法。很多人写《文学概论》基本是写西方文论，中国文论淡出了研究视野，因为这些“不可言说”的话语范畴不具有科学传播力，中国古代文论话语也无法有效解释当代文学文本，而且，当代中国诗学话语体系也并未得到有效建构。但是必须意识到，中国文论话语规则不是在历史变迁中自动退出这个视野的，而是在被西方知识整理、解剖和批判的时候丧失了其本然的生命活力，开始了死亡之旅。这就像是把一棵土生土长的花苗拔出去展览，却用另一种完全不同的植物放进来栽种，结果展览的花由于没有本土养料，自然

① François Jullien, *Le détour et l'accès*, Paris: Bernard Grasset, 1995, p. 119.

枯竭死亡，而被移植的植物也水土不服，继而消化不良，这就是现代“以西释中”比较范式存在的主要问题。

三　话语重建：西化与中化间的思想策略

长期以来，中国文论与西方诗学之间存在明显的“隔”而不是“化”，没有从根本上认可中国文论的异质性和独立性，于是就出现西方中心主义或东方中心主义的偏颇，曹顺庆教授指出：“因为双方不是在同一个层面上平等交流对话，要么是西方理论崇拜，要么是极端民族主义情绪在作祟。很难超越这种异质文明之间的鸿沟达到‘共在之域’。”① 这种局面导致中国文论话语总是在西方话语的牵制之下被改头换面，显得支离破碎，最终无法言语，就连很多比较文学大学者也存在这种问题，例如刘若愚的《中国文学理论》，还是没有从根本上摆脱“西学为体，中学为用”的基本思想，他忽视这种根本性差异，用西方理论体系来清理中国知识质态，必然“失语”。实际上，体系和范畴并不孤立存在，它的背后有一个深厚的思想文化根基，因此，刘若愚在用西方体系来衡量中国古代文论时，就忽略了这个背后潜在的文化异质性问题，不管得出的结论是有体系还是没有体系，是明体系还是潜体系，都不是依照中国传统的话语言说方式来探索问题，也不是在真正研究中国古代文论，他的标题是《中国文学理论》，实际上研究的是“西方”文学理论。

由此可见，中国文论思想本是活生生的存在物，但是却被有意识无意识地西方化了，西方化不是真正意义上的比较文学，梁漱溟指出：“如何是西方化？西方化是以意欲向前要求为其根本精神的。或说：西

① 曹顺庆、王超：《论中国古代文论的中国化道路——对“中国文学批评”学科史的反思》，《中州学刊》2008 年第 2 期。

方化是由意欲向前要求的精神产生，‘塞恩斯’与‘德谟克拉西’两大异彩的文化。”① 在他看来，科学和民主是西方文化的本质特征，这两种精神背后其实就是西方的理性精神和主体意识，除此之外，体系、范畴、判断也是其重要特征，阿多诺就这样陈述体系：“体系，即展示一无所不包的总体的形式，它反对思想的每个内容使思想绝对化，并使各种思想的内容归于消失。在给唯心主义提出任何论证前，它已是唯心主义的了。”② 体系意味用一种理性的逻辑思维去把握对象，它具有强烈的主观意识，而事实上，中国文化始终主张天人合一、物我不分。如果固执地用一种理性体系去把握，就是缘木求鱼，不得要领。

梁漱溟说：“一种文化总有他那一种的思想作前驱，才见诸事实。东方化不知道能复兴不能，不过能复兴，自然得要东方哲学去复兴他。”③ 如果说，现代中国文化内部深层结构的断裂和西方文化的冲击导致了“失语症”的发生，那么，要拯救中国文化与文论，必然要传承古代文论话语，整合西方诗学话语，重建一套属于自己的规则系统，正如曹顺庆教授说：“要重建中国文论话语，首先要接上传统文化的血脉，然后结合当代文学实践，融汇吸取西方文论以及东方各民族文论之精华，才可能重新铸造出一套有自己血脉气韵，而又富有当代气息的有效的话语体系。”④

比如，对于《文心雕龙》中的“风骨”范畴，历来就存在多种论断，黄侃和范文澜认为“风”是文意，“骨”是文辞；王运熙认为“风骨”就是一种独特的“风格”；寇效信认为“风”是内容，“骨”是形式，还有人认为“风”是形式，“骨”是内容，等等。对“风骨”的剖

① 梁漱溟：《东西文化及其哲学》，商务印书馆 1999 年版，第 33 页。
② ［德］阿多诺：《否定辩证法》，张峰译，重庆出版社 1993 年版，第 23 页。
③ 梁漱溟：《东西文化及其哲学》，商务印书馆 1999 年版，第 233—234 页。
④ 曹顺庆：《文论失语症与文化病态》，《文艺争鸣》1996 年第 2 期。

析可谓见仁见智，但其中有一个很明显的现象，那就是很多研究者习惯于从内容和形式、本质和表象、内在和外在的二元对立范畴来阐释，这很大程度上受到了西方思维的影响，这种潜意识的西方理论思维很容易把中国古代文论思想进行曲解和误读，最终导致“失语”。事实上，刘勰在《风骨》篇中，用三个鸟的意象隐喻了“风骨”的内涵，即翚翟、鹰隼和鸣凤。翚翟“肌丰而力沉”，鹰隼“骨劲而气猛”，鸣凤“藻耀而高翔”。可见，“风骨”并不是“风”和“骨”的合称，它是指文学作品蕴含的阳刚、雄浑、力量之美，或者刚健有力的精神气度，这是一个不可割裂的范畴，正如敏泽所说：“风骨作为一个完整的概念，就是要求文章‘刚健既实，辉光乃新’，在思想艺术方面具有刚健，遒劲的力的表现，象鹰隼展翼疾飞那样‘骨劲而气猛’，这正是当时文艺作品普遍缺乏的。”①

以上可见，文学与文论的跨文明阐释并不是新鲜事，无论是近代中国的全盘西化，还是台湾学派的阐发研究，以及 20 世纪后期的以西释中，都是跨文明阐释，但这些研究存在的问题就是：以比较阐释模式遮掩了异质文明之间的差异性。前文已述，比较文学阐释学的主要特征是“跨文明”、“阐释”和“变异”。两相对照，就可发现之前的阐发研究虽然有跨文明特征，也有阐释元素，但是淡化了阐释变异这个重要特征。阐释变异要求作品之间、理论之间以及理论与作品之间的双向阐释应当认同异质性和变异性这个基本事实，不能期待从阐释中总是获取同一性、类同性的认知结论，要在异质文学与文论的差异比较和互补对话中，认识某种文学与文论在他者语境中的不可能性，通过研究文学作品与理论在跨文明旅行中发生的文化过滤、文学误读及不正确理解，促进世界各民族文学的创新发展。

---

① 敏泽：《中国文学理论批评史》上册，人民文学出版社 1981 年版，第 3 页。

第三节　比较文学研究的差异性趋向

一　中国形象：社会集体想象与意义虚拟

在分析完中西方的话语危机之后，我们可以把视域从思想文明转向文学理论尤其是比较文学学科理论，这样一层一层地深入挖掘下去。我们知道，比较文学自其诞生以来，就不断地遭受到各种质疑，克罗齐、韦勒克、艾田伯、巴斯奈特、斯皮瓦克等学者都严肃“攻击”过这门学科。那么，我们是不是可以说比较文学就此走向衰亡了呢？事实上，对此作出判断为时尚早。在这里，可以从中国比较文学立场出发，从形象学、翻译学和译介学这几个层面来分析这个命题背后的知识脉络。

比较文学的危机必须要联系到20世纪的语言学转向，西方语言学革命的一个重要突破就在于：语言符号不仅仅是传播工具，能指与所指之间并不是固定封闭的一个指涉关系，语言，从它的生产、传播、阐释和接受都存在一系列的信息过滤和意义增补或失落，根据索绪尔的观点，我们只能在差异中建构意义域。正如黑格尔所分析：“每一方只有在它与另一方的联系中才能获得它自己的（本质）规定。”[①] 这就意味着我们所依靠的语言符号，具有很大的不可靠性。因为语言不仅仅是符号事实，更是一个意义事实，媒介的作用不仅仅在于传递，还能够在一个公共领域之内起到设定和重构意义的作用。这样，从一种语言内部出发，符号与意义之间的关系变得很脆弱和不可靠。同样，在中国，语言也是一个比较麻烦的对象，能够表情达意的也并不是语言本身，而是语言所塑构的意象，即“圣人立象以尽意”。所以，当语言学革命让我们

---

① ［德］黑格尔：《小逻辑》，贺麟译，商务印书馆1980年版，第254页。

意识到话语生产的人为性因素时，如何研究某种话语形象的意义生成机制就成了一个非常重要的课题。

注意，在这里我用形象而不是对象来进入比较文学，两者的区别是微妙而有趣的。“形象学”一词来源于法文“imagologie”，它作为比较文学研究的一个领域，主要研究不同民族文化交流中所产生的“异域风情”或“异国图象”，并且挖掘这种形象的生成机制及其意义变异。例如，中国视野中的中国形象和西方视野中的中国形象就有很大差异。那么，长期以来，经过译介而传播到西方的中国形象与其本真面貌发生了怎样的变化？翻译是作为技术性的媒介形式还是文化性的构成方式？尤其是在后殖民主义文化语境中，这个问题变得更加严峻。以赛义德为主的后殖民学者从解构主义获取了理论资源，反思了西方中心主义下的东方形象问题，在他看来，如果不摆脱心理和意识形态层面的话语霸权因素，所谓的“比较”，其实不过是一种想象式同化或异化而已。

法国比较文学家巴柔认为：“异国形象应被作为一个广泛且复杂的总体想象物的一部分来研究。更确切地说，它是社会集体想象物（这是从史学家们那里借来的词）的一种特殊表现形态：对他者的描述。”①在巴柔看来，事实并非以事实本身现身，而是以形象出现，形象因此不是一个简单的存在客体，它源于主体的自我意识，正如马克思所说：“从前的一切唯物主义——包括费尔巴哈的唯物主义——的主要缺点是对事物、现实、感性，只是从客体的或者直观的形式去理解，而不是把它们当作人的感性活动，当作实践去理解，不是从主观方面去理解。”②如果从主观方面去理解跨文化比较中的形象生产及其变异问题，那就绕不开社会集体想象和话语权力，基于此，赛义德在《东方学》中重点

① ［法］巴柔：《从文化形象到集体想象物》，孟华：《比较文学形象学》，北京大学出版社2001年版，第121页。

② 《马克思恩格斯选集》第1卷，人民出版社1972年版，第16页。

探讨了欧洲中心主义之下的东方文化形象问题。詹姆斯·克利福德也指出："《东方主义》提出的关键性理论问题是如何对待涉及异类的所有思想和再现形式。在阐释表达异国文化和传统时，最终能避开二分法、重构以及文本化程序吗？如果能避开，如何避开呢？"① 要回答这个问题并非易事，事实上，作为东方形象之一的中国形象，在很长一段时间内都被异化甚至妖魔化了。因此，如何真正意义上面对中国思想？如何处理翻译中的变异和过滤问题？如何在跨文明语境中进行中国研究？如何让东方思想成为东方思想？这些就是比较文学阐释学研究的主要问题。

后殖民主义和解构主义一样，主旨都是颠覆传统、中心和权威，消解终极起源和二元对立。在赛义德看来，东方不过是话语霸权的产物，是虚构出来的他者形象，是西方文化的一种附庸，也是丑陋、落后的象征。当然，这种思想源远流长，正如法侬所说："对种族化思想应负最大责任或至少应该对迈向形成这种思想的第一步承担最大责任的还是那些欧洲人，它们从未停止在其他文化不在场的裂谷里填上自己的文化。"②

西方对中国的解读，无疑具有想象和夸张的成分，其中最根本的原因就是西方中心主义思想下的"求同"思维。他们试图用这种话语霸权来统摄和同化异端思想，使之成为自己的一个组成部分，一个思想上的殖民地，一种政治上的附庸。在很多跨文化文本书写中，为了满足西方人的猎奇心理，东方形象被强制阐释成他者形象，这些形象从价值判断上来说完全是坏的、恶劣的。

但是，随着解构主义、后殖民主义、新历史主义等思潮的兴起，使得更多人普遍意识到对他者形象进行同化阐释存在的问题。很多汉学家

---

① ［美］克利福德：《论东方主义》，罗钢、刘象愚：《后殖民主义文化理论》，中国社会科学出版社1999年版，第21页。

② ［法］弗朗兹·法依：《论民族文化》，罗钢、刘象愚：《后殖民主义文化理论》，第280页。

自认为是在研究异域文明，然而，他们始终还是在西方这个文明框架之内来进行阐释，没有逃离这个基本立场。那么，解决这个问题的途径，就是从差异比较主义的立场展开跨文明比较阐释，于连就是抱着这个目的来展开他的中国话语研究的，他指出："我相信声称能一下子解决差异的突出类型只会导致差异的索然无味。因为意义的谋略只有从内部在与个体逻辑相结合的过程中才能被理解。这就产生了反思在此采取的巡回状态。"① 就是说，只有绕开西方，从中国思想内部出发去发现它的内在逻辑关联，去尊重甚至利用这种特殊的话语方式重建自身，其意义比集体想象式的自我中心主义要重要得多。

二　文学翻译：跨语际意义融贯与异质性

在跨文明研究中，翻译是非常关键的一步，1993 年，巴斯奈特在分析比较文学的危机时，就主张用翻译研究取代比较文学。艾田伯也认为："无论是就原来的作品来说还是就比较文学的批评文字来说，翻译的作用（因而也就是翻译者的作用）将会与日俱增。"② 虽然翻译学已经取得了非常显著的成果，但必须意识到，比较文学视野下的文学翻译，随着当代哲学阐释学和接受理论的兴起，也显示出自身所存在的种种困境。如果说，后殖民主义从话语权利的内在性因素阐释了东方形象中的变异或构建问题，那么文学翻译则从文化传播的角度揭示了这种形象变异的语言因素。

翻译的产生必然源于不同语言符号体系之间的不可通约性。按照《圣经·创世记》的说法，上帝创造人类的时候，天下人所使用的语言都是相同的。后来，人们不知道受了什么欲念的驱使，要造"通天塔"

---

① François Jullien, *Le détour et l'accès*, Paris: Bernard Grasset, 1995, p. 10.

② ［法］艾田伯：《比较不是理由——比较文学的危机》，《国外文学》1984 年第 2 期。

来通往天堂，上帝因而愤怒，让他们言语不同、分布各地、无法沟通。但是，随着生产力的发展和人类活动的不断频繁，跨语际沟通和交流成为大势所趋。在全球化语境下，翻译将一种语言转化为另一种语言，促进异质文明之间的和谐共进。那么，翻译应当遵守怎样的规则呢？

在中国，严复的“信、达、雅”一度成为翻译界的金科玉律。按照他的说法，“信”就是忠实可信，“达”就是通畅易懂，“雅”就是形式美观。这几个标准从形式和内容上都对翻译提出了具体要求。另外，钱锺书也说：“文学翻译的最高标准是‘化’。把作品从一国文字转变成另一国文字，既能不因语文习惯的差异而露出生硬牵强的痕迹，又能完全保存原有的风味，那就算得入于‘化境’。”① 化境就是出神入化，难以捕捉到那种生拉硬扯的痕迹，两种语言完全融会成一种言说表象，所传达的是同一种含义，但是却依然保持着各自的语言体系特征，能够让两个语系的人毫无阻隔地纳入同一个意义域，或者说，这就是神似而不是形似，正如傅雷所言：“愚对译事看法实甚简单：重神似不重形似；译文必须为纯粹之中文，无生硬拗口之病；又须能琅琅上口，求音节和谐。”② 正因为文学翻译在语言上的特殊性，它的目标就不是简单的硬译。清代著名翻译家辜鸿铭认为，要译出文字是很容易的，但是要把其本来风格用另一种语言表达出来，则非常困难，他说：“我的翻译标准是：彻底掌握其中意义，不仅对等译出原文的文字，而且再现原作的文体风格。”③ 风格是原作的精髓、核心和要旨，这是最难翻译和传达的对象。

但是，要达到这样的目的并不容易，因为：“翻译中有几对矛盾，

① 钱锺书：《旧文四篇》，《读书》1980 年第 2 期。
② 傅雷：《论翻译书》，《读书》1979 年第 3 期。
③ 辜鸿铭：《英译〈中庸〉序》，《辜鸿铭文集》下册，海南出版社 1996 年版，第 509 页。

那就是理解与表达的矛盾，忠实与通顺的矛盾，直译与意译的矛盾。”[①] 如果过度忠实于原文，那么就很容易使译文机械呆板。如果追求译文的顺达，那么就必然容易偏离文本最初的意义。正因为如此，翻译理论在20世纪20年代末30年代初，经历过一次关于“信”与“顺”的论争，“信”派主要是鲁迅和瞿秋白，“顺”派主要是赵景深和梁实秋。“信”派主张宁信而不顺，“顺”派主张宁可错些不要顺。鲁迅说：“自然，这里所谓的‘不顺’，决不是说‘跪下’要译作‘跪在膝之下’，‘天河’要译作‘牛奶路’的意思，乃是说，不妨不像吃茶淘饭一样几口可以咽完，却必须费牙来嚼一嚼。”[②] 其实鲁迅和周作人在翻译《域外小说集》时，就已经贯穿了这个观点。这本译文集基本是按照“信”的标准来翻译的，这里的“信”总体上讲，不是机械式、对照式翻译，这一点从他对赵景深的批评可以看出来。当然，他的市场影响力远远不及“顺”派的另一个代表林纾。林纾不懂外文，他的翻译在中国文化语境中来滋生出来，更容易取得本土读者的认可，但这并不意味着林纾的翻译比鲁迅的翻译要好，这只是两种不同的价值取向和翻译形式。

三　译介学：从“信、达、雅”到“创造性叛逆”

在很长一段时间之内，“信、达、雅”的翻译标准被视若金科玉律，然而，在最大限度地对意义“求同”的过程中，文学翻译不得不面临跨语际切换中的文化过滤和阐释变异问题，于连认为：“其实我感到，翻译的困难（甚至不可能性）正是在很大程度上说明了中西思

① 许渊冲：《翻译的艺术》，五洲传播出版社2006年版，第27页。

② 鲁迅：《二心集·关于翻译的通信》，《鲁迅全集》第4卷，人民文学出版社1982年版，第553页。

想的一些‘无关’，也可以说是一些本原的差异。”① 那么，如何看待翻译中的文化过滤和阐释变异问题呢？我们可以从比较文学学科理论开始分析。

法国学派影响研究有三大支柱：流传学、渊源学、媒介学。这些研究方式都基于实证性求同思维，他们试图找到不同国家文学之间的同源性，但是并没有注意到同一个文本在不同文化语境中所发生的意义变异问题，他们的价值在于求同，而最大的缺陷，也在于求同。美国学派虽然意识到了这个问题，但是他们逃避甚至是拒绝异质性，认为比较文学不能在不同的文明圈中展开。他们对法国学派进行补正，因为法国学派从根本上忽略了不同文明文学之间的异质性问题。但是，美国学派却认为这种异质性不具有可比性。如果说法国学派是“求同忘异”，那么美国学派就是“求同拒异”，而台湾学派阐发研究，则从中西诗学理论与文学文本的错位阐释角度来展开比较，用西方理论来阐释中国文学现象，用中国的文学现象来论证西方的理论，遮蔽了中西文明文学之间所存在的异质性问题。

如果说文学翻译必然产生意义变异，那么对于这样一个客观事实，我们既不能像法国学派那样去忘却和忽略，当然也不能像美国学派那样去逃避和拒绝，更不能像台湾学派那样去强制阐释，规避中西文学与文化的异质性元素。因为只要有语言转换，只要有时空挪移，只要涉及不同的文明，阐释变异和译介变异是绝对存在的，实证影响只不过是一种乌托邦，一种学理上的梦幻。

因此，我们首先要认可文学翻译过程中的变异原理，以及文化过滤中的意义变迁问题，继而分析译介学中的创造性叛逆。因为：“在文学传播和交流的过程中，除了可以确定的实证性影响的因素之外，在文化

① 杜小真：《远去与归来：希腊与中国的对话》，中国人民大学出版社 2004 年版，第 52 页。

过滤，译介，接受等作用下，还有许多美学因素，心理学因素和文化因素起着重要的作用，在这些难以确定的因素的作用下，被传播和接受的文学在一定程度上发生了变异。”① 文学翻译由于有这些文化、审美、艺术的因素掺杂在其中，必然会脱离源文本的常规接受传播轨道，生成各种译介变异形态，以适应新的文化环境。这里的变异不同于简单的求同存异，存异意味着保留、搁置、规避差异，而创造性叛逆则是主动去发现和利用文化、语言以及思想之间的异质性。因此，谢天振教授在《译介学》中指出：“严格而言，译介学的研究不是一种语言研究，而是一种文学研究或者文化研究，它关心的不是语言层面出发语与目的语之间如何转换的问题，它关心的是原文在这种外语和本族语转换过程中信息的失落、变形、增添、扩伸等问题，它关心的是翻译（主要是文学翻译）作为人类一种跨文化交流的实践活动所具有独特价值和意义。”② 在译介学理论看来，译本既不是源文本的附属品，也不是纯粹的新产品，而是一个具有相对独立性的中间变异体，曹顺庆主编的《比较文学教程》中也有这样的相关论述：“译介学是比较文学变异学中研究语言层面的变异的分支学科，它关注的是跨语际翻译（Interlingual Translation）过程中发生的种种语言变异现象，并探讨产生这些变异的社会，历史以及文化根源。”③

概言之，译介学不是语言层面的转换，译介学与翻译学的最大区别在于：相对而言，翻译更加忠实于源文本，一切要翻译得真实可信，最大限度地把源文本的真实面貌展现出来，追求“信、达、雅”，拓展到思维模式层面，就是寻求源文本与译本的意义类同和信息等值，而译介学的最大特征就是追求创造性叛逆，肯定不同文明文学之间的异质性因

① 曹顺庆：《比较文学教程》，高等教育出版社 2006 年版，第 97 页。
② 谢天振：《译介学》，上海外语教育出版社 1999 年版，第 1 页。
③ 曹顺庆：《比较文学教程》，高等教育出版社 2006 年版，第 112 页。

素，在翻译的过程中植入富有特质性的文化因子，把异质性作为一种比较和参照维度渗透到文学翻译之中。实际上，创造性叛逆（Creative Treason）最初是由法国文学社会学家埃斯卡皮提出的一个术语，他认为："翻译总是一种创造性的叛逆。"① 谢天振教授将这个理论术语进行创造性转化，运用于比较文学翻译理论研究之中，强化译者在翻译过程中的主观改造和文化变异功能，他进一步阐释道："创造性叛逆的更重要的方面还在于它对文学作品的接受与传播所起的作用。一部作品，即使不超越它的语言文化环境，它也不可能把它的作者意图完整无误地传达给它的读者，因为每个接受者都是以自身的经验出发去理解，接受作品的。"②

比较文学阐释学是在比较文学变异学的基础上发展起来的，而变异学又是在译介学的基础上进行创新的。这些理论的根本价值都在于"异"，由法国学派最初的求同思维转为变异思维，不再着力于研究译文是否与源文本意义相同，而是思考它们相异之处何在，以及为何会出现这些异质元素。例如，唐代白话诗人寒山，他的诗歌在中国文学史上并不入流，朱东润《中国历代文学作品选》，游国恩《中国文学史》，中国社会科学院文学研究所编写的《中国文学史》，以及章培恒等编写的《中国文学史》都不曾对之作详细介绍。唐代有田园诗、边塞诗、山水诗、乐府诗，就是没有白话诗，可见他的诗歌在文学史编写中被忽略的程度。但令人意想不到的是，寒山诗被翻译到美国之后，却成了经典。尤其是在20世纪中叶，寒山诗一度在美国大学校园里风光无限，"垮掉的一代"甚至把寒山奉为精神领袖，那些穿着破牛仔、梳着莫西干、愤世嫉俗、时尚前卫的年轻人，往往手上还夹着一本寒山诗。为什么寒山诗译介到美国和在中国本土会出现如此大的差距呢？因为，中西

① ［法］埃斯卡皮：《文学社会学》，王美华、于沛译，安徽文艺出版社1987年版，第137页。

② 谢天振：《译介学》，上海外语教育出版社1999年版，第141页。

方存在不同的翻译文化语境，寒山诗是俗文化的一种典型样式，它的美学风格与中国诗歌传统迥然相异，主流诗歌所追求的“意境”“淡雅”在寒山诗中很难找到。但是，20 世纪中叶的美国，涌动着一种叛逆性的艺术姿态，他们以俗文化对抗高雅艺术，同样，寒山诗也以世俗化的诗歌形式书写了另一种形式的“真”，与当时的美国年轻人一拍即合。

在译介学理论看来：“文学翻译的创造性叛逆的特点当然不止于‘变形’，它最根本的特点是：它把原作引入了一个原作者原先所没有预料到的接受环境，并且改变了原作者原先赋予作品的形式。”① 当然，这种创造性叛逆不仅存在于译者层面，在读者接受的过程中，也同样存在，谢天振教授就指出：“读者的创造性叛逆一方面来自他的主观因素——他的世界观，文学观念，个人阅历等等。另一方面，也来自他所处的客观环境——不同的历史环境往往会影响读者接受文学作品的方式。”② 因为，从哲学阐释学的角度来看，在翻译、阅读和接受一部作品之前，每个读者都有一个预先设定的期待视野。例如，我们递给外国朋友一部《红楼梦》，告诉他这是中国经典文学名著，于是他在阅读的时候，就会从文学经典视野来予以理解和阐释，但是他一想到文学经典，一般会指向莎士比亚、歌德、福楼拜等大师的作品，所以他所得到的阐释结论，往往会向这些西方经典靠拢，这样更便于他理解。正如海德格尔所说：“把某某东西作为某某东西加以解释，这在本质上是通过先行具有、先行视见与先行掌握来起作用的。”③ 那么这个先结构从哪里来？它如何生成并进入我们的思想呢？海德格尔分析道：“如何解释这个‘先’的性质呢？如果我们从形式上说成‘先天’，事情是否就了结了？为什么这个

① 谢天振：《译介学》，上海外语教育出版社 1999 年版，第 140 页。

② 同上书，第 168 页。

③ ［德］海德格尔：《存在与时间》，陈嘉映、王庆节译，生活·读书·新知三联书店 2006 年版，第 176 页。

结构为领会所固有，即为那个我们曾认之为此在的基础存在论环节的领会所固有？被解释的东西本身所固有的‘作为’结构对这个‘先’结构有何种关系？‘作为’结构这一现象显然不能‘拆成片段’。”① 海德格尔在这里涉及了阐释循环问题。

关于这个问题，钱锺书认为：“积小以明大，而又举大以贯小；推末以至本，而又探本以求末，交互往复，庶几乎义解圆足而免予偏枯，所谓‘阐释的循环’者是矣。”② 就是说，要理解一个文本，必然要有一个先结构，这就是理解这个文本的预先语境，一切意义必须要在这个语境中才能得到阐释和理解。而这个先结构又不是无中生有的，而是从一个具体的文本中得到的，这就形成了一个阐释循环结构。那么，在这个意义上说，阐释如何得以进行？海德格尔的高足伽达默尔提出了“视域融合”，这个“融合”并不是重合，而是在批判性继承和创造性叛逆之间作出结构性调试，这就是译介变异的哲学基础。

① ［德］海德格尔：《存在与时间》，陈嘉映、王庆节译，生活·读书·新知三联书店 2006 年版，第 176 页。

② 钱锺书：《管锥编》第 1 册，中华书局 1979 年版，第 172 页。

第三章　于连的比较文学阐释学研究

第一节　中国与西方:“迂回与进入”的跨文明对视

第一章主要分析比较文学阐释学的理论缘起，第二章介绍了其学术生长点和创新路径，在这一章，将这个问题进一步聚焦和细化，具体分析弗朗索瓦·于连的比较文学阐释学研究及其典范意义。当然，这里的分析主要是从学科理论上进行阐释，具体的文本分析将在第四至第八章展开。

通过以上章节的分析，可以明显看出，于连认为，中国思想的最大价值在于它与西方思想在渊源上的无关性，正是这种无关性，让中西方构成了两个独立的文明支点，在两个支点之间，话语空间拓展得更加宏阔，也富有思想孕育性。当然，这并不是说，中国与西方呈现为势均力敌、决然分割的二元结构，事实上，人同此心，心同此理，世界各民族文化与文学尽管具有各自的民族特征，但并非不可通约和对话，只不过，于连认为，差异对话的价值要大于同质对话的价值，正如霍尔所说：“我们只能通过同‘他者’的对话才能建立意义。”①

举个简单的例子，把人民币的10元和100元放到一起，我们会一下判断出100元更多，但是把100元人民币和100美元相比，两者的多少则不能马上判断出来，它要根据国际货币汇率的变化适时调整。也就是说，在同质性的对比中，我们比较容易发现彼此之间的相似性与差异性，但是在异质性的对比中，则充满了变异性和不确定性。同样，法国文化与德国文化，都是基于“两希”文明，它们之间的文学比较是一种同质比较，很多早期比较文学家，都精通多门欧洲国家语言，对他们而言，看到法国和德国的文学作品，就像我们看到10元和100元人民币一样熟悉，当然他们就很乐意在这些文学作品之间考察同源性和差异性，也很容易找到一些证据来支撑他们的观点。但是如果把这个距离拉开，比较德国和日本、英国和中国、法国和印度的文学，他们就比较谨慎，也犹豫不决，因为两者没有多少关联，甚至是无关的。于连则认为，我们的比较文学研究，为什么不能建立在无关性基础之上？为什么比较必须要确立放送者、媒介者和接受者？为什么必须要找到两个相似的对象？

提出这些问题并不难，难的是如何在否定之后提出建设性意见，或者说，必须要解释清楚：中西方之间的无关性、差异性如何构成比较文学可比性？在开始具体的文本实践之前，要从根本上阐述这种构想的哲学基础和逻辑起点，他自己也深刻意识到了这一点：“如果没有一个哲学的、思辨的框架来支持比较，比较就会成为一种个人的直觉和随想，成为一种近似，或者一种难以掩盖的经验主义。”② 关于这个论断有三个方面，首先，我们分析他“迂回与进入”的跨文明对视策略。

---

① ［英］斯图亚特·霍尔：《表征》，徐亮等译，商务印书馆2003年版，第237页。

② 秦海鹰：《关于中西诗学的对话——弗朗索瓦·于连访谈录》，《中国比较文学》1996年第2期。

从哲学的角度分析：如何开始思想？在思想之初为何存在“成见”和“祖传意识”？如何摆脱“在之中”的本质性规定而实现“在之外”的观望、审视与反思？如果说，解构主义是对价值重估的一次延伸，那么解构之后又是什么，是仅仅停留于思想的不连续性、播撒、延异、游离或嬉戏的“被抛”状态，还是应该在在者与他者之间迂回操纵继而构建一个新的思想融贯模式和意义的关联域？这就是于连的理论起点。

他有着深厚古希腊哲学素养，但他的思想却是从对西方文明的追问和叛逆开始的。他认为：“每一种哲学除了对自己的前者说‘不’之外，没有其他出路。”[①] 说出一个“不”字，是需要勇气，更是需要底气的，我们希望看到艺高人胆大，而不是无知人胆大。陈来教授认为：“‘脱离家族传统、切断血缘关系，保持距离’，这种跨文化研究的问题和方法，值得我们注意。”[②] 靳西平教授也说：“于连教授忠实于希腊治学传统，为哲学而哲学，为真理而真理，这是难能可贵的。”[③] 但是，他的这种叛逆性尝试在欧洲学界却遇到不断的争议。既有汉学家毕来德、谢和耐的强烈反对，又有众多法国学者予以大力支持，他们编出《中国与欧洲思想的相互影响》论文集，向于连的中西比较研究成果表示声援和敬意。沿着这些有趣的讨论，我们可以从哲学上对这种比较文学研究思路展开深入剖析：他为什么要迂回到“异域”中国？这种对于无关性思想的迂回凭什么进入思想的未被思想之物（l'impensée de la pensée）？它内在逻辑根基何在？他者的无关性如何实现中西的对话与融会？

我们知道，西方知识谱系的构成基础，在 20 世纪受到前所未有的

① 杜小真：《远去与归来：希腊与中国的对话》，中国人民大学出版社 2004 年版，第 10 页。

② 陈来：《跨文化研究的视角——关于〈迂回与进入〉》，《跨文化对话》第 2 辑，上海文化出版社 1999 年版。

③ 杜小真：《远去与归来：希腊与中国的对话》，中国人民大学出版社 2004 年版，第 60 页。

质疑、批判和颠覆，无论是海德格尔的存在主义，还是德里达的解构主义，以及福柯的不连续史观，都旨在打破先验论前提下的二元对立认知规范，消解中心与边缘、本质与现象、深度与表象、理性与感性等传统思维结构模式。思想与知识，并不是一直在某个固定的框架下，以某种固定的形态现身或出场，因为："一切都变成了一个系统，其中的中心所指，那本源的或超验的所指，是永远不会绝对地出现于一个由差异构成的系统之外的。"① 超验的理性、上帝、物自体、绝对精神等诸范畴，在这个差异系统中不断游离、扩散和延异，其内在的分类框架和边际约束发生了本质性的位移和滑动。所谓符号的"深度所指"，完全变成了表象体系的自我嬉戏，变成了一串串能指链的游弋。

于是，思想似乎陷入了某种不可知的深渊或"白色的神话"（德里达），传统的思维疆域分裂成碎片化的知识质态。但是，又必须意识到："'解构'所指或能指的特权并不是想让思想陷入无原则的相对主义甚至虚无主义，而是欲指出：任何一种寻求第一原则或者终极基础的思想都必然是'自我解构'的。"② 不可否认，现象学、诠释学、解构主义从一个最深刻的根源上，重新思考了知识的边界与话语权利、意识形态、文化地位之间所存在的关系问题。正如海德格尔所说："对世界之内的存在者，无论从存在者层次上加以描写也好，还是从存在论加以阐释也好，这样的做法中随便哪一种都不着'世界'现象的边际。这两种欲达到'客观存在'的入手方式都已经'预先设定''世界'了，尽管是以不同的方式。"③ 既然任何从存在论视野下得到的所谓的"客观存

① ［法］德里达：《结构，符号与人文科学话语中的嬉戏》，王逢振：《最新西方文论选》，漓江出版社 1991 年版，第 135 页。

② 伍晓明：《有（与）存在：通过"存在"而重读中国传统之"形而上"者》，北京大学出版社 2005 年版，第 15 页。

③ ［德］海德格尔：《存在与时间》，陈嘉映、王庆节译，生活·读书·新知三联书店 2006 年版，第 75 页。

在”都打上了主体意识的先验痕迹，那么，在这样的解构之后，思想从何种程度上才能确立其认知的可能性？符号之间难道除了无休止地嬉戏、游弋、播撒之外，就没有其他的方式去解决意义的融贯和缝合问题？

在于连看来，他的思想要在德里达、福柯、巴特之上更推进一步或继续他们的工程，那就只有去找寻那个在“成见”和“祖传意识”之外的异域可能世界。因为，边界的崩溃只能意味着对存在的基础性否定，这些否定导致思想走向了不可知论和不确定性的牢笼。于连的任务，就是沿着破碎之后的思想痕迹，从边界出发，从外部入手，去找寻那个思想的“异域”所在。这个“异域”所能提供的，并非仅仅是新奇和震惊，而是一种策略，一种思维范式，一种他者的运作模式。

如果说，边界的合法性在解构主义那里受到了深度质疑，那么，于连所找寻的“异域”，就是在进行哲学的重构，这个重构显然不能进行内在突围：“如果迎面而上，我们立即会遇到来自内部的抵御，让我们束手无策。我们必须保持足够的距离，既能采取主动，又能改换角度——既让背景有些反差，好让思想在背景的衬托之下突显出来，又要在这背景里接近思想：我们必须通过某种迂回，以间接的方式接触思想。”① 换言之，于连要走出舒适度，寻找距离感，绕道行走，以期发现不一样的风景和自我。紧接着的问题是：“如果脱离我们西方世界的历史，同时与哲学史决裂，如果我们不再立足于我们的精神赖以支撑的理论或概念的承脉之中，那思想会发生什么事情呢？”② 决裂之后，我们不得不面对话语言说的根基问题，于连对西方思想的叛逃，可以理解为对一种传统思维惯习的拒斥，对哲学来说，我们正是需要这样的思维方式，怀特海指出：“哲学的态度是坚定不移地试图去扩大对进入我们

① ［法］弗朗索瓦·于连：《圣人无意》，闫素伟译，商务印书馆2004年版，第50—51页。
② 杜小真：《远去与归来：希腊与中国的对话》，中国人民大学出版社2004年版，第7页。

当前思想中的一切概念的应用范围的解释。哲学试图逐字逐句地把握用文字表达的思维，并探究它有什么意义？哲学并不满足于一切有感觉的人都会回答的惯常的假定。如果人们满足于原始概念、原始命题，那他们就不再是哲学家。”①

于是，对“异域”思想的迂回成了于连比较研究的基本策略，但接下来的问题是：“异域”在何处？于连认为，这个“异域”必须符合如下条件：第一，在语言方面要脱离印欧体系，语言是思维之家，要走出这个思维系统，就要走出这个语言系统，从相异的语言系统之中来展开哲学反思。第二，脱离历史、影响和传播的必然关系。在本章开始就已经介绍，英国文化、德国文化、法国文化以及其他欧洲国家文化，都是源于“两希”文明，由于历史的影响和文化的无阻碍传播，使得它们之间有天然的同源性、关联性及可比性，显然，这是西方人最熟悉的场景，并不是“异域”，真正的他者“异域”没有这些必然联系和亲缘关系，它们是在这“之外”的文明。第三，“异域”是指与西方思想同样古老而又独立的文明体系。这就排除了梵文世界、阿拉伯世界、希伯来世界以及日本、韩国。基于以上逻辑分析，于连得出结论：“所以，选择只有一个，那就是中国。”②

但是，于连的思想叛逆却遭遇了诸多质疑，著名汉学家谢和耐批评道：“这些阐述不顾时间和脱离一切背景，他们同时便失去了任何合理性。”③ 谢和耐认为，脱离了传统文化语境，也就脱离了文化相似性，这样的天马行空，难以彰显哲学的严谨。对此，于连给予了充分回应，他认为，找寻“异域”事实上是一种思想冒险和文明叛逆：“我们借道

① ［英］怀特海：《思维方式》，刘放桐译，商务印书馆2004年版，第233页。

② 杜小真：《远去与归来：希腊与中国的对话》，中国人民大学出版社2004年版，第5页。

③ ［法］弗朗索瓦·于连、狄艾里·马尔塞斯：《（经由中国）从外部反思欧洲》，张放译，大象出版社2006年版，第4页。

中国，完全是一种方法上的考虑，而不是为了追求异国情调。并不是因为中国的思想差别最大，而是因为，至少那里的背景完全不同，福柯称之为‘异位性’，与乌托邦的幻想相对应。”① 按照他的说法，这些冒险就是要走出文化舒适区，造成一种思想上的“不适感”。鲍曼说：“成为一个异乡人首先意味着一切都不是自然的；一切都不是作为正当权利被给予的，一切都不是白白给予的。”② 所以，于连的研究工作与解构主义存在密切关系，但解构主义更倾向于作出理论摧毁，而于连更多地体现为一种文化实践和话语建构。海德格尔、福柯以及德里达，他们只是意识到了中国文明对西方文明的意义，但是他们并没有从根本上走出西方传统认知谱系和思想框架。反之，于连不仅从理论上进行了删选、排除和圈定，而且从实践上进行了一系列运作，详细阐述了迂回到中国这个“异域”的必要性和可行性。

进一步说，他作出迂回的根本原因在于：西方思想内部出现了前所未有的合法性危机。这种思想危机产生了精神层面的荒诞感、焦虑感、虚无感、失落感，或者说，解构是必然的，但解构之后又从哪里重构呢？于是，就出现了这样的思想悖谬：“抵抗可能是异化，而屈从可能是解放。这正是被支配的悖论，而且并不存在走出此困境的路径。”③ 解构是一种支配性，但是解构之后同样会带来被支配性，进一步说：“现代生活的悲剧性是前所未有的，因为我们所说的‘困境’并不是指一个包含痛苦和失落的无法作出的决定，而仅仅是指我们无法打定主意，不知道该做什么。”④ 否定一切意味着自我否定，西方思想举步维

① ［法］弗朗索瓦·于连：《圣人无意》，闫素伟译，商务印书馆2004年版，第51页。

② ［英］齐格蒙特·鲍曼：《现代性与矛盾性》，邵迎生译，商务印书馆2003年版，第112页。

③ Bourdieu, *In Other Words*, Stanford: Stanford University Press, 1990, p. 155.

④ ［英］费夫尔：《西方文化的终结》，丁万江、曾艳译，江苏人民出版社2004年版，第13页。

艰的根本原因，并不是它自身内部某个部分出现了什么难以解救的问题，而是在于，从文化普适性角度来看，任何一种思想体系都有其自身的发展规律，当西方思想发展到某个阶段的时候，很容易出现思想话语的“抽空”或“返祖”现象。这就是说，当价值重估理念颠覆一切的同时，也就“抽空”了其存在的依据，在这之后的西方思想就处于“悬置”和“被抛”状态，同时也陷入了内生资源枯竭的被动局面。

所以，为了解决这个问题，于连认为，为什么必须要在西方思想内部来展开研究？西方思想对于异质思想，凭什么具有这种想当然的优越性？为什么不可以从思想的外部寻找另一种进入的可能？对于此，于连在《经由中国》中指出：“我们本应该从《文字与事物》开始，甚至从它的前言开始，其中，福柯面对‘乌托邦’时，我看，他给‘特异性’构思了一个具有特别决定意义的概念。特异性：地方在他处，甚至，福柯天才地想到要将特异性应用于中国。回过头来说，在我的研究生涯中，这篇文章对我而言曾是一个里程碑，而且，他对我将永远是个里程碑。”① 可见，于连承认，他选择中国，是从福柯《词与物》开始的，福柯之所以写这本书，又源于博尔赫斯曾提到的“某种中国百科全书”关于动物的分类。在这个分类中，一会儿是“乳猪”，一会儿是“美人鱼”，一会儿又是“臆想的动物”，让人不着边际，摸不着头脑，完全无法理解。大多数学者是从中西关系角度来看待这个分类的，普遍认为福柯强调了中西文化之间的差异性，将中国形象视为一种文化虚构和不可理喻的他者。但也有学者认为：“至少在博尔赫斯的文章中，这个中国动物分类不是作为中西差异的例证出现的，它涉及的不是民族或地域的文化孰高孰低的问题，甚至不是一种价值判断。”②

---

① ［法］弗朗索瓦·于连、狄艾里·马尔塞斯：《（经由中国）从外部反思欧洲》，张放译，大象出版社2006年版，第7页。

② 车槿山：《福柯〈词与物〉中的“中国百科全书”》，《文艺理论研究》2012年第1期。

于连与福柯的思想有很大关联，但也有区别，上述这个关于动物分类的桥段，博尔赫斯本来视之为一个事实判断而非价值判断，他想强调各民族文化的差异性，但福柯却将这个差异性扩大化，将中国思维方式看作西方思想的对立物，并从“乌托邦”这个词又想出了一个新词——“异托邦”，多少带有价值判断色彩。福柯对于连的思想启示，主要集中在两个关键符号：一是“异域”，二是“经由中国”。当然，于连没有像福柯那样，刻意制造和生成一个“异托邦”那样的差异化想象物，但福柯关于“异托邦”的论述，却让于连察觉到“异域”在当今思想界的重要性，他认为这种寻找差异的思维方式对于哲学创新大有裨益。于连的研究表明，只有摆脱西方这个思想家园，才能找到某个来自异域的思想缺口：“我的选择出于这样的考虑：离开我的希腊哲学家园，去接近遥远的中国。通过中国——这是一种策略上的迂回，目的是为了对隐藏在欧洲理性中的成见重新进行质疑，为的是发现我们西方人没有注意的事情，打开思想的可能性。”①

因此，从基本立足点来说，于连并非将中国思想视为绝对的对立物，他也不同于刘若愚，因为刘若愚的研究方式将中国文学理论异化为西方诗学的注脚，于连的目的不是通过异化中国来强化西方的文化认同，他将之视为一种战略选择：“迂回中国是战略上的选择，目的是要从背面占领欧洲的理性，从侧面攻击它，从外部解构它，探索它的个别性—发现它的特殊性。”② 另外，于连在与秦海鹰的一次交谈中，也反复强调这个观点：“我本来不是汉学家，是搞希腊哲学的，我在研究希腊哲学的过程中开始关注中国思想。因为我想找一个能与希腊哲学拉开距离的观察点，这个点就是中国。中国处在印欧文化框架之外，同时又

① 杜小真：《远去与归来：希腊与中国的对话》，中国人民大学出版社 2004 年版，第 3—4 页。

② ［法］弗朗索瓦·于连：《圣人无意》，闫素伟译，商务印书馆 2004 年版，第 51 页。

与希腊思想一样古老。对我来说，这种选择是方法的选择。这是一种迂回的方法，它能激发更新的思考。”①

第二节　差异与无关:“间距与之间”的可比性论域

尽管中西文明圈的异质性跨越存在心态和实践上的难度，但西方思想界普遍意识到了差异性对于价值重构的意义融贯效应。胡塞尔认为，在观念规律和实在规律之间，具有“那种根本性的永远无法消除的差异”。② 这种差异性无所不在，它是物之为物的基本属性。福柯也认为：“我们就是差异性，我们的理性就是话语的差异，我们的历史就是时间的差异，我们的本我就是面具的差异。它证明差异远不是被遗忘的和被覆盖的根源，而是我们自身之扩散和我们所造成的扩散。”③ 当然，还有德里达提出“他者的耳朵”（the ear of the other），他消解传统的理解模式，从差异还创造出另一个新词——延异（differânce），在伊格尔顿看来：“德里达的企图显然不止于发展新的解读技巧，对他而言，解构根本是一种政治实践，是企图摧毁一个特定思想体系、以及其背后整个政治结构与社会建制所赖以维持生计的逻辑。”④

于连和他们一样，对差异哲学情有独钟，他要寻找“异域”及其所拥有的话语异质性。从比较文学的角度来看：“异质性的内容包括文明原生性、独立性，只有明确意识到这种特征的存在，东西方对话才能

① 秦海鹰：《关于中西诗学的对话——弗朗索瓦·于连访谈录》，《中国比较文学》1996年第2期。

② ［德］胡塞尔：《逻辑研究》第1卷，上海译文出版社1998年版，第59页。

③ ［法］福柯：《知识考古学》，谢强、马月译，生活·读书·新知三联书店2004年版，第146页。

④ Terry Eagleton, *Literary Theory*: *An Introduction*, Blackwell Publishers, 1996, p. 128.

得以进行，东西方文学才能实现互补。”① 异质性的最大功用就是能摆脱“成见”和“祖传意识”，打破布尔迪厄所说的“惯习”，重新清理西方的知识谱系，所以，异质性是才是拒绝同一性的有力武器，同一性不是对象的固有属性，它是被虚构出的符号表象体系：“因为同一性建立的基础是一个符号化的概念体系，在场的这一方指向的是所谓的彼岸的本质，然而，当其以同一性的表象出场时，便暗含了这样一个悖谬，即用一个虚设的幻象取代存在，很显然，这是一个非法的跳跃。”② 他自己是从古希腊哲学的摇篮中开始思想的，但是对“根”的依赖，极其容易产生对文化环境的熟悉感，久而久之，这种熟悉感就成了思想的牢笼：“我担心这种固有的熟悉性会妨碍我的认知计划。我同中国没有任何（个人和感情的）关系，我觉得这是一种机遇。情况是清楚的，从我们一直继承着的虚假真理中，不仅如同笛卡尔说的从我们童年的‘成见’中，也更坚决地从尼采在哲学里所揭露的‘祖传意识’中解脱出来。”③ 因为在从事实判断向价值判断跳跃的时候，某些无意识的思想结构怂恿了在事实与规范之间“偏见”的形成：“在‘成见’的上游，有我称之为暗含的事物；因为问题不是在判断的时候开始的，而是在更原始的时候，以那些‘能被想到的’能表达出来的方式开始的。”④

思想的上游和下游在哪里？思想“之外”又是什么？这其实是让海德格尔和伽达默尔苦苦纠结的问题。思想的上游，并非是称之为“客观”的真理或判断，而是在“成见”出现之前就开始被规划了的意识

① 曹顺庆：《比较文学教程》，高等教育出版社 2006 年版，第 33 页。

② 王超：《从符号表象体系到理性深度秩序》，《内蒙古社会科学》2006 年第 3 期。

③ ［法］弗朗索瓦·于连、狄艾里·马尔塞斯：《（经由中国）从外部反思欧洲》，张放译，大象出版社 2006 年版，第 3 页。

④ ［法］弗朗索瓦·于连：《为什么西方人研究哲学不能绕过中国》，《跨文化研究》第 4 辑，中国社会科学出版社 2012 年版。

倾向性。正如德里达所一直坚守的哲学信念："问题永远在于起源的原初复杂性和单纯开端的污染。"①

如果说，对差异性、异质性的追寻是试图否定西方文明圈所持守的"成见"，那么，在于连看来，差异性至少还意味着两者之间"同中求异"的思维倾向。这种倾向仍然摆脱不了"同"的影响和制约，要想从根本上进行否定，就必然要找到比差异更彻底的否定形式，那就是无关性："我通过中国，并不是要取中国和西方的'差异'，而是要追寻二者彼此的'无关'（indifférence），正因为二者长期以来各自独立发展，各自遵循完全不同的理论道路，从根本上讲彼此各不相干，所以决不能根据成见来判断二者'异、同'的实际范围以对之进行区分和整理。"②

于连在《过程或创造》一书的最后部分，援引了莱布尼茨 1705 年写给凡尔茹斯神甫的信，信中谈到中国与西方彻底的无关性："他们的语言和文字，他们的生活方式，他们的工艺和制作，乃至他们的游戏，都与我们的大不同，几乎要把他们看做是另一个星球的人，甚至对他们的习俗进行直接而准确的描述都会给我们极大的启发，在我看来，这要比那么多的学者所眷恋的希腊人和罗马人的典仪及室内陈设知识更有用得多。"③ 可见，无关性走向的不仅是思想的认同，而是思维的启发。正如陈来所说："西方哲学虽然不曾停止提出问题，但总是从内在来提出问题，而一种外在的观念则可以提出内在者不曾想到也从不对之提问的东西。"④ 正因为太熟悉，所以要叛逆，正因为从来未曾思想，所以

---

① Jacques Derrida, *Le probléme de genèse dans le philosophie de Hessel*, Paris: Presses Universitaire de France, 1990, pp. 6 – 7.

② 杜小真：《远去与归来：希腊与中国的对话》，中国人民大学出版社 2004 年版，第 36 页。

③ François Jullien, *Procès ou création: Une introduction à la pensée des lettrés chinois*, Seuil, 1989, p. 18.

④ 陈来：《跨文化研究的视角——关于〈迂回与进入〉》，《跨文化对话》第 2 辑，上海文化出版社 1999 年版。

要研究“思想的未被思想之物”，突破那个思考的边界，就是一望无际的苍茫，因为：“人们总有一种预感，觉得必有一个领域，对这个领域的问题的解答是先天对称地联结着，而形成一个独立自主的有规则的结构。”① 这个思想领域的自足性就是视域的局限性或边际性，在福柯看来，知识分子的任务也正是在于：“一直不停地对设定为不言自明的公理提出疑问，动摇人们的心理习惯，他们的行为方式和思维方式，拆解熟悉的和被认可的事物。”②

在这里，于连又不得不解决另一个学理问题：无关性何以成为一种可比性？如果无关性就这样理所当然地纳入可比性框架，那比较是不是成了无所不比了呢？于连认为，解决这个悖论的途径在于：无关性并非一种漫无边际的知识论域，这个无关之域并非真正无关，而是通过在事实层面上的异质文本之间的迂回运作，能够提供进入和启发另一个意义域的可能。孙景强教授指出：“于连教授对于不可比的问题似乎并不关切，对他来说，为了暂时跳出西方的传统，越是差异性比较大的哲学越具有启发意义。”③ 因此，无关性并不意味着某种形而下的无关，例如，北京的一个四合院，巴黎的一幅画，伦敦的一束花，纽约的一件时装，这些对象之间并无事实关联，这样的无关性，并不构成比较文学的可比性，这是众所周知的常识问题。然而，于连强调的无关，是思想上的无关性，这是一种从未如此思想的思想方式，例如，一谈到文学理论批评，西方学者就会自然联想到以“读者、作者、文本、世界”为着力点，展开表现论、再现论、反映论、接受论、本体论等各个层面的批评范式，继而得出不同的批评结论。但是西方人从未想到，中国古人那么

① ［奥］维特根斯坦：《逻辑哲学论》，《维特根斯坦全集》第 1 卷，陈启伟译，河北教育出版社 2003 年版，第 233 页。

② ［法］福柯：《权力的眼睛——福柯访谈录》，严锋译，上海人民出版社 1997 年版，第 147 页。

③ 孙景强：《中西哲学比较中的几个关键问题》，《世界哲学》2006 年第 3 期。

热衷于“点到为止”的评注方式，从不说清，也不讲透，甚至是东拉西扯，天马行空，这就是西方思想的未被思想之物，正如叶维廉分析：“‘点到即止’的批评常见于《诗话》，《诗话》中的批评是片断式的，在组织上就是非亚里士多德型的，其中既无‘始、叙、证、辩、结’，更无累积详举的方法，它只求‘画龙点睛’的批评。”①

说到底，于连所进行的并不是比较：“他的比较实际上就变成了一种‘绕行’：不直接进行中西思想、文化内容的比较，而是绕行到思想之成型、显现的背后。”② 于连悄悄溜到各种西方思想成见的上游去摸索，从西方之外的领域来观照，因此，无关性所提供的可比性，并不是某个知识层面的类同性或同源性，而是在思想最深处的那种认识世界的原初倾向性问题。法国当代思想家莱维纳斯说：“如果超越具有某种意义的话，那它只能表示这样一个事实，亦即，对于去是这一事件来说，或对于是来说，或对于是其之所是来说，超越乃越向去是之他者。”③ 这就意味着，在者与他者之比就是一种超越性的进入，以否定的方式进入，其实就是逃离海德格尔所谓“在之中”的依寓，以文化背叛的形式逃亡，从“在之外”的视域观照曾经的住所，《庄子·秋水》对这个问题说得很形象：“井蛙不可以语于海者，拘于虚也；夏虫不可以语于冰者，笃于时也；曲士不可以语于道者，束于教也。”④

因此，一种文化可以从不同的角度和不同的视域来进行审视，越是新奇的视野，会发生越是新奇的意义变异，在赛义德看来：“因为即使再高明的见解，它一旦成为时尚，就会在流传过程中被简约、被收编、

---

① 叶维廉：《中国诗学》，生活·读书·新知三联书店 1992 年版，第 5 页。

② 吴兴明：《迂回作为示意》，《文艺理论研究》2007 年第 5 期。

③ ［法］莱维纳斯：《异于去是，或在是其之所是之外》，伍晓明译，《世界哲学》2007 年第 3 期。

④ （清）郭庆藩集释：《庄子集释》（中），中华书局 2012 年版，第 562 页。

和被体制化的。”[1] 伊格尔顿认为，这些貌似高明的见解，其实就是意识形态所构成的一个话语场，它们不是什么客观性事实判断，而是不断根据当前形势改头换面，在风云变幻的背后，依然是话语权力和意识形态的潜在操控：“‘意识形态’，并非简单指人们所深深固持、往往是无意识的信仰，我是特别指那些感觉、评价认识和信仰的模式，它们和社会权利的维持与再生有某种关联。”[2] 所以，在这个角度上讲，对无关性的追寻事实上成了对西方文明自我认同需求的彻底否定，但必须意识到：“否定不作为客体出现，它也同样是主体；它不忍受规定性（La détermination），但是，它是伙伴。参与的知识分子是每次发现对暴力的理解方式的人，致使否定在其中既不是一种发泄方式，也不是一种权宜之计，也不是一种治标办法——而是参与社会和思想的提升。”[3] 可见，无关性直接参与的不是比较这个事实本身，而是否定之否定之后思想的螺旋式超越和提升。

既然无关性可以作为一种比较策略，那么，中国与西方的无关性在于什么地方呢？通过对于连著作的研究，本书认为，从整体上说，中西文化诗学思想的无关性体现在：与西方注重“逻辑演绎”的正向直接推进和“二元对立”的思维模式不同，中国更注重“迂回间接”的思想进入方式和“关系型”的思辨思维运作模式。很多人只注意到迂回作为一种示意方式，它与西方的概念、判断和推理的语言方式存在诸多不同，事实上，迂回不仅仅是在这个纬度上发生的，在中国的政治思想、文学思想、艺术思想乃至军事思想之中，都暗含着这种间接性的迂回策略。首先，就形而上层面来看，西方的“逻各斯”是一个中心，

---

① Edward W. Said, *The World*, *The Text*, *and the Critic*, Cambridge: Harvard University Press, 1983, p. 239.

② Terry Eagleton, *Literary Theory*: *An Introduction*, Blackwell Publishers, 1996, p. 29.

③ ［法］弗朗索瓦·于连、狄艾里·马尔塞斯：《（经由中国）从外部反思欧洲》，张放译，大象出版社 2006 年版，第 373—374 页。

它强调语言与意义、现象与本质的最直接接触，中国的“道”则不是一个外在的抽象本体，它自本自根、不可言说。因此，中国就回避了形而上学的哲学史之路。其次，就形而下层面来看，西方文学讲究形象逼真的“合式”，而中国文学则追求言外之意、弦外之音、味外之味，用一种间接的暗示性话语来进入思想。在军事上，西方的战争模式讲究对抗性的直接交锋，以刚应刚，正向推进，而中国的战争艺术则追求“奇正”“侧面进攻”“避实就虚”“不战而胜”“以柔克刚”“出其不意攻其不备”等策略，迂回到敌人的一个侧面来展开另一种形式的进攻模式。在政治上，西方在民主权力制度的基础上建立法律契约，鼓励公开论辩，而中国则是在“君”与“民”的总体格局下设立圣人这个协调中介，“君”之意经由圣人来言传身教、感化百姓。因此，它不像西方的法律制度，采取直接刚性约束，圣人用的是“仁”“礼”等抽象伦理话语体系来间接地教化和操纵思想。在意义论方面，西方用能指与所指、本质与现象、物质与精神来划分具体表象世界和抽象意义世界。中国，则是通过圣人立象以尽意，借物以传情，用“赋、比、兴”的形式来建立某种间接性的意义关联，让文本意义变得意味深长、似是而非、韵味无穷。

概言之，在古代中国，在生活和艺术的各个层面尽量避免思想的直接进入，而是依靠间接的迂回来让君与民、天与地、言与意“之间”的关系变得更加模糊和柔韧。这恰恰是西方哲学思想研究所没有思考过的方式，于连之所以采用这种方式，“因为间接的迂回会引导我们去探查整个理论背景，去研究意义的谋略问题，就是精神用以依靠那应该重新全面审视的现实的方法”。① 当然，这种划分不是绝对的，只是说这是侧重而已。这种在示意方式和意义生成机制层面的间接性侧重，成为

① François Jullien, *Le détour et l'accès*, Grasset, 1995, p. 8.

西方思想未被思考过的方式，用这种无关性思考方式来重新阐释西方的文本，就可以让西方跳出古希腊文明体系下“成见”和“祖传意识”，也可以让中国摆脱以西释中的强制阐释模式，用比较文学阐释学的学科理论思想，在中西之间错位对视、迂回观照，继而孕育出丰富的阐释变异和对话互补现象。

第三节　互补与对话:“不比较的比较”及阐释变异

既然异域中国作为迂回的逻辑起点获得了学理支撑，并且，这种无关性也能提供超越思想规训与成见的否定性话语。那么，其中的互补、对话和关联域构建如何在此语境中呈现？如何在“中心”与“边缘”的疆域解构之后达到超越性的“共在之域”？

于连认为，比较除了从内部寻找思想关联，还可以从外部展开阐释突破：“研究外国文化，用当今的话说，是一种从外部‘解构’西方哲学的方法，它促使我们思考那些一直支配着我们的思考、但至今没人思考过的问题。”① 换言之，我们要解除原本坚固无比的定义、框架和体系，回归事物本身，不要让中西思想相互异化，要承认这些内在的异质性，正如葛兰言在《中国人的思想》中说：“全部中国数字概念（像我们看过的，阴与阳的概念，以及将要看到的，‘道’的概念）都出自社会表述，丝毫不追求思索。”② 这些社会表述只有在某些社会表象进行对比时，其意义才能得到展现，这与“我思故我在”的理性传统是根本不同的。

---

① 秦海鹰：《关于中西诗学的对话——弗朗索瓦·于连访谈录》，《中国比较文学》1996年第2期。

② Marcel Granet, *La Pensée chinoise*, Paris: Albin Michel, 1980, p. 248.

因此，比较不是比较，而是一种“说服”和“操纵”①，是意义的阐释和思想的穿梭，是在者与他者之间的迂回与进入，而不是放在影响研究、平行研究或单向阐释的角度去展开。这个迂回，从深层的角度上，我们可以理解为去超越自身局限，去看到未看到的东西，思考未被思考过的东西，从而在叛逆中实现话语再生。于连反复说过，要思考那些“思想的未被思想之物”，法文即“l’impensée de la pensée”，在汉语中，可以理解为思想的那些所没有被思想过的东西或不可思因素，对于“impensée”，于连指出：“也可以说是‘文化潜意识’，我的目的就是思考西方文化中那些从未受到质疑的东西。我把研究中国作为启发这种思考的途径。”② 如何披荆斩棘展开这条“未思之路”呢？于连还有另外一段陈述：“我尝试一种迂回，沿这个方向走一小段路；然后，当这一小段路有可能引向一种泥潭或可能失去突破或开放的效益，我就从另一端重新起步。一点一点地，一段一段地前进。这就是我前面所称的‘网眼’。一个网眼一个网眼地，我在织一张网，把它伸向中国和欧洲，以捕捉它们的不可思因素。”③

迂回到思想的侧面来进入思想本身，更准确地说，是从无数个侧面、无数个视野来跨文明阐释西方思想，能够让西方思想“千疮百孔”“极度不适”，而这正是于连的哲学目的，他迂回到中国来进入欧洲，迂回到欧洲来进入中国，在两者“之间”构筑思想的支点和“间距”。他不像其他西方哲学家那样，从一种西方思想超越到另一种西方思想，而是从无关性的中国思想进入西方思想，从跨文明的比较阐释中，找到“非一般”的西方思想。

① François Jullien, *Traité de L’efficacité*, Paris: Grasset, 1996, p. 181.

② 秦海鹰：《关于中西诗学的对话——弗朗索瓦·于连访谈录》，《中国比较文学》1996年第2期。

③ ［法］弗朗索瓦·于连、狄艾里·马尔塞斯：《（经由中国）从外部反思欧洲》，张放译，大象出版社2006年版，第256页。

于连的这种哲学路径，让我想到了一个中学生看图作文题目“挖井”，它描述一个人浅浅地挖了几个井眼，但并没有如其所望看到水源，于是就半途而废、中途放弃了。最后，他决定不再东一榔头西一棒槌，而是选取一个井眼，集中精力、埋头苦干、认真挖掘，终于成功打成一口井，见到了水源。出这道题的老师，其实对作文内容有一个基本预设，那就是：只有认准方向、持之以恒、勤奋努力、执着前行，才能获得成功。显然，这是相当励志的一个题目，正如这个基本预测一样，绝大多数学生围绕“做一个锲而不舍的掘井人”“咬定青山不放松”“驽马十驾，功在不舍”“成大事者皆有志”等题目展开书写。这个图画所讲述的道理显而易见，它也的确能够给我们带来一些正能量，但哲学研究不同于励志故事，它不关心正能量，对于连而言，为什么非要在西方思想这一个井眼之中一挖到底呢？为什么不能东一榔头西一棒槌呢？为什么不能跳出这个区域四处挖掘，寻找新的可能性呢？也许有人说，这样做是见不到水源的，诚然如此，但是：论证了水源存在的不可能性，不也是另一种形式的接近水源吗？当井眼挖到一定数量，井水自然会来，对哲学而言，当无数个不可能性累计叠加之时，这不就是从侧面孕育了新的可能性吗？如老子所说：“将欲歙之，必固张之；将欲弱之，必固强之；将欲废之，必固兴之；将欲夺之，必固与之。是谓微明。”①换言之，就是从对立面和那些隐藏在现象背后的深层结构出发，来思考中西思想的异质性问题。

于连著作中所采取的研究方式，既不是以西释中，也不是以中注西，而是基于中国文化文本的以中释西、中西互释，他认为：“关键是要借助每一个‘具体案例’的阐释，通过对有关文本的解读，找到一种可以彼此交流的平台，打破彼此各不相干的局面。这样就避免了那种

① 朱谦之校释：《老子校释》，中华书局1984年版，第142—143页。

生硬的平行比较，而是从自身出发，通过深化问题来映照出对方思想传统中通常被认为是‘不可质疑’成分的‘可疑性’，从而达到对中西思想深刻层面上的理解和把握。”[①] 在这里，于连强调了他著作中的比较模式，他认为比较并不是从几个文明体系中抽取一些范畴概念展开平行研究，而是依靠跨文明阐释，通过阐释中发生的种种变异，形成一种比较的实际效果。换言之：“笔者希望通过换一个地域所带来的错位感，通过把这个问题移到别的理论构架之中，通过理论之间相互冲突所产生的动力，能够为这个问题提供发展的可能性，让它重新动起来。”[②] 这个观点与赛义德的“理论旅行”有异曲同工之妙，于连所提到的，正是比较文学阐释学中的“错位阐释变异”[③]。这种变异可以发生在异质文明文学理论与作品之间、理论与理论之间、作品与作品之间等，通过文本支点的错位阐释构成“震惊”和“凸显”的比较效应。

很多比较的驱动力来自对异域的猎奇，但是“笔者选择从一个如此遥远的视点出发，并不是为异国情调所驱使，也不是为所谓比较之乐所诱惑，而只是想寻回一点儿理论迂回的余地：借一个新的起点，把自己从种种因为身在其中而无从辨析的理论纷争之中解放出来”。[④] 从这个意义上讲，无关性之所以成为可比性，关键在于：求同思维会导致对异的忘却或忽略，而无关性的价值就在于它没有异化成另一种话语样态，而是坚守自身的话语独立性。同时，它又可以从另一个新的角度重新考查传统话语观念中的知识谱系，从而造成对文明边界的深度质疑，这类中西思想的跨文明比较阐释，就深入异域文化的本然状态，通过对这些本然状态的解读、阐释，来重新澄清自身文明的逻辑构成。正如舍勒对

① 杜小真：《远去与归来：希腊与中国的对话》，中国人民大学出版社2004年版，第36页。

② François Jullien, *Dialogue sur la morale*, Grasset et Fasquelle, 1995, p. 8.

③ 王超：《比较文学变异学中的阐释变异研究》，《当代文坛》2018年第6期。

④ François Jullien, *Dialogue sur la morale*, Grasset et Fasquelle, 1995, p. 8.

比较的论断一样：“正如‘比较’意义学说所力图阐明的，某物种所具有的各种外在意义样态和外在意义性质，永远取决于总体性质中哪一部分能使具有生命意义的事物和程序的同一性（对有关组织具有生命意义）获得符号功能。所有的性质最初都是作为‘敌与友’的符号给出的。”① 当这种对话进入异域进行操纵的时候，就必然意味着主体对意义指向的区分，所以于连又进一步指出：“进入劣势和否定，区别便不是一种区别，也不是内容，而是每种话语的指向。”② 在于连看来，否定的更深刻含义在于它动摇的并不是内容和差异，而是中间固有的原初思想分野指向。这些分野在思想的上游便开始了一切差异和矛盾的奠基，它并不表明所指为何，而是把能指贴上了某种意义指向，这些意义指向潜意识中被类化、规范化、意识形态化，以至于感受不到其内在的价值倾向。因此，否定的逻辑根据就是拒绝同化、异化，找寻异质性、无关性，以及某种特定边界之外的存在物，从这些存在物的样态和价值理论中反思这些传统“惯习”或“成见”的合法性基础。当正面的攻击已经对西方思想的复兴无济于事的时候，迂回到另一个异域的思想或许能够从最根本的立场上重构西方思想传统，这就是于连的哲学逻辑。

之所以无关性在拒绝和否定的过程中更多地体现出实在规律对于虚拟事态的拆解，那是因为于连对中国的迂回并不是从中国找回西方没有的东西，而是引发西方思想去思考那些自身从未思考过的东西。对话不是告知，而是另一种意义的启示，正如著名汉学家 Léon Vandermeersch 说：“于连和传统汉学的习惯不同，他首先要求自己是一个哲学家。除了形式之外，其论著的不同寻常在于一种思想的不同寻常。这种思想在

① ［德］马克斯·舍勒：《价值的颠覆》，罗悌伦等译，生活·读书·新知三联书店 1997 年版，第 307—308 页。

② François Jullien, *Du mal/Du négatif*, Paris: éditions du Seuil, 2004, pp. 20 – 21.

中国和西方之间寻找一条探索之路，以向二者打开如此不同的两种世界的观点。”① 于连的迂回，跨越的是两个世界，但是却逃避了同化、异化、民族主义、霸权主义这样一些偏向。他在坚持本土文明的话语规则基础上，进行一系列的互补、对话和启示。在吴兴明教授看来，这不是纯粹的比较，而是一种运作和意义的谋略方式：“‘对比’／‘对视’决不仅仅是用中国的材料，而是用‘中国自己的逻辑’与欧洲思想的逻辑相碰撞，只有这样‘震惊’和‘突破’才能真正产生。”②

在于连看来，他在异域中国找到了意义的迂回之路，意义之间的迂回运作能够产生审美的无限空间场。于是，比较文学的可比性关联域就在这个空间关系场域中滋生出新的文化范式，这就是于连迂回与进入的哲学逻辑：“在中国，意义的迂回没有任何过分雕琢：因为当我说这一个时，另一个已经涉及，而说另一个时，我更深切思考的是这一个。这就是为什么迂回自身提供了进入。”③ 显然，这样的迂回不是简单寻求比较之乐趣，中西文明“之间”的差异性，产生了跨文明阐释的可能性，这个可能性就是通过对他者的迂回，获得对自身的超越性检视，以及对他者的解构性阐释。因此：“于连教授按照自己‘迂回’的策略：首先以希腊为起点并离开希腊前往中国，然后从中国哲学里发掘西方哲学中所‘未思’的东西，反过来又以平等的姿态来看待中西方哲学的差异，从而凸显出中西哲学各自的特征。”④ 以这种迂回的策略，就能以“差异比较主义”反思“寻同比较主义”，继而找到那些思想的未被思想之物。

综上所述，我们可以认为，于连的研究模式属于比较典型的比较文

---

① Léon Vandermeersch, *Autour de la pensée chinoise*, Universalia, 1999, p. 338.

② 吴兴明：《“迂回”与“对视”——弗朗索瓦·于连中西比较的路径分析》，《西南民族大学学报》2007 年第 7 期。

③ François Jullien, *Le détour et l'accès*, Grasset, 1995, p. 435.

④ 孙景强：《中西哲学比较中的几个关键问题》，《世界哲学》2006 年第 3 期。

学阐释学研究，它不仅提倡了中国与欧洲的跨文明比较，也将东西方的文本阐释视为一种比较研究的创新形态，更重要的是，他作出了阐释变异的重大实践，对长期以来的强制阐释、同化阐释、以西释中等诸种形态提出了根本批评，指出了其中的重大缺憾，他说："这是一个要害问题，我们正处在一个西方概念模式标准化的时代。这使得中国人无法读懂中国文化，日本人无法读懂日本文化，因为一切都被重新结构了。中国古代思想正在逐渐变成各种西方概念，其实中国思想有它自身的逻辑。在中国古文中，引发思考的往往是词与词之间的相关性、对称性、网络性，是它们相互作用的方式。如果忽视了这些，中国思想的精华就丢掉了。"① 所以，比较文学阐释学就是要从中国文论自身的逻辑出发，坚持一个自身的基本的话语规范和价值立场，不能盲目地用"比较"一词否定文明之间的异质性。于连的整个思想体系都是围绕中国思想与西方思想的"差异性"与"无关性"来展开，他重新阐释可比性问题，绕开把可比性建立在求同存异之上的传统研究模式，去寻求不同文明之间的异质性和无关性所在，去主动求"异"，通过"异"来还原文明自身的原生态样貌，让这些独立性、自主性的文明用自己的话语规则来言说，继而进行优势互补，对话融通，这就是比较文学阐释学的基本思路，也是对现阶段比较文学的一个理论突破。

但是，于连又与很多西方学者的路数不同，这种不同主要就是他逃离了西方文明的根源——古希腊，而进入完全异质的中国文明语境之中，虽然"他山之石，可以攻玉"，然而，不得不承认，他有时候似乎只抱"石"而失"玉"了，这也是他引起争议的主要原因。从另一个角度上讲，他又提出"失而复得"的另一种可能。因为很多西方学者，

---

① 秦海鹰：《关于中西诗学的对话——弗朗索瓦·于连访谈录》，《中国比较文学》1996年第2期。

要么彻底忽视中国文明，要么把中国文明当作西方的一种话语附庸，甚至对中国文明进行妖魔化、同化或异化，于连的成就，就是试图在中国这个完全脱离于西方文明影响的体系之中找到思想的另一种可能性。因此，对于西方文明来说，于连研究的意义就是更多地揭示了西方话语传统观念下的中国形象问题，也难怪他每出一本书，各大出版社和其他相关媒体都要强烈推荐。其次，对于中国而言，于连的意义就是他的研究是在一个跨文明的基础上展开的，但是又不同于黑格尔对孔子的想象式批评，也不同于海德格尔对老庄的孤立性文本解读。他的研究不是为了证明西方思想的某个观点偶然遭遇到中国思想中的相似观点，他仔细类比了其他文明，才选择了中国这样一个切口。这是理性的判断，而不是感性的冲动。因此，尽管在跨文明传播过程中，误读与偏见在所难免，但不能否认的是，他的中国思想研究从内容到形式，都建立在扎实的事实判断之中，用事实性的材料来论证，而不是赛义德在《东方学》中提到的那种话语虚拟。

对于中国思想而言，他的比较文学阐释学研究范式具有强烈的可操作性和可借鉴性，他的阐释模式不是漫无边际的无稽之谈，不是带有西方中心主义的消极误读，而是带着话语重构因素的积极误读，他的意义就这样凸显出来。如果通过研究于连对中国问题的研究，来重新解读和反思西方视域中的中国文化和诗学模态，能够让我们在重构中国文明话语体系过程中获得非常珍贵的启示意义。就是说，对中国思想而言，这是一种双重迂回，这里面有着复杂的论域切换。于连的内在出发点是“古希腊文明—中华文明—当代欧洲文明”，就是从古希腊出来，远游到中国，最后反思到欧洲文明，而我们也对于连的解读就是从中华文明出发，观照中国文本在一个异域思想家的笔下发生了怎样的跨文明阐释变异，最后从于连的迂回中再次迂回到中国思想重建问题。

对比较文学学科理论而言，长期以来中西比较的最大困惑就是：什么是可比的？怎么展开跨文明比较？法国学派影响研究中的流传学、渊源学、媒介学都注重实证性求同思维模式，毕竟法国是欧洲文明的中心，他或多或少地影响着欧洲乃至世界各国。他们要找到不同语言、文明、学科之间的类同性，但是他们没有注意到在不同文化语境中所发生的阐释变异问题。美国学派虽然意识到了这个问题，但是他们逃避甚至是拒绝异质性，将可比性依赖于同一文明圈中的文化类同性，最终也是进行各种同化阐释。如果说，法国学派是求同忘异，那么，美国学派就是求同拒异，而中国学派阐发研究，用西方的理论来阐释中国文学现象，用中国的文学现象来注脚西方的理论，虽然从一种阐释的角度来进行比较，但不管是单向阐发还是双向阐释，都存在"求同无异"的思维倾向，反过来说："在中西诗学比较研究方面，于连一向主张'差异性比较'。他认为，由于中西历史上的长期隔绝，以事实联系为依据的'影响比较'有着明显的局限性，又由于中西思想背景和语言体系截然不同，不存在可比的现成对应概念，以同类相比为原则的'平行比较'有时也就难免显得盲目和牵强。"[①] 所以，在于连看来，中国比较文学研究，既不同于法国学派的影响研究，也不同于美国学派的平行研究，因为中国文学与法国文学之间并没有一个事实上的"关系"，因此从实证性角度去研究只能是缘木求鱼。同样，由于中国文论话语本身的异质性，中国文明与西方文明之间并不存在一些现成的范畴、概念和体系来进行对比研究，这样的平行研究也会掩盖这种异质性和无关性。所以，中西比较文学与比较诗学的重要任务，就是要以这些差异性、无关性作为一个前提和基础，进行全方位的跨文明比较阐释。

总之，将于连的研究范式归于比较文学阐释学，具有充分的学理依

① 秦海鹰：《关于中西诗学的对话——弗朗索瓦·于连访谈录》，《中国比较文学》1996年第2期。

据，也具有重要的学科理论实践意义。在他的著作中，从跨文明视野来深入分析中国文化与文论的异质性和无关性，找寻中国较之西方的“异”，用这些“异”来重新确立和认同中国的话语身份，摆脱“失语症”的困扰。当然，他也并不是片面强调中国文化与文论的异质性、无关性、不可通约性和内在的结构性差异，中西文化思想之间当然存在可以通约之处和理论对话的契合点，只是说，我们除了要把可比性建立在通约性基础之上外，还要从不可通约、异质性、无关性的角度来介入中西比较之路，这样才能从比较文学阐释学路径重新建构比较文学研究新的话语规则和学术范式。

第四章 “迂回”的跨文明阐释变异

第一节 迂回是什么以及为什么需要迂回

一 中国思想语境中迂回的必然性：官方话语与民间话语

于连简明扼要地指出：“中国思想从孔子踏上这无休止的迂回之路。”① 虽然早在1996年秦海鹰就在《中国比较文学》上发表了关于于连的访谈录，但中国学界大多还是从《迂回与进入》一书了解到于连的，此书由杜小真教授翻译，经由陈来教授的介绍，引起强烈反响。在该书中，作者详细阐述了中国思想中的迂回策略，尤其是对中国诗学话语言说策略进行了仔细的观照，使得国内学界再一次从异域文化的角度反思了中国思想的异质性所在。随着于连在中国的演讲以及他的著作越来越多地被译介过来，国内关于于连的迂回思想的评论逐渐增多，毕来德、杜小真、陈来、赵毅衡、张隆溪、吴兴明、郭宏安、李春青等学者都撰有相关文章。但是，对于“迂回”这样一个问题，仍然有很多问题有待于深化，因为于连对迂回的跨文明阐释，并非一个汉学问题，而

① François Jullien, *Le détour et l'accès*, Paris: Bernard Grasset, 1995, p. 261.

是属于比较文学阐释学的研究领域。在这里需要做的就是，将迂回作为一个切入点，然后向纵深扩展开去，抽丝剥茧、层层深入、以小见大、管窥其本。同时，把于连的视角、西方思想的视角以及中国思想自身的视角构成一个立体化的研究座架来研究这个问题。当然，并不是要把迂回同其他什么范畴相比较，而是注重在一种视域切换跳转的背景下展开论述。

这样，在展开论述之前，首先面临的问题就是：迂回是什么？为什么要迂回？迂回何以成为一种思想策略和话语策略进入研究视域？迂回，法文“le détour”，相应的英文有“detour”“circuitous”“roundabout”“indirect”等。在中国古代典籍中，迂回大致有三个层面的内涵：首先是战略迂回，其次是地理迂回，再次是意义迂回。于连在《迂回与进入》一书中主要从战略迂回和意义迂回来展开论述，而重点又放在意义迂回上面，所以该书的副标题是“Stratégies du sens en Chine，en Grèce”，即中国和希腊思想中的意义策略问题。这个问题之所以被置于优先地位，是因为思想往往和语言联系在一起，语言不仅仅是工具，它还直接展示着一种思维方式和文化形态，20 世纪西方的语言学革命也直接证明了这一点：“应该说，在寻求思维与存在、人与世界的‘联接点’或‘中介环节’的意义上，‘语言学转向’具有不容忽视的积极意义，它是以倒退的形式而推进了理论思维的前提批判。”① 因此，对语言、意义和思想的关系延展开去，才能对中国思想中的迂回策略作出跨文明阐释。

从以上语义可大致明白：迂回这一个词语，主要是相对于直接而言的。从表面意义上讲，迂回就是绕行、曲折、蜿蜒，不是从一条直线去靠近目标。从战术上来说，则是避免与对方的面对面对抗，而是根据形

① 孙正聿：《辩证法研究》（上），吉林人民出版社 2007 年版，第 211 页。

势适当采用回避、躲闪以及周旋的战略战术来尽可能地实现不战而胜。当然，从意义论来说，迂回则是一种间接的、暗示的表达方式。在《迂回与进入》一书的开始，于连便引用了美国传教士阿瑟·史密斯在《中国人的特性》一书中对中国人语言方式的分析文字，于连继而认为：“我们西方人，我们能够直接表达，因为我们笔直走向事物，我们被‘直线的感情’所引导，而直线也是通向真理的最近之路。至于中国人，他们受迂回表达的局限，甚至拐弯抹角地表达如此‘简单’、而他们之中没有人‘愿意’简单表达的东西。”[①] 在话语表达层面，西方人推崇直接性。因为在数学上，两点之间直线距离最短。所谓直接，其实也就是直线接触，从最短和最快捷的方式去接触对象，如果真理作为一个客观对象而存在，那么直接接触就理所当然地符合科学精神。只能用直线式的指称、判断、演绎、推理、论证这样的思维模式，一环扣一环地到达真理，每一个环节都具有逻辑性和科学性，这种可复制的类同性和普适性，使得意义在每一个个体领域中所展开的图示是大致相似的。然而，这样的思维在中国却会遭遇到尴尬，“说到中文，光学语言是不够的，还应该学习解读话语，一种‘推断的能力’在中国是很需要的，乃至在与最普通的人的交往之中，在最日常的社交场合之中都是必需的”。[②] 在于连看来，中国的话语规则和意义生成方式是别具一格的，在中国，语言并不作为一个科学的手段被用于直接到达真理，中国并没有形成西方意义上的语言学，即使在 20 世纪的西方，我们仍然可以从形式主义、符号学、结构主义等理论流派中看到语言学的科学性元素。但中国没有这样的语言学理论系统，因为语言在中国并没有展现为一个抽象的认知系统，它是以话语而不是语言学的形式呈现的，那什么

① François Jullien, *Le détour et l'accès*, Paris: Bernard Grasset, 1995, p. 17.

② Ibid.

是话语呢？“所谓‘话语’（discourse），并非指一般意义上的语言或谈话，而是借用当代的话语分析理论（discourse analysis theory）的概念，专指文化意义建构的法则。”[①] 因此，中国话语是未完成性的、片段式的，或者说是迂回式的，它提供的只是一些暗示性的话语成分，然后需要从这些未完成的话语开始，去进行推断、解读和领会。所谓的指桑骂槐、含沙射影、声东击西都是话语的迂回形式。

那么，这就导致另一个问题的产生：如果说迂回体现为暗示、指示的言说方式，那么依靠主观的推断、解读能否把这些暗示性的话语推向真理呢？间接的迂回试图从这一种意义推导出另一种意义，那么这两种意义之间是否存在合法性的逻辑贯穿呢？意义是走向了真理，还是走向了谬论，甚或什么结论也没有，只是这样一个指示性的结构而已呢？于连的回答是：“我们不仅仅因为间接而不断地从听见的话语中寻觅另一种意义，而且我们永远不能肯定这推断出来的意义是否是‘真实’的。”[②] 在这里，推断并不是逻辑学上的推理，更多地具有主体想象的性质。在西方语言学中，语言可以通过横组合关系和纵聚合关系来构成一个表达某种确定意义的句子，而在中国，这些靠想象式的推断得出的结论往往不能用真实性来进行衡量。因为从这一个意义向另一个意义跨越，从这一个个体（群体）向另一个个体（群体）跨越，都是一种暗示与领会的关系，它不是通过逻辑演绎的形式进行的。也就是说，西方话语讲究必然性、确定性，但是，依靠迂回的间接性，意义却具有偶然性和不确定性特征。因此，迂回不能通向西方意义上的真理：“迂回并不那么要求人们听到其他东西（人们敢说或不愿说的），而更欲求把他者置于‘悬搁’的不适状态之中，并且以策略擅取活力。这种迂回，

① 曹顺庆：《中国文论话语及中西文论对话》，《浙江大学学报》2008 年第 1 期。

② François Jullien, *Le détour et l'accès*, Paris: Bernard Grasset, 1995, pp. 18 – 19.

与其说它以别样方式告诉我们事情，不如说是让我们不知所措。”① 难道说，迂回仅仅是使我们不知所措吗？显然，这并不是问题的关键，值得注意的是，迂回这样一种间接性的示意方式为什么会在中国产生并长久流传扩散？它用悬置取代真实的终极意图何在？如果说，迂回的示意方式并不必然通向某个确定的意义，那这种示意方式的意图何在？即为什么要迂回呢？如果迂回没有确定的意义，那有必要存在吗？或者是作为一种语言游戏而存在？显然这个问题并非如此简单。

这个问题可以从两个方面来展开，首先是从语言内部而言，存在西方语言与中国话语的区分。在中国思想中，为什么语言的真实性、确定性没有占据至关重要的地位呢？因为，中国思想所追求的不是一种具有普遍性的真实，而是去承认和肯定意义的变化过程。于连写过一本书，名字就叫作《过程与创造》(*Procès ou création*)，他认为中国的文学与文论，甚至是整个中国文化思想，都是在一个变化的过程中不断创造出新的意义或价值。在这个肯定和顺应的过程之中，意义和真理得以全面地展开和涌现。我们知道，迂回就是绕远，始终与对象要保持某种距离关系，而“逻各斯的本质就是在最近处把握对象。从相反的意义上讲，我们在许多方面都将看到，中国表达法的本质（也是中国文章的特点）就是通过迂回保持言语‘从容委曲’：以与其所指对象保持隐喻的距离的方式”。② 在西方，逻各斯是这样的一个终极本源，它处于核心位置，可以被言说清楚，也可以通过语言被认识到，被语言阐释清楚。因此，通过语言的概念、判断和推理，通过逻辑、哲学、数学等话语形式，我们可以通向逻各斯，逻各斯始终维持着它的中心地位，而且逻各斯要求从最近处把握对象，任何迂回都是偏离真理的。在中国，作为终极真理

① François Jullien, *Le détour et l'accès*, Paris: Bernard Grasset, 1995, p. 19.

② Ibid., p. 53.

的道与西方的逻各斯存在一个最根本的差异，那就是：道，不是一个可以确定和言说之物，它自本自根又无象无形，不可言说又不可明确，而逻各斯始终处于一个中心和起源的位置，它是意义之终极本体。从这个意义上讲，中国话语并不强调所谓的真实性，因为真实本身就是一个虚拟想象之物。时间空间变换不居，昼夜四时互相更替，条件境遇各不相同，因此，所谓绝对的“真”是不存在的，诸象皆是虚妄。因而，正是中国话语内部的这种必然性，决定了它不可能像西方语言那样可以清楚地表达。目击道存，道无须言说，也不可能言说清楚。显然，中国的真理观否定直接示意这条路，中国话语的间接迂回是必然的，它只能绕行，以此避开与真理的直接对撞，朝着另外的意义领域发散、延异。如果说西方相信意义而执着求之，那么，在中国思想之中，意义则需要旁敲侧击、秘响旁通。正如曹顺庆教授指出：“‘道’与‘逻各斯’，正是从‘可言说’与‘不可言说’的两难境地之中，各自选择了一条路，各奔前程，从而形成了两套截然不同的文化与文论话语言说系统。”①

其次，从外部而言，中国的政治和文化模式决定了迂回的可能性与必然性。从古希腊开始，西方追寻“民主”“自由”“平等”，所以很早就建立了公民概念，公民是在政治模式基础上衍生出的法律范畴。西方的权力体系是通过公民契约的方式达成的，按照“天赋人权”的基本逻辑，每一个自然人都拥有自己的权利和义务，但是，在一个社会体制形成的时候，必然要使每一个公民适当转让自己的自然权力，通过契约建立政府机构来宏观调控社会体系。因此，公民在现实条件的必然要求下转让部分权力，但是真正的决定权还是掌握在每一个公民手中，所以习惯用票选形式来决策。封建社会时期的中国百姓向来没有从社会契约

① 曹顺庆：《道与逻各斯：中西文化与文论分道扬镳的起点》，《文艺研究》1997 年第 6 期。

层面来思考问题，天尊地卑、男尊女卑的先天差序结构根深蒂固，因此在政治上并没有这样的自由。

换言之，在中国封建社会，只有“民——君”这样的阶级概念，不管是“民贵君轻”还是“君贵民轻”，不管是“以民为本”还是“以君为本”，不管中国的封建体制如何变化，这个阶级范畴是不会改变的。概言之，在封建时期，君民没有平等的对话权力，官方话语与民间话语是完全异质的两种话语模式。于连指出：“如果说，中国与希腊之间在有一点上存在着明显差异，甚至是根本的分歧，概括起来就是，在中国，人们除了‘皇道’、君主之外，就从未设想过其他的制度：中国人从来不把诸如君主制、独裁或民主这些不同的政治形式（以及它们派生出来的形式）对立起来，我们已经看到，中国人只是在君主善从明见，恩及天下，或相反受周围小人蒙蔽而弃绝伦理纲常使天下动荡不安时，才进行‘有道’与‘无道’的比较。”[①] 关于这个问题，孔子说：“子曰：笃信好学，守死善道。危邦不入，乱邦不居。天下有道则见，无道则隐。邦有道，贫且贱焉，耻也；邦无道，富且贵焉，耻也。”[②] 可见，除了在这样一些关键时候体现出“有道”与“无道”的差异外，大多数时候，古代中国百姓所做的，不过是老老实实的顺应和服从而已。穷则独善其身，达则兼济天下，不穷不达，则应当守其中庸之道。如此一来，在古中国，民是民，君是君，民不能因为国邦无道而肆无忌惮地口诛笔伐、造反革命。

因此在古中国，民不可能和君站在同一个高度上对话，但是，君与民又必然要发生直接的作用及被作用关系，在这个关系中，不可能不进行交流对话。那么，是不是可以采用直抒胸臆的方式交流对话呢？是不

① François Jullien, *Le détour et l'accès*, Paris: Bernard Grasset, 1995, p. 144.

② （宋）朱熹集注：《四书章句集注》，中华书局2012年版，第106页。

是可以像西方那样采用公开辩论的方式展开呢？还可不可以通过协商和契约的方式呢？很显然，在话语权力结构之下，在阶级的等级制度之下，这些方式是相当危险的。没有一个集权化的君主会全盘接受这样的方式，一旦触及阶级地位和其他利益关系的时候，话语暴力和物质暴力会在权力意识之下理所当然地警觉进来。为了保全君主的阶级地位，同时又可以满足人民的合理诉求，在官方话语和民间话语之间，必须要插入一种中介性的话语模式，也就是迂回的示意方式。

任何直接性的陈述都是事实性的证据，而迂回的示意就意味着它并不是非常精确地叙述某个对象，只是绕远或荡开到另外的方向，似有似无、断断续续或非常含蓄委婉地提出一些看法。这些看法不是批评性的，而是暗示性的，需要去推想其中的意义，这就使得这些话语不会被对方抓住任何把柄。对当权者而言，民的迂回话语表面上是无关痛痒的，事实上英明的君主却可以捕捉到一些思想方面的信息并励精图治，而昏君置之不闻也无妨。总体来说，这些含沙射影的言说方式不会直接破坏社会秩序和阶级制度，但是又传达了某种需要，形成“言之者无罪，闻之者足以戒”的双赢局面，两全其美何乐不为？所以，在一个权力社会，迂回的示意方式是必要的。

概言之，迂回在中国的意义传达过程中的必要性来自这样两个方面：从内在的思想来说，中国文化思想用“通变”来取代某种确定性的概念范畴，中国思想的圭臬《周易》，就是反复强调“变易”“不易”“简易”三种变异模式。这种变中有通、通中有变的思想回避了形而上学的可能。因此，西方语言可以通过概念、判断和推理的模式清晰地阐释真理，而在中国，并不存在绝对真理，取而代之的是道，而道本身并不作为一个逻辑化陈述对象。所以说，西方掌握了语言学就可以把握真理，而中国思想是用话语来展开的，话语是一种指涉，它不形成某种体系，只是体现某种潜在的规则，迂回就是中国思想所采取的一个非常重要的话语规则，它并不表达固定的对象，并不指向普遍性和确定性，它仅提供悬置和暗示，相应地，也只有用含沙射影的迂回示意方式才能够与对象曲折照面，让“道”在“迂回”之中慢慢呈现。其次，从外在而言，古代中国的阶级意识和君主制度遏制了民主思想和公民概念的发生。民与君的非对等地位导致两者话语权力的失衡，与西方的辩论、批评、抗议、协商、契约这样的权利博弈方式不同，中国思想所采用的话语模式不是直接性的，因为直接性的话语论争会让两方对抗起来，这样下去暴乱与革命就会涌现，而间接性的迂回则能够使君和民保持和谐的关系，君保其“位”而民保其“身”。可见，迂回作为明哲保身的方式是现实可取的。

二 迂回对西方诗学思维的参照性：话语迂回与策略迂回

上文已经从中国内部的语境分析了迂回的必然性及现实可能性，那么现在，必须要跳出中国文明圈，从另一个文明体系内出发去思考迂回，从比较文学阐释学角度，对迂回作出跨文明变异阐释。

总体上讲，20 世纪的西方文论经历了语言学转向和文化转向两个重大的理论拐点。于连关于“迂回”的追问，主要就是比较阐释中西思想中的意义策略问题，意义是用语言来进行表达的，那么，于连对中国的意义生成方式和话语表达方式的研究，是不是暗示着西方语言在示意过程中遇到了什么麻烦？这种学术选择与 20 世纪的西方精神世界有着怎样的联系？中国思想中的迂回放在西方语言哲学体系中阐释又会呈现为怎样的样态？是另一种形式的智慧，还是与真理背道而驰的谬误？要分析这个问题，必须在这个语言学转向的整体座架中，才能捕捉到它深刻的内涵及其意义。所以，这一小节需要展开的问题有两个方面：一个是在迂回之前，正面的接近意义这个路数出现了什么问题？第二，迂回示意的可行性何在？这样的对比是不是有什么新的启示？

我们知道，逻各斯的本质就是从最近处把握对象，而两点之间直线距离是最短的。对语言来说，语言就是要从最近处表达意义，两者的距离越近就越接近真理的内涵。基于此，在西方诗学传统中，声音当然比文字更加直接，相比而言，声音是更真实的存在物，而文字就仿佛是人的照片一样。所以，逻各斯中心主义一度是语音中心主义。格雷马斯专门著书从符号学视野研究了意义理论，他开篇就不无失望地否定了这种语言论的局限："要谈论意义并谈出点有意义的东西来简直比登天还难。谈论意义唯一合适的方式就是建构一种不表达任何意义的语言：只有这样我们才能拥有一段客观化的距离，可以用不带意义的话语来谈论有意义的话语。"[①] 格雷马斯说得让人不得要领，即：不表达任何意义的语言怎么能够用来谈论意义呢？这个无意义的话语怎样进入意义的言说之中呢？语言和意义两者之间发生了什么问题才导致格雷马斯这样感叹呢？他的理由只有一个词——距离！那为什么需要距离呢？

索绪尔从语言学层面上讲述了正面接近意义的问题。他的《普通语言学教程》首先区分了语言（Language）和言语（Parole），他认为这两者相互依存，语言是一套完整的深层规则，是抽象的存在，而言语是具体的话语实践，两者的关系仿佛是下棋的规则和每一步棋的走法一样，语言在言语中得以展现，而言语处处呈示的也正是语言这个潜规则，他的结论就是，任何言语必须置放在一个宏观的语言系统之中，才能释放出某种确定意义，正是在这个基础上，他提出了能指（signifier）与所指（signified）。能指与所指的对应关系并不是确定不变的，我们可以用 Cat 来表示狗，也可以用 Dog 来表示猫。索绪尔认为，它们两者的关系从原初意义上讲是任意的（Arbitrary），一旦约定俗成之后，就具

① ［法］格雷马斯：《论意义》，吴泓缈、冯学俊译，百花文艺出版社 2005 年版，第 3 页。

有相对稳定的结构，阿德勒也说：“一个有意义的词语，一个有意味的标示，就是一个符号。一个符号的功能就是除了将他自身展现给我们的思想之外，还要将客体牵涉进来。因此，当我们说‘狗’这个词语的时候，你不仅仅能听到这个词本身，还可以在头脑中形成被叫做狗的这个对象。”① 因此，任何一个能指符号的意义，都不是先验构成，而是取决于这个系统结构中的差异功能。意义不是靠语言的直接指涉而现身的，意义存在于符号与符号之间的差异。索绪尔对结构主义产生了重要影响，关键在于他从差异化的符号表象中，不懈探寻“深层结构”和“内在关系”，因此，结构主义始终追求总体性、本质、或深度、真理。台湾学派代表人物周英雄，在其《结构主义与中国文学》中，就列举了不少这方面的例子。

德里达对结构主义的否定恰恰是从批判逻格斯中心主义开始的。他在《声音与现象》《论文字学》《文字与差异》几本书中重点阐述了他的解构主义思想，他认为索绪尔的语言学理论仍然没有逃离逻格斯中心主义的囚笼，虽然索绪尔似乎在回避形而上学所存在的问题，也在向胡塞尔、海德格尔的存在论思想靠拢，但是，他的能指与所指仍然没有走出二元对立的整体框架，他的理论暗含这样一个玄机：在能指出现之前，所指已然存在，能指能够相对稳定地与所指发生指涉关系并且传递某种意义。而在德里达看来，传统的逻格斯中心主义其实就是声音中心主义，意义、声音、文字三者之间是一个由上而下的单向承传关系，索绪尔认为文字是用以展现声音的，声音体现着意义，因此语言比文字更加接近意义，然而德里达认为在这个结构之中，文字才是中心，文字并不确定地指向某一个意义。他认为语言符号并不存在一个深层结构，他

---

① Mortimer J. Adler, *Ten Philosophical Mistakes*, New York: Macmillan Publishing Company, 1985, pp. 60 – 61.

们从一个差异走向另一个差异，是相互嬉戏的延续过程，因此语言文字成了一个宏大的互文本，思想陷入了某种不可知的深渊或“白色的神话”。不可否认，解构主义从一个最深刻的根源上重新思考了知识的边界与话语权利、意识形态、文化地位之间的关系问题。正如海德格尔所说：“对世界之内的存在者，无论从存在者层次上加以描写也好，还是从存在论加以阐释也好，这样的做法中随便哪一种都不着‘世界’现象的边际。这两种欲达到‘客观存在’的入手方式都已经‘预先设定’‘世界’了，尽管是以不同的方式。”① 那么，既然任何从存在论视野下得到的“客观存在”都打上了先验论痕迹，那么思想从何种程度上才能确立其认知的可能性？

概言之，西方传统语言学理论认为我们可以从正面的示意结构中抵达意义的本质，而解构主义却认为这个示意结构只是一个“此在”，它只以含混性、距离性、间接性的形式存在着、滑动着、嬉戏着，在差异中得到认同，而不是在同一性中开始认知。直接用语言来示意并不奏效，越是想减少语言与意义之间的距离，就越是徒劳无功。这样，在德里达向结构主义发难之时，就预示着另一个论域的开始：如果语言符号仅仅以德里达所谓的“延异”和“播撒”的形式扩展，那么，示意一语是否就成了一个乌托邦？我们是否走向了虚无主义的深渊之中？如果示意依然可能，那么，在索绪尔的正面进攻被否定之后，我们又如何示意？出路何在？

这样，我们又开始进入第二个问题，即：提出迂回的必要性和可行性何在呢？这样的对比是不是有什么新的启示？于连认为，解构主义的缺陷在于他们绝对否定的同时也把自我否定了，解构一切也就解构了自

① ［德］海德格尔：《存在与时间》，陈嘉映、王庆节译，生活·读书·新知三联书店 2006 年版，第 75 页。

我，如果自我的意义建构都是虚无的，那么，我们又怎么能言说？言说还有什么意义？可以形象地说，解构主义砍断了语言与逻各斯之间的这条直线，但两者就应该被活生生的割裂开来吗？西方信仰危机已经证明了这种行为的危险性。所以，于连给解构主义的补救就是：当对意义的正面进攻失效之时，我们为什么不可以间接地迂回到他者？在通向真理的直路上，被视为障碍的“距离”，为什么不可以成为另一种前进的手段或途径？的确，西方知识系统中的逻辑形式和形而上学似乎都指向一种客观实体和科学理性。然而，从笛卡尔的“我思故我在”到尼采的“上帝之死”再到德里达的“解构”，这条科学的理性之路带来的，却是两次世界大战、经济危机、人性危机、信仰危机等，在走向真理的直线之路中，是否在演示着中国哲学中的一句话：“物极必反”？而且，走向真理的科学，有时会“误入歧途”，进入非科学的领域。例如，现代物理学的高速发展不是决然走向了科学的正向维度，反而是在东方神秘主义中找到了共鸣：“东方神秘主义反复强调一个事实，那就是：终极实体决不能成为推理或者是知识演绎的对象，它不能被言语充分描述，因为它超越于感知领域，也超越于我们能从中得出语词和概念的思维能力。”① 所以现代西方的量子力学、模糊数学等理论形式，多少具有了东方哲学的意味。在整个 20 世纪西方思想界，知识的边界越来越模糊，真理与荒诞共存，美与丑同在，疯癫与文明狂欢，理性与非理性暧昧不清，中心与边缘、主流与暗流、大众与高雅都已不再泾渭分明。当西方思想在努力用“这个”来证明或指向“那个”的时候，“那个”其实已经不再是“那个”本身，这个先验的理性结构在解构主义大潮下崩溃了。

① Fritjof Capra, *The Tao of Physics* (*Third Edition*), Boston: Shambhala Publications, 1991, p. 29.

当西方思想中的这条直线之路出现如上所述的尴尬与危机之时，迂回，在于连看来，已然成了一种势在必行的选择。但是，这里的迂回并不是从英语迂回到法语，或德语迂回到西班牙语，这些语种存在或多或少的勾连，他认为，要进入意义，迂回体现在两个层面：一个走策略上的迂回，一个是话语上的迂回。具体而言，他指出："从策略的角度看，是间接的手段，从话语角度看，它以暗示的方式表现出来；轨迹的曲折到达意义的深处。"① 策略上的迂回指的是西方思想可以绕行到另一个完全异质的文明体系之内来展开，迂回之路必须脱离印欧语系，而话语上的迂回则是让西方的逻辑性语言结构开始松动，正如格雷马斯所说，要保持一定的客观距离，保持距离的曲折委婉也许能够以另一种形式介入真理。这两种迂回是异质同构的，于连总结道："在话语迂回与策略的迂回之间，远不止是一种平行关系：二者归于同样的总体结构，它们都包含着同样的逻辑证明。"②

三　诗与风作为迂回形式的优先性：婉而成章与曲尽其妙

既然迂回在中国是必然的，而且与西方现代思想危机也出现了某种契合，那么，仍然有一个问题需要展开，那就是：在中国是以怎样的形式来承载迂回的功能呢？或者说，中国选择怎样的体裁来呈现迂回的思想？中西方在迂回问题上构成怎样的阐释变异与对话互补？在谈论迂回的具体言说模式之前，有必要进一步分析这些问题。

于连在对各种文明进行比较的过程中发现这样一个现象："中国文明是仅有的几个在文学产生阶段不拥有史诗的古老文明之一：没有重要的表现英雄业绩的叙事，很少神奇妙事的作品。总之，中国没有荷马。

① François Jullien, *Le détour et l'accès*, Paris: Bernard Grasset, 1995, pp. 60 – 61.

② Ibid., p. 58.

中国的第一部文学作品却是一部诗集：公元前9世纪到公元前6世纪的《诗经》。”① 这个现象意味着：中国文学的原初形态并没有太多地叙述神和英雄的历史成就，但却表达了民间的情感，或描述了各种祭祀典礼和仪式活动。

中国文明在回避从叙述学角度建构意义的同时，也把政治、道德、伦理用诗歌的形式表现出来：“根据中国评论家的知识和思想规范，他们努力要在诗文中读出的另外的意义不触及灵魂或神明的形态，它并不意在向我们揭示一种‘真理’：他们从中辨别的意义是社会性的，它同时是道德的和政治的。”② 这样的特征就指明，中国的政治秩序和精神秩序不是由一个超然之物来安排的，而是从集体与个人的关系角度设定一个和谐的文明模式。具体地说，通过对诗歌的反复阐释，可以获得对家庭和社会的教化意义。在这里，诗歌语言就变成一种政治意义的间接表达，诗歌不像史诗那样可以直接陈述各种意图，精准描述各种细节，它是曲折委婉的，因此可以遮掩过于尖锐的思想意图。在于连看来，古代中国的权力结构决定了中国不大可能采取叙述史诗的文学方式，而是选择诗歌，诗歌能够使百姓本来很尖锐的指责变得委婉含蓄，同时又能够间接传达意图。

那么，在中国的语境之中，诗歌为什么能承担迂回的功能呢？首先来看《毛诗序》是如何定义诗的：“诗者，志之所之也，在心为志，发言为诗。情动于中而行于言，言之不足故嗟叹之，嗟叹之不足故咏歌之，咏歌之不足，不知手之舞之，足之蹈之也。”③ 这段表述对中国诗歌抒情言志进行了精彩的描绘。随后，刘勰《文心雕龙》，陆机《文

① François Jullien, *Le détour et l'accès*, Paris: Bernard Grasset, 1995, p. 63.

② Ibid., p. 65.

③ 《毛诗序》，郭绍虞：《中国历代文论选》第一册，上海古籍出版社2001年版，第63页。

赋》，严羽《沧浪诗话》，白居易《与元九书》等历代文论中，都有对诗歌的评点和论断。在中国，诗歌是用来言志抒情的，而西方的神话史诗则是用于叙述某个事件。这并不是说，中国没有叙事诗，《诗经》中的《生民》《绵》等就是在叙述中国远祖先民的历史生活状态，只是说，中国诗歌整体倾向是偏于抒情的，朱光潜这样评论道："中国古代文艺理论大半是围绕着《诗经》而作的评论和总结。"① 在这里分析的重点不在于中西方文学体裁的区别，而是说，作为抒情言志的诗歌对于勾连官方话语和民间话语能起到一个什么样的作用。

《毛诗序》继续阐述诗歌对于政治、伦理以及各种社会关系的作用："情发于声，声成文谓之音。治世之音安以乐，其政和；乱世之音怨以怒，其政乖；亡国之音哀以思，其民困。故正得失，动天地，感鬼神，莫近于诗。先王以是经夫妇，成孝敬，厚人伦，美教化，移风俗。"② 诗歌用来与天地精神相往来，同时，也用于伦理教化和风俗变迁之中。选择诗歌而不是史诗作为中国话语言说方式的理由在于："因为曲折是被诗意地表达的，批评是'无穷尽'的。这种迂回不仅仅代表一种压制（因为人们不能直接表达），而且还使批评有价值，加强批评的效果。"③ 诗歌具有诗意，而诗意大多具有想象性和主观性特征，那么诗歌是以什么样的形式迂回地表达诗意呢？那就是"风"，于连说："这种间接交流的丰富内涵'难以穷尽'，理论思考通过中国最古老的形象之一——不真正是一个概念，而毋宁说是一种那样不断向我们的想象说话的动机：那就是'风'的形象。"④ 前文已经提到，《大雅》中有很多叙事成

① 朱光潜：《中国古代美学简介》，蒋孔阳：《中国古代美学艺术论文集》，上海古籍出版社1981年版，第5页。

② 《毛诗序》，郭绍虞：《中国历代文论选》第一册，上海古籍出版社2001年版，第63页。

③ François Jullien, *Le détour et l'accès*, Paris: Bernard Grasset, 1995, p. 67.

④ Ibid., pp. 72 – 73.

分，《诗经》真正抒情的部分主要体现在十五《国风》之中。中国文学中的迂回策略由诗歌来承担，而诗歌却是以风的形象来展开，那为什么选择风呢？在中国语境中，我们主要将之阐释为从不同地区采集上来的土风歌谣，于连从西方文学角度进行跨文明阐释，他认为风不可触摸，它不是一个可观、可见的实在之物，但是它能深入所有地方，弥漫在我们周围，迂回穿行至诸物的内部。当然，对于于连的这种阐释，我们在中国典籍中找不到相关表述和有力证据，但他对风的形象化分析使我们不得不反思另一些隐秘的含义。

《毛诗序》这样阐述风：“上以风化下，下以风刺上，主文而谲谏，言之者无罪，闻之者足以戒，故曰风。”① 君主用风的形式来教化百姓，而民用风的形式来向君主进谏，民用风这样迂回的方式来表达自己内心的情感，因而可以保身，而君领会到其中的意味之后足以反省自己。那么，是什么原因使得风能够保持迂回的必然性呢？或者说，是什么原因堵住了民向君进行直接陈述的可能？且看：“故变风发乎情，止乎礼义。”② 可见，风以迂回的形式间接进入的根本原因就是礼义。礼义是以民俗形式存在的观念体系和行为规范，虽然它没有以法律形式出现，但却根植于民心，百姓无意识地贯穿着这些礼义规则。所以，诗就在情感与礼义之间迂回运作：“诗的迂回缓解两方的冲突：为一方模糊错误，为另一方遮掩羞耻；诗的迂回评定主题中那种狂热冒险的正义勇气，允许文人在尊重当局的情况下完成自己的批评使命。”③ 正是在中西方的跨文明比较阐释中，于连发现了中国文论话语的精妙。

紧接着，风如何进入呢？首先，形象地说，风让人找不到痕迹，它

① 《毛诗序》，郭绍虞：《中国历代文论选》第一册，上海古籍出版社 2001 年版，第 63 页。

② 同上。

③ François Jullien, *Le détour et l'accès*, Paris: Bernard Grasset, 1995, p. 76.

无处不在，人能够感受到风，但是不能捕捉住风。因此，以风的形式出现的诗学话语也就具有了隐藏的、潜在的性质。《国风》中收集整理的土风歌谣，其实就是一些描述百姓日常生活情感的民间话语，它往往是说一些平常的话题，诸如民生疾苦之类，这些话语的言说对象并不是明确针对君主的，它以风一样抽象而又富有弥散力的形式来进行传播："中国古代思想在以不同方式挖掘风的动机的过程中，不断使我们遐想风的无限能力：它的无形的渴望在穿越自然景致时摇撼着直至最细微物并使之；风非物质性的固定存在，从不中止侵占和推动。"① 其次，风能够绕过一些坚硬的对象而进入其内部，中国有一成语叫"密不透风"，说明风是委婉的、曲折的、含蓄的，但正因如此它才可以绕开一些坚硬的对象，避免与之进行正面对抗，根据事物的具体形式作出迂回，继而进入它的本质之中。作为诗歌的一种分类形式，风的语言轻松、活泼而富于跳跃感，它以潜在的、隐秘的形式悄然无息地通过。风让人无法从语言的角度找到批驳的事实性依据，它在躲藏着锋芒毕露的批判，但是其意图却是非常清晰的，因此："迂回的不足量正好是在隐秘和清晰的中间：它不执着外露，它不停息地改变方向；诗的迂回让人体会到批评就像风使物发出轰鸣。由此，它让批评顺利通过。"② 从中国语境中阐释风，是很难得出这样的结论的，于连从西方文明角度进行跨文明阐释，因此使得中国文论话语发生了阐释变异。

总而言之，中国思想选择了《诗经》，尤其是其"风"的体裁样式来作为迂回承载，其理由很简单：诗的语言与叙事语言不同，叙事语言要求精密、饱满，要求富有逻辑性和再现性，能够将对象清晰地展现出来，而诗的语言是浸透性的、扩散性的，中间是松动和间歇性的，诗的

① François Jullien, *Le détour et l'accès*, Paris: Bernard Grasset, 1995, p. 73.

② Ibid., p. 76.

语言没有那种步步逼近、环环相扣的功能，因此无法从中发掘出确定性的意义系统，它灵活地侵入意识领域，飘散到君主的思想领域，让其领会其中的意蕴所在。诗的言语使思想的进程改变方向，而不是强压，它轻轻地蜿蜒而行，它并不提供确定、清晰的意义，它以弥漫的方式显示情感，而不是以指令的方式自我表现。因为它没有固定的内容，同样不可能遇到抵抗，随风潜入夜，润物细无声。

第二节　间接的迂回何以提供进入的可能

一　迂回与不战而胜的战争艺术

上一节分析什么是迂回以及为什么需要迂回，这一节分析迂回何以提供进入。于连在《迂回与进入》一书中首先便开始了这样的追问："我们认为间接谈论事物有何益处？我们对人与物保持的距离何以能够容易发现二者——更清楚地说明他们？而因此，这样一种距离又何以成为'有效'的源泉？我们对正面接近世界习以为常。然而，从迂回的接近中，我们可能获得什么好处呢？换句话说，迂回何以提供进入？"①

关于这个问题，于连还涉及中国古代军事理论，军事理论和文学艺术、美学艺术有何关联呢？当然有，而且这种关联只有在跨文明阐释中，才能敏锐察觉。通常情况下，战争的作用就是以武力方式解决矛盾，战争的直接目的就是摧毁对方的防御能力，继而获取胜利。但中西方有着不同的战略思想，于连认为："在公元前 7 世纪前后，战争的形式发生了深刻的变化：小型接触或埋伏造成冲突、在'怒气冲天'的英雄——荷马歌颂的英雄——之间展开战斗的时代结束了，它被新的结

① François Jullien, *Le détour et l'accès*, Paris: Bernard Grasset, 1995, p. 7.

构——方阵——所代替。按这种结构，两支全副武装的部队，一行一行地列成队并且步伐整齐如一，步兵队伍一个紧跟一个形成方阵有节奏地齐步向前，没有可能逃跑。这种‘面对面’只能导致大规模的摧毁性的冲突，因为这一方与另一方的战士们的唯一努力就在于‘推进’。”[①]西方战争在公元 7 世纪前是以英雄对抗的形式出现，如“荷马史诗”对阿喀琉斯与赫克托尔的战争描写，接之以方阵队形的正面对抗形式出现。两者相似之处在于战争形式的正面性、对抗性、直接性。尤其是在方阵对抗战争模式中，每一方按照兵种的不同来编排先后顺序，例如弓箭兵、骑兵、步兵，在现代战争中，一般按照空军轰炸、炮火轰炸、装甲掩护、步兵突击等形式推进。在每一个层面上双方进行对抗，以方阵形式展开，形成一种向前的力量，不断向前逼近、碰撞，直接性地对准目标，不容许迂回与让步。

但是在中国战争模式中，却是以一种迂回的战略形式出现的，这种战略形式就是：“如果在中国存在一个所有古代兵书都坚持的基本原则，那就是避免与敌人直接发生冲突。若两军面对面对峙，一方发起的进攻就总是完全冒险和容易失败的。战争的艺术则相反，是要剥夺对方的防御能力，并且在战斗发生之前从内部削弱对方的力量：这就使敌人在两军对垒时自己就垮了下去。”[②] 中国战争的艺术不是颂扬战斗，不是塑造英雄，不是制造正面冲突以及所构成的紧张局面，而是教会人们不战而屈人之兵，中国战争艺术靠的是迂回战略：力的逼压与克敌的艺术相对立。

力的内在逼压造成一种不可抗拒的外在动力，而迂回的运作却是绕开这种直接对抗的可能，绕开坚硬的对象，像风一样婉转地进入对方柔性的内部，克服内部的力量，则瓦解了刚性的支持。所以中国古代的战

---

① François Jullien, *Le détour et l'accès*, Paris: Bernard Grasset, 1995, pp. 45 – 46.

② Ibid., p. 39.

争艺术历来避免正面冲突，这一点在《老子》那里其实就已经被明确提出来：“天下之至柔，驰骋天下之至坚。无有入无间，是以知无为之有益。”[①] 迂回依靠的是一种柔性的力量，而面对面的对抗则要依靠刚性碰撞。正面碰撞以力抗力、以刚制刚，而迂回则是以柔克刚、以无胜有。老子说：“古之善为士者不武，善战者不怒，善胜敌者不争，善用仁者为下。是谓不争之德，是以用人之力，是谓配天古之极。”[②] 老子在这里认为，真正的统帅，决不逞强好武，挑起事端，以自己的强大兵力去侵略别人，真正善战之人是“不与”之人，这里的“不与”并非完全不抵抗，而是不与敌人正面交锋，避其锋芒、离其刚猛、择机而行、避实就虚。他们所依赖的秘诀是“不争之德”“用人之力”。因为直接对抗所得到的三种后果为：他胜我亡、我胜他亡、两败俱伤。从人本主义角度来看，只要能达到获胜的目的，能够最大程度避免伤亡当然是最好的选择。然而，上述三种后果都导致不同程度的伤亡，尤其是在冷兵器时代，敌死一千，我死八百。换言之，所谓的胜败大多数是以大规模伤亡为代价的。虽然美国等发达国家在现代高新技术支持下号称“零伤亡战争”，但它带来的隐形战争（如恐怖袭击）却往往会延迟性地降临。因此，两军交战的最高境界，在老子看来，就是不战而胜，最大限度地避免伤亡来获取胜利。《孙子兵法》第三篇《谋攻篇》中说：

> 夫用兵之法，全国为上，破国次之；全军为上，破军次之；全旅为上，破旅次之；全卒为上，破卒次之；全伍为上，破伍次之。是故百战百胜，非善之善者也；不战而屈人之兵，善之善者也。故上兵伐谋，其次伐交，其次伐兵，其下攻城。攻城之法，为不得

① 朱谦之校释：《老子校释》，中华书局 1984 年版，第 177—178 页。
② 同上书，第 274—275 页。

已。修橹轒辒，具器械，三月而后成；距堙又三月而后已。将不胜其忿而蚁附之，杀士卒三分之一，而城不拔者，此攻之灾也。故善用兵者，屈人之兵而非战也；拔人之城而非攻也；毁人之国而非久也；必以全争于天下，故兵不顿而利可全，此谋攻之法也。[①]

孙武认为，即使是百战百胜，也不是最高明的，不战而胜才是战争艺术的最高境界，要“全”而不是“破”，就是如何在保存实力的情况下赢得胜利而不是用两败俱伤的形式来解决矛盾。

孙武还在《孙子兵法》第五篇《兵势篇》中说：

凡治众者如治寡，分数是也；斗众如斗寡，形名是也；三军之众，可使必受敌而无败者，奇正是也；兵之所加，如以锻投卵者，虚实是也。凡战者，以正合，以奇胜。故善出奇者，无穷如天地，不竭如江河。终而复始，日月是也；死而更生，四时是也。声不过五，五声之变不可胜听也；色不过五，五色之变不可胜观也；味不过五，五味之变不可胜尝也；战势不过奇正，奇正之变不可胜穷也；奇正相生，如循环之无端，孰能穷之哉？[②]

所谓“凡战者，以正合，以奇胜”就是有意回避常规思维，出人所料、出奇制胜，孙膑也说：“同不足以相胜也，固以异为奇。”[③] 用于连的话说，就是：“实行某种部署以对付敌对方的部署，这是正面的关系；而成功地在没有采用特别的部署情况下控制了对手的行动部署，那就是迂回的关系。不是求助于某一部署以正面迎战对方的部署，而是相

① 孙武：《孙子兵法》，吴明贤：《兵书战策》，巴蜀书社 1996 年版，第 10 页。
② 同上书，第 17 页。
③ 同上书，第 147 页。

反，以没有部署行动去控制对方的部署行动。"① 换言之，这就是以静制动、以柔克刚、以无胜有。侧面迂回能够使军队较好地保持主动性，同时又使敌方难以进攻。

为什么中国战争艺术推崇不战而胜和奇正相生呢？于连认为："中国思想的一个根本的观点就是：所有作为对立面存在的东西都还总是在自身中以潜在的方式包容着对方，而对立双方因此互为相关，以至互相交替；通过二者的互相转化，运动永不停息。"② 于连在跨文明阐释中发现了中国思想区别于西方哲学的显著特征，中国思想提倡对立转化、和谐共生的运作模式。乾坤、阴阳、刚柔、是非、高矮、长短等关系范畴都不是绝对分裂和对立的，两两之间互相补充、相互依存，甚至可以转化置换。老子说："天下皆知美之为美，斯恶已；皆知善之为善，斯不善矣。故有无相生，难易相成，长短相形，高下相倾，音声相和，前后相随。"③《周易·系辞上》也有："圣人设卦观象，系辞焉而明吉凶，刚柔相推而生变化。是故吉凶者，失得之象也。悔吝者，忧虞之象也。变化者，进退之象也。刚柔者，昼夜之象也。六爻之动，三极之道也。"④ 万事万物都处于变化发展之中，例如，"乾卦"中的"上九"之所以用"亢龙有悔"来进行描述，那是因为："亢之为言也，知进不知退，知存而不知亡，知得而不知丧。其唯圣人乎！知进退存亡而不失其正者，其唯圣人乎！"⑤ 如果只知道一味地进攻、对抗，不会根据具体情况适当调整自己的策略，那么终究不算智慧之举。

从《周易》思想可见，世界图像并非以单独的原子事实出现，世界处于一个普遍的因缘联络之中，诸元素在对立之中随时蕴含着转化，

① François Jullien, *Le détour et l'accès*, Paris: Bernard Grasset, 1995, p. 41.

② Ibid., pp. 43 – 44.

③ 朱谦之校释《老子校释》，中华书局 1984 年版，第 9—10 页。

④ （唐）孔颖达疏：《十三经注疏》上册，上海古籍出版社 1997 年版，第 76—77 页。

⑤ 同上书，第 17 页。

静止之中随时蕴含着变异，这对于习惯正面推进的西方思维来说，无疑具有重要的启示意义。例如，在战争中的正面与侧面关系问题上，于连认为："二者之中，占优势的是'侧面'的关系，因为实际上是它通过两种关系在起作用，'正面'的关系是从它那里获得自身的价值。"① 就是说，侧面的意义，在于拆解了正面的孤立无援，它揭示了"正—反""正—奇"的辩证关系模式。我们知道，毛泽东同志的战略思想是："敌进我退，敌退我追，敌驻我扰，敌疲我打""打得赢就打，打不赢就走。"这就是典型的中国战争艺术，包括地道战，也是如此，这种战争智慧不像西方的正面对抗，而是退隐至侧面，见机行事、随机应变，具体情况具体分析，将迂回的哲学发挥得淋漓尽致。

在中国战争艺术中，战的最高境界是不战，正如在语言艺术中，说的最高境界是不说一样。"悠然心会，妙处难与君说"，就描绘了这种自得其乐的快感。在于连看来，中国战争艺术克服正面进攻的局限性，借助某种中介，从侧面抵达同一个事物的不同维度。西方战争艺术中的正面进攻，以及对概念、判断和推理的极度推崇，其实是一脉相承的。对于思想也是一样，我们阐释一种思想，往往接触到的是它某一个正面的映像，但要想从根本意义上把握事物，则需要切换视野、以退为进、迂回运作，从不同的角度予以跨文明阐释，这仿佛是照明一样，一盏灯的光线在直线前进中只能照亮对象的一面，只有星星点点，从不同角度点灯，才能照亮对象种种的阴暗面。

二　比兴与中国诗歌的美学传统

在战争艺术中，迂回体现为侧面进攻、不战而胜的谋略，那么作为话语迂回的诗歌又是如何进入意义的呢？于连说："我们现在又面对着

① François Jullien, *Le détour et l'accès*, Paris: Bernard Grasset, 1995, p. 44.

诗的话语的各种形态：赋、比、兴。三者之中，是最后一个从一开始并在中国诗的整个发展过程中引起最多的关注。”[①] 我们知道，《诗经》有“六义”，分别指风、雅、颂、赋、比、兴，前三个说的是内容，后三个说的是手法。在内容层面，风占据着重要位置，也最能体现中国文学的迂回思想，在手法层面，为什么于连认为兴会引起最多的关注呢？简单地说，赋就是采取直接叙述、正面铺陈的手法，用形象的言语将对象淋漓尽致地表达出来，而比就是以彼物类比此物，两者之间是对等相似关系，例如《硕人》连续用荼荑喻美人之手，凝脂喻美人之肤，瓠犀喻美人之齿等等。刘勰说：“且何谓为比？盖写物以附意，飏言以切事者也。故金锡以喻明德，珪璋以譬秀民，螟蛉以类教诲，蜩螗以写号呼，浣衣以拟心忧，席卷以方志固：凡斯切象，皆比义也。”[②] 可以说，在中国诗歌以及世界文学之中，赋和比都是常见的手法，可能表述不同而已，赋注重直陈，比注重联想，赋是就事论事，比是以他物喻此物，赋解释不清楚的对象，就可以用比来打比方，形象地补充说明。然而，《诗经》乃至中国诗歌中比较独特的手法，则是兴。兴是先言他物以引起所咏之辞，兴即起，所以也唤作“起兴”。兴的独特性就在于：它既不是对事物进行直接铺陈，也不是把此物用彼物来进行表达，它根本就是绕开了对象，先从另一个事物说起，一步一步展开、导引、铺垫，最终引向了此物。两者之间或许并没有类同性和相似性，它们在意义上甚至是互不相干的。那么，为什么比兴要求先言他物呢？既然先言之物与后言之物没有事实关联，那么它们如何融会成一个意义论域呢？

将这个问题进一步挖掘下去，就可以从中西跨文明视域观照比兴的异质性了。我们经常把比兴联系在一起来分析，从表面上看，比和兴没

① François Jullien, *Le détour et l'accès*, Paris: Bernard Grasset, 1995, p. 164.

② 周振甫：《文心雕龙今译》，中华书局 1986 年版，第 326 页。

有太大差异，都是以彼物言此物，但需要注意的是，比追求的是意义上的关联性，也就是说，两个事物相似程度越高，那么比的效果最好。刘勰说："夫比之为义，取类不常：或喻于声，或方于貌，或拟于心，或譬于事。"① 相对而言，兴并不追求两者之间的相似性和类同性，甚至两者从根本上都是无关的，它们之间的关系并不"密切"，而是"开阔"，这是距离产生的空间场域。其实再拓展一点，可以认为，这正是比较文学可比性的形象表达，之前反复提到过，法国文学与德国文学有很多同源性、相似性，所以也就具有天然的可比性，但是中国文学与欧洲文学没有那么多同源性、类同性，所以要强行进行实证考察或平行阐释，都容易站不住脚，所以，于连采用的迂回对视，正如《诗经》中采用的兴的手法一样，无关的两个对象，也许不能趋同性比喻对方，但是却可以差异性激发对方，这让比较文学更有趣，也更丰富多彩。

回过头来，正是这样的差异，才把兴引入了另一种诗学话语和诗性智慧：比虽然意义贴切，但是从审美接受的角度而言，显得过于肤浅，尽管它超越此物而言及他物，但是从他物之言说中，能够轻易地把握到此物的特征和属性，两者之间已经用意义的相似性建立起了想象的桥梁，或者说，我们仍然可以从这个贴切的中介桥梁进入意义的本质，这比直面铺陈的赋有了更深层的性质，但从根本上说仍然没有摆脱直接性特征。相对而言，用以起兴的两物正因为不存在必然联系，也没有明显的相似性、类同性或同源性，才导致意义的推进过程在这里突然中断，被悬置、被搁浅在两者"之间"，我们无法从彼物直接过渡到此物，话语没有提供这样的一种必然可能，并且中间桥梁是虚无的。所以，当直接过渡的可能性被封锁之后，这就需要迂回到另一种言说方式之中，打破逻辑思维、科学思维，进入一种诗性思维。因为诗性思维显得异常微妙，起

① 周振甫：《文心雕龙今译》，中华书局 1986 年版，第 327 页。

兴把思维完全离散、荡开、飘移和延异，由此而构建诗歌之诗性身份。

于是，我们进一步将这种阐释变异扩展到整个中国诗学话语的核心层面：中国思想并不直接进入某个对象，而是以类似兴的形式设置两种形象，所借用的这个形象承担着暗示、提醒和召唤的作用，通过某一形象的迂回，进入另一个形象的可能。这里说“可能”，是因为两者之间是不可分离和彼此依托的，但又不是直接对应关系，而是在迂回中完成暗示与领会，跨越与进入。所以于连说：“多亏了两种形象（根据前后项的关系）进行的形式区分，兴的相对‘模糊’开始突出。这样，即便中国文人通常并不准备拒绝任何语义价值，他们还是越来越意识到这种由于兴的不确定性产生的丰富宝库。”① 兴所构成的意义悬置和不确定性，使得它更具有话语创造功能：“人们可能用这样的一些说法来概括中国诗评家们对之情有独钟的‘兴’的生命力：从创造的角度看，它是最直接的；从意义的角度看，它又是最间接的。正是在间接与直接——这是由此拥有更多间接价值的直接——的结合使得在开始时只是《诗经》的特别形象的东西应该能够在中国——在人们意识到的限度内——代表诗的本质。”②

正是在直接的创造和间接的迂回运作之中，诗的本质开始一一彰显出来，《文心雕龙》说：“《诗》文宏奥，包韫六义；毛公述《传》，独标‘兴体’，岂不以‘风’通而‘赋’同，‘比’显而‘兴’隐哉？”③ 刘勰的这段分析切中了兴的要害。赋即铺陈，讲究再现化地描述和刻画对象，所以求同，而风则是去贯通，它从不同方面进入，从柔性的空隙之处进入，因此能够迂回而通达到对象的本质。同样地，比是彰显，通过比，能够使人更加形象直接地明白此物是如何一种样态，让此物与彼

① François Jullien, *Le détour et l'accès*, Paris: Bernard Grasset, 1995, p. 174.

② Ibid., p. 177.

③ 周振甫：《文心雕龙今译》，中华书局 1986 年版，第 324 页。

物两者之间的意义关联确定化，甚至可以说，越能明显看出两者之间的直接关联，就越是比得贴切。最后，兴则是消隐无踪，让意义显得隐晦起来，比的目的是让此物直接黏附到彼物上去，把两个意义域事实性融贯，而兴则是消隐这种关联，仅仅起到一个意义之“端”的作用，它所空缺的意义，隐含在后面的陈述和整体语境之中。因此，单独从前面起兴的部分或后面被起兴的部分来看，都不能把握意义的精髓，只能从前者往后推移，后者往前者观照，从端到末，从起到收，从展开到聚合，这样一去一回、一开一合、一进一出、两相比对，意义才慢慢地涌现出来。概言之，兴使得意义处于关系之中，它没有把任何两种事物进行主观化比附，而是让两种事物自然而然地敞开，任凭读者去领会，没有固定性的限制，正如刘勰说：“故比者，附也；兴者，起也。”①

在这里，可以追溯到起兴的经典范例《关雎》：“关关雎鸠，在河之州。窈窕淑女，君子好逑。参差荇菜，左右流之。窈窕淑女，寤寐求之。”② 在这首诗歌中，男子听到阵阵鸟鸣，循声而去，看到沙洲上的雎鸠成双成对相互唱和，当然这种客观景色只是一个事实而已，并没有什么意义的必然指向，继而诗歌开始抒发一种美好的联想，即：淑女是君子的佳偶。前面的关关雎鸠只是起兴而已，我们无法确认，诗人也没有明确指出雎鸠和君子淑女之间的对等关系，没有任何喻词，甚至连其他的关联性词语都没有，两个对象就这样陈列出来。只是说，后者是在抒发内在情感，而前者是可视性的景物描写，外在的景激发内心这样一种情绪，我们不能必然想到这样一种关系，用于起兴的事物仅仅是暗示和激发而已，意义的现身还是在景与情的关联之中：“中国文人，他们（特别从宋朝以来）习惯于用‘景’与‘情’之间的感应设定诗歌的

① 周振甫：《文心雕龙今译》，中华书局1986年版，第324—325页。

② 朱东润：《中国历代文学作品选》上编第一册，上海古籍出版社1979年版，第2页。

‘兴’。”[①] 关关雎鸠在这里只是被借用，而不是用于比附。也许有人同样会质疑：雎鸠的唱和与君子淑女之间的心有灵犀难道不也是一种比附吗？从这样的景之中，也自然而然能够想到这样的情。从本质上说，它只是比喻的另一种高端形式，即暗喻或借喻。诚然，我们也能够把雎鸠视为喻体，君子与淑女视为本体，只是说两者没有喻词而已，但关键就在于，诗人并不是有意图地想用什么来比作什么，外在的景与内在的情，仅仅是感应而已：“感应首先意味着一种直觉的、非逻辑的、非理性的经验判断，指物象之间变异或抽离本身的价值蓝图而达致某个公共的意义场域，超越对立的哲理层面，构建一个普适性的因缘联络。”[②]

可见，感应关系并非一种逻辑关系，也并不具有科学性特征，它属于交感诗学，是诗性智慧的一种表现形式。再如，《采薇》有：“昔我往矣，杨柳依依；今我来思，雨雪霏霏。”[③] 这是《诗经》最经典的句子之一，我们可以明显看到，这四个分句两两相扣：昔我往矣，指我背井离乡，内心痛苦缠绵。在中国古代，谁愿意离开妻女去血洒疆场呢？虽然有“男儿何不带吴钩”“不破楼兰终不还”等豪言壮语，但更有“醉卧沙场君莫笑，古来征战几人回？”“君不见沙场征战苦，至今犹忆李将军”“妻孥怪我在，惊定还拭泪”等伤情悲叹。在英雄的背后，又有多少痛苦无奈的儿女情长呢？但对于这样一种悲情，诗人选择的景，却是依依的杨柳，意义由此而双向发展：“柳”即“留”，连杨柳也想留我，难道想留住我的仅仅是柳吗？是否还有亲人、朋友、抑或自己的恋人？这些不得而知。另外，内心的不舍，却面对一片和煦温暖的春柳依依，内心的悲情却用外在的乐景来映衬，以乐景写哀，以哀景写乐，

① François Jullien, *Le détour et l'accès*, Paris: Bernard Grasset, 1995, p. 176.

② 王超：《从在者之思到共在之域——论交感诗学思想在中国文论中的嬗变与转型》，《江西社会科学》2005 年第 11 期。

③ 朱东润：《中国历代文学作品选》上编第一册，上海古籍出版社 1979 年版，第 28 页。

错位对比，构成强烈情绪反常，所以能一倍增其哀乐。于是，在这里可以发现，中国诗歌并不是用某种固定的景引起固定的情，有可能相似，也有可能相反。这就说明，兴并非基于相似性，也没有起到寓意的作用，它的背后没有这样一个固定的意义对应关系，它们必须在相互观照中才可以发现其中的意蕴。所以刘勰说："观夫兴之托谕，婉而成章，称名也小，取类也大。关雎有别，故后妃方德；尸鸠贞一，故夫人象义。"① 可见，兴其实体现了中国诗学微言大义、意味深长、隽永含蓄、以小见大、以少总多的话语特征。

三　春秋笔法与中国的叙述模式

大致而言，语言示意可以分为两个朝向：第一个朝向是抒发内在的某种情感，这是内在性的，不可客观衡量和评判，具有主观性特征；第二个朝向是表达对某个外在客观事实的基本判断。这个判断可以分为事实判断和价值判断两种，事实判断就是从个体角度来陈述其所感知的事实，即它"作为……而存在"，或者说，它是对象的一种客观性描述，而价值判断则是对客观事实展开是非褒贬的论断，这依赖于于主观的价值理念标准。

在本章第一节已经分析了为什么要迂回，以及在诗歌艺术中的迂回形式。当我们不得不在现实中进行叙述和判断的时候，还需不需要迂回呢？当然需要，只要存在官方话语与民间话语这样一个权力话语结构，要明哲保身，就必然存在一个话语迂回运作体系，只是说，迂回的方式不同而已。在诗歌中，凭借风这种间接性的迂回而得以隐晦地表达本质意图，而叙述之中如何将主观判断不露声色地展现出来？如何在话语缝隙之中传达价值理念呢？在这里就不能不提到中国古代一种叙述

① 周振甫：《文心雕龙今译》，中华书局1986年版，第326页。

笔法——春秋笔法。所谓笔法即文字叙述所使用的方法。那么，什么是春秋笔法，它又如何展现中国话语的迂回艺术？从比较文学阐释学角度来看，它对西方叙述模式具有怎样的参照意义？

《春秋》本来是鲁国的史书：“春秋者，鲁史记之名也。”[①] 相传为孔子所修订。很多经学家发现这本史书有一个特点，那就是它的字句虽然表面平淡无奇、客观无意，事实上每个字的使用都蕴含着丰富的价值判断，即寓褒贬于曲折的文笔之中，这种叙述方式被称为春秋笔法。荀子说：“《礼》、《乐》法而不说，《诗》、《书》故而不切，《春秋》约而不速。”[②] 荀子说的“约而不速”指该书用词简约，不急于直接迅速地传达意义，而是将其隐藏在文本之中，让意义慢慢地呈现出来。杜预在《春秋左传》之序言中详细阐述了春秋笔法之“三体五例”书写策略：

> 故发传之体有三，而为例之情有五：一曰微而显，文见于此而起义在彼，称族尊君命、舍族尊夫人、梁亡、城缘陵之类是也。二曰志而晦，约言示制，推以知例，参会不地、与谋曰及之类是也。三曰婉而成章，曲从义训，以示大顺，诸所讳辟、璧假许田之类是也。四曰尽而不污，直书其事，具文见意，丹楹刻桷、天王求车、齐侯献捷之类是也。五曰惩恶而劝善，求名而亡，欲盖而章，书齐豹盗、三叛人名之类是也。推此五体以寻经传，触类而长之，附于二百四十二年行事，王道之正、人伦之纪备矣。[③]

杜预文中所谓“发传之体有三”，即“发凡正例” “新意变例”“归趣非例”，这就是“三体”，这是三种主要的叙述方式。所谓“为例

---

① （唐）孔颖达疏：《十三经注疏》下册，上海古籍出版社 1997 年版，第 1703 页。
② 朱东润：《中国历代文学作品选》上编第一册，上海古籍出版社 1979 年版，第 169 页。
③ （唐）孔颖达疏：《十三经注疏》下册，上海古籍出版社 1997 年版，第 1705—1706 页。

之情有五”，指的是五种话语言说规则，即“一曰微而显”“二曰志而晦”“三曰婉而成章”“四曰尽而不污”“五曰惩恶而劝善”，这就是“五例”。在杜预看来，孔子解释《春秋》的圭臬全在这“三体五例”之中，使用这种书写策略，方能实现“王道之正，人伦之纪”。春秋笔法、微言大义正是中国文论话语的异质性所在，在这里以“五例”为例来加以说明。

“一曰微而显，文见于此而起义在彼。”微是指用词细密，意义在不经意间滑落于字里行间，从中看不出刻意凸显，正是在这些微小而精细的叙说之中，另一种间接的意义得以澄明。于连指出：“我们已经看到，在追寻向世界发出的信息中，任何记号都逃不脱注诗者的笔锋：因为在叙述事件的记录中，没有任何东西是偶然的或微不足道的，伦理评价的标志在词的范围中或凭借不在场的词的空白在每一个词上显露出来。”① 微而显的意义生成方式暗示了评注者这样一种思维潜势，那就是：我们不能把任何一种平淡无奇的描述看作是意义的空缺，也不能仅仅视为对事件的客观性叙述，叙事者通过注释而向外界发出信息编码，尽管这些编码似乎无足轻重或者不得要领，但我们并不能因此而忽视了其中所蕴含的潜意识心理作用，所以说“文见于此而其义在彼”，虽然叙述的直接对象在“此”，而意义却超出了“此”而迈向了“彼”，“彼”在何方？“彼”又何为呢？注释者不会言说清楚，也无法言说清楚。“此”仅仅是意义之端，只能在整体性观照之中，才能发现“彼”之意何在，它处于彼此之间的关系之中，不说而自明。

“二曰志而晦，约言示制，推以知例，参会不地、与谋曰及之类是也。”在这段表述中，“约言”即简约的语言，但内在的意义却很隐晦。

① François Jullien, *Le détour et l'accès*, Paris: Bernard Grasset, 1995, pp. 121 – 122.

通过所选词语的不同，加以适当的推断和想象，从而获取更多的意义。司空图说：“不著一字，尽得风流。语不涉难，已不堪忧。是有真宰，与之沈浮。如渌满酒，花时返秋。悠悠空尘，忽忽海沤。浅深聚散，万取一收。”① 司空图这一段论述是对这一例最好的说明。“浅深聚散”，即所采用的语言简约自然、松松散散、平淡无华，只要沿着这些话语深入下去，就能万取一收、得其要领。孔子《论语》在西方学者看来也不过是一些说教的只言片段而已，但这些只言片语仍能够实现“以一贯之”，这个“一”是隐晦的，需要推断，孔子没有明确强调，一旦我们将之领会于心，则可以把这个“一”推及其“类”。陆机说：“立片言而居要，乃一篇之警策。”② 这个“片言”就是“一”，用最简约的语言表达最丰富的意义。严羽也指出：“盛唐诗人惟在兴趣，羚羊挂角，无迹可求，故其妙处莹彻玲珑，不可凑泊，如空中之音，相中之色，水中之月，镜中之象，言有尽而意无穷。”③ 这里所提及的“言有尽而意无穷”，以及“言简而意繁”“万取一收”等相似表述，正是中国诗学话语的迂回言说规则。

“三曰婉而成章，曲从义训，以示大顺，诸所讳辟、璧假许田之类是也。”这就是在讲避讳，要避讳就得委婉曲折地表达意义，既不绝对显露，也不绝对隐晦，而是婉转曲折，保持话语的中性色彩。避讳意味着有些话语不能说，但又不得不说，解决这个矛盾的最好途径就是避开这些不能说的东西，用另一种隐晦与迂回的形式来传达意义。我们知道，说，永远是有选择的说，永远没有纯粹的意见。一旦我们谈论人，

① （唐）司空图：《诗品》，郭绍虞：《中国历代文论选》第二册，上海古籍出版社2001年版，第205页。

② （晋）陆机：《文赋》，郭绍虞：《中国历代文论选》第一册，上海古籍出版社2001年版，第205页。

③ （宋）严羽：《沧浪诗话》，郭绍虞：《中国历代文论选》第二册，上海古籍出版社2001年版，第424页。

我们就对他有评价。当我提到某件事，即使只是一带而过，那我也是已经判定这值得提及，不想起，也就不会提及，不提及，也就无法论断，既然论断，那就表明我在其中传递着某种意义。不管我说什么，我都提出了我的意见，没有无用的记录。换句话说，这是一种“怨而不怒、哀而不伤”的迂回示意策略。

“四曰尽而不污，直书其事，具文见意。丹楹刻桷，天王求车，齐侯献捷之类是也。”这里表述的就不是曲尽其妙、婉而成章了，而是要“直书其事”。可见，春秋笔法也要“尽”言，只是说，这里的“尽”强调事实描述而非价值判断。“直书其事”就是把事情展开论说清楚，既不隐晦、也不掩饰，直接叙述出来，让这些客观事实构成一个意义序列。作者不会明确地表明某种价值观念，因此也就不会留下证据和把柄。从作者所选择的事实和话语之中，又可以水到渠成地获得某种结论，这个结论表面上是隐含的，事实上却彰显无疑，而得出结论的又不是作者，而是读者的阐释，所以于连认为：“因为这种言之无物的话语是以间接的方式通行的。正是我意识到了在中国这种间接方式的重要性，我开始研究一切并非属于口笔误的，而是属于‘不说’、‘缄默’、‘心照不宣’的东西，研究一切在话语间和在字里行间以密码的方式流露和明白表示的东西。”①

“五曰惩恶而劝善。求名而亡，欲盖而章，书齐豹盗，三叛人名之类是也。”从这里可以看出，春秋笔法之微言不仅可以显示出大义，还始终蕴含着是非善恶的价值观念，它始终在进行无意识的导引和评判，只是说，它不是明确地说此善或彼恶，而是“求名而亡，欲盖而章”，越是想肯定什么，就越是试图用言语来进行否定，然而在否定的过程

① ［法］弗朗索瓦·于连、狄艾里·马尔塞斯：《（经由中国）从外部反思欧洲》，张放译，大象出版社2006年版，第44页。

中，事实却不说自明，即“此地无银三百两”。在中国思想之中，显与隐、进与退、是与非、善与恶都不是绝对分开的，显在隐中，是在非中，善在恶中。春秋笔法之迂回策略，就是要在这些关系中间进行智慧运作，既然显在隐中，那么就可以用隐来展示显，用显来展示隐，用迂回的形式来进入意义的本质。

总而言之，春秋笔法的“微而显”在非常用心地处理显与隐之间的关系，于连认为：“在隐与显两极之间，二者分量相等，保持平衡。‘晦’与‘明’共分秋色，但又互相补偿：明暗交接使色彩趋淡，晦暗的明亮使人猜测。这种笔法不是秘藏不露，也不是透明的；作家实际上是向所有人表达，但所用的方式是有保留的：因为正是在这二者之间、即隐约显示这种笔法的地方，意义可能受到重视，同时一方很谨慎地形成。”[①] 就是说，在显的地方，意义反而隐晦，在隐的地方，意义却展现出来，意义总是在这种往复之中、隐显之间难以捉摸、飘忽不定。

第三节 言意之辩与意义进入的策略模式

一 “言不尽意”与“立象尽意”：儒家言意观之迂回策略

前两节大致厘清了迂回在中国抒情艺术及叙事艺术中的体现形式，但于连最关心的问题，是研究中国和希腊的意义策略，那么在中西方跨文明比较阐释视野下，中国如何在意义论领域展开迂回模式呢？在这里，需要超越体裁论和修辞学，从意义生成机制上阐释迂回的运作模式，从这一个层面认识了迂回，也就从最根本的意义上把握了中西思想

① François Jullien, *Le détour et l'accès*, Paris: Bernard Grasset, 1995, p. 131.

差异之本源。

20 世纪西方思想出现了诸多重大转向，如“语言学转向”“文化转向”“人类学转向”“东方转向”等，其中最具有革命意义的转向，应该属于语言学转向。其原因是，语言与思维是密切相关的，用西方传统方式来划分，可以粗略地将之称为形式和内容之间的关系。思想作为思维运作的表象，很大程度上与语言密切相连。传统语言学认为，世界是客观存在的一个事实对象，语言符号之所以产生，是因为人类要用这种符号体系来表达客观存在物，人类用命名的方式获取了对这种事实的通约性意见。语言学转向是从语言符号本身的质疑开始的，语言真的能够像人类所期望的那样去示意吗？同时，对于存在的哲学分析，也必然纳入语言这个魔圈之中：“语言，凭借给存在物的首次命名，第一次将存在物带入语词和显象。这一命名，才指明了存在物源于其存在并达到其存在。这种言说即澄明的投射。”① 海德格尔因此得出了“语言是存在之家”或“言语破碎处无物存在”的重要结论。就是说，语言不是用来表现什么的工具，它是主体和客体进行照面的一个特殊的思维场域。离开语言，我们凭什么去认识？外物又凭什么进入人类的思维领域？张祥龙解释道：“只有在语言这个缘构成的域之中，存在者才作为存在者显现出来，人和世界才同样原初地成为其自身。”② 语言不是一个被动的符号，我们不是用语言来表现世界，而是世界在语言之中现身。

在中国，言与意的问题也一直备受关注。例如陆机在《文赋》中说道：“恒患意不称物，文不逮意，盖非知之难，能之难也。”③ 陆机认为，意、物、文三者之间是完全异质的元素，要达到真正意义上的

① ［德］海德格尔：《诗·语言·思》，彭富春译，文化艺术出版社 1991 年版，第 69 页。

② 张祥龙：《海德格尔思想与中国天道》，生活·读书·新知三联书店 1996 年版，第 165 页。

③（晋）陆机：《文赋》，郭绍虞：《中国历代文论选》第一册，上海古籍出版社 2001 年版，第 170 页。

“和”是非常困难的。刘勰在《文心雕龙·神思》中也说道：“方其搦翰，气倍辞前，暨乎篇成，半折心始。何则？意翻空而易奇，言征实而难巧也。”① 历来文论家都认为，语言是很难将意义精准传达出来的，朱光潜先生也指出：“言所以达意，然而意决不是完全可以言达的。因为言是固定的，有迹象的；意是瞬息万变，缥缈无踪的。言是零散的，意是混整的。言是有限的，意是无限的。以言达意，好像用断续的虚线画实物，只能得其近似。”②

言意之辩在中国语境下可以从三个方面来展开论述，即儒家角度、道家角度和佛家角度，这三家思想的言意观大体构成了中国思想言意关系的基本类型。尽管三家的思想有同有异，但基本旨趣存在的一个共同之处，就是始终相信语言不能完全表达意义，语言和意义不是对等范畴。也就是说，如果我们相信有这样一个意义存在，那么抵达意义的途径并不是用语言形式直接进入，而是要选择言语的迂回，用一种间接性的言语去揭示意义的本质。当然，比这更准确的是，中国并不是构建西方知识谱系基础之上的“意义”（meaning），而是勾勒话语的“意味”（significance），这是中西方言意观的最大差异。所以，对于连《迂回与进入》一书，赵毅衡教授认为：“此书讨论了儒家与道家经典《论语》、《孟子》、《老子》、《庄子》，发现这些经典有个共同点：话语形式不确定。”③ 在中国文论话语中，意义总是呈现出多样性和模糊性。

具体而言，儒家言意观主要体现在言不尽意和立象尽意两个层面。首先要考察《周易》关于“言不尽意”具体内涵的表述：“子曰：‘书不尽言，言不尽意，然则圣人之意，其不可见乎？’子曰：‘圣人立象以尽意，设卦以尽情伪，系辞焉以尽其言。变而通之以尽利。鼓之舞之

① 周振甫：《文心雕龙今译》，中华书局1986年版，第250页。
② 朱光潜：《谈美书简》，上海文艺出版社1999年版，第60页。
③ 赵毅衡：《争夺孔子》，《中国图书评论》2008年第1期。

以尽神’。”[1] 孔颖达对这个问题的注释是：

> 正义曰：此一节夫子自发其问，谓圣人之意难见也。所以难见者，书所以记言，言有烦碎，或楚夏不同，有言无字，虽欲书录，不可尽竭于其言，故云“书不尽言”也。“言不尽意”者，意有深邃委曲，非言可写，是言不尽意也。圣人之意，意又深远。若言之不能尽圣人之意，书之又不能尽圣人之言，是圣人之意，其不可见也。故云：“然则圣人之意，其不可见乎?”疑而问之，故称“乎”也。[2]

意思很明显，书面文字不能完全表达语言，语言又不能完全表达意义。那么“书不尽言，言不尽意”的根据何在呢？难道圣人之意真的不可见么？这就必须要从儒家思想的一些根本原则说起。儒家思想中，“意”并非是一个固定的实体，其最大特征就是变通性，它无时无地不处于运动变化之中。所谓变通，《周易》说：“是故阖户谓之坤，辟户谓之乾，一阖一辟谓之变，往来不穷谓之通。”[3] 正是因为变和通才导致世间万物的生生不息、变化无穷。因此，意义也符合这样的一个基本原则，意也变动不居，而且意生于心，它是一种主观的思想意识。当意用言的形式来体现时，就跨入了另一个陌生的领域。通常认为，语言是交流的工具，我们可以通过语言的沟通来了解他者之意，但是，如果意是变动不居的，又怎么可以用语言来进行表达呢？语言凭什么可以表达思想意识？我们怎么通过语言来进入思想意识呢？所以，为了回避这个言意矛盾，这个问题采用设问形式，答案马上就开始出现，即“圣人立象以尽意”，孔颖达的注释是：

---

① （唐）孔颖达疏：《十三经注疏》上册，上海古籍出版社 1997 年版，第 82 页。

② 同上。

③ 同上。

> “圣人立象以尽意”者，虽言不尽意，立象可以尽之也。“设卦以尽情伪”者，非唯立象以尽圣人之意，又设卦以尽百姓之情伪也。“系辞焉以尽其言”者，虽书不尽言，系辞可以尽其言也。“变而通之以尽利”者，变，谓化而裁之，通，谓推而行之，故能尽物之利也。①

其实这也就回答了刚才所提出的问题，儒家虽然提出书不尽言、言不尽意，但是从根本意义上说，还是认为照此路数走下去，会无路可走。所以，他们所采取的策略就是，言不能直接走向意，但却可以以其他形式迂回示意，这个迂回中介就是“象”。秦海鹰在与于连的访谈中提到：“也许可以围绕‘文’和‘象’的概念梳理出一种中国特有的语言哲学。其特殊性在于，中国似乎并不以语言为真理或意义的归宿，‘道’的领悟不一定要通过语言，更不等同于语言，而‘逻各斯’却首先被理解为上帝或理性的‘言说’。”② 所以，在于连看来，中国语言中的“文”和“象”正是异质于西方语言哲学的重要维度。

为什么要选择象作为迂回中介呢？象在言与意之间有着怎样的地位和作用呢？在进入象之前，还需要进一步分析语言以及语言如何示意的问题，语言究竟为何物？语言能否表达意义？如果能够，语言又如何表示意义？长期以来，言意之辨始终困扰着文论家和哲学家。对多数人而言，不是说他们没有意识到这其中的复杂性，而是难以直面和解决这个谜团。一般说来，语言就是人际交流的工具，是用于对话、沟通的一种符号系统，语言这种身份也就预设了它与思想的不可分离。也就是说，如果语言不能表达意义，那么，语言又用来干什么呢？仅仅是符号与符号之间的游戏？

① （唐）孔颖达疏：《十三经注疏》上册，上海古籍出版社 1997 年版，第 82 页。

② 秦海鹰：《关于中西诗学的对话——弗朗索瓦·于连访谈录》，《中国比较文学》1996 年第 2 期。

所以，语言示意的过程就演变成这样的一个逻辑程序：首先，作者心中先要形成这样一个固定的意义传达对象，即所谓胸有成竹、意在笔先；其次，作者选取一些语言符号组合成一个符号序列，最大限度地表达这个意义，即言授予意；最后，读者通过对这些符号序列的不断解读来获得作者的意义，即以意逆志，这样无限循环下去。一直以来，语言都是以这种方式来实现意义的传达。语言所承担的功能，就是一个意义载体，一个符号形式，不具有再生产功能，它要最大限度地与意义符合。

可以说，这个观念一直以来得到普遍的认可。文学创作其实就是如何用最恰当的语言形式最真实地传达意义。但是，随着现代西方语言学的突破性进展，导致西方对于这样一个意义传递模式产生了根本质疑，那就是：作者之意究竟是不是作者之意？文本之意是否就是作者之意？读者之意是否就是原文之意？甚至，在跨越时间和空间的翻译过程中，译者所使用的语言是否能够传达他所领会的意义？读者在阅读时所理解到的意义又是否是译者所要表达的意义？意义究竟是意义本身，还是一个虚有的乌托邦？照这样质疑下去，那么我们多年以来所一直依赖的这个语言符号体系，难道只是一个符号陷阱？不能否认的一个基本事实是，即使这些质疑都是合理的，但是几千年来我们仍然在顺利地表情达意，没有因为这些质疑而受到阻碍。那么，究竟是语言欺骗了我们，还是我们自己欺骗了自己？事实上，这些质疑归结为三个问题：第一，从概念上讲，我们在这里言说的意义是不是一种普适性的意义，也可以这么理解，即文学所要表达的意义和科学所要表达的意义是不是一回事？第二，从意义传达方式上讲，语言能否或在多大程度上表达意义？第三，从语言示意方式上讲，意义是靠阐释，还是靠某种暗示，或者说，是两者的结合？

这三个问题接触到了言意之辩的核心问题。儒家思想主要从这几个方面来解决这些问题的：首先，儒家认为圣人之意是可以言说的，但不能完全言说，必须要依靠“象”。“象”是一种抽象的艺术想象物，很难用一种具体的尺度去衡量。孔子说：“辞达而已矣”，但是，如何才是“达”呢？孔子也语焉不详。从儒家思想看来，圣人才能够克服言意之间的矛盾。如果我们无法对一种表意的效果做出客观的价值评判，那么“达”这个标准本身就不成立。既然如此，那么圣人之意怎么传达呢？刘勰说：“道沿圣以垂文，圣因文而明道。”① 那么圣人如何明道呢？在《周易》看来，那就只能依靠立象以尽意。值得注意的是，用“象”来尽意有什么微妙之处呢？在这里，先要弄清什么是象，什么是言。《周易》的解释是：“是故夫象，圣人有以见天下之赜，而拟诸其形容，象其物宜，是故谓之象。圣人有以见天下之动，而观其会通，以行其典礼，系辞焉以断其吉凶，是故谓之爻。”② 王弼对言、象、意及其关系的解释是：

> 夫象者，出意者也。言者，明象者也。尽意莫若象，尽象莫若言。言生于象，故可寻言以观象。象生于意，故可寻象以观意。意以象尽，象以言著。故言者所以明象，得象而忘言。象者所以存意，得意而忘象。……是故，存言者，非得象者也；存象者，非得意者也。象生于意而存象焉，则所存者乃非其象也。言生于象而存言焉，则所存者乃非其言也。然则，忘象者，乃得意者也；忘言者，乃得象者也。得意在忘象，得象在忘言。故立象以尽意，而象可忘也。重画以尽情，而画可忘也。③

在示意问题上，儒家思想认为言可以示意但不可尽意，如果要尽

① 周振甫：《文心雕龙今译》，中华书局 1986 年版，第 14 页。
② （唐）孔颖达疏：《十三经注疏》上册，上海古籍出版社 1997 年版，第 83 页。
③ （魏）王弼：《周易注疏》，韩康伯注，中央编译出版社 2013 年版，第 437—438 页。

意，则必须要通过象的过渡，形成“言—象—意”的示意结构，这个结构和刘勰的“文—圣—道”是相对应的，道即最高层面之意，而圣人通过立象的方式来尽意，而立象则必须依赖言和文，三者之间环环相扣。进而言之，“尽意莫若象，尽象莫若言”，示意的最佳方式是用象，表示象的最佳方式是用言，言无法直接进入意，言也不能完全穷尽意，只能通过言去营构象，通过象来寻求意之所在，三者之间不断寻求、不断得到而又不断忘却。所以说，是立象尽意而不是立言尽意。那么，为什么必然要经历象这一个步骤呢？于连认为：“中国诗常出现的‘无形物’就是借用外部世界的看得见的景物（景）表达的情感，而不是形而上学的无形物（作为‘可知物’设定的）。或还可以说，内与外、心与物之间的关系并非物与理念之间的关系。在中国，对政治—伦理的关注堵塞了在精神领域中扩展意义的道路；而确定特殊的背景材料使注释者们从象征的结构那里改变方向。”①

儒家言意观之核心就是：从言进入意的过程中，不能仅仅依靠言的直接进入，言和意是完全不同的两个系统，言没有直接进入意的必然性，必须要通过象的迂回，象存在于言和意之间，它是间接性的，或者说是一个中介和过渡性的力量，它避免从一个实体直接碰撞另一个实体，象的作用在于两个方面：第一，它使语言摆脱了抽象的符号体系。语言文字把生动而变化的现实世界衍化为一个抽象的符号系统，人类用它来把握现实世界，语言符号通过人的主体思维把世界表象化了。当然，世界被编码的过程必须遵循一个逻辑规则，从概念、判断再到推理都要符合这些具有普适性的规则系统，这就把现实世界抽象为一个概念世界，两者是一个对应关系。儒家思想却认为这两个世界是完全异质的，现实世界与概念符号所构成的抽象世界无法实现对等切换，儒家思

① François Jullien, *Le détour et l'accès*, Paris: Bernard Grasset, 1995, p. 201.

想的言意观，旨在把抽象思维替换为象数思维和形象思维模式，象数思维承担着纽带作用，它通过具体的形象符号来示意，这些形象符号具体而生动，它从各个方面与现实世界发生关联：“‘象思维’作为中国传统思维的本质内涵与基本特征，乃是区别于概念思维或逻辑思维的一种思维，或者称之为非概念思维。如果把概念思维或逻辑思维划为理性思维，那么‘象思维’亦可称之为非理性思维。但是应当明确指出，‘象思维’作为非理性思维并不是反理性思维。”① 第二，它使得言和意都变得含蓄蕴藉而韵味无穷了。语言文字摆脱了科学性和逻辑性之后，它用诗性思维来示意，诗性思维把言和文变得间接化和陌生化，完全绕开直接进入的途径，用言外之意、文外之文、味外之味、象外之象来开辟另一个想象性世界，语言示意因此要做到“离形得似”（司空图），就是要用“象”来形容其样貌，而用“似”来引发其意义，意义就在似有似无之中含蓄无穷。

概言之，儒家讲求言和文的未完成性、暗示性或提示性，用这些话语符号构成一个象的系统，象不是对言与文的完全阐释，它是一个待定结构，它不预设某种意义，而是构建一个意味系统，因为：“意义是一个文本所表达的意思，它是作者在一个设定的符号序列之中所表达出的意思。意味则是指意义与人之间的关系，或者是一种印象、一种情境，即任何想象中的东西。”② 象之中存在很多空白点，圣人不去尽意，而是用象来示意，意不可用言来尽，却可以用言构成象，继而用象来间接揭示。其次，从接受的角度上来讲，人不仅可以通过这些生动形象的符号直观而感性地进入意义的本质，还可以通过切身的体验领会到世界的内在本质，通过对言的超越来领会象，通过对象的超越来领会意，不断

① 王树人：《回归原创之思：“象思维”视野下的中国智慧》，江苏人民出版社 2005 年版，第 1 页。

② E. D. Hirsch, *Validity in Interpretation*, Yale University Press, 1976, p. 8.

通过主体能动想象，填充意义的空白之处。

二　“大美无言”与“得意忘言”：道家言意观之迂回策略

如果说，儒家用言不尽意、立象尽意构建了意义的迂回策略，那么，道家则用大美无言与得意忘言构成了另一种言意迂回模式。

道家言意观也包括两个方面：首先是大美无言、无言之言或大象无形，其次是得意忘言。道家的言意观比儒家更为彻底，这表现在以下几个方面：儒家认为，虽然书不尽言、言不尽意，但是圣人却可以通过立象来尽意，象的迂回能够使意显得含蓄而蕴藉，但归根结底它是认为意是可以被“尽”的，只是说，要通过言而构成象，以象来尽意。道家则认为意是不可言说的，不可尽的，它是“无”。但是，没有具体的载体，又何从领会意义呢？显然，意也需要言，否则老子五千精妙又何以生成和传播呢？另一个方面，既然意需要言，而言又不能尽意，那么，唯一的途径，就只能是哲学上的超越，即得意而忘言。但这里的超越与西方的超越不同：“在中国，超越并不面向这唯一世界（作为现象世界的）之外的另外世界。但是，这个世界也就从它的现象性可能具有的既压制又专断的局限性和排斥性中摆脱出来。超越要求的是一种摆脱，但并不是要导致一种（使我们又依附于另一范围的现实的）改宗。”① 庄子的超越在于“心斋”“坐忘”，这意味着现象的还原，从主体之意，经由语言之意，然后再进入道之意，这几个环节不能用逻辑学来进行构建，道家将言之意还原成道之意。因此，这里的言与意并不是密不可分的一个整体，儒家是意在象中、象在言中，而道家是意在言外、得意忘言，言只是一个躯壳而已。所以，道家之言比儒家之言更为玄妙，道家

① François Jullien, *Le détour et l'accès*, Paris: Bernard Grasset, 1995, p. 338.

没有经过“象”这一个步骤，而是直接从忘言到得意。为什么道家没有依靠“象”和“圣人”而直接“忘言而得意”呢？

首先，道家言意观的关键就是意的虚无性。儒家思想中，圣人之意不断地变化、游离，因此无法用具体的言语来表达，但圣人要传意，道要显身，只能依靠似有似无之象。但是，在道家看来，“意”总是处于一种混沌的未分化状态，《庄子·大宗师》云：“夫道，有情有信，无为无形；可传而不可受，可得而不可见；自本自根，未有天地，自古以固存。”① 可见，意可得而不可见，可见的意总是部分的意，总是从某一个侧面所看到的意，真正的意、本根的意，不是有，而是无，所以老子说：“大方无隅，大器晚成，大音希声，大象无形。道隐无名。”② 老子比较喜欢用这种表述结构，再如：“大成若缺，其用不弊。大盈若冲，其用不穷。大直若屈，大巧若拙，大辩若讷。”③ 类似的表述还不少，他的这些论述巧妙地回避了什么是意的问题，正言反说，反言正说，不是不说，似说非说，这样会始终让它保持在思想的上游阶段。既然意义存在于虚无之中，那我们又为何要言说？我们言说的是什么？或者说，无言之言、言外之意如何构成一种意义的生成方式？它又形成了怎样的话语规则和论说模式？

笛卡尔说：“我思故我在。”那么我们如何开始思想？思想如何导致存在？在思想之初，是否必然存在观念之“成见”和“祖传意识”？如果存在，又如何摆脱此在的“在之中”的本质性规定而实现“在之外”的观望、审视与反思？是从“我思”来导向存在还是用“反思 ”来还原现象？可以说，这些问题一直受到关注而又一向处于困惑和纠结之中。

于连说：“我们的任务将是把任何话语的倾向悬搁于特殊化中；使

① （清）郭庆藩集释：《庄子集释》（上），中华书局 2012 年版，第 252 页。
② 朱谦之校释：《老子校释》，中华书局 1984 年版，第 171 页。
③ 同上书，第 181—183 页。

诸词语非个体化并且让话语保持在上游——即保持在先于意义区分过程的阶段之中，而这种意义区分能够使我们接近物的混成。”[①] 既然无意，那么言之则无物，即使有意，那么言也不能穷尽。庄子说：“世之所贵道者书也。书不过语，语有贵也。语之所贵者意也，意有所随。意之所随者，不可以言传也，而世因贵言传书。世虽贵之，我犹不足贵也，为其贵非其贵也。”[②]

按照庄子的说法，圣人已去，仅留其文，而我们又怎么知道我们所领会之意是文本之意，而文本之意又是圣人之意呢？意不可言传，那么所谓的阐释、理解，不过指向虚无而已。所以，真正的智者，不会拘泥于文字：“如果说‘知者不言’，那是因为人一旦说话，就不可避免地制造问题。因为我们很清楚，言就是重此轻彼，而将事实与本身相违：进入划分的片面性，系于唯一的分点，人为地赋予价值。相反，不言则足以化解一切矛盾对立（总是相对的），足以使人回归于固有的未分化（一切由之一致协调），简言之，足以重获和谐，如老子所说：‘和其光’，‘同其尘’。”[③] 真正领会了大道之意的人是不会轻易言说的，他倾向于保持沉默。圣人的沉默是“无”的具体化，这沉默因此拥有无穷的成效。

另一方面，如果执着于未分化状态，或者说圣人无意，那么，老子又为什么要用五千精妙来阐述其思想呢？就像解构主义一样，当德里达用“延异”和“播散”解构一切的同时，也解构了自身。同样，老子说美言不信、大象无形，但他自己以及孔子、孟子、庄子这样的智者圣人，又为何要留下自己的言论呢？如果仅仅用沉默的无言来解释，显然没有充分的证据。刘勰分析道：“《孝经》垂典，丧言不文；故知君子

① François Jullien, *Le détour et l'accès*, Paris: Bernard Grasset, 1995, pp. 330 - 331.

② （清）郭庆藩集释：《庄子集释》（中），中华书局2012年版，第492页。

③ François Jullien, *Le détour et l'accès*, Paris: Bernard Grasset, 1995, p. 329.

常言，未尝质也。老子疾伪，故称‘美言不信’，而五千精妙，则非弃美矣。”① 他认为，老子虽然认为大美无言，但也没有否定文的作用，他的一切意义也只能在《道德经》中得到揭示。所以刘勰说：“研味《孝》、《老》，则知文质附乎性情；详览《庄》、《韩》，则见华实过乎淫侈。……故情者文之经，辞者理之纬；经正而后纬成，理定而后辞畅：此立文之本源也。”② 按照刘勰的意思，必须要先确立情（意），然后选定辞（文），无文则无以见意，无意则无以有文，这样才是符合逻辑的。既然意摆脱不了言，但言又不能尽意，庄子则选择了这样的言说策略：

> 寓言十九，重言十七，卮言日出，和以天倪。寓言十九，藉外论之。亲父不为其子媒。亲父誉之，不若非其父者也。非罪也，人之罪也。与己同则应，不与己同则反。同于己为是之，异于己为非之。重言十七，所以已言也。是为耆艾，年先矣，而无经纬本末以期年耆者，是非先也。人而无以先人，无人道也。人而无人道，是之谓陈人。卮言日出，和以天倪，因以曼衍，所以穷年。不言则齐，齐与言不齐，言与齐不齐也。故曰：“无言。”言无言，终身言，未尝不言；终身不言，未尝不言。有自也而可，有自也而不可；有自也而然，有自也而不然。恶乎然？然于然；恶乎不然？不然于不然。恶乎可？可于可；恶乎不可？不可于不可。物固有所然，物固有所可。无物不然，无物不可。非卮言日出，和以天倪，孰得其久！万物皆种也，以不同形相禅，始卒若环，莫得其伦，是谓天均。天均者天倪也。③

---

① 周振甫：《文心雕龙今译》，中华书局1986年版，第288页。

② 同上。

③ （清）郭庆藩集释：《庄子集释》（下），中华书局2012年版，第939—942页。

概言之，庄子从三个方面来解决言意的悖论问题：首先就是用“寓言”，寓言就是通过虚拟出一些人物、故事来“藉外论之”，庄子也始终在这些人物事件中传达自己的意义，言在彼而意在此。就是说，明明是我说，却要嫁接给他人，让他说，所谓“亲父不为其子媒”就是如此。让他者来间接地传达我的意图。这样，在我与他之间，在是与非之间，意义就显得不是那么清晰明朗；其次用“重言”。这一词有两种解释，一种认为是重复别人之言，另一种认为是庄重之言，笔者赞同第二种解释。庄子说：“重言十七，所以已言也”，即自己所说的话，这些话不是用迂回的间接性论述来表达的，自己很严肃正式地表达出来；第三是用“卮言”，卮就是漏斗，卮言就是漏斗式的语言。漏斗的两端是敞开的，无堵无塞，比喻无首无尾之言。庄子说：“卮言日出，和以天倪”，什么是天倪？庄子在《齐物论》中说：“‘何谓和之以天倪？’曰：‘是不是，然不然。是若果是也，则是之异乎不是也亦无辩；然若果然也，则然之异乎不然也亦无辩。化声之相待，若其不相待。和之以天倪，因之以曼衍，所以穷年也。忘年忘义，振于无竟，故寓诸无竟’。”①可见，天倪就是自然天道，卮言的最大特征就是言无言。终身言，但却似乎没有言说过；终身不言，但谁又知道没有在言说呢？因此我们可以说，庄子所谓的卮言，就是大美之言、天籁之音，说了等于没说，没说，却说出了一切。

这三种言说策略的内在关系在于：寓言是间接叙述、重言是直接叙述，而卮言则是在直接与间接之间不经意地自然叙述。换言之，寓言是言在此而意在彼，重言是言在此而意在此，而卮言则是言无言、意无意、顺其自然、任其变化，直接也可、间接也可、无可无不可、无然无不然。

那么我们又怎样通过这样的言说策略来领会其意义呢？道家有两种

① （清）郭庆藩集释：《庄子集释》（上），中华书局2012年版，第114页。

途径：第一是对直接性意义的否定和模糊，用老子的话说，就是“若”。这个词模糊言意之间的直接性关系，例如大直若屈、大巧若拙、大辩若讷等。既然说者用一种曲折、委婉、笨拙的思想话语来表达意义，那么听者则只能迂回到其侧面，从正面与侧面的关系中来把握其意义之所在。更确切地说，既然语言不能直接表达意义，但又不得不依赖于语言，那么就用语言来间接地表达意义，用他说来表示我说，用屈来显直，用拙来显巧，用讷来显辩，从间接迂回的思路出发，就能够抵达意义。所以，《庄子》一书中充满了各种奇奇怪怪的寓言故事，而庄子的思维也是天马行空，汪洋恣肆；第二就是对语言的超越，前者是对直接性语言的否定，而后者则是对直接性语言的超越，它并没有过渡到另一面，而是对此在进行升华，这就是所谓的反语：“实际上，反语（irony）是指这样一种形式的断言，它的含义是它‘字面上’所断言的意思的反题。”[①] 庄子说：“荃者所以在鱼，得鱼而忘荃。蹄者所以在兔，得兔而忘蹄。言者所以在意，得意而忘言。吾安得夫忘言之人而与之言哉！”[②] 庄子认为，言者重意而不是言，言和意之间始终存在一个不能跨越的鸿沟，即不可通约的异质性。《秋水篇》中说：“无形者，数之所不能分也；不可围者，数之所不能穷也。可以言论者，物之粗也；可以意致者，物之精也。言之所不能论，意之所不能察致者，不期精粗焉。”[③] 物之精只可意会不可言传，可以言传的不过是物之粗而已，但没有粗，又何来精呢？所以，粗与精的关系，正是可说之物和不可说之物之间的关系。按照道家的观点，任何两个相对性范畴都可以互相转化，也可以互通有无，因此，物之精既然不可言说，那么也就必然避免

---

① ［美］劳伦斯·卡弘：《哲学的终结》，冯克利译，江苏人民出版社2001年版，第47页。

② （清）郭庆藩集释：《庄子集释》（下），中华书局2012年版，第936页。

③ （清）郭庆藩集释：《庄子集释》（中），中华书局2012年版，第571—572页。

直接言说，而是超越语言，先迂回再进入："接近不可言说物的另一迂回方法就是话语的颠倒和否定——悖论和异相的道路。或者像我前面那样让并不再是可触之物的东西向可触之物诉说；或者我削弱特性以意味其超越，而不是取消。"① 这样，道家一方面是通过否定和模糊来使得语言和意义之间的关系变得扑朔迷离；另一方面用"得意忘言"的策略作出导引，决不可固执地拘泥在这个导引之上，那样只能是缘木求鱼，只能用"忘"来进行超越，去追寻语言之外的部分，正如司空图说："超以象外，得其环中，持之非强，来之无穷。"②

三 "妙不可言"与"以心传心"：佛家言意观之迂回策略

儒家可以立象尽意，因为儒家相信圣人之意是可以通过"象"来进行暗示的。道家认为可以得意忘言，因为他们相信可以通过对"有"的超越来抵达"无"的境界。佛家在言意问题上比儒家和道家都更加彻底，因为它的言意观体现在两个层面，即：妙不可言与以心传心。也就是说，真正的意是不可言说的，这类似于道家的大美无言、大音希声。但道家认为可以从一个对立统一的角度来阐述意，可以通过对无的迂回来实现有的进入。然而，佛家的不立文字、以心传心完全要回避文字、语言与意义之间的关系，这不是道家"忘"所体现的超越，而是绝对的否定和回避。佛家的迂回相对而言就更为彻底，它完全荡开了语言文字，用心去领会和暗示。

具体说来，佛家和儒家、道家一样，都坚持言不尽意。区别在于，儒家要立象，道家要忘言，而佛家坚持妙不可言。所谓妙不可言，就是

① François Jullien, *Le détour et l'accès*, Paris: Bernard Grasset, 1995, p. 343.

② （唐）司空图：《诗品》，郭绍虞：《中国历代文论选》第二册，上海古籍出版社 2001 年版，第 203 页。

指一切真谛均不可用具体的言语来进行表达，读者也不能根据这些言语来捕捉真谛。那么，佛法要义不存于语言文字，又存于何处呢？佛家的回答是：“善知识，（既）悟即佛是众生，一念悟时，众生是佛。故知万法尽在自心。何不从自心中，顿见真如本性《菩萨戒经》云：我本元自性清净。若识自心见性，皆成佛道。《净名经》云：即时豁然，还得本心。”① 佛家认为，万法尽在心中，要从其本心来见其本性，即明心见性才能谓之佛。佛家把意义完全内在化了，任何真谛都置于心中，不是通过阐释来理解其意义，而是依靠领会。所以：“若自悟者，不假外求。若一向执谓须他善知识，望得解脱者，无有是处。何以故？自心内有知识自悟。若起邪迷，妄念颠倒，外善知识虽有教授，救不可得。若起真正般若观照，一刹那间，妄念俱灭。若识自性，一悟即至佛地。”② 自解自悟、静观默照才可把握佛法之真意。

儒家是在世的思想，要“修身、齐家、治国、平天下”，从内而外，诉诸于外，一切价值评判既要从内心之仁来看，又要从外在之事来看，孔子说“辞达而意”，辞所达的应当是一个意，这个意必须要通过辞来连接示意者和释意者。因此，示意者要追求文质彬彬，而释意者要以意逆志，内外相交，彼此融会，言意才能置于一个贯通性的话语场域之中。道家是遁世的思想，它不指向于外在，而反归于太初的无，因此要返璞归真、言隐于荣华。因此，儒家是从正面来进入，道家从侧面来进入。当然，儒家的正面进入和西方的从语言到意义的直接性进入不同，儒家用象思维来迂回示意，象思维不是西方语言中的逻辑思维和抽象思维，它虚实相生、有无相成，“象”的元素也就使得它与西方的直接性示意区别开来。佛家不诉诸外在的价值观念，也不诉诸对立面的符

① （唐）惠能：《坛经》，山西古籍出版社 1999 年版，第 90 页。

② 同上书，第 91 页。

号结构，而完全内化，诉诸本心。一切意念生于心、本于心，不可言传，只能自领自悟。世界的本质不能用某种知识质态来进行表述，一切真谛需要自我意识的默识和澄清，让存在之法相自然照面而来。意，妙不可言，或一切尽在不言之中。

例如，宋代张孝祥《念奴娇·过洞庭》所写："洞庭青草，近中秋，更无一点风色。玉鉴琼田三万顷，著我扁舟一叶。素月分辉，明河共影，表里俱澄澈。悠然心会，妙处难与君说。应念岭海经年，孤光自照，肝胆皆冰雪。短发萧骚襟袖冷，稳泛沧浪空阔。尽挹西江，细斟北斗，万象为宾客。扣舷独啸，不知今夕何夕。"① 这首词就可以形象地描述这种妙不可言的处境。词人表里澄澈、肝胆皆冰雪，完全与自然世界融化为一个密不可分的整体。他所悠然心会的妙处，其实就是自然，就是最本真之道。为什么不可言呢？因为人一旦开始言说，便开始在寻求意义，继而调动主体能动性来组织示意，任何意义都意味着主体意识要开始萌动，或者抒发内在的情绪，或者叙述外在的事实，或者做出价值判断。当诉诸语言或文字的时候，一旦反思，就会同样置于这样的尴尬处境：你言说的是什么？你怎么知道那就是如此的呢？即使是同样一个语词，在你用于表达你的意义的时候，难道在我心之中就必然呈现出同样的意义吗？这样，言说就被纠结在各种矛盾和悖论之中。阿德勒在他思考西方哲学之后，著有《十个哲学谬误》，其中有这一段表述："事实上，我们并不能彼此谈论我们的观念——我们的感觉，我们的记忆，我们的印象，我们的思想或者概念，即我们的主观感情；没有任何观念能将客体呈现给我们，我们所意识到的仅仅是我们所领会到的客体，并不是能让我们领会客体的那些观念。"② 就是说，一切意识在于主观，它是内心

① 朱东润：《中国历代文学作品选》中编第二册，上海古籍出版社 1980 年版，第 67 页。

② Mortimer, J. Adler, *Ten Philosophical Mistakes*, New York: Macmillan Publishing Company, 1985, p. 27.

所捕捉到的一种感悟，而我们并不能将这种感悟设置成一种思想交流的符号，因为这些符号并不能提供一种普适性的阐释系统。

所以，佛家讲妙不可言。言者，粗也，妙者，精也。要意会而不是言传，一切归于一，一切自然万物了然于心，来去自由，畅通无阻，不强求其意，也不执着于意，与天地精神独相往来，与自然万物化同为一。《坛经》云：“善知识，一切般若智，皆从自性而生，不从外入，莫错用意，名为真性自用。一真一切真。心量大事，不行小道。口莫终日说空，心中不修此行。恰似凡人自称国王，终不可得，非吾弟子。”[①] 所以，佛家认为一切意义皆由心生，外界之意不能入内，只能内心去领会。

另一个方面，针对言不尽意，道家的策略是得意而忘言，而佛家则是不立文字、以心传心。既然不能诉诸语言和文字，就只能以心传心，那么如何来“传”？佛家这么多经文所立的又是什么呢？问题的关键在于，佛家的不立文字、妙不可言，并不是绝对否定语言的作用，它所否定的是直接用语言来表达意义。不可言不是说不能言，不立文字不是说完全不需要文字，只是说，直接用一种抽象语言演绎逻辑意义的企图是有问题的，这种从语言直接进入意义的思维所破坏的，不仅仅是意，而且也包括了言。

世界以符号编码的形式进入主体思维时，世界还是世界吗？语言意味着主体对客体某种程度上的把握和占有，但从根本上说，这种主观性的统摄和认识异化了存在本身的样态。如何让世界保持敞开？如何让存在成为存在而不是使之存在或使之如此呢？在佛家看来，可以把言与意之间的关联性斩断，也就是不要执着，既不我执，也不法执，所执着的都是虚妄而已。也可以说，所谓我执就是执我，从我之心而滋生某种意念，即我之成见，并因此而建立一个主体认知世界，而法执则是执着于

① （唐）惠能：《坛经》，山西古籍出版社 1999 年版，第 85 页。

外在之法，固守外在之存有，继而滋生“法见”。不管我执还是法执，都是本心与般若的阻滞，所执之见遮蔽了心之明澈。这样，切断执着之后，让世界成为世界，让我成为我，让心是心，让物是物。世界不是我的世界，我也不是世界的我，一切归于一。从这个意义上，言是言，意是意，主体不能执言而获意，意也不能依靠言的直接展示而现身。

这样，佛家断开了言意之间的直接性关联，试图以心传心。这里的传，仍然要建立一种关联，只是说，这种关联不是直接性的，需要迂回到心，只有心参与到其中，才能建立迂回的关联体系。可见，儒释道三家，都不是用言与意进行对接，儒家用“象”使言与意对接，道家用“若”使有与无对接，而佛家通过“悟”使心与心对接，这三种对接模式都是对语言的迂回。那么，如何实现心与心的对接呢？这需要从两个方面来展开：一方面是说者无意，另一方面是听者有心。

所谓说者无意，并不是什么也不说，而是说了等于没说、等于白说。或者说，是完全不着边际、不知所云。例如，李白认为写得最好的一句诗是谢灵运的“池塘生春草，园柳变鸣禽”，不仅是李白，元好问《论诗》第一首也这样评论：“池塘春草谢家春，万古千秋五字新。传语闭门陈正字，可怜无补费精神！”[①] 在近代，王国维《人间词话》也论道：“‘池塘生春草’、‘空梁落燕泥’等二句，妙处唯在不隔。”[②] 王国维所谓不隔，即无我之境：“有我之境，以我观物，故物皆着我之色彩。无我之境，以物观物，故不知何者为我，何者为物。”[③] 从这些评论看来，这一句诗，表面上看毫无精妙奇特之处，池塘生出了春草，鸣禽栖于园柳之中，人人可以见，人人可以闻，无须为情而造之，诗人说

① （金）元好问：《论诗三十首》，郭绍虞：《中国历代文论选》第二册，上海古籍出版社2001年版，第449页。

② 王国维：《人间词话》，郭绍虞：《中国历代文论选》第四册，上海古籍出版社2001年版，第372页。

③ 同上书，第371页。

了等于没有说，不过是描述一下这些自然场景而已，没有任何新意，更谈不上任何高深的哲理思想。但是，历代评论家的阐释透露出了这样的一种价值观念，即意义并不是靠语言来直接传达的，这一句诗最大的价值，不在于它表达了怎样高深的思想，而是它让世界保持了“然”，诗人没有描述它是如何漂亮、美丽、清新、如意，而是将这样一个事实展现出来，让事物敞开其本真的样态。尘归尘，土归土，我依然是我，物依然是物，我与物不存在同化与异化的关系，用王国维的话说，就是不隔，我与天地精神独相往来。

所谓听者有心，即“妙悟”是也。严羽说：“大抵禅道惟在妙悟，诗道亦在妙悟。……惟悟乃为当行，乃为本色。”① 这就是讲不要以文释文、以言释言、以意释意。儒家得意而忘象，道家得意而忘言，佛家既不得、也不忘，直接用心去领会，心所面对的不是语言本身。既然说者之意不在意，那么听者也自然不能在意，只能在心。需要每一个面对这首诗的人反其本心、自明自悟、明心见性。所以，禅宗用机锋和棒喝两种形式来展示“妙悟”问题。机锋指禅机，这是一些禅师高僧对话的形式。打机锋，就是说机警犀利的语言，这些语言的意义非常微妙，甚至根本没有任何意义。棒喝本来指的是德山棒和临济喝两位禅师，他们所打出的机锋往往没有答案，也没有意义，很多不懂其三昧的弟子固执而求之，于是就用棒击打之，或者冲其大喝，这样来激发其领悟的能力。禅宗中有很多有名的公案，例如，僧问：“如何是佛祖西来意?”师曰：“空中一片石。”僧礼拜。师曰：“会么?”曰：“不会。”师曰：“赖汝不会，若会即打破汝头。”事实上，僧之问本不成为其问，因为僧并没有预设这个问题存在怎样一个答案，对于这样的提问，任何回答

① （宋）严羽：《沧浪诗话》，郭绍虞：《中国历代文论选》第二册，上海古籍出版社 2001 年版，第 424 页。

都是可以，也是不可以的，问者之意不在意，他并不想通过这个问题展开某种思想。那么，通过这个问题形式我们能够领会什么呢？当然不是说者之意，而是明其本心。换言之，不需要问为什么，因为我们所知道的皆是虚妄。如果按照科学思维模式去阐释这些对话，是根本行不通的，只能用非理性的思维，用心去领会。领会到的是什么呢？不是存有的某种意义，而是虚空，虚空不是一无所有，而是心之所然。既然心中“本来无一物”，又“何处惹尘埃”呢？既然心中本无意，又何处去根据语言来寻找意义呢？所以：“在西方哲学流派中，逻辑和推理始终是形成哲学观念的主要手段，在胡塞尔甚至是宗教哲学看来，这都是毋庸置疑的，然而，从另一方面来看，东方神秘主义，总是认为真理超越于普通语言，东方的圣人从不惧怕超越逻辑和共同概念。”① 所以，说者无意，听者有心，妙不可言，以心传心，最好地诠释了这种间接迂回、侧面进入的哲学思维，这种异质性特征，正是在比较文学阐释学的方法上实现的。将东方话语置放在西方文明视野中进行跨文明阐释和对比观照，我们才能够发现诸多的阐释变异，这些阐释变异能够让东方更好地检视东方，也能够让西方更好地检视西方，互不干扰、差异对话，继而推进各自思想的曲折前行。

① Fritjof Capra, *The Tao of Physics* (*Third Edition*), Boston: Shambhala Publications, 1991, p. 46.

第五章　“中庸”的跨文明阐释变异

第一节　依经立义：变通与中国文论话语的生成机制

一　圣人无意：哲学与智慧的原初性差异

对中国文论话语中的间接性和迂回性进行分析之后，我们不得不从另一个哲学视域来将这个问题深化，那就是，为什么中国语言在意义的生成模式上，没有从精确性和直接性入手，而是强调含蓄蕴藉、温柔敦厚？显然，这不仅是语言层面的问题，它还涉及中西方思维路向的差异性。如果从跨文明阐释变异的角度来分析，西方诗学话语强调的是哲学性，诸如“形式”“叙述”“再现”“合适”等，它所根循的乃是哲学本体论、二元论、逻各斯中心主义，而中国诗学话语强调的是智慧性，这个智慧性体现在它更关注符号事实与想象事实之间的关联环节，诸如“意象”“形象”“意境”等。这些关联环节没有把意义推向某一个固定方向，而使之处于生生不息的运作之中。美国比较哲学家安乐哲指出：“西方习以为常的以原动因——中心概想的创造性，正为一种激进的情势创造性思维所取代。前者将意义来源的殊荣给予原始起因，后者的创造性思维认为，意义是生生不息互系关系之中的聚合性产生。”① 不管是言不尽意、立象尽意，还是赋诗言志、以意逆志，或者是不立文字、以心传心，在根本的哲理层面上来讲，无法找到一个清晰的意义脉络，不存在西方传统阐释学中那种意义的本源。从另一个方面来说，中国的诗学话语，其智慧性可以体现在通与变这两个层面，无通则不可交流传达，无变则不可衍化发展。所以，我们可以赋诗言志，但却不得不面对诗无达诂的局面。在这里，首先需要明确的是，我们要从比较文学阐释学的角度来思考这个问题，从西方视野打量中国诗学话语的智慧性。那么，什么才是智慧？西方诗学话语中有没有这样的智慧呢？中国诗学话语怎样贯穿和体现这样的智慧性？

西方诗学话语从根本上逃脱不了哲学性，从苏格拉底、柏拉图再到亚里士多德，诗学与哲学是内在相通的，就连海德格尔的哲学思想，也是在赫尔德林的诗歌中找到共鸣。在中国，并不存在西方那样的哲学体系，无论是孔子还是孟子、老子、庄子，准确地说，都只能称之为圣人或智者而不是哲学家，因此从一开始，中国的诗学话语所皈依的就不是哲学性而是智慧性，从智慧的角度进入中国文学理论，事实上是在一个更加深阔的基础上来分析中西诗学的异质性。首先，就必须要分析中国诗学中的智慧性是什么？它又怎样走向了这样一条话语之路？

于连认为，中国文论话语是与智慧相通约的，他重点阐释了圣人无意这样一个命题，因为中国的话语言说方式，完全产生不了哲学体系。那么，这个命题如何制约和影响了中国思想呢？这就必须要从智慧入手。通常情况下，很多人认为哲学是通向智慧之门，哲学（Philosophy）

① ［美］安乐哲：《通变：一条开辟中西方比较哲学新方向的道路》，《中国图书评论》2008 年第 8 期。

在古希腊语中，本身就是爱智慧的意思，但是于连认为，虽然哲学坚持爱智慧，但哲学却很难抵达智慧之门，哲学与智慧保持着非常暧昧的关系，真正接近智慧的，其实是中国思想。

沿此追问：什么是智慧？它和哲学究竟具有什么样的关系？事实上，为智慧下定义是困难的，就像老子为道定义一样，老子说：“吾不知其名，字之曰道，吾强为之名曰大。”① 这个“强”，说明老子作为智者也不得不面对命名的困惑。如果非要给智慧进行描述，那么于连也承认：“智慧是说不清楚的，智慧根本就不是供人理解的东西，而是供人思索的，或者更准确地说，就像润物细无声一样，一切都在过程当中，智慧是供人‘品味’的。”② 换言之，我们可以说出智慧的外延是什么，即什么是智慧，当然这个外延只是一个意义模式而已，随着时空的变化而变化。但是，却无法说出智慧的内涵，即智慧是什么。因为，智慧是变化的，它展现为一个无穷尽的过程。如果智慧被凝固成一个“是”，那么，随着客观形势的发展，必然走向一个“非”。所以智慧不是结果，而始终是永恒的变异过程。正像生的同时包含死，死也就是生一样。每一个人，在走向生的同时也在走向死，在死的同时也包含着生，它在反复纠结着、混沌着。但问题显然不是这样简单，甚至可以说，这样的论断下得过于武断和粗暴。因为我们可以作出这样的反思：为什么于连要说智慧是难以言说的？为什么智慧又是供人思索和品味的？这样一些论断背后隐藏着怎样的思想话语？

其实可以从反面来思考这个问题，即：如果说智慧是可以言说清楚、可以定义的，那会面临怎样一种局面？首先作祟的肯定是相对主义和虚无主义。我们看看《庄子》中的一个经典故事：

① 朱谦之校释：《老子校释》，中华书局 1984 年版，第 101 页。
② ［法］弗朗索瓦·于连：《圣人无意》，闫素伟译，商务印书馆 2006 年版，第 14 页。

> 庄子与惠子游于濠梁之上，庄子曰："鯈鱼出游从容，是鱼之乐也。"惠子曰："子非鱼，安知鱼之乐？"庄子曰："子非我，安知我不知鱼之乐？"惠子曰："我非子，固不知子矣，子固非鱼也，子之不知鱼之乐，全矣。"庄子曰："请循其本，子曰：'汝安知鱼乐'云者，既已知吾知之而问我，我知之濠上也。"①

事实上，"子非鱼，安知鱼之乐？"这貌似是一个很深刻的问题，也似乎会得到一个答案，实际上，在提出问题的时候，答案就已经被否定掉了。因为"知"这个动词的宾语显然对应的主语是我，而我对应的却不是另一个我，而是他。于是，这个宾语总是以我的视角所作出的一个判断，因此这个判断的有效性局限在我的视域之中。在这个论域之内，我们尚且能够保持其价值为真，但一旦超出一个论域，我们既不能判定为真，也不能判定为假，只能保持沉默。维特根斯坦在《逻辑哲学论》中指出："哲学的正当方法真正说来是这样的：除可以言说的东西，即自然科学命题——因而也就是与哲学没有任何关系的东西——之外，什么也不说；然后，无论何时，如果另一个人想就形而上的事项说些什么，你就向他指出他没有给予他的命题中的某些符号以任何所指。"② 正因为不知，所以才保持沉默。任何一种对于智慧的定义都是站不住脚的，只是一种观念，一种个体性言说而已，即自言自语。《周易·系辞上》曰："仁者见之谓之仁，智者见之谓之智。"③ 既然如此，一个普适性观念从何而来？又从何谈起呢？究竟哪一种对于智慧的认识观念是"正确"的真理呢？

我们可以从庄子的论述中捕捉到智慧的影子，也可以从中国诗学话

---

① （清）郭庆藩集释：《庄子集释》（中），中华书局2012年版，第605—606页。

② ［奥］维特根斯坦：《逻辑哲学论》，韩林合译，商务印书馆2013年版，第119—120页。

③ （唐）孔颖达疏：《十三经注疏》上册，上海古籍出版社1997年版，第83页。

语中找到这种智慧性所在。《诗经》中有：“蒹葭苍苍，白露为霜。所谓伊人，在水一方。溯洄从之，道阻且长。溯游从之，宛在水中央。”①这个伊人，并不确定为何人，只是“所谓”而已，也就是姑且称作如此。“在水一方”，究竟在什么水的哪一方呢？无从得知，既然无从得知，又怎么能用“在”这样一个词来进行描述呢？诗人后文又描述了“寻之而不得，不寻而自然呈现”这样一种玄妙的意境。伊人的飘忽不定给人以扑朔迷离、不知所云的感觉，但正是这种感觉，却暗示着人生之中处处存在的那种可望而不可即的怅惘，或许是求贤人而不得，或许是求成而得败，或许是求此而得彼。概言之，它的意义不可求，不可得，或在此，或在彼，或另在别处，或就在此心，这正是中国诗学话语“言在此而意在彼”的一种诠释，也正是庄子“无可无不可”在诗学中的演绎。

我们从中找不到任何确定的论证，因为其中并没有任何断言陈述。然而，哲学家会认为庄子在诡辩，会认为“在水一方”没有讲清楚在东南西北哪一方，说了等于没说，因为哲学就是从逻辑判断开始的，确切地说，哲学提供一种世界观，它总是包含着肯定与否定，它具有一种终极判断力量：“终极判断力优先于其他判断或认识，要在各种认识内部建立秩序。它们为作出判断的人们或共同体确定一个方向。它们为另一些判断提供一个架构。它们希望成为最全面或最基本的判断。”② 但是，任何肯定与否定，其逻辑基础都是“有”。但是，“有”什么呢？“是”什么呢？当我们问“为什么会是这样”的时候，我们已经预先设定了这样一种“然”是存在的。庄子的意思，就是我们无法超越个体的终极局限去对另一个判断作出自己的判断，一切判断都是主观的，都

---

① 朱东润：《中国历代文学作品选》上编第一册，上海古籍出版社 1979 年版，第 18 页。

② ［美］劳伦斯·卡弘：《哲学的终结》，冯克利译，江苏人民出版社 2001 年版，第 48—49 页。

无法将这个判断纳入一个普适性的意义场域之内。当我们问为什么的时候，首先应当反思的是，我们知道了什么？因为在问为什么的时候，其实已经暗含了这样一个命题，那就是世界是可知的，是可以通过一定的思维方式进行把握的，这就是哲学所要做的事情：用一定的方法论和世界观去认识和把握世界。

但是，庄子在这里展现的不是西方意义上的哲学，而是一种智慧，哲学是从“为什么”开始去刨根问底的，对于智慧而言，万物皆是它自身之“然”，是自在自为的，不需要问为什么。庄子主张“绝圣去智”，并不是说知识是绝对无用的，而是始终对世界保持一种自然而然的距离，不必掌握，也不必拥有，更不必“以有涯随无涯”，而是让此在与世界照面，让世界自然而然地展开、涌现。于连也用他在中国的切身体验证明了这一点：“我遇到过的中国大商人，许多中国重要领导人，他们身上有这种明显的安详——从容；这种随着事物发展对其趋势留有余地的方式；遵循发展的每一个阶段按其逻辑发展，避免悲剧性地受任何逻辑的裹挟，避免同它们为敌：将其位置留给一切，不急不恼。”[①]这些智者不辩论什么，也不问为什么，他们从容不迫、镇定自若的状态就是与世界保持一种开放的姿态。换言之，人一旦开始追问世界，就陷入一个牢笼：人凭什么知道世界？世界以什么形式进入人的视域？所以，惠子在提问的时候，就已经被狡黠而可爱的庄子抓住了把柄。

如果意识到这些要素，那么我们就已经介入智慧的核心，那就是：如果任何一种观念和定义都是片面的，那么真正的智慧，就只能存在于“无意”之中。这一点，在西方普遍追求知识、真理、理性的思想背景下，是难以理解的。难以理解的原因，就是阐释视野的同一性和局限

① ［法］弗朗索瓦·于连、狄艾里·马尔塞斯：《（经由中国）从外部反思欧洲》，张放译，大象出版社2006年版，第318页。

性，当我们总是从西方视野阐释西方问题，或者从中国视野阐释中国问题，就会陷入这种局限性，要打开思想和智慧之门，就必须要敞开，向他者性敞开，向异域敞开，用西方思想阐释中国文本，用中国思想阐释西方文本，这样就能打破局限，激发其原生的话语潜能，这也就是比较文学阐释学的基本理念。在于连进入中国思想之前，他认为西方哲学爱智慧、归于智慧，但是真正接触到中国古代圣贤的思想之后，才产生震惊：原来西方哲学居然没有接近智慧，而中国思想家却把智慧阐释得如此精妙，于是就促使他反过来再思考西方哲学的种种不可能性，这就是比较文学中的阐释变异理论。

言归正传，对于智慧的描述肯定会面临这样的质疑：如果智慧存在于“无意”之中，那么，世界是什么？我们如何示意？我们如何建立与世界的关联？如果“无”能够涵盖一切的话，我们“有”没有？“有”什么？难道是“四大皆空”？

这种逻辑推理方式似乎不可思议，可这正是智慧之所在。当常人试图提取一个观念来指点江山、评头论足时，圣人，即在中国文化中拥有智慧之人，却保持着“无意”。于连认为：“所谓‘无意’，是指圣人不会从很多观念中单独提取一个：圣人的头脑不会先有一个观念（‘意’），作为原则，作为基础，或者简单说就是作为开始，然后再由此而演绎，或至少是展开他的思想。……所以，圣人把所有的观念统统摆在同等的地位上，而这正是他的智慧所在：他认为，所有的观念都有同样的可能性，都同样可以理解，其中的任何一个都不比其他的优先，都不会遮盖其他的，都不会让其他的观念变得黯淡，总而言之，任何一个观念都没有特权。”[①] 于连所提出的这个论断，其实现代阐释学已经强有力地证明了。伽达默尔说，理解都摆不掉“成见”（Pre - understanding），这

① ［法］弗朗索瓦·于连：《圣人无意》，闫素伟译，商务印书馆2006年版，第7页。

个内置的成见其实彰显为一个个“偏见”。当文本需要一个公众的理解时，就不断地生成“偏见对偏见”（prejudice against prejudice）的无限循环体系。对于阐释而言，偏见是必须的，没有偏见就没有理解，甚至可以说，就没有哲学。有时我们在对中西方思想进行横向比较的时候，会发现西方文明的进步是按照“片面的深刻”的方式进行的，因为西方文明的内在推动力是哲学、是观点、是一种逻辑清晰的是非判断。结论越大胆，越具有革命性，然后这个观点被另一个观点扭转，随后又被后来更新的观点所批判，这样循环往复，以否定之否定的形式推动文明的进步。

哲学视域朝向一个又一个固定点，当居于这点时，当然也就忽视了那一点，他们可以做到很深刻，但是却很片面，这两者是相辅相成的。的确，大音希声，大象无形，有声则有分，分则失去了全。在中国思想之中，当人们众说纷纭的时候，作为智者的圣人却似乎什么都没有传达出来，即大音希声。这当然不是因为圣人是愚笨的，他是担心肯定此意而否定了彼意，此意凭什么具有这样的优先性呢？所以于连这样分析：“‘无意’的意思就是说，圣人不持有任何观念，不为任何观念所局囿。从更加严谨的意义上说，从严格的字面意义上说，圣人不提出任何观念。”① 圣人不想做到片面，唯一的途径只能是什么也不固定，于是圣人在是与非、彼与此、然与不然之间徘徊、滑动。

概言之，这里有两点需要注意：第一，“无意”不是圣人什么都不说，圣人当然会言说，只是他的言说只提供一个供思索和品味的“空间场域”而已，例如，对别人提出的某种意见，圣人既不批判，也不赞成，只是若有所思、含含糊糊地说“可矣”，或者连“可矣”都不说，绕开话题，避实就虚，不了了之；第二，圣人不提出任何观念并不意味

① ［法］弗朗索瓦·于连：《圣人无意》，闫素伟译，商务印书馆2006年版，第7—8页。

着圣人没有观念。于连说：“的确，智者是‘无理念’的——这绝不意味着他没有理念！——因为他不优先任何理念，也不由此排除任何理念，他观察世界，并不对这个世界有预先设定的看法。”① 圣人的观念是变化缥缈、难以捕捉的，它会以某种表象露出痕迹，但绝不会暴露全部，例如《论语》关于“仁”，处处皆是，处处皆不是，交叉错置，欲说还休，虽然有时有定义，但不是唯一的定义，只是某时某地有某个意念而已。这里尤其要警惕的是，“无意”其实是一个策略，事实上，无意不仅有意，而且有无穷多意。

那么，智慧为什么会陷入“无意”这样一个处境之中呢？是源于智者、圣人之天性，还是另有更深层的原因？这个策略的背后，隐藏着怎样的“天机”？问题需要这样步步深入下去。

当然，选择无意不是圣人的主观臆想，从外在事实性因素来看，这个“无”是经过了缜密考虑的：“事先提出的观念（1）由于具有排他性，所以也就形成了‘必须’遵守的原则；（2）必须遵守的原则又确定了方向，迫使我们采取某种‘立场’；（3）而一旦站在某种立场之上，我们的目光就会变得狭隘，并最终形成一个特殊的‘自我’；（4）然而，形成的这个自我又变成了提出一些观念的出发点（也就是一般说的‘每个人都有自己的想法或观念’），于是我们又回到了开头时的（1）。并由此而循环往复。”② 可见，这个恶性循环始于观念的产生，观念让意义陷入一个不断自圆其说的怪圈之中。如果我们从跨文明比较阐释的角度来分析，就可发现智慧能够有效解决这个问题：“智慧告诉我们说，如果你想让世界继续展现在你的面前，让它无限地平等，绝对地平静，

① ［法］弗朗索瓦·于连、狄艾里·马尔塞斯：《（经由中国）从外部反思欧洲》，张放译，大象出版社2006年版，第273页。

② ［法］弗朗索瓦·于连：《圣人无意》，闫素伟译，商务印书馆2006年版，第17—18页。

那就必须放弃由一个观念导致的专断（首先提出的观念：使我展开思想之始的观念）。”① 要摆脱这样一个恶性循环的怪圈，只有一种选择，就是不要作出选择，示意的最高境界，也就是无意。无意就让每一种选择，每一种意义，每一种观念平等化了，没有哪一个观念优先地出现，每一种都具有潜在的意义性。智慧，也就在这里显现出来。换言之，智慧，就是对固定性、封闭性思维的回避，它面向开放的存在，是整个世界因缘联络的敞开状态。

从这个意义上，我们就可以从跨文明阐释中体认哲学的异质性：“哲学的历史就是从提出一个观念开始的，就是在不断地提出观念。哲学把一开始提出的观念当成原则，其他的观念都是由此而产生的，思想由此而组织成了体系。”② 这个体系在某一个时空范围之内显得很坚固，很完整，具有很强的说服力。但智慧却总显得零散杂乱，没有那么强烈的组织意图。宗白华描述道：“庄子，他好像整天是在山野里散步，观看着鹏鸟、小虫、蝴蝶、游鱼，又在人间世里凝视一些奇形怪状的人。”③ 在那些精心营构某种哲学体系的人看来，庄子是无所事事的，反过来说，哲学那些坚固的体系是不是真的如此坚固呢？哲学上的认识永远不可能是完全的，思想一旦有了开始，便永无止休。哲学就是要提出观念，哲学的一般逻辑就是：质疑某个观念—提出某个观念—组建新的思想体系。这个逻辑总是围绕观念来组建的，从观念的提出到论证再到新的观念的形成，这是一个不断循环的理论圈。仿佛是跷跷板一样，一旦观念出现，就开始了意义的占据，开始了真理的不平衡运动。

换言之，提出什么的同时，其实就是在反对什么，显现一个对象，

① ［法］弗朗索瓦·于连：《圣人无意》，闫素伟译，商务印书馆2006年版，第8页。
② 同上书，第9页。
③ 宗白华：《美学散步》，上海人民出版社1981年版，第1页。

同时也就遮蔽了另一个对象，一切肯定都是否定，一切否定都是肯定，但没有肯定和否定，哲学又不成为其哲学。所以“哲学一开始就陷入了偏见，此后便再也无法完全地从中摆脱出来，再也无法克服因一开始提出的观念而养成的习惯，再也无法抚平因此而已经揉成的折皱。因此，由于一开始就犯了错误，而且是无法消除的错误，所以，为了超越这一错误，哲学便不得不一直向前，不得不以其他的方式思想。哲学的历史就是由此而产生的”。[①] 哲学就不断开始向前运动，构成历史，构成一门社会科学，它包含着方法论、本体论等。在这个体系内，肯定与肯定、否定与肯定、否定与否定不断地形成哲学史的各个链条。

那么，我们能不能用这种方式给智慧划出一个历史来呢？显然不能，因为我们连智慧是什么都没有搞清楚，历史的对象从何而来？所以：“智慧是没有历史的。……没有历史，首先就意味着智慧不是历史地形成的：圣人什么也不提出，所以别人就没有办法反驳他。智慧本身就是无可争辩的，因此，也就不要期待会有人对此提出异议，不要希望它会有将来。智慧也就成了思想当中反历史的部分。”[②] 可见，在于连看来，智慧是反历史的存在样态。如果我们把哲学史比作是跷跷板，那么智慧，就是支撑跷跷板的那个力学支点，它向两端延伸、发展，但是又不占据某一个固定的端点，它形成一种结构性力量，可以揣摩，但难以触摸，它杂乱无章，但道法自然。哲学追求的是如何认识世界、认识自己，不断提出解决这些问题的观念，而智慧不提出任何具有建设性意义的观念，而是让世界自然而然地与此在照面。

哲学是为了认识世界，不管是本体论、方法论、形而上学、理性主义还是经验主义，哲学家要回答的无非是：“是什么?”“为什么?”要

---

① ［法］弗朗索瓦·于连：《圣人无意》，闫素伟译，商务印书馆 2006 年版，第 12 页。

② 同上书，第 12—13 页。

解开这样那样的谜团，而“中国的思想家没有致力于破解谜团，而是要人们阐释显而易见的事实，要人们‘悟’，也就是努力地意识到显而易见的事实”。[①] 对显而易见的事实，只需去意识和感悟就行了，不要去问为什么，不要去解密，让复杂的事情简单化，让简单的事情自然化，用胡塞尔的话说，即回到事物本身，回到事物的明见性之中，什么是明见性？胡塞尔举例说道：“在没有东西的地方也就看不到东西，而同样显而易见的是，在没有真的地方也就明察不到真，换言之，也就没有明见性。”[②] 所以，从这个角度上讲，哲学家总认为在表象的背后隐藏着另一个可以称之为本质的东西，要么是上帝，要么是理念，要么是意志，要么是绝对精神，哲学家的任务就是沿着现象去研究这些本质。在西方语境中，谁也不会怀疑这条路径，但是如果用中国思想来进行跨文明阐释，差异一下就出来了。中国思想家认为，不用去刻意找寻一个更深层的东西，在这个已经显现的事实身上，事物本来就已经蕴藏着它的玄机，即庄子说的“目击道存”，而且这个玄机不是认识出来的，而是依靠“悟”，或者“领会”。在他们看来，世界就是“然”的系列组合。智慧所要做的，不是认识世界，把握世界，或者是改造世界，而是去领会世界，融入世界，如王国维所说：“不知何者为我，何者为物。”[③] 然后，在静处默观之中与世界照面，悟出世界的真谛。因此，智慧不像哲学一样清晰地摆在那里，而是像潜流一样隐形存在，但是，处处能够感受到它的妖娆身影。

概言之，在圣人看来，智慧不用某种观念压制其他所有观念，不采用一种选择来否定其他选择。智慧是一个开放的对话场域，正如老子说

---

① ［法］弗朗索瓦·于连：《圣人无意》，闫素伟译，商务印书馆 2006 年版，第 13—14 页。

② ［德］胡塞尔：《逻辑研究》第一卷，倪梁康译，商务印书馆 2015 年版，第 192 页。

③ 王国维：《人间词话》，郭绍虞：《中国历代文论选》第四册，上海古籍出版社 2001 年版，第 371 页。

的“道”，不可言说，却产生万物。正因为它是开放的、变幻的、发展的，所以它回避了时间的限制，因此没有构成历史，我们也没有智慧史的说法，它就在那里，变动不居，自得其乐，逍遥自在，你可以发现它的存在，却无法固定它的踪迹，相反，哲学由一个又一个不同的观念体系构成，由各种否定和肯定构成，因此它是科学体系，它存在于历史之中，并不断创新发展。

二　依经立义：变通与意义的智慧性生成

从跨文明比较阐释的视野来看，中国思想具有智慧性而不是哲学性，这种智慧性体现为“圣人无意”，圣人用不确定的话语来暗示各种意义的可能性。然而问题是，如果仅仅体现为“无意”，那为什么千百年来我们会把“所谓伊人，在水一方”这样的句子奉为经典呢？为什么有的诗句并不能如此传诵呢？这就说明，无意之中肯定有意，那有什么意呢？或者说，经典的评判标准是什么呢？这就必然要将“圣人无意”延伸到另一个命题，那就是依经立义。

中国诗学话语并非以“有”为根本，而是以“化”为策略。所谓“化”，就是以“随风潜入夜，润物细无声”的方式展开，不显山不露水，无迹可求。因此，圣人无意并非指“圣人没有观念”这样简单。尽管中国诗学话语强调言在此而意在彼，但意义不管在哪里，总归是“在”，言总是承载着什么，言之无物则行而不远，关键是要“怎么言”，即如何将这种智慧性体现出来。我认为，依经立义，就是这种智慧性的话语言说方式之一。

依经立义作为意义的生成方式，最初是由刘勰提出的：“《离骚》之文，依经立义：驷虬乘翳，则时乘六龙；昆仑流沙，则《禹贡》敷土。名儒辞赋，莫不拟其仪表，所谓金相玉质，百世无匹者也。及汉宣嗟叹，以为皆合经术；扬雄讽味，亦言体同《诗·雅》。四家举以方经，而孟坚谓不合《传》，褒贬任声，抑扬过实；可谓鉴而弗精，玩而未核者也。”① 刘勰在这里以《离骚》为例来说明依经立义的话语言说方式，所谓“依”就是皈依某种思想根据，“经”主要指各类经典文本，“立”则是指个体的阐释实践，“义”可以理解为阐释生发的具体意义。这四个字实际上强调了一个观念，那就是变通。依经就是与经典的思想贯通，立义就是阐释者根据具体语境作出的意义变异，不能只通不变，也不能只变不通。这与孔子说的“述而不作”讲的是一个道理，事实上，“述”也就是在意义上保持相通，从经典文本中来，依靠具体的文本支撑，每一种“述”都不可能是完全相同的，它都是结合实际作出的意义阐发，都具有实践性特征。所以，即使“不作”，它也是另一种形式的“作”。

在中国，意义的生成不是依靠一个个独辟蹊径的观点来支撑的，任何意义都处于古今变通之中，既要依靠经典，又要在对经典的阐释中进行意义的变异和延伸。首先，在中国的话语言说和意义传达中，要皈依到圣贤之经典，因为露才扬己、张扬个性、随心所欲的言说，都会随着历史时空的演变而彰显其缺陷。只有熔铸古今，才能独开门庭，只有继往开来，才能传承创新。刘勰在《文心雕龙》中开宗明义的几篇就是《原道》《征圣》《宗经》《正纬》《辨骚》，这几篇总论的大致含义都是要以“道”“圣”“经”“纬”“骚”等传统经典为思想来源，振叶以寻根，观澜而索源，这样才能皈依于一脉相承的话语言说系统，这是“通”的层面，也可以说是“依经”的层面。其次，要在依经的基础上立义。刘勰说：“故论其典诰则如彼，语其夸诞则如此。固知《楚辞》者，体宪于三代，而风杂于战国，乃《雅》、《颂》之博徒，而词赋之

① 周振甫：《文心雕龙今译》，中华书局1986年版，第41页。

英杰也。观其骨鲠所树，肌肤所附，虽取熔《经》意，亦自铸伟辞。”①最后两句引文非常重要，刘勰认为，既要通乎经典，又要异乎经典，既要有古代经典的基本意义，又要结合实际，自己创作出新的经典作品，这个要求实在高。后来江西诗派讲“点石成金”“脱胎换骨”“无一字无来处”，也是对依经立义观念的转化创新。所以，依经立义使得语义的呈现不是孤立地“我说”，而是靠阐释“他说”，融古汇今、自成一体，在阐释中变异，在变异中传承，依寓于经典，又超越经典。

从以上分析可以看出，中国思想不像西方哲学那样以“片面的深刻”形式前行，它在继承中创新，在贯通中变异，不是一开始就针锋相对地提出自己的观点。但这并不是说圣人没有自己的观念，圣人仍然持有一个观念，这个观念就是在各种观念之间去“巡视”和“变通”。因此，所谓的“无”，其实就是不确定，正因为不确定，才无懈可击，随时可以确定，随时可以不确定。在确定与不确定、清晰与不清晰之间随时变通。刘勰对这个问题阐释更为详尽：

> 夫设文之体有常，变文之数无方，何以明其然耶？凡诗赋书记，名理相因，此有常之体也；文辞气力，通变则久，此无方之数也。名理有常，体必资于故实；通变无方，数必酌于新声；故能骋无穷之路，饮不竭之源。然绠短者衔渴，足疲者辍途，非文理之数尽，乃通变之术疏耳。故论文之方，譬诸草木，根干丽土而同性，臭味晞阳而异品矣。②

通，把“今”与“故”相联；变，把“新”与“旧”相联。因

① 周振甫：《文心雕龙今译》，中华书局1986年版，第45页。
② 同上书，第271页。

此，意义总是处在过去、现在和未来的关联场域之中，对它的把握，不能拘泥于某一个点，而是要贯穿，要融会贯通才能领会。于连也把中国诗学智慧中的变通用到了他的研究策略之中："我尝试一种迂回，沿这个方向走一小段路；然后，当这一小段路有可能引向一种泥潭或可能失去突破或开放的效益，我就从另一端重新起步。一点一点地，一段一段地前进。这就是我前面所称的'网眼'。一个网眼一个网眼地，我在织一张网，把它伸向中国和欧洲，以捕捉它们的不可思因素。"① 任何一段思想之路都不是孤立的，它总是"在……之中"，同时，它又"在……之外"。而且，对于不可思因素，当然不能用"思"来进入，只能以不思之思的形式来展开。

在这里，我们可以看到中国诗学智慧中的依经立义与迂回变通思想对西方思想的参照意义，迂回在这里包含着以下两层意思：第一，迂回与直接进入的差异在于，它并不把对象固定化，它不必然通向哪里。任何预先设定都包含着太多主体性因素，直接进入显得太莽撞。第二，迂回的本质是变通。于连认为，当某一小段路难以继续的时候，不能执着前行。真正的智者，不是固执己见，而是常行于所当行，常止于不可不止，这样才不会南辕北辙或两败俱伤。

一个人不能两次踏入同一条河流。变化是永恒的，时间、空间以及人的意识都在不断变化，世间唯一不变的东西就是变化。当然，观念也不可能一劳永逸地固守在某一个地方。如果说哲学一开始就在这一个观念与那一个观念之间反复争论、补充或整合的话，那么智慧则显然关注变化，确切地说，是变通。也许这样说会面临一个质疑：难道哲学从一种观念到另一种观念不是在变化吗？当然这是变化，但这不是孕育性

① ［法］弗朗索瓦·于连、狄艾里·马尔塞斯：《（经由中国）从外部反思欧洲》，张放译，大象出版社 2006 年版，第 256 页。

(productive）的变化，具体地说，哲学是观念之间的斗争、否定和显隐。而智慧，没有一个固定的观念，总是在观念之间游弋，它不处在某一个“点”，而是处在由这些点所构成的“关系”之间。如果说，智慧的本质属性可以归纳为“什么也不提出”，那么智慧的核心就是“什么都可以”。前者从内部描述了智慧是如何形成的，而后者则在展现智慧是如何表现的。“什么都可以”，即没有一个固定标准，唯一的标准就是变通，庄子说：“可乎可。不可乎不可。道行之而成，物谓之而然。恶乎然？然于然。恶乎不然？不然于不然。物固有所然，物固有所可。无物不然，无物不可。故为是举莛与楹，厉与西施，恢诡谲怪，道通为一。”① 庄子认为，无可无不可，无然无不然，不要分化出某种具体的思想观念，而是始终保持“一”的状态。对于庄子这样的一段论述，于连阐述道：“这样一来，智慧的巧妙之处就在于从一种意义过渡到了另一种意义：不再设想然或不然（可或不可，当或不当）的判断，而是看每个存在物每一次都是如何自然而然的；或者每个存在物都是如何同等地拥有其‘可’的。智慧的巧妙之处就在于从事物的‘然于然’之处感知其‘然’，从事物的‘可于可’之处领会其‘可’。”② 所谓“然”，包含着事物本身的内在性，在法文中，就是“son”，即事物本身就有的那种本性，“可”意味着对“然”的一种判断，既然“然”已经暗示了事物本来如此，那么，圣人无论从现实角度还是从主观角度都不能改变这种“然”，不会根据主观意愿作出是非判断，而是用“可”来取代之，“可”并没有必然肯定，也没有必然否定，圣人所说的这样一个词，显然表明他在有意躲避某种僵硬的言论。于是，当无物不然、无物不可的事态出现，圣人就与世界万物保持了“一”。思想的分化，

① （清）郭庆藩集释：《庄子集释》（上），中华书局2012年版，第75页。

② ［法］弗朗索瓦·于连：《圣人无意》，闫素伟译，商务印书馆2006年版，第142页。

意味着观念的形成，观念的形成，意味着智慧的摧毁，如果没有这种分化和摧毁，那么就可以实现“一”。所以，当我们拘泥于某一个固定的阶段和状态的时候，也就“毁”了。正如于连所说：“这也正是中国思想的特点，人们不能清楚地区别出问题，并且把它们置于不同的栏目。人们在双方看到的经常是同一逻辑相互暗示和相互支持，但是，它们由于对象或用法的差异而衍射。”①

于连在书中反复提到《周易》，的确，中国思想回避哲学，就是从《周易》开始的，这本书最大的一个贡献，就是对“易”的探讨，其中有“易之三名”：简易、变易和不易，最核心的就是变易，孔颖达《十三经注疏》之《周易正义》曰：

> 正义曰，夫易者，变化之总名，改换之殊称，自天地开辟，阴阳运行，寒暑迭来，日月更出，孚萌庶类，亭毒群品，新新不停，生生相续，莫非资变化之力，换代之功，然变化运行在阴阳二气，故圣人初画八卦，设刚柔两画，象二气也，……易论云易一名而含三义，易简一也，变易二也，不易三也。②

中国思想历来讲究从发展变化的眼光去看待问题，万事万物都是互相依存、相互转化的。智慧的内核就是从根本上承认变易之事实，并且能够去寻找其中的不易之处。所谓变易就是阴阳、刚柔之间的不断变化，静止是相对的，变化是绝对的，认识到变化，也就认识到世界的基本存在规律。不易，就是说万物无论怎样变化，总有其不变之处，变中有通，变的是现象，不变的是规律。简易，就是说，变化并不是无穷复

① ［法］弗朗索瓦·于连、狄艾里·马尔塞斯：《（经由中国）从外部反思欧洲》，张放译，大象出版社2006年版，第286页。

② （唐）孔颖达疏：《十三经注疏》上册，上海古籍出版社1997年版，第7页。

杂的，并非不可把握，反而是大道至简、简单易行，这个简单的规律来源于乾坤、阴阳、刚柔之间的相互作用。《系辞上》说：“乾以易知，坤以简能。易则易知，简则易从。易知则有亲，易从则有功。有亲则可久，有功则可大。可久则贤人之德，可大则贤人之业。易简而天下之理得矣。天下之理得，而成位乎其中矣。”① 就是说，变易不是乱变的，它在千变万化之中也有一个最核心的理念方法，这个方法并不复杂，而是易知易从，容易从理论上把握，也容易在实践中运行。

每一个观念的形成，来自两个维度：一个是时间上的意义占据（时），一个是空间上的方位占据（位）。《周易》每一卦有六爻，这六爻表示六个时段，或者可以理解为同一个人或事物的六个发展阶段，这就是“时”。以“乾”卦为例，从下往上，分别是初九、九二、九三、九四、九五、上九，依次解释为：“初九，潜龙勿用。”此时，龙潜伏在水中，各种能力还没有彰显，因此养精蓄锐，暂时还不能发挥作用；“九二，见龙在田，利见大人。”此时，龙已出现在地上，意味着利于拜见德高望重的大人物。因为这暗示着一个人处于事业人生的发展上升期，能力得到认可之后，还需要外在力量的推动，此时就应当去找寻这个外在的推力，得到提拔。“九三，君子终日乾乾，夕惕若，厉无咎。”此时，君子自身勤奋，也有外力帮助，内外形成合力，发展势头很好，但此时正处于从地到天的过渡期，更要奋发图强，慎思笃行，且行无咎。“九四，或跃在渊，无咎。”也是强调要小心翼翼、如临深渊、如履薄冰、谨言慎行，不要轻举妄动，也不要鲁莽行事，犯下大错。“九五，飞龙在天，利见大人。”我们平时说的九五之尊，就是指这一爻的时位卦象，此时阳爻居于阳位（九五），且五为上卦之中，既中又正，处于最鼎盛之时。“上九，亢龙有悔。”所谓亢龙，其实就是过分地估

① （唐）孔颖达疏：《十三经注疏》上册，上海古籍出版社1997年版，第76页。

计了自己的能力，因为他此时已经不处于上卦之中了，偏离了核心地位，但仍然把自己当回事，始终把自己置于唯我独尊的中正位置，看不清形势，读不懂局面，并且没有了其他势力的拥护和辅佐，自然就走向了灭亡。

打个形象的比方，九五之尊就是指：一个人很有能力，也很勤奋，这是内在的优秀品德素质，加上外在机遇又很好，上有贵人相助，中有同事配合，下有群众拥护，有德有位，有位有为，他就迅速走上干事创业的发展平台，实现飞龙在天、畅行无阻、呼风唤雨、功成名就的完美人生状态。亢龙有悔就是说：此时的他，可能还保持有良好的品德素质，但是风水轮流转，上面无人提拔，中间小人使坏，下面群众指责，众叛亲离，树倒猢狲散，虽然有德，但已无位，同时他心里仍然还眷恋“九五”时的风光无限，还把自己当作大腕儿，结果是要么自取其辱，要么面对现实，要么迅速灭亡。这阐释了一个简单的道理——物极必反。高低、贵贱、君臣、夫妻、天地等范畴都是相互依存、发展变化的，福兮祸之所倚，祸兮福之所伏，要用发展变化的眼光看待问题，同时也要守住自己的初心，居庙堂之高则忧其民，处江湖之远则忧其君，穷则独善其身，达则兼济天下，中国古代的士人阶层，就是坚守这样的智慧信条。一旦不识时务，看不清发展变化的基本形式，自以为是、刚愎自用，割裂了这种发展联系，走向一元化的唯我独尊格局，那就等于是将自我封闭，封闭的同时就意味着穷途末路、自取灭亡。

除了时的因素外，还有位。《周易》每一卦都包含上下两个单卦，每个单卦由三根爻构成，每个单卦中间之爻就是居“中”，因此每一个重卦都有两个中位，两个中位相互应和协调，这不是西方逻各斯中心主义一元中心论，而是二元关系论。上卦之中与下卦之中，两者同为中，但又有所差异，不是绝对平等的两个要素，前者是君位，后者是臣位，君为臣纲，但君臣不可分离，孤阴不长、孤阳不生、孤君不立、孤臣不胜，无所谓孰重孰轻，而是唇亡齿寒、惺惺相惜、相辅相成。

从《周易》这两个基本的理论可以看出圣人无意的智慧性所在：首先，每一个清晰的、确定的观念都具有时间限制，没有什么"永恒真理"，也没有黑格尔所说的"绝对精神"，所以圣人之意在不同的时间都发生不同的变化；其次，每一个肯定判断都存在一个与之相应的否定判断，例如同与异、有与无、上与下，圣人与天地道通为一，没有分化出某一个观念而忽视另一个观念；再次，观念总归是人的观念，即人在某一个时段某一个处境根据自我意识而作出的一个判断。因此，于连认为，每当我们提出观念时：

> 不仅仅因为观念（"意"）带有过于浓重的个人的色彩，是从某种个别的观点里产生，也因为观念太过于宽泛，过分地超越了"时"。与人们一般认为的相反，观念从两个方面都是有毛病的：一方面太不完全，因此也就偏颇（"一种"观念，"我的"想法），另一方面也太过于抽象（只是一种"想法"）；一方面局限性太大（因为它特别注重某一种观点），另一方面它的广延性也太大（归纳的情况过于宽泛）。①

在于连看来，基于以上原因，孔子不喜欢提出观念，他做到了一贯的"中节"。赫拉克利特之所以是哲学家不是圣人，就是因为他相信："任何存在都不会永远不变，一切都会在变化中分解，但他仍然坚持一个原则，那就是作为逻各斯的话语'是永恒的'。在把话语与世界的'一切'分别开来的同时，他维持了真理特有的地位。"② 这也就是赫拉

① ［法］弗朗索瓦·于连：《圣人无意》，闫素伟译，商务印书馆2006年版，第21页。
② 同上书，第89—90页。

克里特走向哲学的根本原因，他为世界的变化找到了一个根本的源头，当确立这个源头的同时，思想也就走向了历史。《论语》中有："吾有知乎哉？无知也。有鄙夫问于我，空空如也，我叩其两端而竭焉。"[①]其中的"叩"是质询的意思，也可以理解为"探究"，"两端"意思是两头，指善恶、是非、美丑、高下、正反、始终等问题。当圣人面对一事一理的时候，呈现出"无知"的样子，表面上空空如也，一无所知，实际上，他却是揣着聪明装糊涂，在彼与此之间，在这一个极端与另一个极端之间，保持着智慧的"中节"。不纠缠于细节性的是与非，而是抓住这件事情的两个极端，能进能退、能上能下、能屈能伸，不拘泥于"非此即彼"的逻辑规则，而是趋于"亦此亦彼"，不是必然如此，而是保持事物之"然"，正如刘勰所说："若能凭轼以依《雅》《颂》，悬辔以驭楚篇，酌奇而不失其真，玩华而不坠其实；则顾盼可以驱辞力，咳唾可以穷文致，亦不复乞灵于长卿，假宠于子渊矣。"[②]

三　转识成智：妙悟与话语的智慧性转化

既然我们已经知道了智慧源于何处，也知道智慧是如何展开的，那么，这种智慧怎样去获得？人怎样才能进入智慧的殿堂呢？一种文论话语怎样融入智慧的因素？

哲学具有爱知识、爱智慧的意思，对知识、真理的崇仰是哲学的根本目的。而智慧呢？从前面的分析中，我们已经知道进入智慧的难度。那么，知识会不会必然通向智慧呢？智慧来源于知识的积累还是某种非知识的存在？如果智慧是不可把握的，那么，通向智慧之路在何方？我们凭什么获得智慧？

---

① （宋）朱熹集注：《四书章句集注》，中华书局2012年版，第110页。

② 周振甫：《文心雕龙今译》，中华书局1986年版，第46页。

这些问题只有在中西哲学思想的观照之中，才能把握到其中的奥妙。首先，什么是知识？在英文中，知识即“knowledge”，法文即“connaissances”。福柯在《知识考古学》中认为，与智慧相比，知识可以被视为一个信息体系，知识的最高境界是“真”，人可以通过学习而获得知识。但是，智慧与知识的不同之处在于：“知识是相对正确的认识，是会过时的，而智慧则是绝对正确的认识，是万古长青的。这是智慧比知识更重要的一个表现。知识近乎科学，智慧近乎哲学。作为与评价相分离的纯科学的认知，其任务不在于发明创造，而在于对客观事物做出客观、冷静的分析，并发现其规律，因而，它没有个性色彩，没有国界、民族之分。”① 知识是主体对世界的把握，但这个把握是有限度的，即：没有绝对的知识和真理，对世界的认识永远只是相对的，知识追求的是科学创造或者是提供某种客观的认识，然而智慧却不针对某一个事物或某一个对象，不受到时间空间的约束，它面对的是整个存在。也可以说，智慧是无可无不可的，它对每一种潜能都表示开放，并且，智慧是变换不居的，它处在一个关系网络之中，智慧无法抽身成为一个固定的观念，即使智慧可以言传，那么它也仅仅是暗示性的。

既然如此，我们言说智慧还有什么意义？仅仅是拿来当作理论资源使用吗？显然不是，中国思想中的智慧性，它不与哲学紧密相连，而是通过悟性转化而促成的。以文学为例，刘勰说：“凡操千曲而后晓声，观千剑而后识器。故圆照之象，务先博观。”② 在刘勰看来，真正的文学鉴赏，是建立在知识经验基础之上的，但是单纯依照这些知识经验，并不能完全做出评判。它必须要经过从知识到智慧的抽象转化，这个转

① 臧宏：《中国哲学智慧问题研究》，安徽人民出版社2006年版，第157页。

② 周振甫：《文心雕龙今译》，中华书局1986年版，第438页。

化其实是一个量变引起质变的过程，经过反复锤炼，智慧就水到渠成地出现了。同样，文学创作也是如此：“是以陶钧文思，贵在虚静，疏瀹五藏，澡雪精神。积学以储宝，酌理以富才，研阅以穷照，驯致以怿辞，然后使元解之宰，寻声律而定墨，独照之匠，窥意象而运斤。此盖驭文之首术，谋篇之大端。”[①] 刘勰这一段论述也同样包括两个层面：第一个层面是“积学”和“研阅”，要求尽可能地多学习、多积累、多研究；第二个层面就是“使元解之宰”。所谓“元解”其实就是“玄解”，就是从知识之物转化为智慧之心，要将前期学到的知识和积累的经验贯通起来，不要让知识成为死知识，而是前后打通，古今打通，内外打通，形成一个智慧的“泉眼”，不堵不塞，让死水变活水，源源不断地从“泉眼”中汩汩冒出来。

从一个广义的角度来说，话语的智慧和思维的智慧，都是从知识衍化而来，但又充满一种超越的精神。而且，中国文论话语中的智慧，并非是一种方法论，它往往体现为“灵感”“妙悟”之类的范畴，这些范畴并不是一个固定的方法，也不同于柏拉图提出的“神灵附体”，它是以“无”的形式出现的。就像时间，时间是什么？当你不问我的时候，我知道，当你问我的时候，我一无所知。正如《周易》说言：“继之者善也，成之者性也。仁者见之谓之仁，智者见之谓之智，百姓日用而不知。故君子之道鲜矣。”[②] 为什么会日用而不知呢？因为圣人无意，所以众人不知，因为不可知，所以不须知。但智慧不是绝对虚无，它是可以显现的，它能够出，当然能够进。否则，智慧就像柏拉图所说的灵感，要“神灵附体”才能感受得到吗？当然，这里纠结于唯心主义与唯物主义已经没有必要，只是需要澄清，智慧可以进，可以得，可以

① 周振甫：《文心雕龙今译》，中华书局1986年版，第249页。

② （唐）孔颖达疏：《十三经注疏》上册，上海古籍出版社1997年版，第76页。

知，只是与哲学不同，智慧的获得需要更为特殊的途径，正如它自己的属性一样。

先看一看孟子是如何说的：“天下之言性也，则故而已矣。故者，以利为本。所恶于智者，为其凿也。如智者若禹之行水也，则无恶于智矣。禹之行水也，行其所无事也。如智者亦行其所无事，则智亦大矣。天之高也，星辰之远也，苟求其故，千岁之日至，可坐而致也。”① 孟子认为，大禹治水的智慧就在于他以行水取代凿水，所谓凿就是指人为，人按照一定的目的，制定相应的措施，然后用这样的方法去实现这个目的。凿的前提是：人心中有一个“然”，应该如何凿，在哪里凿，凿成什么样子，都需要提前设计，作出可行性论证，这个“然”显然不同于客观事实之“然”。于是在这两个“然”之间，人类用凿这样一个行动改变客观之“然”。于是，问题就出来了：凿首先把这两个“然”对抗起来，用主体的思想观念去统摄客体的运行规律。当然，最终能不能改变客体是另外一回事，在这里，需要分析的是这个行为背后的意图是什么。显然，凿的意图可以归结为改造世界的“对抗”。

孟子认为，大禹作为智者，他不是凿水，而是行水，什么是行？行的意图是什么呢？在这里，行不是有所作为，“行其所无事也”，行是一种无为之为，它是一种导引，顺其自然是也。行的治水方案就否定了人为的精心设计，而是根据水的具体走势来随物赋形、随形导水，这就是合乎道的智慧之举。因为根据流体力学的基本原理，流体运动要遵守质量守恒定律、动量变化定律、能量守恒定律等基本规律，任何一个确定的流体，它的质量在运动过程中不生不灭、相互转化。如果采用凿的方式，那么就制造了能量失衡的潜在危机。说得通俗点，我们将这里的水堵起来，那么则会对其他的物体产生更大的流体压力，一旦达到某种

① （宋）朱熹集注：《四书章句集注》，中华书局2012年版，第302页。

程度，那么山河俱碎，如同我们说话一样，表达这个观点，就否定那个观点，还不如根据形势来言说。因此，大禹采用行的策略，没有破坏事物本身的规律，所彰显的是物之本然属性和发展态势，顺势而为、因势利导。这里的无事并非绝对的无所作为，而是将人事与天道合二为一。可见，行的意图可以归结为“和谐”。孟子认为，前者是“恶于智者”，就是离智慧相去甚远，后者才是“智亦大矣”，因为中国思想中的大智慧是“和合之境”，而不是力图改变什么、对抗什么，是“顺其自然”而不是“逆其道而行之”。

这一点，庄子在《养生主》里面也说得非常精彩：“吾生也有涯，而知也无涯。以有涯随无涯，殆已！已而为知者，殆而已矣！为善无近名，为恶无近刑，缘督以为经，可以保身，可以全生，可以养亲，可以尽年。”① 孟子之谓凿，还有改变的意味，而对庄子来说，别说改变，连“随”都是一种伤害。不用谁随谁，要“缘督以为经”，缘就是沿着，缘木求鱼之缘，沿着其本然面貌而行进，按其自身规律行事。这也就可以理解，为什么文惠君对庖丁解牛之技术赞叹不已了，那是因为他知道：“彼节者有间，而刀刃者无厚。以无厚入有间，恢恢乎其于游刃必有余地矣，是以十九年而刀刃若新发于硎。”② 如果庖丁用刀去迎骨，正如大禹用斧去凿石，往往是两败俱伤。如果发现其中的规律所在，顺其经络去解牛，正如大禹顺其地势而导水一样，那么既可以保全人，又可以不伤害物，天人合一，道通为一，就可以全生、尽年，以至于无穷了。

通过以上分析我们可以得出这样一个结论：智慧的获得与知识的获取是不同的，我们可以通过概念、判断和推理来得到客观的知识，可以通过逻辑思维和哲学的争辩来达到真理之所在。然而，在孟子和庄子看

---

① （清）郭庆藩集释：《庄子集释》（上），中华书局 2012 年版，第 121 页。

② 同上书，第 125 页。

来，通过这样的方式，我们也许可以获得知识，但却不能得到智慧。智慧的获得有一个途径，那就是不要把人与自然世界对抗起来，让世界自然而然来照面。笛卡尔说“我思故我在”，在中国思想看来，既没有我，也不用思，更无须追究在与不在。我就是我，我就是在，不要用“思”把人与世界、本质和现象、中心与边缘划分为二元对立模式，这两个元素之间的对立状态割裂了事物本性之“然”。所以，他们认为，获取智慧的途径就是“道法自然”。同样，中国文论话语智慧性的获得，也主要在于“天道”“地道”“人道”的和谐统一。刘勰说：“文之为德也大矣，与天地并生者何哉？夫玄黄色杂，方圆体分；日月叠璧，以垂丽天之象；山川焕绮，以铺理地之形；此盖道之文也。仰观吐曜，俯察含章，高卑定位，故两仪既生矣。惟人参之，性灵所钟，是谓三才。为五行之秀，实天地之心，心生而言立，言立而文明，自然之道也。”① 这里的自然之道，也就是“无”我之道。

接下来的问题是，既然道法自然，那又如何通向智慧呢？这里就需要从跨文明视野阐释孔子的智慧观。《论语》一本书中有“知”字的地方总共有111处，其中，读“知”音的有87处，读“智”音的有24处。那这是不是意味着“知”和智慧之间有某种关联呢？我们先来看一些代表性的表述，《公冶长》有：“未知，焉得仁?”② 《雍也》有：“敬鬼神而远之，可谓知矣。”③ 《里仁》有：“择不处仁，焉得知。”④ 可以看出，孔子认为，“仁”是一种大智慧形式，而“知”与“仁”是有联系的，只是说“知”只是一个铺垫，而“仁”则需要超越和贯通。再看《卫灵公》：“子曰：‘赐也，汝以予为多学而识之者与?’对曰：

① 周振甫：《文心雕龙今译》，中华书局1986年版，第9—10页。
② （宋）朱熹集注：《四书章句集注》，中华书局2012年版，第80页。
③ 同上书，第89页。
④ 同上书，第69页。

'然，非与？'曰：'非也。予一以贯之。'"[①] 必须意识到，孔子所谓"多学而识之"，并不必然导向智慧。知识注重分析论证的科学主义精神，而智慧是难以言说的一种体验。但是智慧与知识又是相互联系的："志于道，据于德，依于仁，游于艺。"[②] 智慧就是大道，知识是达到智慧的一种途径，而智慧是对知识的融会贯通和超越性化合，是理性与感性的相互结合。智慧要求下学而上达，学的是具体的知识话语，而达到的是"仁"之智慧境界。《里仁》篇中有："子曰：'参乎！吾道一以贯之。'曾子曰：'唯。'子出，门人问曰：'何谓也？'曾子曰：'夫子之道，忠恕而已矣。'"[③] 孔子的道，其实是忠恕，这显然是从伦理学角度来阐释的，这个忠恕背后，其实隐含着智慧在人生层面的体现，那就是对一切是非善恶都表示宽容，表示内心开放的"然"，或者是"可矣"。他还有一句说得更详细："子曰：吾十有五而志于学，三十而立，四十而不惑，五十而知天命，六十而耳顺，七十而从心所欲，不逾矩。"[④] 在十有五的时候，孔子是志于学的，学的显然是伦理知识，到七十可以达到"从心所欲，不逾矩"的境界，这个境界表示之前所学到的伦理知识元素已经盐溶于水、德化于心了，不需要什么规则束缚，不需要什么条件限制，因为一切行动都自然而然，康德将这种状态描述为"无目的的合目的性"，也可以理解为主观合目的性与客观合规律性的完美统一。当然，由此还可以联想到之前所分析的孟子"行其所无事也"，庄子"以神而不以目视"等存在状态，内心之欲与客观之矩无垠化合，两不相伤。概言之，在孔子看来，"知"显然是必要的，只是说要达到真正的大智慧，还需要内心的一个化合过程，这就是要"转识成智"。

---

① （宋）朱熹集注：《四书章句集注》，中华书局 2012 年版，第 162 页。

② 同上书，第 94 页。

③ 同上书，第 72 页。

④ 同上书，第 54 页。

当然，说及“转识成智”，则不能不谈到佛教。在20世纪中国哲学史中，研究这个问题的主要是清华学派。另外，现代新儒家也对此做过非常深入的研究。胡伟希著有《转识成智——清华学派与20世纪中国哲学》一书，专门研究其中的关系。在这里需要做的，仅仅是将佛家这个问题纳入儒家、道家的整体框架中来进行某些层面的比较研究，继而在比较文学阐释学论域中更好地展开这个问题。在佛教看来，“转识成智”就是将心识彻底净化，把心识从知识层面的谬误中抽身出来，彻底清除外界对心识的污染，使心识按照佛教之“真如”而运思。具体地说，“转识成智”就是将佛教中的“八识”转化为“四智”。那为什么佛教要“转”呢？因为在佛教看来，智慧并不是绝对超越于肉身的，佛法唯识学中的“八识心王”是指：眼识、耳识、鼻识、舌识、身识、意识、末那识、阿赖耶识。前五识是“感”识，通过“感”识可以认识具体的事物对象，而第六识，即“意”识可以认识抽象观念，可以对感识所把握的对象进行抽象的推断和演绎。第七识“末那识”又称为“我识”，或者是“我执”。前“六识”在现代心理学当中已经涉及，而“末那识”是佛教中的概念，它是意识的根本，可以理解为“我思”，是我之为我的一个精神基础。如果“末那识”意味着我可以“识”，那么我能够“识”什么呢？《金刚经》中已经表明，所识之物皆为虚空，世界本来无恒无常，我所识因此并非真如之识，而是虚空或虚妄。于是，人就在这种虚妄的意念之中滋生出各种烦恼。所以，在佛教看来，“末那识”是人类痛苦的根源，所谓“苦谛”大致都源于此。而第八识“阿赖耶识”是一切善恶之本源，佛教认为，人的一切行为都有一个种子，也就是说，整个世界不是割裂的，而是展现为一个因缘联络，善恶有因，阿弥陀佛。

一言以蔽之，“转识成智”就是将这八识转成具体的智慧形式，从各种现象中总结提炼普遍规律。当然这不同于西方从现象到本质的过程，因为这个“转”不是从此在到他在的异质跨越，而是从此在到另一此在的自在跨越，它指向的是空、戒、了、渡、忘、遁等否定知识的实践，就像前面分析的妙不可言、以心传心一样，也正如圣人无意一样，把石头还给石头，把天空还给天空，把人还给人。人犹如镜，迎而不藏，世间万物自然而然与存在法相照面，这难道不是对“异化论”的最好反抗么？

从儒家、道家以及佛教关于智慧的论述中可以得出三个规则：

第一，知识可以提供走进智慧的可能，但知识不绝对通向智慧的大门。罗素说：“将中国人在西方寻求的东西同西方人在中国寻求的东西作一对比也是很有趣的。在西方的中国人是寻求知识，他们怀着这样的希望——我恐怕这种希望会落空——即知识会成为通向智慧的大门。”① 在孟子看来，知识的本性是用人的意念去认识和把握世界，庄子也认为求知其实是“以有涯随无涯”，这些都表明：首先，固执于知识，会损害人与世界之间的关系，无论是孟子的“恶于智”还是庄子的“殆”，以及佛教的“虚妄”，都说明这一点。“我执”“我思”都将走向哲学而不是智慧的境界。其次，知识正如语言一样，在中国，语言无法直接进入意义，而知识也无法直接进入智慧，但儒家可以立象尽意，道家可以得意忘言，佛家可以以心传心。所以，知识可以提供某种进入智慧的契机或潜能。例如孔子从“志于学”到“从心所欲不逾矩”，佛教从“识”到“智”，即使是庄子笔下的庖丁，也坦然承认：“臣之所好者道也，进乎技矣”，他也经历了一个从技到道的演变过程。没有人天生就能游刃有余、武艺高强、品德高尚，万事万物均有一个从量变到质变的渐进过程。知识可以积累，但智慧只能水到渠成，哲学可以认识世界，但智慧只能融入世界，知识可以提供向智慧过渡的前奏，但最终能否实现，则依赖于天时、地利、人和。

---

① 何兆武、柳卸林：《中国印象——外国名人论中国文化》下册，广西师范大学出版社2001年版，第97页。

第二，智慧可以通过对知识的内在转化而获得。这个内在转化包括两个层面：首先是从“识”到“智”的转化。如庄子说：“始臣之解牛之时，所见无非全牛者。三年之后，未尝见全牛也。方今之时，臣以神遇而不以目视，官知止而神欲行。”① 庖丁最初解牛和三年之后解牛的一个重大转变就在于：他不再将感官目视的对象视为绝对的知识根据了，而是以“神遇”，就是用内心精神体验去和对象遭遇，正如佛家“黄龙三关”，最初是“见山是山，见水是水”，这里的见就是感官目视之见，无论是智者还是笨蛋，无论是大人还是小孩，都可以感觉到这种物理意义上的存在物，但是当目视到达一定程度之后，科学主义融入了经验主义，它转化为一种内在意识，即“见山又是山，见水又是水”，这不是说山水本身发生了分离，而是主体之精神发生了自在超越，庖丁看到的牛不是物理意义上的牛，如海德格尔所说，他“在……中”，本质直观和现象直观在“神”之中实现视域融合，就像打篮球、踢足球一样，人随球走，球随人转，人球一体，不需要“踢打”的技能，只需去享受那种道法自然的快感体验。庖丁解牛最初是把牛当作一个客体对象来处置，后来将外在客观规律内化成一个无形的主观自律，不用对抗性的姿态去化解对象，而是与之融会无间、游刃有余。这一切都是内在性的，是依靠智慧来进行的，因此我们可以说：“哲学理论有通向智慧的可能，但不一定能够变成现实；因为智慧既包括理论思维，又包括情感意志。”② 其次，除了通过情感意志的“转化”之外，还可以通过悟：“智慧并不直接与人交流，严格地说，智慧根本就不交流，只是迂回地表示，附带地提醒别人注意，因为智慧每次都与个人的思路有关，是别人代替不了的。别人可以让我认识真理：真理只要表达出来，只要

① （清）郭庆藩集释：《庄子集释》（上），中华书局2012年版，第225页。

② 臧宏：《中国哲学智慧问题研究》，安徽人民出版社2006年版，第162页。

证明了，我就可以认识。但是，只有在我心中，只有通过我自己，我才能‘悟’。”[①] 智慧不是靠知识的传授而获得，它所依赖的本源，乃是个人的内在体验和精神超越。

第三，智慧的获得，或者说智慧的最高境界，就是“行其所无事”“道法自然”“从心所欲不逾矩”“大圆镜智”。获得智慧不需要“我执”“我思”，也不需要哲学式的“争辩”“论战”。智慧需要人与世界的和谐，用海德格尔的话说，需要“聆听”而不是言说，需要将主体知识化为一种更高境界的“无”。只有在这种状态下，存在之法相才会涌现出来，人才会“齐物”。要获得这种“无”，人必须要还原，还原到与自然化合无垠的状态，这样才能悟出智慧：“因此，‘悟’比简单的‘意识到’（‘意识到’也适用于认识）要更加精确：我们通过‘悟’所意识到的，不是看不到或者不知道的事物，而是正相反，是我们看到的，知道的事物，甚至于是我们知道得太清楚，是就在我们眼前的事物。换句话说，‘悟’就是意识到显而易见的事物。”[②] 孔子“从心所欲”，孟子“恻隐之心”，庄子“目击道存”，都是智慧的萌发。智慧存在于那些可以目击，甚至没有被目击之物中，智慧没有方法论和思想体系，智慧即一，即贯通，即天人合一、化合无垠。

第二节　不勉而中：中庸与中国文论话语的运思规则

一　中庸、中和、中正及中节之极限域调节

中国思想倾向于智慧，智慧没有固定内涵，它展现为诸多表现形

① ［法］弗朗索瓦·于连：《圣人无意》，闫素伟译，商务印书馆2006年版，第101页。
② 同上书，第66页。

态，正如前面所谈到的“无意”“变通”一样。在于连看来，如果智慧仅仅体现为“无意”，则显得过于玄妙。智慧在中国存在一个非常重要的外在范畴，即“中”。梁漱溟认为：“中国文化是以意欲自为调和、持中为其根本精神的。”① 当然，这样的判断会面临一个质疑：如果说圣人的智慧就表现在他什么也不提出，因此给了每一种观念以内在的潜能性，那么“中”当然也是一种价值取向，那么“中”怎样克服与“无意”之间的矛盾呢？从跨文明比较阐释的角度分析，它凭什么体现了中国思想的智慧元素呢？

于连说：“‘中’的思想，并不是胆小或无可奈何，害怕极端，津津乐道于折中，让人生活得不能尽兴；‘中’的思想正是游刃于极端之间的思想，是在两极之间变化，因为它不会采取任何带有偏见的观点，不会将自己禁锢在任何观念当中，所以才能够展现现实的所有可能性。”② 作为中国人，对此肯定感受颇深，当我们把中西方的思维方式进行比较阐释时，更能发现这种思维模式所蕴含的智慧因素，正因为“我”对于“我自身”太熟悉，才需要距离，只有在“我之外”才能更清晰地看到“我是什么”。

于连对“中”的解释一针见血击中了要害。表面上，“中”的对立面是极端思想，用一种折中性的方式来回避一切矛盾，然而“中”却不是害怕极端，它在极端之间游刃有余、不偏不倚，既不故步自封，也不作茧自缚，而是不断地变化，将所有潜在的可能性一一展现出来。首先，对于“中”字，孔子说：“子曰：不得中行而与之，必也狂狷乎！狂者进取，狷者有所不为也。”③ 在孔子看来，“中”与“狂者”和“狷者”是相对的，狂者以进为主，狷者以退为主，而“中”则是不进

① 梁漱溟：《东西文化及其哲学》，上海世纪出版集团2006年版，第59页。
② ［法］弗朗索瓦·于连：《圣人无意》，闫素伟译，商务印书馆2006年版，第26页。
③ （宋）朱熹集注：《四书章句集注》，中华书局2012年版，第148页。

不退、可进可退。《孟子·尽心上》曰："中天下而立，定四海之民，君子乐之，所性不存焉。"① 孟子在这里也强调了"中"的地位和功能。

于连对"中"的阐释，还是显得粗略了一点。因为"中"在中国古代往往是以复合词形式出现的，例如中庸、中和、中正及中节等，我们应当把这个问题解释得更清楚一点。对中和最明确的阐述，应该是《中庸》，中庸就是稳居其中，不偏不倚："喜怒哀乐之未发，谓之中；发而皆中节，谓之和。中也者，天下之大本也；和也者，天下之达道也。致中和，天地位焉，万物育焉。"② 朱熹的解释是："喜、怒、哀、乐，情也，其未发，则性也，无所偏倚，故谓之中。发皆中节，情之正也，无所乖戾，故谓之和。大本者，天命之性，天下之理皆由此出，道之体也。达道者，循性之谓，天下古今之所共由，道之用也。此言性情之德，以明道不可离之意。"③ 这几句话的意思相当清晰，"中"即含蕴其中而未发，"和"意味着即使要发，也要有节有度。中庸即中用，要求在处理情绪性情方面，要保持合适的度量。那么，如何才能达到中庸呢？《中庸》指出："诚者，天之道也。诚之者，人之道也。诚者，不勉而中，不思而得，从容中道，圣人也。诚之者，择善而固执之者也。"④ 在这里，中庸侧重体现一种儒家伦理观念，圣人择善而行，就能实现诚，诚则能体现中。所以李晨阳认为："圣人有最高的自由，他可以不勉而中，不思而得，从容中道。当一个人能够那么持久地真诚时，他与道完美地走在一起，他走的路就是天道之路，……，诚不是被动的东西，诚是人与天道的最终的和谐。"⑤ 中庸之路事实上就是天道之路、自然之路，不思而得、不求而知。

---

① （宋）朱熹集注：《四书章句集注》，中华书局2012年版，第362页。

② 同上书，第18页。

③ 同上。

④ 同上书，第31页。

⑤ 李晨阳：《道与西方的相遇》（中文增订版），中国人民大学出版社2005年版，第55页。

与中庸相似的另一个范畴是中和，中庸的侧重点是伦理学，而中和则扩展到艺术、文学等领域。《尚书》有云：“诗言志，歌永言，声依永，律和声。八音克谐，无相夺伦，神人以和。”① 另外，《周易》从哲理层面比较详细阐释了中正、中节以及中和。例如，《乾卦·彖传》中说：“乾道变化，各正性命，保合太和，乃利贞。首出庶物，万国咸宁。”②“保合”指阴阳、乾坤、刚柔的对立转化，即一阴一阳之谓道；“太和”指刚柔并济、阴阳互补、天人合一的中和之境，即上下交而其志同。在《周易》看来，万物之间充满对抗性势力，事物总是处于各种矛盾之中，但这种矛盾是暂时的，它充满趋于“太和”的种种机遇。例如，对乾卦的描述是“天行健，君子以自强不息”，乾卦刚性，主“动”，起着领导、支配和施予的作用，强调一种蓬勃向上的刚劲势力。对坤卦的描述是“地势坤，君子以厚德载物”，坤卦是阴性，主“柔”，起着服从、配合、完成和实现的功能，两者各自有自己的内在属性特征，同时又需要外在的支持、配合，这就是“一阴一阳之谓道”。乾坤表面上一分为二，事实上却相互依赖、彼此共生，天没有地的顺承，就会陷入“亢龙有悔”的地步，而地没有天的主导，就会自称为天，妄自菲薄。总而言之，孤阳不生、孤阴不长，动需要静、刚需要柔、乾需要坤，反之亦然。《周易》六十四卦之中，只有“既济”卦才是完美境界，“既济”就是所有事务都已经成功，大功告成，其余六十三卦都是处于“未济”状态，“未济”并不是不好，它时刻孕育着走向完美的发展潜能，“既济”也并不是一定好，它时刻面临着物极必反和趋于不完美的无限可能。换言之，整个世界并非处于“太和”状态，各种矛盾势力相互斗争，彼此对抗。人与人之间、天与地之间、刚与柔之间、动与静之间，总是充

① 《尚书·尧典》，郭绍虞：《中国历代文论选》第一册，上海古籍出版社2001年版，第1页。

② （唐）孔颖达疏：《十三经注疏》上册，上海古籍出版社1997年版，第14页。

满不和谐因素。所谓“保合太和”，就是要在遵守客观规律的前提下，适当发挥人的主观能动性，逐步协调这种矛盾，不是用同一性、强制性思维去统摄对方、压制对方。和而不同的前提是尊重差异，没有差异的和是“伪”和。那么圣人如何来把握这个“和”的度呢？《尚书》道：“夫大人者，与天地合其德，与日月合其明，与四时合其序，与鬼神合其吉凶。”① 大人的智慧不是通过自己的判断而得之，而是同天地日月鬼神保持“合”，这里的“合”其实也就是中和之“和”。

“中”的思想除了要保持趋于“合”的态势以外，还要对自身进行节制，即中节、中正。《尚书·无逸》开篇便说：“周公曰：呜呼！君子，所其无逸。先知稼穑之艰难，乃逸，则知小人之依。”②《尚书》这一段讲的是君子不要只图安逸，要敬畏天命，有所节度，不要放纵自己。《周易》当中第六十卦叫作《节》卦：“亨。苦节，不可贞。《彖》曰：‘节亨。’刚柔分而刚得中。‘苦节不可贞’，其道穷也。说以行险，当位以节，中正以通。天地节而四时成。节以制度，不伤财，不害民。”③ 在这里，所谓“当位以节，中正以通”就是要求身处其位，不能为所欲为，而要保持中节、中正然后才能不伤财害民。另外还表述道：“《象》曰：泽上有水，节。君子以制数度，议德行。”④ 此卦下兑上坎，兑为泽，坎为水，泽上有水，而水又在泽中，如有所节制，则水泽相交，各司其位。如无所节制，则自满自溢、泛滥成灾。

《周易·离卦》还说道：“《象》曰：离，丽也。日月丽乎天，百谷草木丽乎土。重明以丽乎正，乃化成天下。柔丽乎中正，故亨，是以畜

① （唐）孔颖达疏：《十三经注疏》上册，上海古籍出版社1997年版，第17页。

② 《尚书·无逸》，朱东润：《中国历代文学作品选》上编第一册，上海古籍出版社1979年版，第48页。

③ （唐）孔颖达疏：《十三经注疏》上册，上海古籍出版社1997年版，第70页。

④ 同上。

牝牛，吉也。”[1] 这里提到了中正，孔颖达注曰：“六五六二之柔，皆丽于中，中则不偏，故云中正，以中正为德，故云柔丽乎中正。”[2] 因为在《周易》中，二、五分别是上卦之中和下卦之中，而六二又是阴爻处于阴位，故得其正位，所以叫中正。六五也是以柔为中，能够处理以柔附刚的关系，所以是吉。事实上，中正中节是相辅相成的，当位以节，中正以通，两者都要求既要有“中”的品德素养，又要在其位而谋其政，处理好各种极端的关系。同样，《荀子·劝学》中也说道：“故君子居必择乡，游必就士，所以防邪僻而近中正也。”[3] 中正即正大光明、坦荡磊落、无邪无僻，如果不中节、中正，就会影响到整个社会体制和政治思想。

概言之，在中国思想语境下，无论是中庸、中和、中正还是中节，它都是一种跨越和包容的态度，既不夸大主体之判断功能，也不盲目遵循客观之规律。既不立于此，也不立于彼，既不持乾，也不拥坤，正如于连所说，中是处于两极之间的“变化”状态。

二 执中、守中、行中及时中之结构性制约

我们现在已经意识到“中”所具有的智慧色彩，但我们如何来把握“中”呢？是“执”还是“守”呢？也就是说，我们不仅要分析“中”，还需要知道怎样去领会“中”，怎样才能通过“中”把握到智慧的所在。

第一，执中和守中。于连认为：“‘执’有‘把握’某事的意思，也有‘坚持’某事，固守某事的意思，正如评注者所说的那样，应当

---

① （唐）孔颖达疏：《十三经注疏》上册，上海古籍出版社 1997 年版，第 43 页。

② 同上。

③ 《荀子·劝学》，朱东润：《中国历代文学作品选》上编第一册，上海古籍出版社 1979 年版，第 168 页。

‘执中’，但不能固守于‘中’，停滞于‘中’。因为，‘中’是在不断变化的，可是如果固守于‘中’，那么大多数情况下必然会损害了‘中’。”① “执”就是持有，坚持某种观念和看法，“守”就是坚守，但并不意味着退隐，它放弃外在形势的变化，固守于一种观点或一种对象。老子说：“多言数穷，不如守中。”② 注意，这和《周易》里面的中正不是一回事，老子在这里反对“有为”，反对用强制性的言辞或行为来进行约束，强调虚静无为，行不言之教，且道法自然。如果说，“中”意味着对两个极端的回避或否定，那么，守中却暗示着对另一种极端的肯定，因为守中是一种藏。庄子曰：“至人之用心若镜，不将不迎，应而不藏，故能胜物而不伤。”③ 执中则是一种“应”而不是藏守，或者可以这样来理解，守中是把“中”当作一种相对固定的观点，表面上看是圣人无意之智慧，仔细比较就会发现，此无意还不够彻底，因为守中把“中”视为一种实在的“有”，不管这个“有”的宾语是什么，它终究是存在。而且，守中有一个更大的弊端在于，它采取的是一种“藏守”策略，当外在事物对象或形势发生改变的时候，这种守其实就成了一种僵硬的“恒”，失去了智慧的“变通”。执中首先承认了“中”是守不住藏不住的，它可能通向智慧，而守中其实是在消解智慧性。在庄子看来，至人之所以能“人胜物而不伤”，就在于他根据外在形势的变化而不断调整自己的策略方针，其心若镜一般，不守不藏，不将也不应，与客观世界保持“然”。这又让人想起庖丁解牛。守中之人一般会按照某种规则去行动，但遇到难以解剖之硬骨时，不会改变策略，而是依旧守之行之，结果刀用不了多久就钝了。庖丁能够游刃有余，就在于他执中而不守中，顺应自然规律，当进则进，当退则退，执

① ［法］弗朗索瓦·于连：《圣人无意》，闫素伟译，商务印书馆 2006 年版，第 33 页。

② 朱谦之校释：《老子校释》，中华书局 1984 年版，第 24 页。

③ （清）郭庆藩集释：《庄子集释》（上），中华书局 2012 年版，第 313 页。

而不守，通而不塞。正如于连分析：

> 执“中”而不固守于“中”，执“虚”而不执着于“虚”。因为，谁固守于“中”，谁就会僵化于“中”，谁就会丧失“中”的丰富。同样，谁执着于“虚”，谁就会迷失于“虚”，谁就会丧失所追求的精神上的自由。那么，我们怎么样“执”，“执”什么呢？论述在此戛然而止，随着这一缺失，我们开始看到的是，智慧虽说永远在变化，并声称永不固守于这一点，但智慧的言语却又透出深刻的平庸：在施惠于人的同时，在竭尽心机（“费”）的同时，却也永远处在退隐的位置上。①

可见，当我们持中时，没有停滞在某一位置或者固守于某一种立场，我们在不断地变化，以应天时。于连认为执中与守中的最大区别就是：守中看似是“中”，其实却停滞在了一个位置上，这个位置也许不是两个僵化的极端，而是处于两个极端之间，但这个位置的相对固定导致智慧就此停止。持中用不断变化的策略来顺应天时，因此以不变应万变。

第二，行中和时中。在《周易》中，“中”出现次数高达 119 次，刚才分析了执中与守中，接下来的问题是，如何将“中”的智慧用之于行动呢？《周易·临卦》提出了行中的范畴：“《象》曰：‘大君之宜’，行中之谓也。”② 行中就是执其两端而行之，不偏不倚，无过无不及。比行中更具有实践意义的，则是时中。时中是清代易学家惠栋在《易汉学》中提炼出来的，《中庸》载：“子曰：君子之中庸也，君子而

① ［法］弗朗索瓦·于连：《圣人无意》，闫素伟译，商务印书馆 2006 年版，第 33 页。
② （唐）孔颖达疏：《十三经注疏》上册，上海古籍出版社 1997 年版，第 36 页。

时中；小人之中庸也，小人而无忌惮也。”[①] 朱熹在注释“时中”说：“君子之所以为中庸者，以其有君子之德，而又能随时以处中也。小人之所以反中庸者，以其有小人之心，而又无所忌惮也。盖中无定体，随时而在，是乃平常之理也。君子知其在我，故能戒谨不睹、恐惧不闻，而无时不中。小人不知有此，则肆欲妄行，而无所忌惮矣。”[②] 朱熹的解释非常精辟，即：因时而“中”，因地而“中”，“中”要因时因地而调节变化，而不是固执于某个观念、某种思想。君子知道这个规则，且时时为中，小人不知这种变通性，也就肆无忌惮、放纵自我了。

时和位是《周易》两个最核心的思想元素，它每一卦都有六爻，这六爻所占据的位叫六位，这六位从下往上数，分别是初、二、三、四、五、上。初和二是地之位，三和四是人之位，五和上是天之位，天地人三才依此顺序分布。卦是一种整体性的功能，而爻则是每一个具体时段的具体情况。所以，这六爻之位也叫爻位，而爻位也叫时位，初爻是始，上爻是终，中间四爻是发展的四个过程阶段，每一个时位都与其他时位紧密相连，同时蕴含着变化的契机，但每一个时位并不导致必然的结果，它依赖于天、地、人三者之间的相互配合、变化发展的，这些发展阶段，就是不同的“时”。

《周易》认为任何事物都处于一定的时空维度之中，时空不断变化发展，事物不断循环往复，正如四时更替、季节变换、日月星辰一样。每个变化导致的形势局面不同，所持有的策略方针也应该有相应变化，正如镜子一样，我们与世界始终保持“如一”。李春青这样分析：“当然，儒家在奉行这一‘中’或‘中庸’、‘时中’的原则时是预设了儒家基本价值观念的合法性的，换言之，灵活性是建立在原则性基础之上

① （宋）朱熹集注：《四书章句集注》，中华书局2012年版，第19页。

② 同上。

的，但由于儒家持‘变’这一开放性视域，于是即使是‘仁义礼智’之类的儒家根本价值准则，其含义也应该随着具体情境的改变而有所变化。中国古人的智慧正是体现在对‘变’与‘不变’的灵活把握上，‘中’的奥妙也正在于此。”①

正因为要灵活处理好“变”与“不变”的关系，我们才可以理解为什么《周易》把每一卦设定为六个时位，每一个时位应该做什么，应该注意什么，都有一个大致的警示。这些警示不针对某一个人某一件事，而是针对具体的事物发展阶段。通俗地说，雨水将至而未至时，蚂蚁搬家，蜻蜓低飞，山雨欲来风满楼，这些迹象就提示我们出门要带伞，否则会淋雨。这意味着，如果不按照客观事物的发展形势去行事，盲目冲动、为所欲为、肆无忌惮或者是唯唯诺诺、优柔寡断、当断不断，都可能带来不必要的麻烦。所以：“研究《周易》的目的不是仅仅为了知道未来，而是去发现目前形势的局面，然后采取合适的行动。”②这就是时中的智慧，也是中国思想区别于西方哲学的异质性元素，于连在《经由中国》中指出：

> 我保持通向一切的可能性，以便保持完全适应于形势要求，以便做我应做之事。这个“应当”像前边一样，应该理解为既来自个人的道德要求，同时也源于形势的强制性。然而，规则和原则肯定会来阻碍内部的可支配状态。因为智者“毋意”，不坚持任何固定的立场，他每次想方设法弄清楚形势在此时此刻通过哪里可以找到其具有推动作用的出路。孟子以他的方式继续这种对智者的分

① 李春青：《为于连一辩——兼谈对中国古代文化的阐释立场与方法问题》，《中国图书评论》2008年第6期。

② Fritjof Capra, *The Tao of Physics* (Third Edition), Boston: Shambhala Publications, 1991, p. 110.

> 类，他说，智慧就是“时机”。这个时机不是摇摆不定的时刻，而是机遇的时刻——由此产生内在力。①

在于连看来，智慧就是把握、利用和创造时机的能力，随时做好准备，保持向一切可能性敞开，适应各种形势的要求，与天地万物化合为一，云舒云卷、自然舒展、该潜则潜、该显则显。一切顺应时机形势，这就避免了两种非智慧的举动：一种是过分夸大主体能动性，积极进取、努力作为，把世界视作他者对象，把个体提升到一个决定性层面，这就是以动制静；另一种倾向是消极遁世的守中，守就是以静应动，不管外在局势如何发展，始终坚守这个立场，逐渐陷入僵化、封闭、守旧的恶性循环，刻舟求剑的故事就充分证明了这一点。这两种倾向都不能抵达智慧，智慧提倡“时中”，亦静亦动、非静非动、该静则静、该动则动、与时俱进、与时俱止。识时务者为俊杰，用发展的眼光看待问题，才能明哲保身、从容不迫。

三　毋意、毋必、毋固及毋我之现象学还原

前面已经谈到“中”的种种外延范畴，但很多人会习惯性地忽视这样一个奇怪的现象：《周易》最初是单卦，后来经文王演变成重卦，重卦由上下两个单卦组合而成。每一个单卦有三个爻位、分别是初、二、三爻所构成的下卦和四、五、上爻构成的上卦。最初的单卦，其三根爻分别表示天、地、人，演变为重卦之后，初和二为地、三和四为人、五和上为天。更具体地说，初为地之阳，二为地之阴，三为人之阳，四为人之阴，五为天之阳，上为天之阴。于是，单卦变成重卦之

① ［法］弗朗索瓦·于连、狄艾里·马尔塞斯：《（经由中国）从外部反思欧洲》，张放译，大象出版社2006年版，第359页。

后，各爻相互搭配，构成了六十四个卦象。之所以再次提及这个规律，是因为由单卦变重卦的过程促进了两个方面的变化。

首先，单卦是每一根爻构成一个时位，而重卦则是每两爻相辅相成构成一个较小的单位组合，两爻之间彼此共生，并且构成了“承乘比应”的关系。相邻曰比，初和二比，二和三比，三与四处于上卦与下卦之间则不能比，四与五比，五与上比。根据比的形势不同，可以分为乘与承的关系，从上往下称为乘，从下往上称为承，刚乘柔为顺，柔乘刚为逆，刚承柔为逆，柔承刚为顺。阴阳刚柔各有其功能，刚主动而柔主静，但又必须构成一种比的关系，因为孤阳不生、孤阴不长，比的二元关系论就取代了一元中心论。所以赫拉克利特将世界变化现象归于永恒的火，除此之外，还有将之归于水的说法，这都是一元中心论，它没有调节迂回的空间，而中国古代无论是阴阳说还是五行说，都强调相生相克、彼此关联、彼此制约、共同发展。

其次，单卦只有一个中，而重卦则有两个中，分别是下卦之中和上卦之中，这两个中，二为臣位，五为君位。每一卦最关键的两爻，就是这两个中爻，如果阴爻居于二（臣）位，而阳爻居于五（君）位，那么则符合中正原则，因为阳爻处于阳位，阴爻处于阴位，阳爻处于上卦之中的君位，而阴爻处于下卦之中的臣位，阴阳两大势力配合默契、对立统一，符合太和的思想。而且，上卦的三爻与下卦的三爻分别构成相应的关系，初和四、二和五、三和上交错相应。如果这两个序列也是一阴一阳的搭配，则符合“一阴一阳之为道”的基本法则，那么就意味着阴阳搭配、志同道合、差异统一，这就叫作相应。如果是阴阴与阳阳的搭配，则是单一势力的重合，一山不容二虎，容易产生重合与矛盾，两者相互排斥、各自孤立、分道扬镳、不能配合，这就是敌应。

于连从中西跨文明比较阐释的角度，非常敏锐地意识到了《周易》这种阴阳互补的关系模式对西方文明的参照意义，所以他分析道：

> 只有一个中心时，单极会导致僵化。与此相反，一切现实的逻辑都是“中节”的逻辑，“中节”是从一个中心到另一个中心的变化，比如在两个三爻的“中”之间发生和变化。从而使现实在每个发展的方向上都能够达到极致。人的行为也是这样：孔子之所以拒绝一切固定不变的立场，就是要防止无法变化的停滞。观念一经提出便形成单极化，而单极化已经包含着僵化。①

只有一个中时，我们则没有其他选择，它便是固定的，就像逻各斯一样，中心与边缘构成了一个相对固定的关系形式。但对于智慧而言，一个中则没有变通。一个中心构建极端权威，而《周易》的卦象则有两个中心。一个中心是单极化，两个中心则并不必然导致双极化，因为《周易》并没有“极化”任何一种可能，它对每一种可能都保持开放。因此，对一元论、中心论的否定，使得中国思想倾向于用“毋”这样一个词语来表达其智慧，“毋”是一种否定形式，即“不要如此”或“不要那样”。“毋”意味着我们不能对世界做出个体化的肯定判断。根据逻辑学理论，我们作出“是”这样的肯定判断不一定是真命题，而我们说“不一定是”这样的否定判断时，却往往可以为真。

所以，从这个角度上，就可以更加清晰地阐释孔子“毋”的智慧：“子绝四：毋意、毋必、毋固、毋我。”② 朱熹的解释是：“绝，无之尽者。毋，史记作‘无’是也。意，私意也。必，期必也。固，执滞也。我，私己也。四者相为终始，起于意，遂于必，留于固，而成于我也。盖意必常在事前，固我常在事后，至于我又生意，则物欲牵引，循环不穷矣。”③ 按照朱熹的解释，“意”就是个人所持有的观念，这个“意”

① ［法］弗朗索瓦·于连：《圣人无意》，闫素伟译，商务印书馆2006年版，第28—29页。

② （宋）朱熹集注：《四书章句集注》，中华书局2012年版，第109页。

③ 同上书，第109—110页。

也理解为“臆”，即猜想或猜疑。“必”就是一种必然性，事物发展当然如此或期望如此。“固”即坚守某个观念或意见，无论外在情况如何变化，都始终滞留这一点。“我”，即自我本身，或理解为佛教的“我执”。孔子要求：不要盲目猜想，不要理所当然，不要固执己见，也不要怀有自私之心。意、必、固、我四者之间的关系非常明确：起于意，就是说一切知识或判断都来源于人的意念，这种意念是人在某种现实处境之下作出的判断，然后，这个判断被主体视为一个方向，即理应如此发展下去的必然路径，这就是遂于“必”。所谓留于“固”，留就是滞留、留守，一旦这种观念、结论或意识被证实了，那么接下来就是始终坚持己见，执着地遵守这个规则。当个体具备这样一系列的知识、信念、判断和结论的时候，就建构成了我。我之所以是我，就是因为我可以通过这样一些外在的意念形式来彰显我的存在，这些存在的话语、思想处处铭刻上了我的痕迹，或者可以用笛卡尔的名言来描述，即“我思故我在”。

可以说，“意、必、固、我”这四者彰显典型的科学精神或理性主义思维，纵观西方哲学史，柏拉图“理式”，亚里士多德“第一实体”，黑格尔“理念”，康德“物自体”，胡塞尔“纯粹现象”，海德格尔“存在”，等等，我们可以把这些视为一个又一个的意，当然，在这里没有必要去证明这些意究竟是真理还谬误，暂且可以把它视为一种观念、一种断想。于是，从意到必，就延伸出了一系列的逻辑程序，以此来展开演绎和证明。而且每一个意，都显得如此执着，如此鲜明，如此清晰，以至于如此地无可辩驳。最终，这些意构成了“理性”世界。反过来可以这样推论，没有这样的“我思”，在西方，就找不到另一个参照体系来证明我的“存在”。我是谁？世界是什么？我能认识自己吗？我能认识世界吗？我怎样认识世界？这样一些疑问都仅仅是疑问而已，没有“思”，没有“意”，没有从一个判断到另一个判断的过渡，整个哲学史、思想史、文明史如何生成和演进呢？

西方思想所需要的这些必然因素，孔子深恶痛绝，他在这四种形式的前面都加上了一个否定词——“毋”：“因此，孔子最后是‘毋我’的。他确实没有给他以特点的‘我’。因为他没有优先的理念，没有事先要遵守的任何命令，不固定于任何明确的立场，所以没有任何东西能使其人格个性化。其人格保持完全开放，同整个过程的进展完全一致；智者可以完全融于进程的广度，这就是造就其圆满人格的因素。”① 如果这样推论下去，中国思想难道是以一种反知识、反哲学的形式吗？

这又回到哲学与智慧的区分问题，哲学起源于意，智慧起源于无意。所以，从亚里士多德“吾爱吾师，吾更爱真理”开始，西方走向了哲学之意，而中国从孔子的“圣人无意”开始，便走向了智慧。在西方视野中，我们可以谈论哲学、哲学家、哲学史，但是在中国文化视野中我们必须对此保持谨慎。美国哈佛大学比较文学教授宇文所安出版的《中国文论：英译与评论》，英文原名是“Readings in Chinese Literary Thought”，他并没有像刘若愚《中国文学理论》一样，使用“theory”（理论）这个词，而是用“thought”（思想）。在很多西方学者看来，中国古代没有形成哲学和理论，甚至连前哲学、前理论这样的称谓都是可疑的。但是，当我们在展开中西方跨文明阐释时，又可以说，西方哲学并没有找到智慧，当然西方可以列举出很多思想家和有智慧的人，但从根本意义上讲，智慧却扎根于中国，于连说：

> 的确，智者是“无理念”的——这绝不意味着他没有理念！——因为他不优先任何理念，也不由此排除任何理念，他观察世界，并不对这个世界有预先设定的看法。因为通过可能有的个人观点，他

① ［法］弗朗索瓦·于连、狄艾里·马尔塞斯：《（经由中国）从外部反思欧洲》，张放译，大象出版社 2006 年版，第 274 页。

> 既不缩小什么，也不预断什么，因此他总是保持着一切可能性的开放性。所以，不存在强加给他，并且预先决定其行为的“必须”；智者不遵循规则或箴言。他是“毋必”的。因为没有任何东西事先规范他的行为，则他的行为事后并不固定为常规。因为不固定于任何特别概念，他是“毋固”的；因为不隶属任何明确观点，他随着形势和事件的过程，而不断地演变。①

于连从一个西方学者的角度，阐释了这四个“毋”背后所隐藏的智慧因素。这也是西方哲学没有彻底解决的问题。因为智慧无意，一切意都是成见，没有成见就没有意，但是“一切观念都是主观性的，我有我的，你有你的，并且它们两者对我们来说绝不可能雷同”。② 圣人没有否定偏见，而是从一个更加整体性的视域来观照世界，所以他放弃了偏见，也放弃了某一个意，让每一个意自然而然地涌现出来，向我展开，向世界敞开。所以，我们找不到智慧的把柄，因为它狡猾地回避了每一种形成把柄的可能，它在各种极端、各种意念、判断之间不断地游离，似有似无、似是似非。所以，智者任凭哲学家无休止地去争论，他独自享受沉默，等待一切喧哗与骚动在时间的推移下自生自灭，而他悠然自在地“行到水穷处，坐看云起时”。

如果智者无意，那么他也就“毋必”，他既不坚守某一种观念，也不会为某一种观念所束缚。任何被确定下来的规则和规范，都是必然如此或理所当然的。如果遵循“此”规则，则必然违反“彼”规则。圣人显然不想在彼此之间固守与停留。但令人惊奇的是，他也能“从心所

---

① ［法］弗朗索瓦·于连、狄艾里·马尔塞斯：《（经由中国）从外部反思欧洲》，张放译，大象出版社2006年版，第273—274页。

② Mortimer J. Adler, *Ten Philosophical Mistakes*, New York: Macmillan Publishing Company, 1985, p. 11.

欲，不逾矩”，矩当然是有的，无规矩则不成方圆。圣人虽然随心所欲，但他的一切行为却不会触犯这个矩，为什么呢？因为圣人“毋必”，如果我们可以把“必”理解为“是”，那么圣人之意既不是此，也不是彼，而是无物不然，无物不可，无可无不可。他不用“是”来进行判断，圣人之意倾向于“若”，即仿佛是如此。

“毋必”之后，则是“毋固”，他不遵守固定的规则，当然也就不会固执地想要把个体判断强加给他人，使之成为一个普适性的真理或规则。前文已经谈到庄子“子非鱼，安之鱼之乐”背后的玄机。中国智者口中回避“我意”，取而代之的是“天意”，把一切完美而又无法解释的事情都归于“天意”，“天意”就是自然之意，是超越一切主观判断的“道”和“然”。每个存在物都有一个“天意”，所以智者不会从个体出发，炮制出一个又一个的必然性，他始终遵循着世界的本质直观，“天意”不同于柏拉图“理式”和黑格尔“绝对精神”，它没有成为事物发展的终极推动力或本质精神，它是每一个存在物所孕育的“然”，无须固，也无须弃。

中国古代有一个故事：一个国王向来访的人展示自己的仁慈，把一些鹤放生，并问访客你们国家也这样放生吗？访客回答道，我们既不捕捉，也不放生。这是何等智慧呢！放的前提是捕，无的前提是有，所以智者既不捕，也不放，既不存有，也不归无，彻底断绝这个循环。六祖惠能“本来无一物，何处惹尘埃”为什么比神秀“时时勤拂拭，勿使惹尘埃”更具有禅味？就是因为神秀潜意识认同“是”和“有”，惠能则处处体现了“空”和“无”，这就是智慧。《庄子》中的人物，不像《荷马史诗》里面的那些英雄，阿喀琉斯、赫克托尔，都是半神半人的超级英雄，长得帅不帅不好说，至少能力超强、法力无边、以一敌万，而庄子笔下的那些人物，大多形如槁木、心如死灰，不仅长得奇形怪状，还没有什么精气神，这样一些形象似乎会让西方人觉得很不习惯，于连也承认：

> 如果我描写我的中国智者背靠其独木椅，目光茫然，“望着”天空，或是手“扶琵琶”，目光“追逐远方的大雁”，我能赢得什么呢？在庄子式的，嵇康式的或其他什么人式的姿态里，抑或是更微妙地谈到甚至中国人也不知道的某人时，我能赢得什么呢？毫无所得。毋宁说我会失去一切，因为这可能脱离了我自己选择的理论失衡状况，尽管这种状况是不舒服的，毋宁说这就是因为它的不舒服性：我认为它会带来丰富成果。我选择了停留在缺口之上，不立于任何一边。①

一片森林中，长得又高又粗又直的大树往往最先被砍掉，有瞬间变成了无，生瞬间变成了死。倒是那些长得稀奇古怪的杂木小树，丑得歪瓜裂枣，反而无人问津、不屑一顾，所以郁郁葱葱、自得其乐。同样，在智者看来，丑陋、矮小、笨拙、失败，甚至是死亡，不是一件坏事，这种“不适感”会带来丰富的孕育性，即向死而生。基于此，于连非常感性地说出了一些箴言：

> 我们可以激情澎湃，也可以冷若冰霜；可以全心全意地与人狂欢，也可以孤独自处；今天我可以一心一意地工作，明天也可以尽情地玩乐，我可以或此或彼，彻底地体会两个极端，体会了一种，也就能够更好地体会另一种，而且在任何一种当中都不会过分。当然，对于“我”，人们是不会说长道短的，因为我本来就没有性

① ［法］弗朗索瓦·于连、狄艾里·马尔塞斯：《（经由中国）从外部反思欧洲》，张放译，大象出版社2006年版，第249页。

格……我们要明白究竟什么是“中”：做事半途而废不是“中”，能够从一边走向另一边，既能够在这边，也能够在那边，同时又不沉迷于任何一边，这才是“中”。①

中国思想的智慧，正是在这些极端之间调节，圣人所选择的“中”，就是无可无不可，让人性完全自然化，让主体意念根据客观形势以及自身的现实状况处境来进行适应性调节。如此这般，智者可以任凭风浪起，稳坐钓鱼台。

第三节　唯道集虚：虚空与中国文论话语的智慧形式

一　显与隐：莫见乎隐与莫显乎微

在中国思想语境下，智慧除了体现在“中”，还体现在退、隐、虚、无这些范畴，总体上讲，这类范畴和“中”进入智慧的途径是不同的，“中”是用无可无不可的方式进入智慧，它拒绝极端思想，要求随着形势的发展而不断地调节，而“退隐”“虚空”“无无”这些范畴，则是通过对正面思维的否定来进入智慧，它们的原则是：不能从现象抵达本质，而应当从现象的空白之处、隐身之处来迂回观照其本然样态。不能从思想到思想、从理论到理论、从观念到观念，而是应当从思想的未被思想之物入手，从这些消失在视线之外的对象切入其本质存在。对于正面，我们太熟悉，而侧面，总是在阴暗之中，只能转换视域，其真貌方得以呈现。

① ［法］弗朗索瓦·于连：《圣人无意》，闫素伟译，商务印书馆2006年版，第28—29页。

首先来看“显”与“隐”。《中庸》有言：“道也者，不可须臾离也，可离非道也。是故君子戒慎乎其所不睹，恐惧乎其所不闻。莫见乎隐，莫显乎微。故君子慎其独也。”① 朱熹的解释是：

> 道者，日用事物当行之理，皆性之德而具于心，无物不有，无时不然，所以不可须臾离也。若其可离，则为外物而非道矣。是以君子之心常存敬畏，虽不见闻，亦不敢忽，所以存天理之本然，而不使离于须臾之顷也。隐，暗处也。微，细事也。独者，人所不知而己所独知之地也。言幽暗之中，细微之事，迹虽未形而几则已动，人虽不知而己独知之，则是天下之事无有著见明显而过于此者。是以君子既常戒惧，而于此尤加谨焉。所以遏人欲于将萌，而不使其滋长于隐微之中，以至离道之远也。②

《中庸》这一段话可以和庄子关于“道”的一段论述对照合读：

> 东郭子问于庄子曰：“所谓道，恶乎在？”庄子曰：“无所不在。”东郭子曰：“期而后可？”庄子曰：“在蝼蚁。”曰：“何其下邪？”曰：“在稊稗。”曰：“何其愈下邪？”曰：“在瓦甓。”曰：“何其愈甚邪？”曰：“在屎溺。”东郭子不应。③

在这里有两点需要注意：第一，道是无所不在的。道并不是一个超然物外的一个抽象存在物，道就在每一个事物本身之中；第二，道存在于幽暗之中、细微之中、小事之中，在很多貌似平常而又难以觉察到的

① （宋）朱熹集注：《四书章句集注》，中华书局2012年版，第17—18页。
② 同上。
③ （清）郭庆藩集释：《庄子集释》（中），中华书局2012年版，第745页。

迹象中，道的玄机悄然显露。慎独，也就是说，在自己一人独处的情况下，别人看不到自己的行为，听不见自己的言语，也没有一个明显的规则要求和制约自己的言行。即使如此，也能够做到自我约束、自我控制和自我反省。除了从伦理学上这样理解之外，在哲学上，我们还可以断定：那些幽隐、细微之处，反而比其他明显、宏大之处更能显现对象的本然存在，这是西方哲学并未习惯使用的思维方式。

于连曾经把《中庸》翻译成法文，他深知《中庸》这几句话对中国思想所具有的作用。那么，值得进一步思考的是：为什么君子要“慎其独”？为什么在场的“显”反而不如缺席的“隐”能显示出更多的意味？

首先，“君子戒慎乎其所不睹，恐惧乎其所不闻”。这是说，在能睹、能闻的情况下，君子并不担心，真正需要注意的是在不能闻、不能睹的时候。在这里有必要结合弗洛伊德的意识理论来解释这个问题，弗洛伊德将人的精神活动分为意识、潜意识和无意识三个层面。意识就是“自觉”，人能够觉察到自己的心理活动，并且能够在思维的支配下控制自己的行为，他是与现实紧密相连的，意识能把人的言行控制在现实规则框架之内。换言之，此时的人处于一个理性状态，知道自己该干什么、不该干什么，具有比较清晰的是非判断能力和决策能力。尤其是在一个相对公开的场合下，社会制度非常明显地在意识中呈现并指导着人的行为，这就是“显”。在“显”的情况下，人的意识具有自我约束功能，人的本能欲望被现实状况强制性压迫和操纵。只要一个社会具有比较完善的法律体系和意识形态体系，那么，在“显”的状况下，君子的言行举止是趋于规范的。潜意识则是处于意识和无意识之间的一个环节，它若隐若现，能够被召唤，可以使无意识转化为意识，但它的主要功能还是在于阻止无意识随意地进入意识领域，它起着一个过滤、检查和监督制约作用。以冰山为比喻，意识是冰山露在水面的部分，是“显”出来的，潜意识就是处于水上和水下的那个交界面，它有时可以显露，有时又处于隐藏状态，是一个连接带。当显露过多时，就被某种约束力控制到隐藏带，当隐藏过多时，就悄然运作到显现带，可以说，这是最关键的一个调节制约层面。第三个层面是无意识，无意识就是人类最深层的、最原始的、最本能的一个心理状态，它是人类一切行为的内驱力，主要体现为各种本能。在弗洛伊德看来，主要是性本能，也包括其他一些基本欲望，如求生的欲望、死的欲望、自私的欲望等。无意识完全处于“隐”的状态，是人心灵中最难以捕捉到的东西，也是完全淹没在冰山之下的那个部分。人是具有社会性的，当每一个人的本性无遮拦地流露时，社会就面临巨大威胁，因为本能追求快乐就意味着行为的无所约束，很多行为难免会侵犯到他人的利益，社会结构必然凌乱不堪。

因此，人类社会制定各种规则来约束人的本能，无论是西方的法律、宗教，还是中国的仁、义、礼、智、信，它们承担的一个重要功能，就是要控制无意识。只有当这些社会伦理规则和法律制度缺席的时候，本能才会浮出水面。这一般体现为两种状态：第一是“梦”的状态。人在深度睡眠时，意识处于放松状态，所有被道德习俗和伦理规范压抑的东西开始偷偷地进入意识领域。当然，这些无意识会以某种假象出现，本能欲望就以梦的形式改头换面、悄悄现身。所以说，梦就是无意识欲望的替代性满足。第二是“独”的状态，这里的“独”既可以指行为上的特立独行，也可是思想上的独辟蹊径。总而言之，“独”的状态摆脱了社会体系制约，独处之时，无人闻、无人睹，即使有所作为，也无人知晓，这个时候无意识就会悄悄释放出来，把被压抑的欲望变相地实现。

借助这样一些理论来分析“显”和“隐”，就比较容易了。《中庸》首先规定了这样一个前提：“道也者，不可须臾离也，可离非道也。”这里的道其实就是儒家所建构的一系列社会伦理规范。为什么道不可离呢？答案很简单，如果儒家精心营构的规则是可有可无的，那么这些规则还有什么存在意义？进一步说，道之不可离的根本原因还在于：一旦离开了道，那么“礼崩乐坏”“八佾舞于庭”的不规矩现象会频频出现，这显然是众人所恶的，更是当政者所不容许的。另外，任何一种规则都不是万能的，规则只适用于我们已经知道并且可以操控的情况，当处于“隐”的时候，就比较困难了。所以，《中庸》认为，从隐蔽之事、细微之事才能够把握到一个人的真正本质。在“显”的状况下，人可以根据自己的现实利益有意识地压抑和控制自己的行为，这个时候所看到的现象，其实很大程度上只是一种虚伪的表象而已，只有当“隐”之时，当这个规则体系完全缺席的时候，人的本质才会比较真实地显现出来，如果此时所显示的行为和思想仍然符合这些伦理规则，那么，才真正意义上实现了“道”。

例如，光天化日之下，到处是过往行人，一般很少有人闯红灯，但是夜深人静，这时处于“隐”的状态，在一个路口，既没有红绿灯、摄像头，也没有其他行人监督，如果还能够做到不闯红灯，则是慎思笃行的表现，如果闯红灯，那就说明他潜意识还是不讲规则的。同样，《孟子》中那个救起落井小孩的故事，最精彩的也就在于孟子阐述了那个救人者的心理。当然，我们谁都不知道他为什么要救起小孩，也可能为了“出名”，也可能为了获得某种现实利益，也可能是其他原因，总之，孟子所设置的这样一个场景，就是要让所有功利性的因素或被迫性的条件都缺席，如果这时一个人都还能救起那个小孩，他就有恻隐之心，有道德良知，如果袖手旁观置之不顾，那么他平时的助人为乐以及种种善行，就值得怀疑了。也就是说，当某个行为可能获得精神或物质上的利益时，并不是真正值得赞颂的，它具有功利性、目的性，只有一切无人闻、无人睹、无人知的情况下，仍然做出这个善举，才是真正做到了“道不远人”。

按照这个逻辑发展下去，很可能会得到这样一个结论：既然“显”具有这样一些虚伪的可能，那是不是意味着我们要挖空心思寻找“隐”？是不是真要钻到冰山下面去静观默照才能把握“道”呢？非也，因为“隐”不在别处，“隐”就在“显”之中。因此，于连对“莫见乎隐，莫显乎微”这句话作出了如下阐释：

> 我认为这句话至少可以按照两种方式去理解。由于事情太显著，太明显，所以反而走向了反面，人们不再注意它，所以才需要提醒人们注意。另一方面，事物在不断地显现，却不会在任何一次显现中枯竭，所以与每一次显现相比，事物总是处在“隐”（储备）的状态。因此，道之所“隐”，并不是因为“道”之罕见，并不是因为“道”躲在一旁，离群索居，而是正相反，因为“道”永远在运动中，始终在我们身旁。除了我们无法触及的“隐”之外，还有相反的“隐”，还有我们无时无刻不在触及的“隐”。①

可见，道并不是躲在一旁离群索居的，它不是等待被探索、被找寻，像一个宝物一样。道始终依附在“显”与“隐”之中，陶渊明说：“心远地自偏”，并不是非要寻找一个“隐”的地方才可能发现道，心中若有桃花源，何处不是水云间？在日常行为中，在很多细节性的言行举止中，其实都体现着道。对于语言，也是如此，道并不是彻底地说，也不是完全不说。老子虽然说：“道可道，非常道”，但五千之言的《道德经》又是什么呢？刘勰《文心雕龙·情采》篇写道：“老子疾伪，故称美言不信；而五千精妙，则非弃美矣！”② 既然说也不是，不说也

① ［法］弗朗索瓦·于连：《圣人无意》，闫素伟译，商务印书馆2006年版，第53—54页。

② 周振甫：《文心雕龙今译》，中华书局1986年版，第288页。

不是，那么到底是说还是不说呢？道在何处呢？

在中国思想之中，一切言语所展现的只是道的某一个部分，真正的道是“尽在不言中”。所以庄子说：“夫言非吹也，言者有言。其所言者特未定也。果有言邪？其未尝有言邪？其以为异于鷇音，亦有辩乎？其无辩乎？道恶乎隐而有真伪？言恶乎隐而有是非？道恶乎往而不存？言恶乎存而不可？道隐于小成，言隐于荣华。故有儒墨之是非，以是其所非而非其所是。欲是其所非而非其所是，则莫若以明。”[①] 道是普遍存在的，不存在是非对错，言也是如此，天籁之音自然存在，反而是言语让人更加模糊。道隐于小成，就是指任何认识都是局部的，当我们从一个明显的角度去认识世界的时候，道就已经开始消隐，隐蔽在他处。言隐于荣华，当我们开始言说的时候，其实也就丧失了语言的真实性，任何花言巧语都是一种局部占有，要想真正领会到“道”，就只有“隐”。

宗白华在《美学散步》中说：“散步是自由自在、无拘无束的行动，它的弱点是没有计划，没有系统。看重逻辑统一性的人会轻视它，讨厌它，但是西方建立逻辑学的大师亚里士多德的学派却唤作‘散步学派’，可见散步和逻辑并不是绝对不相容的。”[②] 散步和逻辑是相通的，正如“显”和“隐”一样。散步是另一种形式的逻辑，它在随意性中其实已经在演绎逻辑的另一种境界了。正如于连说：“人们称之为智慧的‘话语’显得支离破碎，互相根本联系不起来，所以永远也不会变成文论。我们甚至不知道这些话是不是互相补充的：零零散散的话并不是由聚而散的片断。”[③] 宗白华散步式的话语，表面上没有一个体系逻辑，但却是智慧的话语。因为，显现出来的某种话语，它们构成了精密的结构体系，似乎相当牢固，实则不堪一击，就连著名“马其顿防

① （清）郭庆藩集释：《庄子集释》（上），中华书局 2012 年版，第 68 页。

② 宗白华：《美学散步》，上海人民出版社 1981 年版，第 1 页。

③ ［法］弗朗索瓦·于连：《圣人无意》，闫素伟译，商务印书馆 2006 年版，第 34 页。

线”，也不过如此而已。一切坚固的东西都会烟消云散，没有什么无坚不摧。所以在于连看来：“表面看起来平淡无奇，说的事无足轻重，甚至是没有多大意义的小事，通常是借题发挥，就事论事，其意义悬浮在由格言编织起来的网络中，或者更准确地说，是保持在半空中，可以供人没完没了地开发利用。”①

二　是与若：明道若昧与似是而非

语言与思维是密切相关的，不同的语言形式反映了更深层次的思维模式、文化惯习等方面的问题。从比较文学阐释学角度分析中国思想中的智慧元素，显然不能忽视中国语言这一个切面，中国语言文字的特殊性，从本质上彰显着中国思想的无穷智慧。

当然，中西方在语言方面存在诸种差异，在此选取断言的方式来进行比较阐释。任何一门知识，都有其断言形式，没有断言，就无法推演，也就无法得出一个知识体系。中西方各自存在自己的断言方式，在西方，无论是亚里士多德、康德、黑格尔还是胡塞尔，都一再重申“S是P或S非P”这样一种断言模式，这是一种规定性判断。借用这种判断形式，我们能够从现象追溯到本质，西方知识谱系全然要依赖这样的断言方式才能展开。在这个结构中，主项、联项、宾项被紧密地连接在了一起，异常牢固。并且，这个结构可以用“种加属差”的形式拓展开去，西方知识由此而建立。中国的知识形态显然也有自己的断言方式，那就是“……者，……也”的形式。如：“诗者，志之所之也”“道者，不可须臾而离也”等等。这样的断言，似乎与西方“S是P”相同，主词、谓词、宾词一应俱全。

然而有两点值得注意：第一，“S是P”断言形式的哲学根基是西

---

① ［法］弗朗索瓦·于连：《圣人无意》，闫素伟译，商务印书馆2006年版，第37页。

方逻各斯中心主义、本体论和形而上学，中国的“……者……也”是不是也具有这样的哲学语境？第二，如果“……者……也”背后的思想根基并不是西方哲学体系，那又是什么？这样一种断言形式导致中国思想走向了怎样的道路？是哲学、前哲学、非哲学还是诸如智慧这样的形态？

于连认为：“在古典汉语里没有‘存在’（être）这个动词。这里需要说清楚的是，在汉语里有承担动词 être 语法功能——连接主语和谓语的系辞功能——的效益词；相反，缺少的是表示‘存在’的动词。”①所以，本体论在中国不能生根。如果说，古汉语没有 être，那么承担系词语法功能的效益词是什么？那就是“……者……也”。尽管我们看到了“……者……也”与“S 是 P”之间在语法结构功能上的相似性，但是很少注意到其背后所隐藏的结构性差异。être 的缺席，其意义远远不止一个词的缺席，而是缺少了一种通向哲学、通向知识的思维途径。也就是说，这个词是不可取代的，这种思维形式也是不可替换的，这也就是中西方逻辑运行方式层面不可通约的结构性差异。

西方“S 是 P”的断言模式与存在论、本体论、形而上学是处于同一个话语机制之下的，这种断言模式有几个前提：首先，世界是可以认识的并且人是可以认识世界的；其次，对世界的认识是可以传达的，亦即这种个体经验可以言说出来，并成为一个普适性的意义结构；再次，在“是”的两端，存在一个二元形态，主词是一种此在现象，而宾词则是它的定义或本质，没有本体论，这个“是”的宾词就是空缺的。吴兴明教授说：

这样，在西方诗学中作为本质断定的“S 是 P”关系着整个

① ［法］弗朗索瓦·于连：《圣人无意》，闫素伟译，商务印书馆 2006 年版，第 185 页。

> 文化的知识谱系背景。分类背景——本质断定——知识推演成为西方诗学知识谱系的“构型三部曲”。惟本质断定的“S 是 P”，能将此三部曲“收摄”于一个简单的直言判断之中，它上承分类学背景、形而上学，下连学科各部分的具体知识，其中奥妙尽在于“S”作为“种”与“P”作为“属”之通过“是”（判断）的逻辑联系。而这样“自上而下”的知识建构，注定了西方诗学的知识性质是典型的规范性理论，其知识展开的基本法则是演绎推理。①

于是，中西方在这个层面的异质性就逐渐显露出来，首先：“S 是 P”是同一性结构模式，主项、谓项、宾项三者处于一个相当完整的稳定结构之中，而“……者……也”把一个断言“是”分裂成了“者”和“也”的二维结构，这个结构与前者最大的不同，就是它不注重逻辑叙述，而是在拆解“是”这种判断形式背后的必然性因素。吴兴明教授忽视了一点，古汉语的断言，除了用“……者……也”的完整形式之外，还可以只用一个者，或只用一个也，甚至是两个都不用，也可表达出这样的判断意味。或者说，“……者……也”只是一种最完整的形态，而在古汉语中，它既可以有，也可以无，既可以完整，也可以部分，这种模棱两可的断言方式使得中国思想意味深长且饶有趣味。

相反，西方的断言结构不仅不可或缺，而且主语、谓语、宾语的时态、数量变化都要一致，主语是 We，那么谓语系动词就是 Are，主语是 I，谓语系动词就是 Am。西方所采用的系词“是”，在古汉语中被拆解成了一些语言残片，要么者，要么也，要么者和也连用，要么都不用，读者依靠语境就可以作出判断。在西方，没有“是”，就没有形而

---

① 吴兴明：《“……者……也”与“S 是 P”》，《西南民族学院学报》2002 年第 3 期。

上学，也就无法确立一种知识体系，于连引用了梅洛—庞蒂的话：“在西方的思想里，有些东西是无可替代的，那就是努力的构想，严格的概念。”① 在中国，这个系词可以由许多形式来承担，甚至是没有一个固定的形式。其次，“S是P”可以通过“种”加“属差”的形式不断地延伸拓展，而“……者……也”终止于这样一个形式之中，它无法像“S是P”那样展开一系列的判断和推理。“……者……也”这样的判断形式过于简单，甚至显得极度经验化，它甚至可以被理解为一种描述，它不把问题引向另一个“本体”，更没有衍生出一个系统的推演结构。

吴兴明教授认为：“中国传统文论有这种‘S是P’吗？没有。‘……者……也’之缺少系词‘是’事实上是意味深长的。它表明对种（S）属（P）之逻辑关系的明确断定——它们的‘包含于’和‘被包含于’以及‘外延相等’之类在中国传统知识的陈述中没有明确地形式化。从更深层次的意义上讲，实际上它表征着中国文论具有与西方诗学完全不同的知识谱系。”② 于连从跨文明比较阐释的角度，也意识到这种异质性：“在古典汉语里没有作为动词使用的‘是’（être），只有系词——以后再讲这个问题；然而，这种缺失的效应永远不是可指明的。不过，正是这种缺失阻止了本体论；在某种意义上说，它使一切都错了位。因此，我很多次在课上跟我的学生翻译古典文本时，没遇到任何语言上的困难，后来却发现他们什么也没有懂！”③

于连在教学中所遇到的问题，涉及中西方语言表述模式和哲学思想方面的异质结构。中西方两种断言方式各自产生于不同的文明体系，两者尽管功能相似，但在本质上存在完全不可调和的结构性差异。我们需

---

① ［法］弗朗索瓦·于连：《圣人无意》，闫素伟译，商务印书馆2006年版，第62页。

② 吴兴明：《“……者……也”与“S是P”》，《西南民族学院学报》2002年第3期。

③ ［法］弗朗索瓦·于连、狄艾里·马尔塞斯：《（经由中国）从外部反思欧洲》，张放译，大象出版社2006年版，第138页。

要思考的是，如果“……者……也”这种断言方式并没有切入中国思想的内核，那么中国最核心的断言方式是什么呢？什么样的断言方式才能切入中国的智慧呢？

我认为，与西方的“是”相比，中国思想中的对称性断言方式为“若”。这个观点可能面对这样的质疑：所谓断言，当然指作出判断的语言形式，断即绝，断言包含两种形式：第一，明确指出什么是什么或什么不是什么；第二，表明一种态度，什么是好、什么是坏、什么是善、什么是恶。这两种断言形式，前者是事实判断，后者是价值判断。事实判断客观表述一种事实，而价值判断区分不同的价值观念。无论如何，断言都意味着区分、鉴别和认识。只有通过断言，才能获取一个知识体系。然而，中国思想中的“若”又意味着什么呢？“若”，在中文中被理解为“像”“似”，这种断言方式显然是非常模糊的，甚至可以说，这根本不是一种断言形式。然而我们却可以从智者口中听到这样的断言形式：“明道若昧”“进道若退”“上善若水”“大直若屈”“大巧若拙”“大辩若讷”等，那么，“若”与“是”，怎样彰显了中西方在思维方式上的差异呢？

首先必须要明确的是：“S 是 P”是一种明确的区分，它把整个表象系统划分为一个又一个的类，先进行分类，再断定其本质，最后推衍成一个知识观念。而中国思想“A 若 B”这样的话语方式，没有把世界进行系统分类。A 与 B 之间保持着一种若即若离、似是而非的关系，没有明显区分。整个世界无所谓是，也无所谓非，是是非非，纷纷扰扰。

另一方面，“是”非常清晰地表示出西方逻各斯中心主义思想，逻各斯支配着整个世界并使其具有形式和意义，我们可以用“S 是 P”的断言方式来展开逻各斯的知识链条。也就是说，逻各斯是可以言说清楚的，可以用逻辑、哲学、数学、科学等方式来精确表达。而“若”则表示了中国思想的非本体性、非系统性、非哲学性特征。在老子、庄子这些智者看来，道不是先验性的，道不远人、道法自然、道通为一，如果说逻各斯是分离和超越，那么道则是归一和混成。道用“一”的形式存在，这个“一”是不可分化的，而逻各斯用“是”清晰地把 A 与 B 割裂成相互对立的二元结构，于是世界是可以被认识的。西方思想从一种主义走向另一种主义，看似风云变幻，事实上只是方法论不同，在本质上都默认了这种可知性。

最后，“是”的思维是精确的，从毕达哥拉斯开始，西方哲学与数学、逻辑学有着不解的渊源，而“若”是模糊的，中国的智者不去精确地描述世界的样态，在他们看来，真正的精确就是模糊。作为模糊的“若”看似与作为精确的“是”相对立，事实上两者存在互补因素。因为“若”包含着“是”，也包含着“非”，但既不是“是”，也不是“非”。所以，有时候圣人看似什么都没有说，或者说，他只是轻描淡写、一笔带过，但其中却包含着非常丰富的意蕴：“一言以蔽之，没有什么东西比本质论的‘S 是 P’让西方诗学的逻各斯中心主义更加昭然若揭。同样，也很难有什么别的表述式比‘……者……也’更能显示中国文论知识断言的零散、感觉化、经验性、随意和独断。”① 这样一笔带过、轻描淡写的言说方式，留下很多空白域和阐释空间。“S 是 P”提供的是一种结论，它密不透风，剥夺了主体的自我反思能力和批判意识，强制性地占有了这些想象活动空间，继而灌输某种意识形态和价值理念。然而，正是这种话语强制性，或者说思想的刚性进入，使得知识体系的推演变成了对自由意识的有组织强暴。中国思想中的“若”，能够弥补西方知识体系的缺憾，它在话语缝隙中留有足够的活动空间，不同时代、不同语境、不同文化的受众可以填补这些空白域，在审美的延迟性中获得参与式满足。从这个意义上说，“是”反应的是科学话语，

① 吴兴明：《“……者……也”与“S 是 P”》，《西南民族学院学报》2002 年第 3 期。

而“若”反应的则是思想话语，中西方在这两个层面的偏重，正是比较文学阐释学之阐释变异的生动体现。

三 有与无：无有之有与无之无化

前面分析了“隐”与“显”，“是”与“若”的思维差异，关于中西智慧问题，还有一个根本的异质性，那就是对“有”与“无”所持的不同意见。那么，“有”和“无”分别意味着什么？它们所指向的思想何在？哪一个方面和智慧相贯通？

事实上，这个问题要追溯到“道”与“逻各斯”。曹顺庆教授指出：“‘道’与‘逻各斯’都是‘永恒’的，‘恒常’的，同时又都是万物之本原，是产生一切的东西，是万物之‘母’，不过，就在这相似之中蕴含着极为不同之处，那就是老子的‘道’更倾向于‘无’，而赫拉克利特的‘逻各斯’更倾向于‘有’，也正是这一基本倾向，从起点上确定了中西方文化与文论的话语的基本方向和路径。”[①]“有”在法文中既可以指存有（être），也可以指实有（il y a）。对于后者，“il”是无人称主语，“a”是动词“avoir”的第三人称单数动词变位，“y”为代词，表示在什么地方。整个短语的意思是在什么地方存有某物。“无”（rien）相当于英文“nothing”，表示一无所有、虚空、虚无。“rien”是不是可以理解为没有呢？当然不是，没有并不等于虚无，没有可以作为“有”的否定形式，用“il n'y a pas”来表示，而“无”（rien）本身就是一种否定形式，它可以进一步构成“ne rien”这样的绝对否定形式。“无”没有实意动词，消解了主项和宾项这两个位置或成分，它描述了一个状态，这个状态就是虚无。

① 曹顺庆：《道与逻格斯：中西方文化与文论分道扬镳的起点》，《文艺研究》1997年第6期。

从另一个层面上来说，“有”这个动词，意味着支配、占有或者把握，而“无”，没有呈现出某种逻辑关联。我们可以从“有”（没有）的句式中获取一个信息，从这个信息推断另一个信息，以此构成一个信息集合乃至一个知识谱系。例如，“我有一所房子”，这句话在陈述一个事实，主语、谓语、宾语是完整的。紧接着，它具有引申其他意义的潜能，例如这是一所什么样的房子？位置？面积？高低？于是我们可以接着说我有一所房子，“面朝大海，春暖花开”，这句话是对前者的补充说明，同时它又可以延伸出其他意义，这样循环下去，形成一个横组合结构。当然，第一句的“我”可以换成“他”，“有”可以换成“没有”，“面朝大海，春暖花开”也可以替换成“面朝大山，四季如春”等，这就是纵聚合结构上的语词替换。不管如何，以“有”为核心，意义不断拓展。而“无”，它没有这样展开下去，它只是露出这样的一个端倪，然后就开始消隐无踪。“无”甚至可能连一个端倪都不会展现，它可以体现为绝对的“空”。“有”暗示着：哪里有？谁有？有什么？“无”使得一切都呈现为诸现象，现象之后，并不意味着有什么本质，现象与现象之间不一定存在某种意义关联，它只是在以它自己的形式涌现出来。例如前面提到的“池塘生春草，园柳变鸣禽”。虽然有文字，但是“无”我的陈述、意识、判断、审美等，我不需要解释什么、改变什么、创造什么，世界就是如此这般草长莺飞、鸟语花香。

这样，就可以把“有”与“无”纳入存在论视域中来进行考察，可以进一步沿着这个思路，去追问为什么西方拥有了哲学，而中国却走向了智慧？于连这样阐释道：

> 因为，希腊人在提出自由原则的同时，首次按照与主体的关系来理解客体。在希腊，个体没有像“东方人”那样，与“普遍的

> 实体”融和在一起，并让自己的意识消融在其中，而是从中摆脱了出来，以自己为基础，称自己为主体（subject），并开始将实体（substance）当作客体（object）。由此而产生了概念。而中国的思想似乎在两者之间摇摆不定，一极是最为“模糊”，最为“抽象”的一般性，另一极是最为琐碎，最为平庸的具体事物；中国的一般性只能产生虚空的普遍性，而中国的具体事物也是贫乏的。中国的思想没有在这两者之间挖掘，没有设想出客体，所以也就错过了哲学。①

哲学就是要认识世界，建立一种普遍的世界观，这个意图首先就将此在与世界分开，然后再通过某种方法论体系来建构意义关联。然而，中国思想普遍具有的一个思维定式却是：为什么要有哲学？为什么此在与世界是分开的？为什么主体与客体必然对立起来？就是说，此在本来就依寓于世界之中，人如何逃离世界然后去认识世界？所以，客体、主体本身就是互相融贯的。

这个思想的重要性在于：“有”意味着一种主体性划分，而“无”却展现为未分化状态。“有”这个动词将主体从客体之中抽身出来，以自己为基础。当然，有人会说，“il y a”中的主语本身就是一个无人称主语，既然无人称，又怎么知道“有”这样一个主体存在呢？事实上，这个表述所没有的只是一个人称而已，主语之“位”是先验设定的，而且它有一个潜在的我在描述某种事实。就是说，当我们说“我有、你有、他有”的时候，可以很容易地理解这个划分结构，但是当用“il”来描述某个地方存有某物这样一个事实的时候，主体就虚无了，而事实上，主体真的虚无了吗？如果主体是不存在的，那么，是

① ［法］弗朗索瓦·于连：《圣人无意》，闫素伟译，商务印书馆2006年版，第61页。

谁在发出“有”这个动作呢？谁知道有什么呢？是不是真的有呢？如果这些问题无法回答，那么“有”又如何成其“有”呢？这个表述实际上在暗指“从我之角度来看是如此”这样一个事实，它将自己称为主体，将世界称为客体，于是用“有”建立主体与客体之间的关联，就产生了概念，继而产生了观念，观念又集合构成了知识、哲学。那么，“无”呢？于连认为，中国没有设想出客体，因此也就错过了哲学，那么“无”又是如何展现智慧的呢？在中国，“无”之智慧展现为三种形式：一种是儒家的“毋”；二是道家的“无”；三是佛家的“空”。

第一，关于儒家之“毋”。在孔子看来：“子不语怪、力、乱、神”“未知生，焉知死”。儒家推崇在世的思想，孔子的视野聚焦于此在的行为，没有把它推向另一个超越性的形而上本体。尽管孔子说：“毋意、毋必、毋固、毋我”，孔子的“毋”，事实上就是强调不要固执于任何主观认识。“有”会将主体意识转移到一个客体之上，而这个客体已经不再是一个原初的现象，它一旦沾染上主体意识，便走向了偏见、极端和观念体系之中，此“有”与彼“有”之间便发生永无休止的论争。儒家思想要“无意”，圣人又以什么形式来存有意义呢？在儒家看来，任何存在都不是必然性的，孔子经常说“可矣”，即这种情况在某种条件下是合适的、正确的，儒家并不想构建一个永恒不变的终极本体，而是把一切融会在过程和创造之中。于连说：

> “存在”和“变成”的反义在汉语里行不通。如果说不宜于把中国思想看做一种“在变化的思想”——同时又怎能不这样做呢？——这是因为“存在—变成”（einai - gignesthai）这个对偶概念是不可分的，一个只能通过另一个得到释义：希腊语里，在“是”而“不变成”与“变成”却永远不“是”之间的关键区别

在古典汉语里在本质上是无法形成的。同样，中国没有“永恒思想”，即永远“存在”，但有“常”（chang）：即变革中之不变。①

这一点非常重要，因为“毋”之核心不是“有”，而是通变，是一种贯穿而不是论争，在各种变化之中，智慧将异质性元素从内部贯通在一起，它并不让对象在外在方面呈现出逻辑性、哲学性，而是让内部相互勾连，在一个内在性基础之上来贯穿。这就是儒家的“毋”较之“有”的最大区别：“由此我们可以设想两种不同的统一思想的方式。一方面是哲学的方式，通过抽象和构造来统一。另一方面是智慧的方式，通过贯穿和连续来统一。哲学是在‘设想’，而智慧是在‘贯穿’。哲学的统一旨在吸收不同（统一成共同的范畴，寻求本质的一致），而智慧的统一则是将不同联系在一起，如论述的所有个案相互之间从内部勾通，不管它们之间的差别是多么大。”② 哲学倾向于普适性，智慧倾向于关联性。儒家用“毋”来否定“有”，又用贯通来串联变异，通而有变，变中有通，从而把哲学推向了智慧。

第二，关于道家之“无”。道家的任务不是否定“有”，而是肯定“无”，用“无”来击穿“有”的不可靠叙述。庄子说：“泰初有无，无有无名。一之所起，有一而未形。”③“有”与“无”都是一种开端性或终极性的起源，老子没有否定“有”的意义，他更强调“无”的价值。所以老子强调“有无相生”“有之以为利，无之以为用。”但在强调有无相生的同时，老子还是把“有”化归于“无”，也就是说，“无”之未分化状态才是“有”的本源。对这个问题，庄子阐述得更加详细

① ［法］弗朗索瓦·于连、狄艾里·马尔塞斯：《（经由中国）从外部反思欧洲》，张放译，大象出版社 2006 年版，第 186 页。

② ［法］弗朗索瓦·于连：《圣人无意》，闫素伟译，商务印书馆 2006 年版，第 46 页。

③ （清）郭庆藩集释：《庄子集释》（中），中华书局 2012 年版，第 430 页。

透彻，他在《知北游》中用了一个寓言来阐述：

> 光曜问乎无有曰："夫子有乎？其无有乎？"光曜不得问，而孰视其状貌，窅然空然，终日视之而不见，听之而不闻，搏之而不得也。光曜曰："至矣！其孰能至此乎？予能有无矣，而未能无无也。及为无有矣，何从至此哉！"①

庄子虚拟了"光曜"和"无有"两个人物，"光曜"问"无有"究竟有没有，因为"无有"没有回答，固觉索然无味，无法继续问之，但看到他那种深远不明的样子，视而不见、充耳不闻、虚无缥缈，便感叹自己虽然已经做到"有无"的地步了，但还是未及"无有"和"无无"的境界高深。在此，庄子比老子更进一步地把无划分为三种境界：第一个境界是"有无"。虽然是落脚点在"无"，但强调的是仍然"有"，只是说它所拥有的是无形无声、无色无象的东西，例如光、时间、空间、梦想等，但终究还是"有"；第二个境界是"无有"，它所强调的是"无"，"有无"否定的是宾语，而"无有"否定的是谓语，即没有什么，这比第一个境界更加趋于虚无，更加彻底；第三个境界是"无无"，即无之无化，绝对虚无，谓语宾语都是空无，其本身没有出现"有"这样一个词，它所展示的，其实是一种绝对彻底的"无"，也就是自本之根之"道"。

回过头来分析，"光曜"本来自我感觉良好，但与高手过招之后，发现自己"无"得不够彻底，因为他还在发问，而"道"本身不可言说。因此，无有没有回应这样一个提问行为，也就自然而然技高一筹了。并且，我们之前分析过禅宗的"机锋""棒喝"，这就是一种答非

① （清）郭庆藩集释：《庄子集释》（中），中华书局2012年版，第755页。

所问、回避问题的思维方式，但是在庄子看来，连“答”都是多余的，直接不予理睬、目空一切。“无无”不可见、不可问、不可闻，从根源上断绝了知识的前进之路。黑格尔认为美是理念的感性显现，他批评中国没有思辨思维，没有感性与理性、主体与客体，而在中国古代的智者看来，真理一旦分化，就必然走向谬误，继而消失在论争的海洋之中。老庄返璞归真，回到思想的上游，不作出分化，于是真理体现为“和以天倪”“道法自然”，也就是无之无化、物之物化。《庄子·齐物论》：“昔者庄周梦为胡蝶，栩栩然胡蝶也。自喻适志与！不知周也。俄然觉，则蘧蘧然周也。不知周之梦为蝶与？胡蝶之梦为周与？周与胡蝶则必有分矣。此之谓物化。”① 周公梦蝶，就是无化、物化的最好体现，因为他没有分化，所以直达胡塞尔的“本质直观”和海德格尔的“澄明之境”。

那么，“无无”又为什么会导向智慧呢？于连说：“哲学确定了一个视界（本质，真理），而智慧，或者‘道’，则是资源——中国通常的说法是‘资’（源）：智慧如水一样不断地流淌，无时无刻，无东无西，而且永远在同一个层面上，没有任何偏颇。因此，应当指出的是，我们不可能看到资源的整体，因为它是不断地展示自己。”② 哲学以“有”为基础，而智慧则以“无”为根据。哲学认识世界，智慧展示自己。智慧的存在无时无刻、无东无西，也就没有任何反对和进攻的可能。同时，“无”又在用一种不言说的言说来展示自己，不留任何痕迹，却可以不断地展示自己的各个方面，智慧在“无无”之中不断地迂回运作，却找不到任何把柄，这就是道家的智慧。

第三，关于佛家之“空”。先从禅宗一个人人都知晓的经典说起，神秀曰：“身是菩提树，心如明镜台”，惠能曰：“菩提本无树，明镜亦

① （清）郭庆藩集释：《庄子集释》（上），中华书局 2012 年版，第 118 页。

② ［法］弗朗索瓦·于连：《圣人无意》，闫素伟译，商务印书馆 2006 年版，第 41 页。

非台。”对惠能的偈语，祖赞曰：“何期自性，本自清净；何期自性，本无生死；何期自性，本自具足；何期自性，本无动摇；何期自性，能生万法。”① 这个故事其实阐述了两种境界：神秀强调了“是”，这种断言方式意味着“有”，而惠能通篇贯穿着“无”，这种断言模式意味着“空”。神秀将心、身视为一物，需要清净拂拭，然而在禅宗看来，心、身本身就是虚妄，又怎样去存有呢？既然不能存有，又如何去拂拭呢？所以，惠能比神秀更加彻底之处就在于他提出“本来无一物”，即“四大皆空”的智慧元素。那么佛家“空”的智慧何在呢？“空”是相对于实在而言的，智慧并不试图解决某个实在的问题，一切坚固的东西都会烟消云散，一切实在都是虚妄而已。所以，要返璞归真，以空为大有，以心为大本。于连也认为：“智慧所意识到的是什么呢？或者更准确地说，连这个‘什么’也是多余的。因为，如果有意识，那么意识也不是物质的，也不是本体论的。意识既不构成‘客体’，也不以观念的形式出现。”② 智慧不生成任何观念，也不会固执于身、心这样的客体，智慧的身影消解在日常生活之中，生存在万事万物之中。因此，于连进一步指出：“事实并不像黑格尔在谈到中国思想时说的那样，一方面只有些平凡和具体的事，另一方面却是些模糊或不确定的事——可以无限制地铺展开——所谓‘东方的崇高境界’，只能是空洞的抽象。事实是，人们永远是在最具体，最平凡的事情当中意识到‘道’，这种意识永远是不完全的，因为‘道’永远无法穷尽。中国的意识不经过概念的中介，而是逐渐地领‘悟’。”③

概言之，从这三种智慧形式可以看出，在中国思想中，智慧不仅仅体现在“中和”，还体现在“虚无”，两者的共同点都在于：它们始终

① （唐）惠能：《坛经》，山西古籍出版社 1999 年版，第 71 页。
② ［法］弗朗索瓦·于连：《圣人无意》，闫素伟译，商务印书馆 2006 年版，第 63 页。
③ 同上书，第 65 页。

没有将主体意识扩大化，而是将人与物、主观与客观、内在与外在相互关联照应起来，一动俱动、一变俱变、与时俱进、化合为一。智慧既不故步自封，也不作茧自缚，它迎而不藏、持而不守、为而不恃、生而不有。对于已经拥有的，不拒绝，对于不能拥有的，不强求，看似顺其自然，实则从容不迫、宠辱不惊。换言之，不论是“中”道，还是“虚”道，都在避免正面接触，西方思想确定了主体与客体，确定了逻各斯的中心位置，确定了人的理性意识，因此，可以借助主体意识来认识世界，而中国思想认为这些范畴不可分化，智慧始终处于变通之中。

当然，“中”与“虚”也有差别，“中”重在调节极端思想，而“虚”重在侧面隐逸之真。“中”是执其两端而叩之，而“虚”则是以退为进、以虚为实、以无为有、以隐为显，从侧面迂回之路来进入思想。也许录用《庄子》的话最好来结束这个问题：“颜回曰：‘吾无以进矣，敢问其方。’仲尼曰：‘斋，吾将语若！有心而为之，其易邪？易之者，皡天不宜。’颜回曰：‘回之家贫，唯不饮酒不茹荤者数月矣。如此，则可以为斋乎？’曰：‘是祭祀之斋，非心斋也。’回曰：‘敢问心斋。’仲尼曰：‘若一志，无听之以耳而听之以心，无听之以心而听之以气！听止于耳，心止于符。气也者，虚而待物者也。唯道集虚。虚者，心斋也。’”① 孔子之高足颜回虽然勤奋学习，但是自己感觉收效不大，孔子告诉他：眼耳口鼻之类的感官可以认识一个实在的世界，同时，心也可以领会一个抽象的世界，世界之表象可以用身和心来“进入”。但是，当这种正面“进入”无以为继的时候，则应当反其道而行之，用非身、非心之方式来展开，退之于“虚空”，退之于“无无”，因为“唯道集虚”。

① （清）郭庆藩集释：《庄子集释》（上），中华书局2012年版，第151—152页。

第六章 “良知”的跨文明阐释变异

第一节 良知与道德：中西诗学话语的召唤结构

一 良知的起源——从孟子之不忍之心说起

这一章主要从比较文学阐释学角度分析中国伦理学对西方道德哲学的参照意义。以迂回为进入手段的中国思想没有在意义论方面得出西方的逻辑思维，也没有从思想论角度得出黑格尔所谓的哲学思辨体系，同样，也没有在伦理学角度得出在平等契约基础上的法律制度，取而代之的是良知价值体系。本章试图在跨文明比较语境中追问良知的起源、扩展、实现，以及良知与西方道德、法律、宗教的错位阐释问题。

首先要交代清楚的是：良知与道德的差异何在？道德（la morale）分为道和德两个方面，最初它们是分开使用的，德比道要先出现。在《尚书·虞书·尧典》中就有：“曰若稽古：帝尧曰放勋。钦，明，文，思，安安。允恭克让，光被四表，格于上下。克明俊德，以亲九族。”① 在这里出现了德字，在随后的《尚书·虞书·大禹谟》文本中，出现

① （唐）孔颖达疏：《十三经注疏》上册，上海古籍出版社1997年版，第119页。

了四次道："罔违道以干百姓之誉，罔咈百姓以从己之欲。""人心惟危，道心惟微，惟精惟一，允执厥中。""蠢兹有苗，昏迷不恭，侮慢自贤，反道败德。""满招损，谦受益，时乃天道。"① 后来，道和德慢慢开始连在一起用，例如荀子曰："故学至乎《礼》而止矣。夫是之谓道德之极。"② 当然，对这个问题表述最全面的是老子的《道德经》："道生之，德畜之，物形之，势成之。是以万物莫不尊道而贵德。"③ 道德的内涵比较复杂，儒家认为道德主要是指忠孝仁义等伦理要素，认为道德是自然法则和人为法则的贯通。从总体上讲，道德是一个比较广泛的问题，在这里，主要讨论中国伦理学关于道德的一个核心范畴——良知，而且主要从儒家的良知论入手，来展开中西方道德问题的跨文明比较阐释。

那么，中西方如何展开关于道德良知的对话呢？在这个问题上，于连使用了奠基（fonder）一词，他认为孟子为中国道德奠基。那么奠基在这里又意味着什么呢？为什么会选择亚圣孟子而不是至圣孔子呢？于连认为：

> 因为做这样的选择首先有一个很简单的历史原因：因为在18世纪对一个西方人来说，孟子是惟一的中国道德的参照，正如他的拉丁化的名字所证明的那样。虽然他已经属于各学派争论的时代，并且通过论争"表明立场"，他的名字已经提升到与至圣孔子的名字相提并论，孔子的标志性谈话是师傅对弟子的谈话，是不可批驳的。孟子言谈明确，必须自卫，所以他的文本当儒学成为统治意识

① （唐）孔颖达疏：《十三经注疏》上册，上海古籍出版社1997年版，第135—137页。

② 《荀子·劝学》，朱东润：《中国历代文学作品选》上编第一册，上海古籍出版社1979年版，第169页。

③ 朱谦之校释：《老子校释》，中华书局1984年版，第203页。

之时，便用于基本参照和理论工具。因为不要忘记孟子只是在引入佛教之后才在中国变得重要起来，当中国文人对佛教作出反应和表示反对时，他们需要创立“儒家学说”——就是人们这样称谓的（大约）从公元10世纪开始缓慢而迟晚地建立起来的。可以这样说，中国文明最终“选择”了以孟子为根基，致使我们的传教士在接触中国时首先发现了孟子。①

虽然于连也承认，道德伦理是现代公认的事实，不应说建立一词。但是在中国，他还是选择了孟子作为伦理学、道德学的根基，原因在于：

第一，孔子与孟子思想存在一定差异。尽管他们在地位上相差不远，在思想内容上也有渊源承传，但差异还是很明显的，这种差异中国人可能不是特别敏感，但是在西方文明视野中，这种差异非常突出。首先体现在孔子《论语》的叙述方式是语录体的，孟子的著作是论述性的，《论语》基本由师生对话构成，师生本来就是一个不平等结构，师是施予者，是权威，生是承受者，是被动的。这就意味着其中很多结论都是断然性、权威性的，不容置疑。因而《论语》更倾向于话语独白，它呈现为一个接一个的提示、判断和结论，当然，孔子的断言模式与西方的断言模式有所不同，前文已经详细分析过了。几千年来，这些价值论断在中国根深蒂固，不过当我们从东西方跨文明视野来重新检视这个问题时，就可以发现，这些判断和结论是缺乏逻辑根据的，孔子只是说出了“然”，甚至有时连“然”都没有说出，更谈不上“所以然”。当我们用“建立”“奠基”这样的语言来描述道德、怜悯、良知的时候，没有“所以然”显然不能成立，也没有充分说服力。因为良知在这里

① ［法］弗朗索瓦·于连、狄艾里·马尔塞斯：《（经由中国）从外部反思欧洲》，张放译，大象出版社2006年版，第230页。

被视为一种知识质态，这个质态没有逻辑性的论述支撑是无法奠基的。如果那样也可以的话，那就意味着并非孔子才具有那样的话语权力。《论语》缺乏逻辑性、科学性和知识性，它是政治性和伦理性的文本，这种文本属性才让孔子具有这样的话语权力。孔子是圣人，圣人显然并非孔子自诩，他也没有这样一个超然的权力，圣人的背后，隐藏着政治意识形态的支撑和整个道德谱系的诉求。换言之，知识的陈述依据逻辑概念，而伦理的陈述依据社会现实。当然，我们可以这样理解：孔子是圣人，圣人既非神，也非常人，而是介于“之间”的存在，他的功能大于人、小于神，这就意味着圣人的判断不需要逻辑支撑，因为他本身就是一个结论。我们不能说他无法奠基，而只能说不用奠基，不需要建立，他本身就是“然”。

与之相比，孟子就显得比较异常了。孟子没有成为“至圣”，他说的话存在可以周旋和谈论的余地。基于此，《孟子》没有《论语》那么自信满满，它充满了道德论证。正如韦伯所说：“在著名社会哲学家中，孟子系统地使用了对话的形式。这正是为何在我们的眼中，他是惟一完全达到‘明晰性’的儒教代表人物。”① 孟子的著作从篇章结构和叙述模式上都与孔子旨趣相异，尽管他进一步发展了孔子的思想，但没有像孔子那样只是用结论和判断来叙述。他显然也提出了一些观点，也用很多生动的故事和形象来阐述这些观点。在一个百家争鸣、百花齐放的时代，孟子不仅需要表明立场，更需要证明这些立场是可行的，是具有说服力的，这就决定了《孟子》一书中的争辩因素。一切争辩需要逻辑结构的支撑，孟子需要使用大量笔墨澄清伦理概念之间的种种逻辑关系。如果说，孔子作为圣人，《论语》承担着“圣旨”的功能，那么

① ［德］马克斯·韦伯：《中国的宗教》，《韦伯作品集》第五卷，康乐、简惠美译，广西师范大学出版社 2004 年版，第 186 页。

《孟子》没有这样的话语权力，他需要清晰地奠基、建立或论证。孟子不仅要说出“然”，还必须要说出“所以然”。孟子需要努力为自己的理论建立防御工事，如果像孔子那样“断言”的话，在众多学派纷争的时代，无人相信，更无人践行，必然自生自灭。正因如此，孟子的思想后来成了“罢黜百家、独尊儒术”的有力根据。

第二，从外在的语境来看，佛教的传入对中国传统思想形成了威胁。在汉代，儒学对于中国政治体制来说，其重要性已经显露出来，但佛教的威胁不可不防，为了确保儒学唯我独尊的地位，当权者们不仅要接受佛教思想，还要建构属于自己的儒学思想体系。对此，仅有《论语》是不够的，而《孟子》则可以充当非常重要的配合阐释作用。概言之，这种外在思想格局的变化促使了《孟子》作为整个儒学思想的理论根基。

那么，孟子如何为道德奠基呢？在孟子看来，中国的道德体系不需要奠基，因为没有什么能够非常精确地证明某种道德行为是非此不可的。中国道德思想，从最本源意义上说，来自良知（conscience），英文解释是：“person's awareness of right and wrong with regard to his own thoughts and actions.”[①] 所以，问心无愧在英文中表达为“have a clear conscience”。在法文中，良知（la conscience）具有意识、知觉、觉悟的意思。在中国，良知一词首先是孟子提出的，《孟子·尽心上》曰：“人之所不学而能者，其良能也；其所不虑而知者，良知也。孩提之童无不知爱其亲者，及其长也，无不知敬其兄也。亲亲，仁也；敬长，义也。无他，达之天下也。”[②] 对这句话，程子曰：“良知良能，皆无所由，乃出于天，不系于人。”[③] 在孟子看来，良即善，知即知晓，良知

① ［英］霍恩比：《牛津高阶英汉双解辞典》第四版，商务印书馆、牛津大学出版社 2002 年版，第 296 页。

② （宋）朱熹集注：《四书章句集注》，中华书局 2012 年版，第 360 页。

③ 同上。

就是知善。

注意，良知不是一种教化的知识，也不是一种后天学得的某种技能，而是本性使然，出于天而不系于人。从这个意义上讲，良知是超越知识的一个道德范畴，良知引向的不是法律规定的必然，而是人之为人的应然。海德格尔认为，良知是此在的召唤：“若说迷失了的听沉迷于日常‘新奇’闲言中各式各样模棱两可的‘嘈杂’，那这呼声必定以不嘈不杂、明白单义、无容好奇立足的方式呼唤着。以这种方式呼唤着而令人有所领会的东西即是良知。”① 所以，良知就是在“找到”自己，它是一种召唤结构，让自己显示出其本然状态：“因为此在已丧失于常人之中，它就首先得找到自己。而要找到自己，它就得在它可能的本真状态中被‘显示’给它自己。此在需要某种能自身存在的见证，即见证此在按照可能性向来已经是这种能自身存在。”② 对良知这一现象，张祥龙指出：“如果缘在确是一个朝向死亡的存在，或就是它的可能性的话，这种纯构成的真自身应该在缘在的在世中有所体现。这就是‘良知’（Gewissen，良心，天良）现象。”③

道德性最根本的特征是超功利性，如果伦理道德要以功利和现实的切身利益来衡量，那么道德无法奠基。然而必须意识到，在中国，这种道德性并非一种无边际的普适性道德，就是说，这里所言的道德性同宗教上所说的“普度众生”“慈悲为怀”“上帝救赎”是有区别的。在中国语境下，良知的边界首先体现在血缘关系方面。古代中国是一个宗法制国家，宗法制所建立的社会构架往往要依靠血缘关系来维持，道德作为思想意识形态而存在，它具有社会性、集体性、世俗性特征。人之良

① ［德］海德格尔：《存在与时间》，陈嘉映、王庆节译，生活·读书·新知三联书店 2006 年版，第 311 页。

② 同上书，第 308 页。

③ 张祥龙：《海德格尔思想与中国天道》，生活·读书·新知三联书店 1996 年版，第 125 页。

知良能，所爱乃其亲，所敬乃其兄，这在现实中是可行的，也是理所当然的。因此，良知起源于限度化的本性，即在一个小的亲缘关系网络之内，良知是必然存在的，毕竟“血浓于水”，正如罗尔斯所说：“一个组织良好的社会中的个人也不会反对反复灌输一种正义感的道德教育实践。因为原初状态中的各方在接受正当原则的同时也就同意了为使这些原则能有效地支配他们的行为的必要安排。事实上，接受这样一些限制人类本性的安排是在选择一种正义观念中最重要的考虑。所以一个人的道德信念不是强制灌输的结果。”①

在孟子看来，良知的起源，除了血缘关系外，还有一个更重要的本质推动力，那就是人之为人所难以抗拒的“不忍之心”。关于这个问题，孟子举出了不少事例来展开论证。

于连在《关于道德的对话》一书中首先便援引了《孟子·梁惠王上》的一个桥段：齐宣王把用于祭祀的一头牛用羊来替换，对这个行为，孟子的结论是：“是心足以王矣，百姓皆以王为爱也，臣故知王之不忍也。”② 而“以羊换牛”的关键理由在于“见牛未见羊也”，见牛的痛苦就有了怜悯之心，没有见羊，所以这种情绪则不会发生，于连生动地描述道：“没有了面对面的交锋，也就没有了这一双在别人的不幸遭遇面前睁开了便再不能闭上的眼睛。”③ 于连还引用《孟子·滕文公上》的一个故事：古时亲人去世不会埋葬，可是有一天他们经过尸体旁边的时候，发现了动物在吸吮尸骨，顿冒虚汗，于是赶紧将之掩埋。这个故事也阐释了一个正常人对所见之物的不忍之心。

当然，最经典的一个故事就是孺子入井而引发的恻隐之心，孟子的

① ［美］约翰·罗尔斯：《正义论》，何怀宏等译，中国社会科学出版社 1988 年版，第 518 页。

② （宋）朱熹集注：《四书章句集注》，中华书局 2012 年版，第 208 页。

③ François Jullien, *Dialogue sur la morale*, Paris: éditions Grasset et Fasquelle, 1995, p. 10.

结论是："人皆有不忍人之心，先王有不忍人之心，斯有不忍人之政矣。以不忍人之心，行不忍人之政，治天下可运之掌上。所以谓人皆有不忍之心者，今人乍见孺子将入于井，皆有怵惕恻隐之心。非所以内交于孺子之父母也，非所以要誉于乡党朋友也，非恶其声而然也。"①

这是孟子关于良知最精彩的论述。人类一切道德的行为不是经过经营与算计，也不是经过反复思考与权衡，不过是本能自发的反应而已。于连说："我突然不再是我自己一举一动及其所含私利的主人，是存在本身，通过了我，为他人的利益而行动起来。"② 我不是作为个体的"此在"，而是处于世界因缘联络之中的"存在"，我的自我属性消隐，我的行动牵涉整个存在的诸环节。我具有不忍之心，是因为我意识到了这个因缘联络的内在良知规定性。前面提到的"内交于孺子之父母"和"要誉于乡党朋友"，都是血缘关系上的亲疏构成了良知的内在驱动力，而"不忍之心"，则构成了良知的外在超越性。

良知根植于"不忍之心"，那么为什么会不忍？对象非亲非故，何以不忍？在滋生"不忍之心"的瞬间，我还是不是我本人？如果不是，那么我成了什么？为什么在其他场景之下，我是正常的，但是在这个特定场景下，我变得"不正常"？简单地说，这个过程中除了产生责无旁贷之感外，还存在一种情绪置换。就是说，人对于他人或他物的不幸，无法无动于衷、心安理得，人与人之间在保持独立性的同时，在某一刻突然在良知问题上建立了某种关联。于连认为："将这种不忍之心的自然反应扩展到所有那些我们依旧容忍而损及人心的事物上，这就是道德。"③

---

① （宋）朱熹集注：《四书章句集注》，中华书局2012年版，第238—239页。

② François Jullien, *Dialogue sur la morale*, Paris: éditions Grasset et Fasquelle, 1995, p. 11.

③ Ibid., pp. 12 – 13.

当然，无论是血缘关系，还是不忍之心，良知，都是人之为人的本能。所以孟子说："由是观之，无恻隐之心，非人也；无羞恶之心，非人也；无辞让之心，非人也；无是非之心，非人也。"① 因此，不忍之心所直接面对的是人性，是人之为人的一个必要条件。那么，为什么不忍之心会成为这个必要条件呢？孟子的观点，并不是说只要具有了良知，具有了不忍之心，就是人，而是强调没有不忍之心，就不是人，它不是一个人的必要条件，而是一个否决条件。

在西方思想史中，与中国不忍之心相对应的，是卢梭的"怜悯之心"，于连指出："首先，怜悯心具体何在？卢梭说：'就在于能设身处地于他人之痛苦境遇'。"② 这也就是将心比心、情绪置换的意思，貌似与孟子不忍之心是类同的，但卢梭还认为："怜悯心乃是甜的，因为在为受苦之人设身处地之余，人亦会为自己不似此人一般苦痛而快慰于心。"③ 当看到他人处于受苦状态时，尽管自身与此人没有现实联系，然而怜悯之心由此滋生。但另一方面，怜悯不是与当事人分担这种痛苦体验，而是隐藏着一种快感。对方是痛苦的，而自身却能免于这种痛苦。这种形式的怜悯，多少具有"幸灾乐祸"的性质。换言之，卢梭的怜悯之心，仍然有内在的主观功利主义："因为自己不愿受苦才不愿他人受苦。"④ 可见，卢梭的怜悯是基于个人主义、以我为中心而展开的。

良知起源的第三个因素，在于中国社会的结构模式。古代中国社会是一个关系型社会，整个社会结构似乎就像一束一束的稻草。因为中国主要是一个农业社会，农业社会使得中国古人习惯一种集体生活方式，

① （宋）朱熹集注：《四书章句集注》，中华书局2012年版，第239页。

② François Jullien, *Dialogue sur la morale*, Paris: éditions Grasset et Fasquelle, 1995, p. 26.

③ Ibid., p. 27.

④ Ibid.

这种生活方式使得人与人之间的关系异常重要，因为集体性的社会形式最需要和谐感和凝聚力。中国古人强调“克己复礼”“礼之用，和为贵”等，都是源于社会秩序的现实需要。梁漱溟认为：“在中国社会处处见彼此相与之情者，在西洋社会却处处见出人与人相对之势。”① 他这个观点主要强调西方是个人利益至上的，为了最大限度地保护个体权利，可以作出一些对抗之举，例如，西方家庭遇到私闯民宅的直接威胁者，可以直接击毙，不需要任何理由。费孝通在《乡土中国》中说：“礼是社会公认合式的行为规范。合于礼的就是说这些行为是做得对的，对是合式的意思。如果单从行为规范一点说，本和法律无异，法律也是一种行为规范。礼和法不相同的地方是维持规范的力量。”② 当然，在这样一种环境之下，保持社会有机性的一个重要保障，就是内在的良知和外在礼俗。事实上，个体已经被这样的一种社会结构吸摄进去，和谐地融入其中，这个社会结构的各个成员之间必然存在密切关系。任何一个个体的行为都牵涉其他成员的行为，调解这些行为的关键就是行动上的礼俗。所以，在这样的一个关系社会模式之中，道德与良知具有了共通性。

二 良知的展开——内推与外至的体验弥散

通过以上分析，我们知道，良知的三个起源就是血缘关系、不忍之心和关系社会。血缘关系要求人应当对自己的亲朋好友保持善，不忍之心就是对非血缘关系仍然保持一种善，而关系社会则要求个体对所处整体中的其他个体仍然保持不忍之心，这三个要素层层递进、相互联系、相互制约。那么，良知是如何实现从血缘关系向不忍之心的汇通呢？它

① 梁漱溟：《中国文化要义》，上海世纪出版集团 2005 年版，第 80 页。
② 费孝通：《乡土中国》，人民出版社 2008 年版，第 61 页。

如何展开和蔓延？于连认为，这个过程依靠道德性的“推”“及”“扩”，主要是在两个层次上实现的：“一、在我们自身，它是指将我们在他人的痛苦面前间或体会到的不忍之心向整个的生存经历扩张（或者是从我们对旁人已关心之处扩展到我们尚未关心之处；或者是从我们感受的不忍之情推广到我们还在做的那些不可忍之事）。二、于我们之外，则是指一个朝向他人，自近及远，以模范行为（首先即天子所为）为榜样的逐步、自然的推广过程。”① 这两个层面，其实可以简单地概括为“内推”和“外至”两个维度。

所谓“内推”，它体现为两种形式：第一种形式是亲知体验，这种体验主要来源于感觉器官和知觉器官的连锁互动。当人注意到他人的痛苦之时，这个痛苦事件以一种感觉的形式蔓延和扩展，进而在整个生存经历之中滋生出一种共通性的痛苦体验，这种体验激发主体作出相应的反应行为；第二种形式是联想体验。这种体验可以理解为一种内省机制，这种体验主要是一种思维的跳跃和连接。当他人行为获得社会公众的普遍认可时，个体便联想到自身行为是否也一样符合这个标准。正如孔子所说：“见贤思齐焉，见不贤而内自省也。”② 如果由他人之善联想到自我之善，则“思齐”，如果由他人之善联想到自我之恶，则“自省”。海德格尔认为：“须得确认：我们所称的良知，即呼唤，是在其自身中召唤常人自身；作为这样一种召唤，它就是唤起这个自身到它的能自身存在上去，因而也就是把此在唤上前来，唤到它的诸种可能性上去。”③ 良知是一种召唤结构，将人本能的善意唤取出来，并转为行为实践，从一种个体可能变为普遍可能。

① François Jullien, *Dialogue sur la morale*, Paris: éditions Grasset et Fasquelle, 1995, p. 13.

② （宋）朱熹集注：《四书章句集注》，中华书局2012年版，第73页。

③ ［德］海德格尔：《存在与时间》，陈嘉映、王庆节译，生活·读书·新知三联书店2006年版，第314页。

所谓“外至”，则是一个由内在之“善”向外在之“圣”靠近的过程。内推是内在的体验形式，而外至则是衡量某个具体行为是否符合一个社会约定俗成的标准。但必须注意到，这个外在标准并不是一个强制性的政策或难以企及的目标，它由人来承担，于连认为这首先表现为天子之所为，我并不赞同。在中国社会，天子与庶人天然地存在阶级差别和等级制度，天子之为天子，是因为他秉承了天道的法则，天子和庶人是两种不同的人，其行为规则是不同的。因此，我们只能对天子的行为表示认同，但是却难以效仿。天子的行为有自然法的支撑，在古代中国具有“至尊”的话语霸权。所以，百姓“外至”的对象，不是高高在上的天子，而是圣人。圣人其实就是拥有大智慧的人，百姓不可能都成为圣人，但是百姓却可以因为其所作所为与圣人获得了相似性，继而取得社会的普遍认同。圣人的行为标准，就是社会的普遍伦理标准。在西方社会，这个标准体现在公共的契约，例如文献、法律、条文、制度等，而在中国，这些规则往往由人承担，因此，“人格”“人品”在整个社会中就享有非常重要的地位。因此，中国用“人”之法取代“文”之法，这个人不是普通人，而是圣人，圣人是某个社会体系在一定历史阶段不断塑造出来的价值标准承载体，他的行为体现这个社会的价值观念。所以，向圣人行为的靠近，其实就是向着道德良知的靠近。因此，孔子说的“见贤思齐”，除了具有内推的性质，也同时具有外至的性质。

分析了这个结构模式之后，就可以知道中国的圣人智者是如何运作这个结构模式的了。孔子首先便意识到此在和他者之间的价值区域和意义关联，他的“推”包含两个维度：第一，“己所不欲，勿施于人”①。自我否定之物，不能强加于他人之上。因为己所不欲，那么人亦不欲。当然，这并不是说，我所不想要的一切，别人也同样不想要，这样的推

① （宋）朱熹集注：《四书章句集注》，中华书局2012年版，第134页。

断把这个所欲之物普遍化、固定化了。孔子所谓的不欲，首先指涉了自身的否定，并且这个否定在公共领域之中为大多数人所接受，就是说，他人大多数也对此持否定态度。那么，在这种情况下，己与他人都不想要这样一种情况，那么己则不能强加于人。不强加于人并不是说要反过来强加于己，也不是说要保持沉默，这一点孔子也没有讲明。把不欲之物加于己这是一种社会承担，是一种高层次的道德境界，例如西方“我不下地狱谁下地狱”。显然，在孔子看来，自我承担要先于社会承担，所以孔子没有说必然要“加于己”，这就是儒家思想与基督教的区别之一。在这个层面上讲，勿施表面上是不推，但孔子非常隐蔽地暗示了这样一个事实：之所以不推，那是因为在不推之前，我已经将个体体验推及到了他人。就是说，当己所不欲之时，从人的普遍性心理而言，人应当不欲，言外之意就是，己所不欲而人欲之，则可以顺其自然，而人亦不欲，那么则勿施于人。因为，此时此刻，“己”已经从个人体验联想到了他人体验，并且从他人的角度出发做出“不推”的行为，所以说，这个“不推”的背后其实已经预先“推”了，否定之背后是肯定他人也具有同样的感受体验。

与之相对的一种推及形式是：“夫仁者，己欲立而立人，己欲达而达人。”① 国外研究者将之译成英文是：“The jen, wishing to stand themselves, help others to stand; wishing to arrive themselves, help others to arrive.”② 达、施、推、及这几个动词其实大同小异。“己所不欲”时，则“勿施于人”，那么当“己所欲”时呢？那么，则不能加于己，也不能保持沉默，而是要立人、达人，或使人立、使人达。当欲立之时，既不能成全自我，也不能冷漠他人，而是要使他人立、他人达。如果说，

① （宋）朱熹集注：《四书章句集注》，中华书局2012年版，第92页。

② Swami B. S. Tridandi, *Seeking the Essence: An Investigation into the Search for the Absolute*, New Delhi: Associated Publishing Company, 1990, p. 233.

己所不欲而要施于己意味着一种自我牺牲和自我承担，那么“己欲立而立人”则是以成全他人的形式来成全自我。前者的核心在于：我失去了，但别人也没有得到，而且别人也没有使我不得到。我所承担的也许是一定条件下所必须承担的。另一种可能是这种承担是没有必要的，即己所不欲，人亦不欲，则置之不闻亦无伤大雅。后者的核心在于：我没有失去，只是没有得到而已，而且我使他人得到了，成人之美。由此，这里的“立”具有了双重价值。在我的价值没有损失的情况下，他人的价值得到提升，于是在己和人之间，在道德良知问题上，具有了共通的怜悯和承担力。而且，“己之立”导致了己与人所构成的整个社会总价值的提升，进而提升了己的价值。

这里的逻辑就是，提升我的价值不是依靠损害别人的价值来实现的（损人不利己），而是要在提升别人的价值的同时提升自我的价值（双赢），这是两种截然相反的思维逻辑。进一步说，社会总价值的发展在这里可以归纳为三种形式：第一种总价值平衡状态。首先是“己”价值的提升和他人价值的贬损，社会总价值保持平衡。其次是“己”价值的贬损和他人价值的增长。这两种形式都使得社会总价值保持相对平衡的状态。第二种情况是总价值贬损状态，即己价值的贬损和他人价值的同时贬损，或其中一方维持平衡而另一方价值贬损。第三种情况是总价值的提升。主要是在一方维持平衡的状态下，另一方保持提升或双方同时保持提升。从这里可以看到，“己欲立而立人，己欲达而达人”的最终效果是第三种情况，即在己价值不变甚至是提升的情况下，同时提升他人的价值，所以社会总价值在提升。

如果说，中国社会结构总体上是礼俗所维系的，那么“己所不欲，勿施于人”则以“不推”的形式拒绝了社会总价值的失衡状态，而“己欲立而立人，己欲达而达人”则通过“推”的形式实现了个体与社会互助双赢的和谐状态，这就是良知推衍的两种基本形式。

同样，《孟子·梁惠王上》中说："老吾老，以及人之老；幼吾幼，以及人之幼。天下可运于掌。"① 意思很明白，不仅要视吾老为吾老，吾幼为吾幼，还要把别人的老幼等同视之。"老吾老"只是初始阶段，"以及人之老"才是最高境界。"老吾老"依靠的是血缘关系，人不为己，天诛地灭，这是基本生存的欲望决定的。"以及人之老"则超越了这个血缘关系，把道德实施到一个更加广泛的范围，这就是一种无私大爱，也就是道德文明实现的过程。

中国的道德性，之所以被视为即自超越而不是彼岸超越，就在于它是由自在本性升华而来的，是一个自近及远的过程。但在孔孟之间，这个过程又有所区别。孔子所推的两个对象是己与人，从己欲到人欲，从己立到立人，这个"推"的两端是平衡对称结构。但是，在孟子这里，两端不仅仅是某一个对象与另一个对象的对称，这个结构还被扩展为"吾老"与"人之老"，"吾幼"与"人之幼"。孟子把我的老幼关系群落和他人的关系群落都划入这个范畴之内，而且可以明显看出，这个关系群落是类同性的。也就是说，中国乡土社会是在亲缘关系和地缘关系的基础上形成的各个族群，每一个族群与另一个族群在整体结构上是基本一致的，都符合儒家"君君、臣臣、父父、子子"这样一个秩序结构，孟子看到了孔子"己所不欲，勿施于人""己欲立而立人，己欲达而达人"的弊端：这种关系局限于单向维度。己与人是两个对应物，两者可以内在对话的前提是他们在人性层面都具有某种潜势。但是，如果己所面对的并不是这样的一个具有共同潜势的对象呢？是不是这个推的行为就失效了呢？例如，当新型冠状肺炎疫情发生后，中国要求戴口罩、不出门、勤洗手，但是意大利以及其他欧洲国家却认为，只有病人

① （宋）朱熹集注：《四书章句集注》，中华书局2012年版，第209页。

才戴口罩，没病戴什么口罩？不让我们出门，怎么体现民主权利和公民自由？这下可好，这些欧洲国家短时间内感染人数和死亡人数急剧上升，纷纷进入战时状态、紧急状态，实在没办法了才又转过来求助中国。这就是说，东西方存在不同的思维潜势和文化惯习，中国人从“己”的角度出发，建议欧洲人不要盲目自信，要做好防护，忍得一时而安稳一生，但这个观点他们并不接招，所以并没有推及“立人”。

所以孟子把“推”扩展到一个更加宏大，同时又更加具体的关系群落之中。不仅把“推”的两端扩展为人与人，还把老人、小孩甚至动物都划进去，人与整个生命世界都保持着某种道德对话的可能。只是说，人与动物之“推”并非人与人之间那样的双向互动。我们不能保证动物能够对人推恩，但却可以使得人对动物推恩，《孟子·梁惠王上》：“故推恩足以保四海，不推恩无以保妻子。古之人所以大过人者无他焉，善推其所为而已矣。今恩足以及禽兽，而功不至于百姓者，独何与？”[①] 他所说的“推恩”其实是一种非常广泛的道德情感，其中包含着仁慈、善意、良知、宽容和理解等一系列道德范畴。推恩，大到保四海，小到保妻子。一般事物，从我而推及人的时候，利益呈此消彼长状态，而道德良知在推及之后，我的价值不会贬损，他人的价值也只增不减，即送人玫瑰，手留余香。因为“推”的两端包含着这个社会体系的每一个成员，当我推及人的时候，人也同时推及到我，于是，己与人、人与人不断循环推演，整个社会呈螺旋式上升结构，不断趋于总体视域的真善美。人与人之间的立足点不是以我为中心，也不是以人为中心，而是以整体的和谐为中心。个体力量没有仅仅用于维护自己的利益，而是将良知传递下去，形成一股合力来推动社会的发展，继而带动我的发展和人的发展，锅里有了，碗里也少不了。

① （宋）朱熹集注：《四书章句集注》，中华书局2012年版，第209—210页。

三　良知的实现——怜悯与共在的苦难承担

良知，不仅仅可以理解为“知善”或“行善”，它还具有对他人痛苦的一种怜悯之心。怜悯大致可以描述成这样一种情绪体验：当人目睹或想象到他人所遭受的痛苦、麻烦、苦难的时候，尽管两者之间并不存在利益上和亲缘上的关系，但是，仍然会在内心产生一种共鸣性痛感，内在地承担和分享他人的痛苦体验，这就是良知的展开形式，或者说，就是存在论意义上的操心：“良知的呼声，即良知本身，在存在论上之所以可能，就在于此在在其存在的根基处是操心。”① 这种操心，可以理解成弥尔顿经典的诗句：“无论谁死了，我都觉得是我自己的一部分在死亡，因为我包含在人类这个概念里。因此我从不问丧钟为谁而鸣，它为我，也为你。”

在这里，我首先是一个人，我被包含在人这个种概念里面，不管这个种概念被加上了怎样的属差，例如男、女，老、少，好、坏，等等，都不能回避种概念所具有的基本属性。从最本源最深层的意义上讲，我与人并不是相互对立的二元项。面对他人的死亡，一个正常人大致会产生三种心理效应：第一，因为你我分明不同，所以漠不关心；第二，因为你死而我活，所以幸灾乐祸；第三，因为懂得，所以慈悲。在弥尔顿的诗中，显然能够找到第三种情况的证据。无论谁在死亡，当我能意识到这是死亡的时候，死亡便不再仅仅是个体事件。死亡意识顿时在我心中滋生、扩展、蔓延。

这包含着两个层面：一方面当我意识到死亡发生之时，便开始将死亡这个人类必定经历的事实纳入自身体验之中，于是，从他人之死联想到自身之死，所以产生出一种痛苦、怜悯的效应，这是承担自我死亡的想象

---

① ［德］海德格尔：《存在与时间》，陈嘉映、王庆节译，生活·读书·新知三联书店2006年版，第318页。

性事实。另一方面，我并没有聚焦到死者是谁，因为他人之死亡是作为人的整体性死亡，他的死亡直接关系到我的死亡，所以，他由死亡而产生的痛苦同样需要由我来分享和承担。第一个层面是因为联想到了我自己的死亡而痛苦，第二个层面是我主动地去承担这种作为人之本性应当具有的怜悯之情。我就是大我，人在人之中，生在死之中，他人都是作为我的一部分而存在，没有他人也就没有自我。

庄子说：“至人无己”，所谓无己，就是不要把己与他人对立起来，我们都是自然人的显现。这一点与孟子是相似的，为什么齐宣王以羊换牛？为什么要掩尸而埋？为什么孺子入井而旁人皆救之？人生而自私，但自私并非人性之全部，在自私的最深处，隐藏着无私之道德性。自私向无私的跨越，单纯依靠法令法规，单纯依靠利益诱惑，都不可持久地实现，它必须依靠人性之原初道德形态。人与人之间存在不同，但是无论如何，都同样是人，所以具有了必然的关系，于连如此分析道德良知中的关系：

> 确实，一切都是相互联系的，毫不奇怪，这里我们又发现了“关系”置于至上的地位，我们已经看到了这是中国思想的重要成见之一。中国人从相互作用法则——其本身源于一个极点（天/地、阴/阳等）——考量事物过程，因此他们“非常自然地”认为不可忍受的反应——我们称之为“怜悯”——只看做是这种从存在到存在的根本关系性的一种特殊而明显的情况，并且在不断地编织生活：我所属的关系性把我这个活人与其他人“联系起来”。它甚至成了对生活本质的突然检验——正是这种不可控制的突发性使它变得不可置疑。①

① ［法］弗朗索瓦·于连、狄艾里·马尔塞斯：《（经由中国）从外部反思欧洲》，张放译，大象出版社2006年版，第221页。

孟子不仅把人之生死存亡归属于人的属性特征，还把人与牛羊等动物一起纳入生命范畴，人与世界处于深层次的因缘联络和关系网络之中，于连阐述道：“因为您见到了这头牛，他说，突然出现在您面前，它的生存即便是模糊的，动物的，处于危险之中，这使您不能自已，活生生感受到平时忽视的东西，每个人都囿于他的那一部分存在之中：你们之间通过这同一根基——生命进行交流。”① 人与人之交流是以人的名义来进行的，而人与牛羊的交流却是以生命的名义来进行的。再深入一点，庄子则比前两者都更加彻底，他与天地精神独相往来，庄子是以自然存在的名义来交流的。他把生命与非生命，把人与世界都纳入一个最高意义上的“道”来展开对话交流，这个关系在这里具有了道德的普遍性：“我同孟子共同享有，我甚至与动物共同享有（通过目光、生存的同情等等）。因此，我认为，特别是关于道德问题，是可以有直接的、即时的‘对话’的，无需进行一种剪辑，无需创造一种面对面，因为这里我们立即就沟通了。”②

于连认为，这种关于道德的对话是直接的，甚至无须面对面，也无须考虑对话双方是人、动物还是别的无生命之物。尽管卢梭也关注良知问题中的怜悯现象，但是，于连却发现了卢梭的问题：“确实，人们吃惊地发现卢梭对此犹豫不决，后来只能原地兜圈子，无力说明怜悯的道德。作为道德观的创始人，他把怜悯作为第一情感，最后却讲了完全反义或更坏的意义——我援引：如果怜悯是‘甜蜜的’，这是因为我把自己置于‘受痛苦之人的位置上’，然而，我却感到‘不像他那样受苦的愉快’。愉快……难道这就是标志道德的利他主义吗？”③ 卢梭把怜悯看

① ［法］弗朗索瓦·于连、狄艾里·马尔塞斯：《（经由中国）从外部反思欧洲》，张放译，大象出版社2006年版，第222页。

② 同上书，第226页。

③ 同上书，第219页。

作是甜蜜的，这和上文分析的三种类型之一“因为你死而我活，所以幸灾乐祸”是基本一致的。怜悯，表面上看起来是善，但是，这种善首先是一种同情，我与你是分开的，我只是暂时把我放在他人痛苦的位置上，但我却没有将他人这种痛苦体验进行承担。

于连由此得出的结论是：“因此，怜悯在本质上是属于‘我们之间的’，不是（个体的）、‘你的’或‘我的’，否则就不能逃脱叔本华提出的问题：我怎么会自我感觉到只是发生在你身上的事情呢？并非不存在个体，像叔本华为走出困境趋于这样说的那样，而是因为它们不是根本分离的。一旦脱离‘我——主体’视角——卢梭及其后的其他人均在此视角里——进入关系性视角，这就变得显而易见了，由此便产生了内在和过程思想。”① 怜悯的关键因素在于这个“之间”。在中国思想中，世界是处于关系系统之中，主体与客体并没有分离，正如梁漱溟说：“一个人的生命，不止一个人而止，是有伦理关系。伦理关系，即是情谊关系，亦即是其相互间的一种义务关系。”②

生命与生命之间，存在道德良知领域的义务关系，可以理解为责无旁贷的不忍之心。当代欧洲最有影响力的哲学家之一阿甘本，提出了一个非常重要的概念，叫作“赤裸生命”（bare life），它可以体现为政治、经济、文化三种基本形式。一般意义上的赤裸生命，表示对象仅仅是活着，没有具体的生命形式和风格，动物也具有这种属性，而人的不同在于他还参与有组织的政治活动、经济活动尤其是道德伦理活动，因此具有了“政治生命”。当然，我们可以进一步延伸出“伦理生命”，于连继续分析道：“这里，康德眼光短浅：他只是用普遍性与必然性的演绎语言以‘超出一般’的提法对待道德。如果说这种语言逻辑的

① ［法］弗朗索瓦·于连、狄艾里·马尔塞斯：《（经由中国）从外部反思欧洲》，张放译，大象出版社2006年版，第222页。

② 梁漱溟：《中国文化要义》，上海世纪出版集团2005年版，第121页。

‘纯粹性’使我们无动于衷，相反，‘感受共同’并不使之相对化。您确实会发现这种共同点在怜悯经验里处于同一水平，使我们追溯到我们生存的超然原因——亦即追溯到‘无条件的’。”① 于连认为康德用“普遍性”与“必然性”来解释道德的基础性站不住脚，因为怜悯、良知事实上很难从知识学的角度去演绎和推断，继而得出一个必然的结论，即“我们本应该怎么做”。怜悯从本质上讲是经验性的范畴，亦即怜悯的任何外在行为都不是依靠普遍性框架的强制推动形成的。

怜悯由内在和外在的因素相互契合而构成。所谓内在因素，亦即孟子所说的，人之为人的“四端”，即怜悯的潜在性和内在性，但这个潜在性却并不必然导致外在的良知行为。只有在这种潜在性与外在的某种“境遇”照面的时候，人能够与人甚至是动物分享这种体验，进而他们在这一个境遇层面上处于同样的水平，人性就在这里被还原了，内在性与外在性就构成了怜悯，它的起源不是道德的普遍性，而归属于“无条件性”。

也许，这里会面临这样的质疑：以《孟子》中以羊换牛的故事为例，纵然君王以羊换牛的根本原因在于他感受到了牛，此时此刻，他与牛分享了这种恐惧体验，君王继而把这种体验内化，随后与内在性的“端”相对接，便产生这样一个替换行为。那么，“牛的出现与羊的隐身”难道不是一个条件吗？那么于连怎么能说怜悯可以使我们追溯到超然的“无条件”上去呢？

必须注意到，怜悯的无条件并非意味着它是一个绝对的自主行为，完全依靠内在性的扩散而形成，牛的出现不是一个绝对条件，可以被视为一种遭遇，牛并不一定必然使人能够产生这样的怜悯体验，它的作用

---

① ［法］弗朗索瓦·于连、狄艾里·马尔塞斯：《（经由中国）从外部反思欧洲》，张放译，大象出版社2006年版，第226页。

只是“唤醒”或使之外在化而已，海德格尔说：“在良知的呼声中，什么是话语之所及，亦即召唤之所及？显然是此在本身。”[①] 如果被替换成羊、马，也可能会产生这样的体验，也就是说，从最本源的意义上看，怜悯无法用普遍性和必然性来标示，它是由“能”与“为”两个层面构成的，它只是这样一个“端”，就像于连在初学汉语时面对“东西”这个词语一样，它在两个极端之间，它可以引发出一切事物，所以于连指出：“实际上，孟子从未说过，不可忍受的反应——‘怜悯’——是一种美德：它只是露出的一端（duan），就像线团的‘一端’一样，可追溯到我们被埋藏的本性深处。因为沿着这条线我们方可意识到我们的道德能力，这一端则是它的标志——一切存在的一种原始‘关系性’的标志。”[②]

第二节 仁道与法治：中西诗学话语的伦理规则

一 修道以仁：作为中国话语之核心的仁学体系

从上一节对道德良知的分析之中，可以明显意识到伦理学在中国思想中占据着如何重要的地位。中国思想，尤其是在良知论方面，与其他领域有着盘根错节的联系。所以，于连在对孟子和欧洲几位启蒙哲人的思想进行分析对比之后，又展开了进一步研究，他说道：

---

① ［德］海德格尔：《存在与时间》，陈嘉映、王庆节译，生活·读书·新知三联书店2006年版，第312页。

② ［法］弗朗索瓦·于连、狄艾里·马尔塞斯：《（经由中国）从外部反思欧洲》，张放译，大象出版社2006年版，第221页。

> 在我们的“怜悯”情感下，发现了中国的“仁”（ren），儒学的主要概念，儒学讲的就是这个“仁”：每人同他人的根本联系——亦即在我们生命的根处把我们连在一起。总之，怜悯使我们“通过根处”做出反应，通过根处，我们从一开始在生者之间进行交流；它使我们脱离我们存在的孤立状态。面对另一个他人乃至动物的痛苦，我感到怜悯，我突然感觉到这样的事实：他与我，我们源于同一个存在根基。正是在这里中国思想所澄清的，在此情况下，在我身上的反应正是存在本身在他的身上受到影响。①

中国思想的终极来源是《周易》，而两个主要直接来源则是儒家思想和道家思想。尽管法家、墨家、佛家等思想也曾经辉煌一时，但影响了中国几千年来的政治制度、伦理学和学术话语的主要还是儒家思想。前文已经证明了于连选择孟子为中国道德奠基的可能性和现实性，但必须意识到，并非孟子一人独创的一种学说来构建中国的道德基础。因为孟子首先受到孔子的直接影响，《孟子》一书中在很多方面都阐释和发展了孔子的思想，孟子与孔子共同归属于儒家，因为两者都认可一个相对固定的价值理念——仁。所以，于连从怜悯切换到仁也是必然的，因为只有从此入手，才能够从一个更深层更广泛的角度阐释道德良知问题。那么，如何切入仁呢？首先需要澄清什么是仁，它究竟意味着什么？其次，仁凭什么在中国文化思想中占据着核心地位，中国几千年来为什么需要仁？最后，才能从比较文学阐释学角度出发，分析仁在中国的可能性以及在西方的不可能性。

《中庸》有：“故为政在人，取人以身，修身以道，修道以仁。”②

---

① ［法］弗朗索瓦·于连、狄艾里·马尔塞斯：《（经由中国）从外部反思欧洲》，张放译，大象出版社2006年版，第222页。

② （宋）朱熹集注：《四书章句集注》，中华书局2012年版，第28页。

为什么要修道以仁呢？仁和道有什么关联呢？这里的道与道家之道有何联系呢？在《论语》一书中，仁总共出现有109次之多。有意思的是，孔子反复强调仁，却没有明确指出仁的具体内涵，当有人问及时，孔子的回答因人而异，即使对同一个人的回答，也有前后不一致的情况。例如，樊迟问了他三次，他三次回答分别是：

> 樊迟问仁，曰：“仁者先难而后获，可谓仁矣。”《论语·雍也》
>
> 樊迟问仁，子曰：“爱人。”《论语·颜渊》
>
> 樊迟问仁，子曰：“居处恭，执事敬，与人忠。虽之夷狄，不可废也。”《论语·子路》

樊迟是一个勤学好思的弟子，在孔子看来，仁不存在一个封闭固定的概念，它是立体开放的概念系统，只可以不断地描述，而不能瞬间地定义。于连认为：“圣人的每句话，不管主题多么琐碎，总能以某种形式，也就是以圣人所特有的形式，包揽一切：圣人的话虽然琐碎，却句句都是无限的。”① 孔子对仁的解释总令人难以琢磨，没有逻辑、没有体系、没有论证，也没有任何可以展开理性思维的缘由，琐碎而零散。但这正是圣人的示意方式，从琐碎中走向无限的意义。

从字源学上来看，仁字出现得较晚，在仁字出现以前，人有时候就是仁，两者可以通用。所谓仁者，其实就是一种标准模范般的道德人物，是人人效仿的一个重要参照对象，一个普通人可以通过自身修养达到这种境界。这就与西方的宗教不同，基督教中的上帝是超越人的符号，上帝是一种信仰，而仁面向的是世俗生活，这也就决定了仁所涉及的对象，往往是一些现实生活中可以被感知、了解和把握的

① ［法］弗朗索瓦·于连：《圣人无意》，闫素伟译，商务印书馆2006年版，第40页。

事情。

尽管仁存在多维度的意义体系，但应该有一个根源性的第一义，徐复观先生认为：“我便断定，《论语》的仁的第一义是一个人面对自己而要求自己能成为一个人的自觉自反。真能自觉自反的人便会有真正的责任感。有真正的责任感，便会产生无限向上之心。”① 当然，自觉自反的原动力，就在于此人与仁者之间的差距，而责任感的作用就在于克服差距、取长补短，提升自身的内在修养，由内而外、内外合一、尽善尽美。因此，徐复观先生的逻辑思路是：自觉自反——责任感——向上之心。其实，之所以仁的含义多变，是因为孔子考虑到了环境和对象的变化，逝者如斯，不舍昼夜，时空不断演变，所以仁也变化无穷。但我们可以把仁分为大致四个境域：“身、家、国、天”，这主要依据《大学》中的逻辑结构来展开：

> 大学之道，在明明德，在亲民，在止于至善。知止而后有定，定而后能静，静而后能安，安而后能虑，虑而后能得。物有本末，事有终始。知所先后，则近道矣。古之欲明明德于天下者，先治其国。欲治其国者，先齐其家。欲齐其家者，先修其身。欲修其身者，先正其心。欲正其心者，先诚其意。欲诚其意者，先致其知。致知在格物。物格而后知至，知至而后意诚，意诚而后心正，心正而后身修，身修而后家齐，家齐而后国治，国治而后天下平。自天子以至于庶人，壹是皆以修身为本，其本乱而末治者否矣。其所厚者薄，而其所薄者厚，未之有也。②

① 徐复观：《中国学术精神》，华东师范大学出版社 2004 年版，第 8 页。

② （宋）朱熹集注：《四书章句集注》，中华书局 2012 年版，第 3—4 页。

可以说，每一个人，必然要涉及“身、家、国、天”这四重关系。首先是面对自己、认识自己、反省自己和提升自己，只有自己趋于尽善尽美，才能够走出自己，去涉及外在的种种联系。其次，要面对的是整个家庭，在中国，家是一个非常重要的关系结构，除了我之外的人，都可以被称为“大家”，整个国可以被称为“国家”，处理好小家才能走向大家。再次是面对国家社会。这是更加广阔的一个领域，它超越了家庭圈子而走向了一个非亲非故的人际世界。人要在这种处境之下处理好小家与国家的关系。最后，就是面对天，天不仅是天下，天即自然之物，包括整个世界的存在，即最高领域的对象，即怎样处理好人与整个存在世界的关系，这就涉及责任感、道德良知等方面的问题。这四个层次，从小到大，从低到高，一步一步，逐级升华拓展。《中庸》云：“天下之达道者五，所以行之者三：曰君臣也，父子也，夫妇也，昆弟也，朋友之交也：五者天下之达道也。智、仁、勇三者，天下之达德也，所以行之者一也。”[①] 朱熹注曰：“智，所以知此也；仁，所以体此也；勇，所以强此也。谓之达德者，天下古今所同得之理也。一则诚而已矣。达道虽人所共由，然无是三德，则无以行之；达德虽人所同得，然一有不诚，则人欲间之，而德非其德也。”[②]《中庸》在列举了三种达德和五种达道，达德即至高的品德，它包含智、仁、勇，这三种品德都非常高尚，但各有不同，其中，最重要的是仁，《论语》中有：“仁者必有勇，勇者不必有仁。”[③] 就是说，在危难之时，仁者愿意牺牲自我来成就仁义道德，但是，徒有暴虎冯河之勇，是不能称之为仁的，智也是一样的道理。另外，这里的五种达道就是五种伦理关系，其中前三种（君臣、父子、夫妇）关系尤为重要。达道与达德，构成儒家仁学伦理体系的基本结构。

---

① （宋）朱熹集注：《四书章句集注》，中华书局 2012 年版，第 29 页。

② 同上。

③ 同上书，第 150 页。

那么，仁的价值体系如何分类展现呢？刚才已经提到，仁的彰显主要体现在“身、家、国、天”四个境域，仁在这四个处境之下所呈现的面貌是不同的。

首先是修身。修身包含以下层面：第一，“克己复礼”。孔子对颜渊说：“子曰：‘克己复礼为仁。一日克己复礼，天下归仁焉。为仁由己，而由人乎哉？’”[①] 因为孔子思想是针对“礼崩乐坏”的社会局面而提出的。为什么礼乐会遭到破坏呢？因为礼乐在古代中国社会所充当的不仅仅是仪式、习俗、或艺术，它还被用于教化百姓，使社会稳定和谐，国家治理与诗、乐、礼都是息息相关的。《毛诗序》说：“情发于声，声成文谓之音。治世之音安以乐，其政和；乱世之音怨以怒，其政乖；亡国之音哀以思，其民困。”[②] 礼乐破坏之根本原因就是“己”的过分张扬，没有按照社会规则来进行节制，所以要谈论仁义道德，就要把人的原始欲望压制住。第二，除了克己与复礼之外，修身还必须具有知识素养，所以他说：“君子博学于文，约之以礼，亦可以弗畔矣夫。”[③] 既要勤奋好学，积累人文知识，又要学习各种礼仪，对自己的言行举止进行约束和规范。另外，《论语·子张》：“子夏曰：‘博学而笃志，切问而近思，仁在其中矣。’”[④] 孔颖达注释道：“ 正义曰；此章论好学近于仁也。博，广也。笃，厚也。志，识也。言广学而厚识之，使不忘。切问者，亲切问于己所学未悟之事，不泛滥问之也。近思者，思己所未能及之事，不远思也。若泛问所未学，远思所未达，则于所习者不精，所思者不解。仁者之性纯笃，今学者既能笃志近思，故曰仁在其中

① （宋）朱熹集注：《四书章句集注》，中华书局2012年版，第132—133页。

② 《毛诗序》，郭绍虞：《中国历代文论选》第一册，上海古籍出版社2001年版，第63页。

③ （宋）朱熹集注：《四书章句集注》，中华书局2012年版，第91页。

④ 同上书，第190页。

矣。”① 在这里其实强调的也是要勤学好思，不断进取，所谓笃志，就是专心致志、一心一意、心无旁骛。古代儒家知识分子和士人阶层，尤其看重腹有诗书气自华，坚信只要不断学习研究，就可以让自身的文化素质和伦理素质与日俱增。另外，《中庸》还有：“好学近乎知，力行近乎仁，知耻近乎勇。知此三者，则知所以修身；知所以修身，则知所以治人；知所以治人，则知所以治天下国家矣。”② 也是强调要多学习、多思考，这是修身的重要基础，也是治人的基本条件。

其次是孝家。一个人把自身的道德修养提升到某种境界之后，还需要思考一个家庭的和谐相处，要实现家庭的和谐，核心要诀就是孝悌。《中庸》曰：“夫孝者，善继人之志，善述人之事者也。”③ 作为后人，应当要更好地继承前人的遗志，很好地完成前人未完成的事业，将家庭文化、家规家训好好地继承和发展，在实践中不断完善和提升。《论语》中有：“有子曰：其为人也孝弟，而好犯上者，鲜矣；不好犯上，而好作乱者，未之有也。君子务本，本立而道生。孝弟也者，其为仁之本。”④ 孔子认为，孝悌是仁之根本，如果一个人连自己的父母都不孝顺，还能指望他对其他人保持善意？所以，儒家思想对为人处世的指导意义是切实可行的，没有什么高大上的理论，把小事做好，把身边事做好，就是达道达德。那么如何体现孝呢？这主要包含两个层面，第一是对父母的在世之孝：“父母在，不远游，游必有方。”⑤ 这是首要的任务，对后人而言，在其父母活着的时候，最大的孝顺并不是每个月给多少钱，给他们买多少漂亮的衣服、化妆品，也不是把房子建得大大的，装修得极其豪华，说得直接点，这些虽然很好，也很有必要，但都是做

① （唐）孔颖达疏：《十三经注疏》下册，上海古籍出版社 1997 年版，第 2532 页。
② （宋）朱熹集注：《四书章句集注》，中华书局 2012 年版，第 29—30 页。
③ 同上书，第 27 页。
④ 同上书，第 48 页。
⑤ 同上书，第 73 页。

给别人看的，不是父母最根本最真实的需求。父母生儿育女，无非是老有所养、老有所靠，除了物质的依靠，更多需要心理的依靠，生老病死有人过问，有人负责，有人处理后事，不至于孤苦伶仃、凄凄惨惨，所以从一个父母的角度来看，总希望自己的孩子在身边晃来晃去，当然，孩子志在四方、报效祖国，那就另当别论了。第二是对父母死后之孝。虽然儒家重生不重死，但是对长辈离去之后的礼节孝道，还是非常看重的，因为这也是体现"仁"的一个重要方面："父在观其志，父没观其行；三年无改于父之道，可谓孝矣。"① 孝不仅仅体现在父母活着之时，也体现在逝去之后，孝不仅是对父母的养，它还包括精神上的敬："子游问孝。子曰：今之孝者，是谓能养。至于犬马，皆能有养；不敬，何以别乎？"② 动物也能给自己的父母提供食物及其他物质援助，人与动物在这一个层面并无太大差异，人与动物的区别就是，人还有精神上的孝敬，这种孝敬无论生死，都一脉相承地贯穿到底："孟懿子问孝，子曰：'无违。'樊迟御，子告之曰：'孟孙问孝于我，我对曰：无违。'樊迟曰：'何谓也？'子曰：生，事之以礼。死，葬之以礼，祭之以礼。"③ 所以，父母活着时要以礼尽孝，他们死去之后，埋葬时也要讲规矩，风光体面、隆重大体，埋葬之后，还有头七、七七、百七、周年祭及至年年的清明祭，都要按程序按规矩去瞻仰怀念，体现一个家庭的血脉相传和仁义孝道。只要这样，才做到了生前之孝和生后之孝，才能贯穿仁的要求。

再次是忠国。修身、齐家之后，就是进入社会，为社会和国家做贡献，尽到一个人的社会职责和义务。仁者在外面与人交往，主要包含两个方面，一是事君，事君则主要是忠恕："夫子之道，忠恕而已。"④ 一

① （宋）朱熹集注：《四书章句集注》，中华书局2012年版，第51页。
② 同上书，第55页。
③ 同上。
④ 同上书，第72页。

个人在单位组织及其他社会群体中，对上级的忠诚是最起码也是最重要的要求，在古代中国社会更是如此：“君使臣以礼，臣事君以忠。”[①] 对君主之忠诚乃是对礼的最好实践，相反，最高的罪名就是叛国，吃里扒外，内外勾结，这是对国家最大的不忠；另一方面，除了忠君，还有事人。事人即与人共事、待人处事，对社会中的人事，当然不可能像对待君主一样忠诚，而是要友好和睦、相互帮助、彬彬有礼，要做到这一点，则主要是诚信和礼节：“非礼勿视，非礼勿听，非礼勿言，非礼勿动。”[②]

最后是成仁。这是最高境界，仁者向天而存在，天即天道、自然、存在，在这里指一种自然之法或普遍存在的道义。例如：“朝闻道，夕死可矣。”[③] 早上把仁义道德弄懂了，也实践了，那么晚上死去也就无怨无悔了。这个说法虽然有点夸张，但是很形象地阐释了仁道的重要性，人不同于动物，人活着不是为了衣食住行，他还需要更高的精神追求。为了物质需求而放弃仁义，无异于苟且偷生，为了仁义而放弃物质需求，则是深明大义：“子曰：志士仁人，无求生以害仁，有杀身以成仁。”[④] 这就体现了儒家“抑身扬心”的基本策略，相对于内心的道德理想，身体上的委屈算不了什么，所以颜回一箪食、一瓢饮，在破旧简陋的巷子里孤苦生活的时候，却因为心中有仁义理想，而让大圣人孔子赞不绝口。这种自得其乐的精神，成为古代儒家士人阶层的行动纲领：“曾子曰：士不可以不弘毅，任重而道远。仁以为己任，不亦重乎！死而后已，不亦远乎！”[⑤] 弘毅、弘仁都是人性最高意义上的自我良知和道德追求，这种目标不是简单可以实现的，它任重道远，需要个体兢兢业业、孜孜以求，方可触及，但同时它又不是遥不可及：“仁远乎哉？

① （宋）朱熹集注：《四书章句集注》，中华书局 2012 年版，第 66 页。
② 同上书，第 133 页。
③ 同上书，第 71 页。
④ 同上书，第 164 页。
⑤ 同上书，第 104 页。

我欲仁，斯仁至矣。”[①] 我想要仁，仁就到了，这虽然说得有点夸张，但是却生动描述了仁的既远又近，既可得又不容易得的基本特征。这和禅宗的“明心见性、见性成佛”“放下屠刀、立地成佛”有异曲同工之妙，目标太大则实现不了，目标太小则没有压力，所以仁其实就在心中，这是一个慎思笃行、自省自觉的简单而又复杂的过程。仁是自我超越、自我反省、自我提升、自我实现，它没有一个固定的标准，唯一的标准就是天道自然。

除此之外，《论语》还对仁的行为操守作了总结性表述：“子张问仁于孔子。孔子曰：‘能行五者于天下，为仁矣。’请问之。曰：‘恭、宽、信、敏、惠。恭则不侮，宽则得众，信则人任焉，敏则有功，惠则足以使人。’”[②] 概言之，仁就是要具有谦恭、宽厚、诚信、敏捷、慈惠这五种道德品行，为了做到这五点，则可抛弃一切，沉浸其中，抵达“发愤忘食，乐以忘忧，不知老之将至云尔”[③] 的忘我境界。

二　修身以道：作为西方话语之核心的公道关系

清理仁的思想谱系，可以发现中国在道德良知的问题上与西方的异质性根源，并且通过孟子的良知理论追溯到孔子的仁学思想。虽然这里的清理只是一个大致的勾勒，但是却可以引发出另一个问题，那就是：在西方视野之下，良知是如何展开的，西方道德体系之基础何在呢？

于连说，在怜悯之下，发现了中国儒学之仁，他对这个仁的研究使他自己一步一步地为中国思想所震惊。因为在仁的名义下，古代中国政治形态和文化形态延续了两千多年。维系这种稳定性的并不是法律体系和宗教信仰，确切地说，在中国找不到思想的精确性，尽管中国在数学

① （宋）朱熹集注：《四书章句集注》，中华书局2012年版，第100页。
② 同上书，第178页。
③ 同上书，第98页。

方面一度发达。大致说来，操控西方世界的有两个层面：一个是在理性主义条件下形成的严密的法律体系，另一个是抽象的宗教信仰，这两者相互补充、相辅相成。古代中国没有形成如此精密的法律系统，也没有真正意义上的宗教体系，只有伦理学或道德学在发挥着这样两个功能。所以，在上一节分析了中国仁学思想的大致面貌之后，在这里，应当进入西方的道德学体系，这不是简单的“比较”，而是比较文学阐释学“不比之比”的方法论策略，从一种文明进入另一种文明，从一种思想开启另一种思想，只有在进入另一方之后，才能够观照到这一方，在相互阐释中彼此澄明。

马克思认为，道德体系的构建基础是人类的自律精神。马克思在《神圣家族》中还说：“既然正确理解的利益是整个道德的基础，那就必须使个别人的私人利益符合于全人类的利益。既然从唯物主义的意义上来说人是不自由的，就是说，既然人不是由于有逃避某种事物的消极力量，而是由于有表现本身的真正个性的积极力量才得到自由，那就不应该惩罚个别人的犯罪行为，而应当消灭犯罪行为的反社会的根源，并使每个人都有必要的社会活动场所来显露他的重要的生命力。”① 马克思这一段论述表达了两点内容：第一，从最宏观和长远的角度来看，个体利益小于人类的整体利益。两者的矛盾冲突是必然的，所以需要有“他律”。第二，个别人的犯罪行为只是社会表象，是“标”不是“本”，是“末”而非“端”。所以要消灭最终的犯罪根源才能治标治本。从这个角度上说，要想根本解决问题，需要从“他律”走向“自律”，“自律”构成了整个道德体系的基础条件。

然而，我们可以感知到一个人的行为，也可以从这些行为举止间接进入他的内心世界，但是却不能直接进入精神意识。这就意味着，精神

① 《马克思恩格斯全集》第2卷，人民出版社1957年版，第167页。

自律不是孤立存在的，还必须具有一种普适性的他律体系。从内在精神自律和外在行为他律两个维度入手，才能够真正意义上实现秩序化的社会体制。他律的重要体现，一方面是具体的法律制度，另一方面就是宗教信仰。

那什么是法呢？孟德斯鸠认为："从最广泛的意义来说，法是由事物的性质产生出来的必然关系。在这个意义上，一切存在物都有他们的法。上帝有他的法；物质世界有它的法；高于人类的'智灵们'有他们的法；兽类有他们的法；人类有他们的法。"① 在他看来，广义的法不仅仅是来源于社会契约，而是事物本身所存在的规则秩序。他继而把法分为自然法和人为法。如果我们能够把法视为一种道的形式，那么，在这里不妨说，所谓自然法，其实就是中国思想中的天道或自然之道，而人为法，即人道或人为之法。孟德斯鸠认为这两者之间关系在于：

> 我们应当承认，在人为法建立了公道的关系之先，就已经有了公道关系的存在。例如（一）在人类有了社会的时候遵守法律是对的；（二）如果某些"智能的存在物"从另一"存在物"那里接受恩泽的话，就应该有感谢之心；（三）如果一个"智能的存在物"创造了另一个"智能的存在物"的话，被创造的存在物，就应该保持原有的依附关系；（四）一个"智能的存在物"损害了另一个"智能的存在物"就应当受到同样的损害，等等。这些公道的关系都是在人为法之先就已经存在了的。②

就是说，人为法是基于社会成员之间的公道关系，而西方社会的公

① ［法］孟德斯鸠：《论法的精神》上册，张雁深译，商务印书馆2004年版，第1页。
② 同上书，第2—3页。

道关系建立于平等权利之上，公道即人与人之间所普遍认可的天性之道、自然之道。韦伯认为：“在内容上，官僚体制支配之处，受关注的不仅是法律形式在法理上的完美，更受注意的是其实质的‘公道’——本身可与官僚体系的内在精神（Ethos）相对应。”① 可见，公道关系是一切法律制度建立的基础，公道关系的对立面就是专制权力。例如，印度种姓制度下，每个等级享受的权力是不一样的。这和官员的等级不同，官员之间的权力分配取决于其所在职位的不同，而人却是生而平等的，由于阶级、性别、家庭等差异而显得不同。一旦这种公道关系不存在了，那么，法律不可能具有公正性，法律只能成为某一部分人的法律，它是局域性的。一旦局域性的法律要扩展到一般群众，那当然不是法律本身的权威，而是立法者的权威，即：当制定法律的人认为这是正确的时候，一切反对意见都是不合法的。权力，往往会成为操纵事实的一只黑手，关于这个问题，福柯从哲学上作了很多阐述。当然，法律和公道关系不可能满足每一个公民的意愿。换言之，它不可能是绝对的公道。

在世界历史上，曾经出现过一些非常著名的法典，如古巴比伦《汉谟拉比法典》，这是目前所知的世界上第一部比较完整的成文法典，共有 3500 行。这部法典的主要功能就是维持当时奴隶社会的等级制度。这部法典所涉及的内容包括家庭事务、经济协议以及一些诉讼方面的程序规则，它刻在一根高 2. 25 米的黑色玄武岩柱上。另外还有犹太人的《摩西五经》，由希伯来文写成，是公元前 6 世纪以前唯一的一部希伯来法律汇编，相传是摩西根据上帝的旨意所写，在犹太民族起着非常重要的社会调解作用。另外，还有古印度《摩奴法典》，古罗马《十二铜

① ［德］马克斯·韦伯：《中国的宗教》，康乐、简惠美译，《韦伯作品集》第五卷，广西师范大学出版社 2004 年版，第 217 页。

表法》，中国唐代《唐律疏议》，法国《拿破仑法典》以及德国《德国民法典》，等等。这些法典，构成公道关系最基本的形态。

尽管中国也有《唐律》这样的法典，但是不是说中国就有公道关系了呢？孟子说："民为贵，社稷次之，君为轻。"[①] 在孟子笔下，我们似乎可以看到古代中国民主社会的希望所在，然而实际上："在中国，没有司法阶层的存在，因为缺乏西方意义下的律师职务。之所以如此，是因为中国福利国家的家产制特色及其微弱的官方职权，并不在乎世俗法律之形式的发展。"[②] 在古代中国的社会体系中，在民的背后，隐藏着一个本质性概念，那就是君。无论怎样民贵君轻、以民为本，无论把民的地位提升到怎样地位，君终究是君，民成不了君，君也不会成为民。中国封建社会几千年的历史证明了这一点：兴，百姓苦；亡，百姓苦。

民和君这一对政治概念标明了两种政治地位。铁打的营盘流水的兵，换来换去的是粉墨登场的人物而已，角色依旧是那个角色。民贵君轻不过是这样一种策略：让民乐于为民，君乐于为君，各司其位，在其位而谋其政。所以，"儒家思想两千年来没有从自身导致出民主，它再过两千年也不会导致出民主"。[③] 那西方君主国家就有公道关系了吗？事实上，即使在君主国家里，我们似乎能够看到是代表公平道义的种种法典，也能看到君主的仁慈、恩赐，但是必须加以区分的是："在君主国里，羞辱和财产、信用、习惯、享受等的丧失——这种丧失常是想象的——对大人物们已经是很重的刑罚，所以对于他们，酷刑是不需要的。酷刑只能失去臣民对君主的爱戴，失去对职位应有的敬

① （宋）朱熹集注：《四书章句集注》，中华书局2012年版，第375页。

② ［德］马克斯·韦伯：《中国的宗教》，康乐、简惠美译，《韦伯作品集》第五卷，广西师范大学出版社2004年版，第215页。

③ 李晨阳：《道与西方的相遇》（中文增订版），中国人民大学出版社2005年版，第179页。

重。”[①] 在孟德斯鸠看来，君主们一面标榜着法典，一面又彰显着恩赐，因为代表公平正义的法典同样不能改变君臣之间的伦理结构：“君主们可以从仁慈获得许多好处，仁慈的君主得到极大的爱戴和光荣，所以当君主有表示仁慈的机会的时候，他们总认为这是一件快乐的事；这在欧洲是常有的事。”[②]

概言之，对西方而言，从古希腊哲学开始，就追求本质客观的真，例如毕达哥拉斯对数学的研究，西方艺术界对透视学、解剖学的研究等。西方思想中充满科学精神。因此，对精神世界的调解控制也是如此，精神世界是抽象的，难以从内在的自省原则去进行规范，所以诉诸严格精密的法律制度。这些外在的制度规范通过社会上多数人的认同而生效，并且调解和影响着日常生活。法的精神所体现的，就是西方的科学精神，从事实出发，从客观性出发，用精密的思想体系来构建社会的意识形态。尽管法律在阶级社会总是存在一定程度的不平等性，君主的仁慈也不过是伪装而已，但需要明确的是，没有一个外在的行为权衡标准，又怎样调控社会呢？仅仅靠一些学者文人的教条，能否从事实上改变人的内心？当然，这种法的制度中国并非没有，唐代的《唐律疏议》，又名唐律或唐律疏义，是东亚最早的成文法之一，但真正影响古代中国社会意识形态的，并不是法的约束，而是仁的精神。

三 修心以和：自律、他律与无目的的合目的性

这样并列陈述中国仁学精神和西方法学精神是必要的，这样两种精神维度的中西跨文明阐释，至少会引起这样的反思：推动中西方社会发展的思想原则是什么？是法律制度、宗教信仰、道德良知或是一些礼俗

---

① ［法］孟德斯鸠：《论法的精神》上册，张雁深译，商务印书馆2004年版，第113页。

② 同上。

仪式？这两种精神的迂回对视，为中西方道德良知的比较研究提供了重要契机，把良知放在这样一个更厚重的思想背景下进行纵向开掘和横向对比，才能捕捉到孟子“道德奠基”的可能性和基础性所在。

维持一个社会的稳定和谐最关键之处，就在于调解主观合目的性与客观合规律性之间的矛盾。所谓主观合目的性，其实就是“欲”，即我想做什么和不想做什么，这是对于个体而言；客观合规律性，就是“能”，即为了整个社会的和谐发展，应当做什么，能够做什么，这是把个体放于整个世界而言的。一个国家、一个社会治理模式所要解决的问题就在于，既不能只满足主观之“欲”而忽视客观之“能”，也不能满足客观之“能”而扼杀了主观之“欲”，而是要实现两者和而不同、共赢发展。一旦“欲”过度发展，则风起云涌、天下大乱、国将不国、家将不家：“因此，在中国，人欲就历来被认为是恶，是一种罪过，作为人欲表现形式的个性是不容许存在的。”① 所以前文反复阐述儒家仁学思想中的“克己复礼”“抑身扬心”观念，就是要想表明儒家采取一切办法扼杀这些蠢蠢欲动的非分念头。另一方面，一旦社会对个体之“能”过度限制，堵而不疏，压而不导，那么必然导致人心压抑、民不聊生，人性为制度标准所扼杀，人将不人，长此以往，官逼民反。所以，一切规则，包括法律条文、宗教信仰、道德良知都要把握这样一个“度”。

孔子对这个问题做出了很好阐释：“子曰：吾十有五而志于学，三十而立，四十而不惑，五十而知天命，六十而耳顺，七十而从心所欲，不逾矩。”② 朱熹解释道：“从，如字。从，随也。矩，法度之器，所以为方者也。随其心之所欲，而自不过于法度，安而行之，不勉而中

① 周良霄：《皇帝与皇权》（增订本），上海古籍出版社2006年版，第370页。

② （宋）朱熹集注：《四书章句集注》，中华书局2012年版，第54页。

也。”[①] 在这里强调的“欲”，即内在的欲望，按照马斯洛的理论，这些欲望可以体现为五种需要：生理的需要、安全的需要、社交的需要、尊重的需要以及自我实现的需要，当然，在古代中国可能不会这样理解，每一个国家，每一个时代的社会欲望都不相同，例如以前大家都想多生孩子，现在给钱给政策都不愿意生，慢慢进入低欲望社会。所谓“矩”，其实就是法度规则，这个规则包含孟德斯鸠所说的自然法和人为法，甚至可以说就是整个世界的客观规律和条件约束。那么，“从心所欲，不逾矩”就意味着，我满足自我的欲望需要，同时我的行为实践都在法律法规范围之内，这就是康德所说的“无目的的合目的性”。孔子是想让一切外在“他律”变成内在“自律”，让仁者的行为行云流水、无拘无束、合法合规，正如罗尔斯所说：“道德教育是为着达到自律的教育。在一定阶段上每个人都会认识到为什么他会接受这些正义原则，认识到他们是如何从他作为道德的人的社会中的平等一员所特有的生活条件中产生出来的。由此可见，当我们在此基础上接受了这些原则时，我们基本上不受传统和权威或其他人的意见的影响。无论这些因素对于我们达到全面的理解会是多么必要，我们最终是在我们能独立地由此出发的合理根据之上把握着一种正义概念的。”[②]

孔子实现这样一个“度”所依靠的是什么呢？在孟德斯鸠看来：“中国的立法者们主要的目标，是要使他们的人民能够平静地生活。他们要人人互相尊重，要每个人时时刻刻都感到对他人负有许多义务；要每个公民在某个方面都依赖其他公民。因此，他们制定了最广泛的‘礼’的规则。”[③] 他认为，中国的根本策略是“礼”，这个规则在古代

---

① （宋）朱熹集注：《四书章句集注》，中华书局2012年版，第54页。

② ［美］约翰·罗尔斯：《正义论》，何怀宏等译，中国社会科学出版社1988年版，第519页。

③ ［法］孟德斯鸠：《论法的精神》上册，张雁深译，商务印书馆2004年版，第373页。

中国承担了法律的基本功能，什么是“礼”呢？《礼记·曲礼上》道：“夫礼者，所以定亲疏，决嫌疑，别同异，明是非也。”① “礼”实际上就是一种隐性的伦理等级秩序和社会行为操守规范。世界要组成一个有机的共同体，就必须要有一个组织体系，否则是散沙一盘，而一切组织体系都存在分工和权力上的不同。“礼”的作用，也就是要为这些不同的权力阶层划分一个行为范围，并自始至终起到监督和制约的作用，因此：“道德仁义，非礼不成，教训正俗，非礼不备，分争辩讼，非礼不决，君臣上下，父子兄弟，非礼不定。”② 没有“礼”，一切道德仁义都无处安身，一切纷争诉讼也无法解决，类似于西方社会之法律制度。只是说，古代中国没有建立西方意义上的公民契约关系，取而代之的是伦理精神。

既然“礼”来自中国文化的伦理精神，那么“礼”的终极本源是什么呢？“是故夫礼，必本于大一，分而为天地，转而为阴阳，变而为四时，列而为鬼神，其降曰命，其官于天也。”③ “礼”的思想基础是天道，也就是天地自然之法则。所以，它并不是由某一个人或君主根据现实利益而设定的规则范畴，而是本于天地之大道精神。《礼记·礼器》还有：“礼也者，反本修古，不忘其初者也。”④ 就是说，“礼”是人的初心，人的秉性，这个秉性是什么呢？其实就是孟子所说的良知良能，即知善而行善，“礼”的目的，就是要促使或制约人的行为符合良知良能之本性。

从中国典籍来看，“礼”不是以法律制度的形式出现，它往往体现为一些约定俗成的风俗习惯，主要分为两个层面：一个是内在的礼仁；

① （唐）孔颖达疏：《十三经注疏》上册，上海古籍出版社 1997 年版，第 1231 页。
② 同上。
③ （唐）孔颖达疏：《十三经注疏》下册，上海古籍出版社 1997 年版，第 1426 页。
④ 同上书，第 1439 页。

另一个是外在的礼节。孟德斯鸠认为：“法律和风俗有一个区别，就是法律主要规定‘公民’的行为，风俗主要规定‘人’的行为。风俗和礼仪有一个区别，就是风俗主要是关系内心的动作，礼仪主要是关系外表的动作。”① 从跨文明比较阐释的立场来看，“法”和“礼”的最大差别在于：“法”针对的是有平等政治权利的公民，而“礼”则针对的是专制社会的君民百姓。但从另一个角度上说：“法与礼不是对立排斥的关系，不存在一方要‘礼’，另一方要‘法’的历史事实。那么礼与法有无区分呢？有。礼主要表现为习惯与传统，而法则主要是有针对性的政治规定。这种规定可以与礼一致，于是礼、法并存。但有时法的规定不合乎习惯传统。”② 两者有区别，当然也有很多内在关联，关于这个问题，于连也认为，法律的基础是公民，公民享有平等的话语权利：“建立城邦的指导思想是大家都有平等的发言权，在称为 agora 的政治集会广场上，每个人的地位都是平等的，而且不管在法庭上还是在代表会议上，一方必须获得另一方的赞同，大家必须取得一致的意见，真理才能得到承认和通过。”③ 而在中国封建社会，“礼”所规范的对象不是公民，而是隐蔽了公道关系的民。

那么，西方精神世界是如何把握这样的“度”呢？大致说来，一方面依靠法律制度：“在民主国家里，人民仿佛愿意做什么就做什么，这是真的；然而，政治自由并不是愿意做什么就做什么。在一个国家里，也就是说，在一个有法律的社会里，自由仅仅是一个人能够做他应该做的事情，而不被强迫去做他不应该做的事情。”④ 那么，我们应当如何理解这里的政治自由与道德良知之间的内在契约关系呢？或者说，

① ［法］孟德斯鸠：《论法的精神》上册，张雁深译，商务印书馆 2004 年版，第 373 页。

② 刘泽华、葛荃：《中国古代政治思想史》（修订本），南开大学出版社 2001 年版，第 22 页。

③ ［法］弗朗索瓦·于连：《圣人无意》，闫素伟译，商务印书馆 2006 年版，第 101 页。

④ ［法］孟德斯鸠：《论法的精神》上册，张雁深译，商务印书馆 2004 年版，第 183 页。

在一个公平的合作系统之中，“善”如何成立？罗尔斯认为：“由于个人能够成为公平社会合作系统中的充分参与者，所以，我们才说他们具有与上面谈到的社会合作理念中的三种要素相联系的两种道德能力：即正义感的能力和善观念的能力。”① 所谓的充分参与者，就是指民主政治体系下的个体公民。孟德斯鸠说：“我们应该记住什么是‘独立’，什么是‘自由’。自由是做法律所许可的一切事情的权利；如果一个公民能够做法律所禁止的事情，他就不再有自由了，因为其他的人也同样会有这个权利。”② 所以，法律制度就这样调解了人的欲望自由和现实处境之间的矛盾。但是，正如马克思所说，法律仅仅是消灭人性之中消极的因素，如果要阻止犯罪的根源，还需要把人性之积极因素展现出来，这一个使命，在西方则由宗教承担了。基督教具有劝善功能，亚当和夏娃偷吃禁果而被逐出伊甸园，人类由此而产生了原罪，为了进天堂，人类的一生必须要赎罪才能得到救赎，赎罪的过程就是一个承受苦难的过程。因此，对基督教而言，一方面是自我承担苦难，另一方面是对他人表示善意，这根植于每一个基督教徒的内心世界，他们所面对的不是法律条文的约束，而是上帝的箴言，上帝在何处呢？上帝存在于每一个教徒心中，每一个教徒都要向上帝和牧师忏悔。

古代中国社会历来缺乏宗教精神，梁漱溟说：“中国自有孔子以来，便受其影响，走上以道德代宗教之路。这恰恰与宗教之教人舍其自信而信他，弃其自力而靠他力者相反。”③ 同时，也没有西方那种建立在民主政治基础之上的法律制度。中国虽然没有宗教，但儒释道文化却蕴含着类宗教精神，承担着西方宗教和法律同等的社会治理功能。这种类宗教精神贯穿在最普遍的日常行为和风俗习惯之中，它们没有形成这样一

① ［美］约翰·罗尔斯：《政治自由主义》，万俊人译，译林出版社 2000 年版，第 19 页。
② ［法］孟德斯鸠：《论法的精神》上册，张雁深译，商务印书馆 2004 年版，第 183 页。
③ 梁漱溟：《中国文化要义》，上海世纪出版集团 2005 年版，第 96 页。

个完善清晰的宗教体系，而只是以“仁”“礼”这样的形式来规范。所以孟德斯鸠说：“因此，中国并不因为被征服而丧失它的法律。在那里，习惯、风俗、法律和宗教就是一个东西。”[①] 并且，孟德斯鸠还进一步延伸：“从这里还产生一个很不幸的后果，就是要在中国建立基督教，几乎是不可能的事。”[②] 虽然“不幸”这个词语不太恰当，但事实上，当年利玛窦历尽千辛万苦，确实没有让基督教在中国生根发芽，反而佛教的中国化之路开展得顺风顺水，从根本上说，还是源于中国风俗伦理与西方宗教法律的异质性，以及在中西跨文明阐释中的变异性。

通过中西方的比较阐释，可以发现西方精神世界包含两个维度：一个是形而下的法律制度，另一个是形而上的宗教信仰；一个是惩罚消极的行为，一个是发扬积极的行为；一个是刚性制度，一个是柔性约束。如果把社会形态想象成一张弓箭，那么法律制度则是固定之弓木，而宗教信仰则是弹性之弓弦，两者之间形成一个巨大的话语张力，推动西方社会的发展。它们两者都是必需的，因为西方已经把人分为肉身与意识、形而上和形而下两个层面。法律制度是必须的，但也不是万能的，法律可以阻止这样的行为，甚至严加惩罚，但很可能治标不治本，治人不治心。所以，在实施法律制度的同时，从宗教信仰的层面来强化根本性的善，即内在地引导一种向上向善的价值倾向。所以，西方社会发展在这个意义上获得了成功。那么中国呢？古代中国凭什么来延续封建社会制度而不至于引起频繁暴乱呢？

孟德斯鸠说：“中国的立法者们所做的尚不止此。他们把宗教、法律、风俗、礼仪都混在一起。所有这些东西都是道德。所有这些东西都是品德。这四者的箴规，就是所谓礼教。中国统治者即使因为严格遵守

① ［法］孟德斯鸠：《论法的精神》上册，张雁深译，商务印书馆2004年版，第375页。
② 同上书，第376页。

这种礼教而获得了成功。”① 他认为，中国社会依靠的不是法律制度，也不是宗教信仰，而是紧紧依靠道德礼教获得了成功，那这两者的区别何在呢？一般说来：“法律是立法者创立的特殊的和精密的制度；风俗和习惯是一个国家一般的制度。因此，要改变这些风俗和习惯，就不应当用法律去改变。用法律去改变的话，便将显得过于横暴。如果用别人的风俗和习惯去改变自己的风俗和习惯，就要好些。”② 因为，作为风俗习惯之“礼”不是应用性制度，而是文化之内在贯通，而且：“礼作为习惯性的规定有着深厚的社会基础，而法则多因事而作，有较多的时代性。”③ 法律系统不是一蹴而就、一劳永逸的，它不断地修订、完善，不断在各类具体案件中吸取新的经验，补充新的条款，与时俱进，逐步发展，而仁义道德却相反，它是有生命力的对象，它不像法律条文，老实待在那里，等待人的修订，甚至否定。礼和仁作为精神规律，随着时间的推移，它就像一棵树一样，在一片土地上把根扎得越来越深，发展到一定程度，则根深蒂固、难以撼动。从这个意义上讲，孟德斯鸠得出如下结论：“因此，一个君主如果要在他的国内进行巨大的变革的话，就应该用法律去改革法律所建立了的东西，用习惯去改变习惯所确定了的东西；如果用法律去改变应该用习惯去改变的东西的话，那就是极糟的策略。”④

法律制度尽管很严密，但也可以根据不同的情况而作出相应更改，而风俗是建立在血缘关系和地缘关系之上的一种行为规范。如果地缘和血缘保持不变，那么风俗礼仪也就基本不会变化。法律制度则不同，很可能时间空间一变化，法律条文也就跟着变化了。所以，一个社会可以

① ［法］孟德斯鸠：《论法的精神》上册，张雁深译，商务印书馆2004年版，第374页。
② 同上书，第371页。
③ 刘泽华、葛荃：《中国古代政治思想史》（修订本），南开大学出版社2001年版，第22页。
④ ［法］孟德斯鸠：《论法的精神》上册，张雁深译，商务印书馆2004年版，第371页。

有很多成文的规定，但是，也有很多不成文的约定，这些不成文的约定难以言说、根植于心。那么，为什么这些作为道德基础的风俗礼仪会根植于心呢？孟德斯鸠分析道：“有两种原因使这种礼教得以那么容易地铭刻在中国人的心灵和精神里。第一是，中国的文字的写法极端复杂，学文字就必须读书，而书里写的就是礼教，结果中国人一生的极大部分时间，都把精神完全贯注在这些礼教上了；第二是，礼教里面没有什么精神性的东西，而只是一些通常实行的规则而已，所以比智力上的东西容易理解，容易打动人心。”① 于是，我们可以沿着这个思路，从比较文学阐释学视野观照西方的法律与宗教，同时反思中国的道德、良知、仁义等问题。

第一，“仁”“礼”是伦理学道德学范畴。这些范畴最重要的特点是治心。法律制度主要是治人，通过各种惩罚方式来预防或遏制某些行为。当某种不良行为发生之后，政府通过起诉、辩护、审判、再上诉等司法程序进行量刑，再通过劳动改造制度予以惩罚，这样既让嫌疑人为自己的行为付出代价，也给众人以警示教育。“仁”“礼”是以风俗习惯的形式来产生力量，违法犯罪在中国当然也会受到衙门审判，但不“仁”不“礼”却不会必然受到法律制裁，这只是一个道德问题。但在中国封建社会，并没有因为这只是一个道德问题而被忽略掉，相反，中国几千年来正是依靠这个道德模式来延续自己的文明，因为道德惩罚不是用具体的刑法制度来展开的，而是采用社会集体的排斥和自我良心的愧疚两个方面来进行的。例如，身体发肤，受之父母，如果剪掉头发，并没有侵犯或剥夺别人的某种权利，所以不能用法律来制裁，但在道德领域这被视为“不孝”的表现，所以自然而然被社会排斥和拒绝，而且这种排斥的力量是惊人的（“众口铄金，积毁销骨”）。在“孝”被视

① ［法］孟德斯鸠：《论法的精神》上册，张雁深译，商务印书馆2004年版，第375页。

为一种道德目标的时候，不孝之人则不为之人，不为之人则无法享受人之待遇，他在精神上则必须要忍受这种边缘化地位。相反，如果某种价值标准被很好地体现了，那么在道德方面会得到无上的荣耀（“饿死事小，失节事大”）。中国历史上很多女子为了得到贞节牌坊而在个人行为上忍受了巨大的痛苦，甚至是为此而付出生命，但在其自身乃至其家族看来，这种付出是值得的。尽管没有金钱或权力上的获得，但在精神上却可以流芳千古。当然，除了这种社会外在价值体系约束，还可以体现为自省，孔子说：“见贤思齐焉，见不贤而内自省也。”① 人的行为一方面是做给别人看的，另一方面更是做给自己看的，要问心无愧。

第二，“仁”“礼”没有宗教信仰那种系统性。基督教区分了天堂和地狱，善者入天堂，恶者入地狱，这其实是一种精神惩罚，但丁《神曲》把地狱分为九层，人间犯了哪一个类型的罪孽，死后就相应入住地狱的哪一层，层次分明、等级森严、有规有矩。佛教的极乐世界也是如此，充满了无数诱惑。对中国思想而言，孔子、孟子认为仁义道德是“可以”的，但并不是必需的，人可以走向善，也可以走向恶。儒家不会这样强制性作出规范和要求，它提出一些范畴，举出一些贤人，指明一些取向。例如，君子和小人，儒家没有强调每一个人都必须成为谦谦君子，每一个人都有成为君子或小人的权利，这一切在于自我的选择，儒家只提供这些选择而不作出选择。为了增强“仁”“礼”的方向性选择意图，儒家一是将两种对立的道德标准并列，如“君子喻于义，小人喻于利”“知者乐水，仁者乐山”“知者动，仁者静”“知者乐，仁者寿”“君子泰而不骄，小人骄而不泰”等。二是用“不如”来进行价值取舍，提出一些可供参考的重要建议，例如“知之者不如好之者，好

① （宋）朱熹集注：《四书章句集注》，中华书局2012年版，第73页。

之者不如乐之者”[1] 等。儒家圣人并没有采用一刀两断的方式来进行判断，他没有指出“这是好、那是坏、必须如此、不能如此”等，他在不断地暗示“这更好”。大家可以作出自我选择，并为一切行为负责任。

第三，“仁”“礼”聚焦于日常行为。它用一些实实在在的行为标准体现出来，没有具体的哲学体系，这样易于接受，不需要烦琐的论证，当然也便于操作实践。宗教信仰需要有各种各样的知识体系和仪式规范，基督教的受洗、礼拜、唱诗，佛教的功课、诵经、打坐，伊斯兰教女性戴头巾以及各种戒律等，这些都比“仁”和“礼”要麻烦得多，而“仁”则是说来就来，就像禅宗“明心见性，见性成佛”一样，中国人大多怕麻烦，想之则有之，厌之则弃之，“仁”的最高境界，就是“从心所欲，不逾矩”，内化于心，外化于行，酒肉穿肠过，佛祖心中留，一切都是自然而然的行为，但是一切行为都在规范规则之中，两不相碍，并行不悖。

梁漱溟认为：“以我所见，宗教问题实为中西文化的分水岭。中国古代社会与希腊罗马古代社会，彼此原都不相远的。但西洋继此而有之文化发展，则以宗教若基督教者作中心；中国却以非宗教的周孔教化作中心。后此两方社会构造演化不同，悉决于此。”[2] 在宗教思想基础上，西方形成了完善的法律体系，中国一方面没有那样精密的法律体系（当然也有法），另一方面也没有纯粹的宗教信仰。如果把法喻为弓木，宗教喻为弓弦，那么中国思想既没有坚硬的弓木，也没有柔性的弓弦，“仁”“礼”在弓木与弓弦之间，既不绝对刚，也不绝对柔，它尤其强调刚柔“之间”的诸种可能性，构成思想的内在性和张力感，它是这

---

① （宋）朱熹集注：《四书章句集注》，中华书局2012年版，第89页。

② 梁溯溟：《中国文化要义》，上海世纪出版集团2005年版，第46页。

样一种潜在的力量，避免走向极端，它包含着法的精神和信仰的功能，但又没有法的系统性、逻辑性，也没有宗教的抽象性、崇高性，它起源于自然之天，又回归于世界之道，体现在一切行为之中，无须诉诸上帝、佛祖、真主或其他外在的思想体系，它的对象是人心。

第三节　天道与人道：中西诗学话语的终极视域

一　上天与上帝：良知的终极本源与关系本源

本章第一节主要阐释了中国语境下的良知起源及其展开模式，第二节从跨文明比较阐释学视野分析了仁、礼、法与宗教之间的互补关系。那么，仍然有这样一些问题有待于解决：在中国，除了不忍之心、血缘关系以及乡土中国的结构模式外，良知是否还存在一个终极本源？换言之，即从最高意义上讲，道德的根本依据是什么？天子还是圣人？在西方道德世界，显然不是法律制度在操纵人们的良知问题。那么，西方人潜意识的道德性又来源于什么呢？是否存在这样一个终极力量潜在地和人心进行着对话、交流和沟通呢？这些问题，不是用西方形而上学理论来阐释中国道德现象，而是在跨文明比较文学阐释学视野之下，从他者立场来重新思考道德良知的"本源"而不是"本质"，道德问题只有在与法律问题和宗教问题的双重语境之中才能得到比较合理的阐释。

道德基于人性，那么人的本性又是什么？又从何而来呢？在这里，暂且不讨论人的本性是什么，只是要追问人的道德本源在哪里。《中庸》道："天命之谓性，率性之谓道，修道之谓教。"① 天命就是上天的

① （宋）朱熹集注：《四书章句集注》，中华书局 2012 年版，第 17 页。

安排，它不会因为人的意愿而发生改变，天命有常，不为尧存，不为桀亡。于连认为：“在中国，‘天’作为支配和调解世界进程的伟大原则是铭刻于任何天性之始的，其中包括人的天性。”①

如此看来，人的一切道德行为都出自天。在这里涉及两个缘由：人由和天由，两者最大的区别就是：人由是需要论证、需要讲明、需要澄清的，而天由则无须论证、讲明与澄清。天由是超越于人的一种终极根源，它自我证明、自我澄清而不诉诸任何他物，近似于老庄的“道”。那么为什么天由又具有这样的权威性和终极性呢？是谁赋予了天由这样的权威性？如果不是谁赋予，那为什么不可以是地或其他某物来承担？天凭什么具有了这样的优先性？如果按照这样的逻辑追问下去，就必然接触到中国的道德良知乃至整个中国思想存在的一个终极意义范畴——天。庄子曰：

> 是故古之明大道者，先明天而道德次之；道德已明而仁义次之；仁义已明而分守次之；分守已明而形名次之；形名已明而因任次之；因任已明而原省次之；原省已明而是非次之；是非已明而赏罚次之；赏罚已明而愚知处宜，贵贱履位，仁贤不肖袭情，必分其能，必由其名。以此事上，以此畜下，以此治物，以此修身；知谋不用，必归其天，此之谓大平，治之至也。②

在庄子看来，一切大道均在于天，天是道德仁义和赏罚制度的终极根据。天之所以被称为终极意义范畴，那是因为它自为终始、至高无上。那么这又必然会产生如此的联想，即：天是不是西方的逻各斯呢？

① ［法］弗朗索瓦·于连、狄艾里·马尔塞斯：《（经由中国）从外部反思欧洲》，张放译，大象出版社2006年版，第190页。

② （清）郭庆藩集释：《庄子集释》（中），中华书局2012年版，第475页。

或者说，天就是西方的上帝？在于连看来，中国的天与西方的上帝，二者关系在于：

> 是一个对等词，但是，同样表现出二者之间的差异。因为，什么是“天”呢？是它决定日和夜、暖和冷以及季节的更替——由此产生世界的更替；因此中国思想将它解释为事物的调解原则。更准确地说，它既是现实之源，也是——因为它不偏离其过程——不断推动和“提升”现实之源。因为它不偏离。正是在这里，伦理道德方面参与进来构成主要中国思想结之一：真实的更替原则也是善之源。换言之，“天德”（tian de）就是我要称之为的天的“过程能力”（capacité processive）；在人性（ren xing）的起始看到的就是天德，它构成了“过程”进行中的固定点，并且由此产生其根本的善；因为中国传统多数人相信人性本善。①

于连的这段论述有三点值得注意：第一，他认为上帝与天是一个对等词，所谓对等词，亦即在某种意义论域或结构框架下是可以互为阐释的。它们两者在中西思想上具有近似的地位和功能，尽管它们具体的内涵意义并不相同。第二，两者的差异体现在：天四时更替、生生不息，是万物之调解的原则，上帝则自始至终是这样一个固定权威，没有变化。我们都知道，不仅上帝长得没变化，连居住地也没变化（十字架），只是这样的一个绝对存在。第三，中国以“天德”为最高范畴。天德即人性之初的善种，它围绕天不断地产生人的道德行为。《礼记》中说：“天高地下，万物散殊，而礼制行矣。”② 一切礼制和法规都是来

① ［法］弗朗索瓦·于连、狄艾里·马尔塞斯：《（经由中国）从外部反思欧洲》，张放译，大象出版社2006年版，第189—190页。

② （唐）孔颖达疏：《十三经注疏》下册，上海古籍出版社1997年版，第1531页。

自天地法则。当然，中国的上天与西方的上帝之间的区别远非如此简单，正如“道与逻各斯”一样，它涉及中西思想最本质的问题。首先必须清理的是，在中国思想语境之中，天意味着什么？

甲骨文中已经有天这个字，这是会意字，下方是一个手脚平展直立的人，在上方标出一根横线，指出是人之首或顶，表示超越于人类之上的一种存在物。天在中国文化中是至高无上、唯我至尊的，皇帝被称为天子，正因为是天之子，而享受到了人之至尊的荣耀，民间称天为“天老爷”，还有“苍天有眼”的说法，天就这样成了人格化的神。

冯友兰认为，天的含义有以下方面：“在中国文字中，所谓天有五义：曰物质之天，即与地相对之天。曰主宰之天，即所谓皇天上帝，有人格的天、帝。曰运命之天，乃指人生中吾人所无可奈何者，如孟子所谓‘若夫成功则天也’之天是也。曰自然之天，乃指自然之运行，如《荀子·天论篇》所说天是也。曰义理之天，乃谓宇宙之最高原理，如《中庸》所说‘天命之谓性’之天是也。”① 在中国大多数典籍中，主要是指主宰之天。

《周易》把天演绎为乾，地演绎为坤。乾卦、坤卦分别是世界之二元，其他六十二卦都是通过乾元、坤元的不同组合而形成。人也是天地化合而成，所以，天、地、人构成了“三才”。乾卦六爻皆是阳爻，浑身上下充满阳刚之气，因其地位而置于六十四卦之首，乃是万物化生之终极根源所在，天道运行过程中始终贯穿着乾元之气，从天道层面来理解，乾就是滋生万物之始，而从人道层面来讲，它就是人性原初之善。这样，先天就是指对形势的预测、把握和推断，后天则是对事实、结论的衡量，无论是先天还是后天，都不能违背天。荀子在《天论篇》开头便说：“天行有常，不为尧存，不为桀亡。应之以治则吉，应之以乱

① 冯友兰：《中国哲学史》上册，华东师范大学出版社2000年版，第35页。

则凶。强本而节用，则天不能贫；养备而动时，则天不能病；循道而不贰，则天不能祸。”① 天的意志是不会因为人而改变的，要去顺应天道之规律，所以《水浒传》打的旗号是“替天行道”，奉行的是天道，这个旗号就取得了天然的优势，也无人可以辩驳，人人都有这个行道的权利，也有这个义务。

中国思想把行动的根源归结于天命和人事。天命是不可违背、不可逆转、不可更改、不可抗拒、不可准确预测的，只能去适应去顺从。人事是人根据自己的目标制订相应的措施计划，并且全力以赴去实现这些目标的过程，这是可以改变、可以决定、可以预测的。任何一件事的成败都依赖于这两个方面的相互作用。因此司马迁在《史记·项羽本纪》中叙述西楚霸王项羽失败的时候，并没有认为项羽是战败，而是归罪于天，足以看出司马迁对项羽的价值肯定。中国人喜欢讲“谋事在人，成事在天”，可见，在自身尽力之后，便把一切不可知因素归于天，要么“天助我也”，要么“天亡我也”。

中国除了天之外，还有没有西方意义上的上帝呢？于连指出：

> Shang di 原来承担君主的功能，人们向他祈祷，为之献祭，听他宣布命令等等。但是，这个概念逐渐被排除，后来在中国文化里慢慢地被边缘化，变得越来越不实用。这个概念从未受到过批评，中国人从未想到过是赞成还是反对，也从未试图从中解脱出来：在他们的思想里，这个概念太淡泊，不会形成问题，不能够使人为之折服。这个演变大致在公元前2000—前1000年从商朝到周朝转折期间，周代为使周制合理化采取一种新伦理教育；他们采用新出现的“天”的概念作为调解世界的原则，取代上帝的个人形象：此

① 王先谦：《荀子集解》（下），中华书局2013年版，第362页。

> 后，是"天"授君权。天的概念占优势的同时，地的概念囊括了古老的地域诸神，开始成为天的伙伴。由此产生了构成古代中国人世界观的重要对偶词：天与地、上与下、硬与软等等——每个概念都各有自己的功能，"接受"一种概念等于另一概念同样的原始和同样的"主动性"。由此产生了对立和补充的概念，就是说一种构成"极"的"相应关系"——与西方对上帝的独占和固定概念相反。①

于连这段话出现了两个关键词：调解和过程。前面已经提及，在《尚书》中，既有天又有帝，本来天帝与上帝一样，可以朝着神的路数走下去，这样，中国也就可以形成宗教。但是，上帝这个概念后来被排除掉了，取而代之的是天，后来，天和帝划分开来了，帝就专指皇帝，而天则走向了另一种价值信仰领域。张祥龙教授认为："'天'字取代'帝'字，说明中国古人的心目中，最根本的主宰力量被越来越境域自然化了。"② 这是中国语境下的阐释，而于连从西方语境将这个转换归结于调解和过程两个因素。他认为："中国不是一直没有上帝的概念；它是后来演变有的，这就更有意思了。在公元前 2000 年，像其他伟大文明一样，它有自然神：泉水神，风神，四方神等等。后来——也是很一般的——有了对神的一种更概括的抽象概念：Shang di，'上边的天主'，这引起了 17 世纪耶稣会传教士们的很大兴趣，他们处心积虑要找到他们的'真理'在中国的一种先兆。"③

那么，在西方上帝又在道德良知问题上充当着怎样的角色呢？于连

① [法] 弗朗索瓦·于连、狄艾里·马尔塞斯：《（经由中国）从外部反思欧洲》，张放译，大象出版社 2006 年版，第 189 页。

② 张祥龙：《海德格尔思想与中国天道》，生活·读书·新知三联书店 1996 年版，第 237 页。

③ [法] 弗朗索瓦·于连、狄艾里·马尔塞斯：《（经由中国）从外部反思欧洲》，张放译，大象出版社 2006 年版，第 189 页。

说："上帝的旨意得给人留下选择的余地，而人应该像他一样地绝对自由。而在中国，我们知道，人格神的观念不曾得到深化，神学意义上的'人依神造'的观念也没有出现。"① 那么，人怎样达到上帝那样的自由呢？是通过知识，还是阐述？于连后来指出："人不是通过自己学来的知识，或是旁人向他解释的种种理由，而是通过体验自己在不受感官的左右而自动选择为善的时候所表现出的自发性来意识到自己的自由的——即意志之自由，由己出发——人由此而上，才得以回溯到了上帝。"② 可见，通过自我意志之行善，可以使得个体与上帝在精神领域实现会通。

基督教在西方精神世界的作用是无与伦比的，甚至可以说，没有基督教就没有西方文明。在基督教中："所有生物仅仅是上帝要他们存在而存在，上帝的意志是无限强大的，它的命令，不需要任何支撑或器物上的帮助，他独自一人就能够使其存在。因此，上帝之意是永恒或来自一种永恒性（eternity）的。"③ 在基督教精神下，西方人把生命之意义寄托于上帝，把善的终极根源化归于这样一个人格神，通过这种精神性的化归而获得行善的理由，同时，也走向了无限的自由。但是在中国，上帝难以让人信服，所以，上帝最终变成了上天。于连指出："儒家思想的独特之处就在于它并非一个真正的宗教思想，纵使它与别的伟大思想传统一样，有过一个宗教性根源，它也没有去深化它。事实上，早在孔子出现以前，中国社会就已经发生过一次关键性的转折，原始神教崇拜并没有朝内在体验方向发展，而是经历了一系列的礼仪范式化：祭神仪式之重要性超过了祈祷，从对一个人们既尊崇又害怕的至高无上的人

---

① François Jullien, *Dialogue sur la morale*, Paris: éditions Grasset et Fasquelle, 1995, p. 112.

② Ibid., p. 165.

③ Anne Conway, *The Principles of the Most Ancient and Modern Philosophy*, New York: Cambridge University Press, 1996, p. 12.

格神（‘上帝’）的崇拜，中国人转向了对世界变化之规律（天道）虔‘敬’的认知。”①

这样，对上天和上帝的一个清理大致能够得到这样的结论。

首先，天在中国思想之中显然不是指天空、天堂、天气之类的一个具体存在，天是一切自然之上的终极本源。这个字从字面意义上已经表明了这一点，它在人之上面表明一横，指出这就是天，这一标示实际上暗示着它所具有的“在……之上”的哲学意义。然而，天不像上帝那样不可接近：“天并不高于人，而只是高于或深于任何一种现成者和现成状态。天和道在中国古代智慧中就意味着纯构成的本源状态。”② 我们知道，西方的本体论英文为“ontology”，其中“on”在英文中指“在……之上”，所以本体论也称之为形而上学，或者是对世界客观存在物的系统描述。所以，把天翻译为“God、Heaven、Nature、Sky、Weather”，都只取到了它形而下的部分，忽视了形而上的“道”的意义，因为：“这中间的确有一个超越性——‘天’是在我们的视野之上——但由于‘天’的变化并没有构成一个异于人类世界的另一个世界，‘天’的这种超越性便转化成了一个‘内在性的眼底’。它成了万物变化所秉承的那个无底之底，最终与自然混而为一了。”③

其次，天处于一个有机联系的结构图示之中。在中国，尽管天具有形而上的意味，但天这个概念并没有被绝对化，“天、地、人”构成三才，各自发挥自己的功能，形成一个有机的系统：“人之性情欲望，并非超然，它须以德性之主宰，以天道法则加以节制，使其在成身成性中

① François Jullien, *Dialogue sur la morale*, Paris: éditions Grasset et Fasquelle, 1995, p. 90.

② 张祥龙：《海德格尔思想与中国天道》，生活·读书·新知三联书店1996年版，第348页。

③ François Jullien, *Dialogue sur la morale*, Paris: éditions Grasset et Fasquelle, 1995, p. 143.

达与天道一致的合理化”。[①] 所以，天不是一元中心论，而是天地二元互补论，在互补的过程中，生成一个具有孕育性的智慧范畴——“三”，这正是区别于二元对立论的关键环节，二元对立非此即彼，思维逻辑异常清晰，它没有超越形成另外的范畴，而中国思想中的“三”，在对立之中却指向了无限生成的可能性：“在中国思想中，成对的概念处于同一层面，一个也是另一个，一个说明另一个，我提到其中一个必须经过另一个。”[②] 而在西方基督教精神世界中，上帝只有一个，它孤立地存在，没有与之相呼应的对应物，它处于中心地位，发挥着至高无上的权力。在中国，天没有地的辅佐，乾没有坤的顺承，刚没有柔的相济，阳没有阴的补充，都是残缺的，无法发挥运作功能。天也并不是一个自给自足、自为终始的存在物，它依赖于一个关系模式，天、地、人相互依赖、相辅相成。天并不是一个固定的终点，它必然过渡和延续到其他元素，继而形成一个具有生产功能关系形式，在于连看来：“因为上帝概念在我们这里发挥的是对我们的世界之外的超自然概念，因此它是开向确定原因和现象以外的层面的；然而在中国，没有任何东西是处于‘过程世界之外’的，而‘道’本身只是未经区分的‘储库’，由此继续产生现象的更替过程。”[③]

再次，天具有过程调节的能力。天作为“在……之上”具有终极权威性的同时，也在不断变化发展，自我调节，天不是构成世界，它具有过程与创造的能力。在变化过程中贯穿规律之道，在道的中轴下产生无穷变化。在《周易》看来，这个作为中轴的天道，就是人性之善。因此，人性之本乃是由善构成，所谓的恶并非恶，只是失去了善而已，

---

① 杨建祥：《中国人的独特智慧——“持盈”话语》，上海古籍出版社2003年版，第373页。

② 秦海鹰：《关于中西诗学的对话——弗朗索瓦·于连访谈录》，《中国比较文学》1996年第2期。

③ ［法］弗朗索瓦·于连、狄艾里·马尔塞斯：《（经由中国）从外部反思欧洲》，张放译，大象出版社2006年版，第192页。

只需找回即可。上帝则不同，上帝当然也是高高在上的，只是说，上帝没有处于这样的更替变幻之中，它是绝对的神，它没有生死，如果上帝也可以循环往复，就必然有生死，那么上帝也早就不存在了。上帝作为西方人精神上的寄托，它拒绝变化与更替，始终坚守着这样的一个地位，以不变应万变。所以，尼采说“上帝死了”之后，20 世纪的西方文学作品充满了荒诞、无聊、空虚和绝望，这种无根的苦难意识，贯穿在文本的每一个字符，音乐的每一个音符。在中国，我们找不到天在哪里，它不是这样的一个活生生的实体，天即道，天道即自然之物，是万物之本源，它存在于万物之中，不像上帝一样高高在上，天的过程性和创造性，使得中国思想回避了形而上学，世界在过程变化之中消失得无影无踪，但是我们又处处可以觉察到天道的存在。所以，真理并不掌握在某一个人手中，也不是在某一个地方停留。在中国，真理处于变化之中。

二 天道与公道：不言之教与社会契约的互补

在分析了上天与上帝作为道德的终极本源之后，需要进一步展开的是：上天和上帝是怎样将其终极意义体现出来？怎样由天道衍化成人道，由天性衍化成人性，由善之性衍化为善之心？

在中国思想中，天道是不可言说的，天地万物虽然具有自身的发展规律，但它们终究是以沉默的形式呈现出来的。但是，我们又处处依赖这个终极本源，无论是道德良知还是礼义廉耻，都是如此。孟德斯鸠在《论法的精神》中强调了公道关系对人为法的基础作用，而且，西方《人权宣言》《独立宣言》都借助了“天赋人权”的思想渊源，只是说，这些源头并不相同，中国是上天，西方是上帝。

人生而平等，没有一个人可以超越其他人的权利范围，国家社会因而制定法律制度和道德规范来保护人的各种权利，要么是通过公民契约建立协议关系，要么是共同遵守一个超越于人的思想力量。前者则是西方在民主制度基础上建立的法律体系，后者则是一切法律体系所依赖的一个终极本源。无论是上天还是上帝，都具有阐释这种本源的最终决定权。然而，在中国，这个权力建立于天、地、人所构成的关系之中，在西方，上帝通过摩西之口来传谕。那么，中国怎样从天道转化成人道，西方又怎样从上帝之意转化成契约精神呢？

在中国思想中，上天是不言的。孔子在《论语·阳货》中说："子曰：'予欲无言。'子贡曰：'子如不言，则小子何述焉？'子曰：'天何言哉？四时行焉，百物生焉，天何言哉？'"[①] 子贡作为弟子，在孔子面前小心翼翼地拿着笔记本，本来期待着老师讲一些大道理，但是孔子什么都不说，子贡就很着急地问，老师不说话，我记录什么呢？孔子说，你知道上天是怎么说话的吗？四时自然更替，万物自然化生，一切均没有用言语来进行阐释和说明。或者说，天地不言，而世间万物按照天命而自然发展，无所拘束、无所阻碍，一切畅通自然，这难道不就是最好的言说吗？与此类似的还有庄子的一段表述："天地有大美而不言，四时有明法而不议，万物有成理而不说。"[②] 于连将这一段翻译如下：

> Le ciel et la Terre ont leur grande beauté, mais n'en parlent pas;
>
> les quatre saisons ont leur ordre lumineux, mais n'en discutent pas;
>
> les dix mille etres ont leur structure propre, mais ne la formulent pas;[③]

在孔子和庄子这里，天地万物、四时变化，这些事物现象本身都有其内在的美、法和理，它们没有言说或争议。因为，在他们看来，一旦说出，那么问题就出来了：谁在说？说什么？这意味着什么？这些问题便纠结在了一起。天地自然不说，不说便没有任何痕迹可以捕捉，但

① （宋）朱熹集注：《四书章句集注》，中华书局2012年版，第181页。

② （清）郭庆藩集释：《庄子集释》（中），中华书局2012年版，第732页。

③ François Jullien, *Du temps*, Paris: éditions Grasset et Fasquelle, 2001, p. 63.

是，它们却处处能让人感受到它的存在，“因此，俗话所说，有智慧的人不论是非，而是理解，这意思很简单，就是说，不必按照自己的观点来判断孰是孰非，事物自会根据其自身的根源（‘天’），得到阐释。所以在圣人的眼中，一切都是有根据的。圣人不会忽视任何一点”。[①] 在于连看来，一切都会自己自然涌现，不用去言说、阐释和评论，圣人之智慧，正是在于他不论是非、任其自然，正如海德格尔反复强调要聆听（Listening），而不要言说（Speaking）一样。

在西方，上帝是可以言说的，《圣经》中到处是上帝对人类的忠告。犹太人的《摩西五经》，相传是摩西根据上帝的旨意所写，另外还有著名的“摩西十戒”（The Ten Commandments）等。上帝是可以言说的，它可以通过摩西之口传达旨意，也要给人类各种戒律。既然中国的天不能像上帝那样直接将自己的旨意传达给子民，那么人道怎样去体现天道？中间是否需要某种中间过渡环节？

显然，中国思想没有形成上帝这个范畴（当然出现过这个词语），但是天道与人道之间，插入了一个圣人。庄子说：“圣人者，原天地之美而达万物之理，是故至人无为，大圣不作，观于天地之谓也。”[②] 孔子为什么要说“子欲无言”呢？孔子在对弟子说这一句话的时候，他是否暗示着他与天之间有着什么关系？朱熹在“子欲无言”这几个字后面注释道：“学者多以言语观圣人，而不察其天理流行之实，有不待言而著者，是以徒得其言，而不得其所以言，故夫子发此以警之。”[③] 老子在《道德经》也提到了圣人，他说：“天下皆知美之为美，斯恶已；皆知善之为善，斯不善已。故有无相生，难易相成，长短相形，高下相倾，音声相和，前后相随。是以圣人处无为之事，行不言之

① ［法］弗朗索瓦·于连：《圣人无意》，闫素伟译，商务印书馆2006年版，第143页。
② （清）郭庆藩集释：《庄子集释》（中），中华书局2012年版，第732页。
③ （宋）朱熹集注：《四书章句集注》，中华书局2012年版，第181页。

教；万物作而弗始，生而弗有，为而弗恃，功成而弗居。夫唯弗居，是以不去。”①

从孔子、庄子、老子三位智者的描述可以看出，天道与人道之间用圣人来进行贯穿。什么是圣人呢？圣人在中国思想中起着怎样的作用？

首先，圣人既不是宗教意义上的神，也并非普通的人。圣人处于神和人之间。在这一章的分析中，经常可以见到“……之间”的论断模式，其实，这一直在显示中国思想的关系性、过程性和不确定性。在西方思想看来，这种“之间”的模糊表达是无法抵达真理的，因为没用“是”与“非”来进行判断。正是这一点，中国回避了形而上学，回避了宗教，继而建立了自己的道德范畴体系。那么圣人如何居于之间呢？第一，他不是神，神是完全超越于人之上的非人化存在，如基督教的上帝，佛教的如来佛、观世音，道教的神仙等等。这些神高人一等，而圣人不是神，这就暗示着圣人被“祛魅”了。圣人也是人的一种形式，只不过从某些方面超越于常人，他可以和人进行对话、交流，也可以被观察和模仿。第二，他不是普通人，这就把圣人同常人拉开了距离。如果圣人与常人别无两样，那么，凭什么是圣人来发挥过渡作用呢？所以，圣人的“超人化”决定了圣人比常人更加能够体现天道，他也更加具有与天道化合为一的优先性。

其次，圣人这种角色决定了圣人与天道的契合。这同样体现在两个方面：第一，圣人与君主不同，君主享有权力，而圣人不是用权力说话，一旦圣人与权力粘连在了一起，那么就必然产生出等级，有等级就有法律的保护，有法律则走向了西方的制度化社会。显然，中国走向的是伦理社会，其根本原因就在于，圣人要传道行教。当然西方也有此类范畴，但西方的道和教要么通过社会契约来普及，要么是用神谕来传

① 朱谦之校释：《老子校释》，中华书局1984年版，第9—11页。

达，这是刚与柔的两个极端形式。中国不是依靠法律传达这些道和教，也不依靠上帝，而是靠圣人，圣人并不是无所不能、神通广大之人，他是天人“之间”的存在，就是庄子所说的“至人”“神人”等。这个范畴决定了他必然要承担将天道化之于人道的使命。所以，孔子这位圣人，先问：“天何言哉?”天无言，所以他欲无言，圣人既然无言，常人则也应当无言。如此这般，圣人便将天道精神化作人为实践。第二，接下来圣人显然要面临这样的追问：圣人传的是什么“道”？行的是什么“教”？我们怎样从圣人那里领会这些天道精神呢？除了孔子、老子的精妙论述外，庄子在《知北游》中说：“夫知者不言，言者不知，故圣人行不言之教。”[①] 那么矛盾就出来了：如果圣人都无为、无言、无意的话？那么我们从哪里又凭什么去领会这些意义呢？

第三，要化解这个矛盾，就必须要深入揣摩不言之教、无为之为、无意之意的微妙性。圣人既不能草创出一系列的法律体系来强制规范社会行为，也不像上帝之神那样来直接传达旨意。圣人一旦公开地用某种言说形式教化百姓，就必然会引起争论，因为圣人不是神，神意不可抗拒，而圣人之意是可以斟酌和商议的。圣人没有绝对权力，但是圣人又不得不行教，否则就不为圣人，所以，在这样的矛盾之下，圣人所能做出的唯一选择，那就是不做出任何固定的选择和判断，而是提供暗示和方向，让话语敞开：“中国的哲人用一种适合于他们思维方式的话语来表现自己，他们的书写与言说都是简短而模糊的，但是却可以暗示丰富的寓意。显然，这种想象性的寓意大部分会在英文的翻译中丢失。”[②] 这里所说的简短而模糊，其实就是中国独特的示意方式——言简而意繁，用最少的话语表达最多的意义，用最模糊的结构表述最丰富的意

① （清）郭庆藩集释：《庄子集释》（中），中华书局2012年版，第728页。

② Fritjof Capra, *The Tao of Physics* (Third Edition), Boston: Shambhala Publications, 1991, p. 104.

蕴。《论语·述而》还提到"默而识之"，"默"怎么能"识"呢？孟德斯鸠也谈到了圣人沉默的智慧："言语并不构成'罪体'。它们仅仅栖息在思想里。在大多数场合，他们本身并没有什么意思，而是通过说话的口气表达意思的。常常相同的一些话语，意思却不同，它们的意思是依据它们和其他事物的联系来确定的。有时候沉默不言比一切言语表示的意义还要多。没有比这一切更含混不清的了。"① 于连也说，圣人之意在两个极端之间盘旋，保持着智慧性的无言与沉默："在面对作为客体的世界时，'话语'（在说到世界，并把世界作为客体的同时）与世界保持着超验性的关系，'无言'则能让人们看到内在性，能让内在性流露：圣人在不言的同时，让'显'而易见的事物自己倾注而出。"② 圣人无为而无不为、无言而无不言、无意而无不意就这样完全流露出来了，任何外在的言说会堵住它的流畅，圣人保持了天道的然，没有破坏它的任何一个方面。哲学需要的是言说，没有言说，就不可能形成哲学，而圣人选择沉默："他之所以沉默，是因为没有什么值得说（不是他自己没有什么说的）：'之'是用不着说的。"③ 即使要说，圣人说得很少，少即是多，以少总多，中国人常说言多必失，沉默是金，就是这个道理。所以于连认为："总而言之，他说得越少，他指明的东西就越多。以至于直接与间接因此颠倒过来：如果从定义话语的角度看，指示言语，因把我们带进变化无穷的迂回之中，而显得是间接的；但它又与任何可能的定义同样直接，因为无论它通过什么迂回方法介入，它的所有话语都总是让人隐约看到一切，向着诸物没有根基的根基开放，而不是通过某种理论建构（对照看来，似乎应该是无休止的）进行的。"④

① ［法］孟德斯鸠：《论法的精神》上册，张雁深译，商务印书馆2004年版，第234—235页。

② ［法］弗朗索瓦·于连：《圣人无意》，闫素伟译，商务印书馆2006年版，第93页。

③ 同上书，第93—94页。

④ François Jullien, *Le détour et l'accès*, Paris: Bernard Grasset, 1995, p. 275.

基督教虽然不是名义上的法律，但它也具有法的精神，因为，《圣经》中存在很多规定，这些规定是没有任何论据来证明必然如此的，只是上帝如此说而已，但是，西方文明的根本基础还是在于上帝，亦即在于基督教精神。虽然西方宗教信仰与法律制度是完全不同的两个体系，但是谁也不能否认基督教从本质上确立了西方法律的本质精神和价值取向，尤其是在政教合一的国家，这种情况就显得特别突出。

三 良知与良为：人性之端与人为之成的和谐

中国道德学的根源在于天，因为天性决定了人性最初的善。从天道到人道的过程中，圣人无为无言，就没有打断天道与人道之间的因缘联络，也没有破坏天道和人道的原初形态，让它们各自保持了“然”。这个逻辑结构延续下去，天性就进入了人性，从道德的落脚点来看，人性善还是人性恶呢？善是一种天性还是后天所学会的一种人性呢？或者说善是贯穿人性与天性的一个环节呢？

要回应这些问题，首先要回应性善还是性恶。我们可以承认中国的天道，也可以认可圣人的无为，但要承认性善，还缺乏一定的根据。其实，在面对人性善还是人性恶这样一个选择的时候，我们已经被设置了一个圈套，要么人性是善的，要么人性是恶的，但是这两种选择都会受到种种质疑。

在人性论问题上，中国主要有三种倾向：第一种是性本善，主要代表是孟子：“对孟子而言，不忍之心乃是‘仁’之基础，而仁自身就概括了整个道德领域。”① 不忍之心，就是见到孺子入井时的见义勇为，就是见到他人悲痛时的由衷同情，也是看到人类痛苦时的深刻怜悯，这是人本性之中的善因。《孟子·告子上》中：“告子曰：‘性犹湍水也，

---

① François Jullien, *Dialogue sur la morale*, Paris: éditions Grasset et Fasquelle, 1995, p. 24.

决诸东方则东流，决诸西方则西流。人性之无分于善不善也，犹水之无分于东西也。’孟子曰：‘水信无分于东西，无分于上下乎？人性之善也，犹水之就下也。人无有不善，水无有不下。’”[①] 孟子这个比喻是多么形象！人性如流水，向善向恶，犹如水向西向东，无可厚非，也无法从价值判断领域来作出裁决，因为这是每一个人的天赋与后天的教育相互配合的结果，善因不一定有善果，善心不一定有善行。但是，水虽然不分东西，但是有上下，人往高处走，水往低处流，人性中的善因与善行，犹如水的走势一样，水往下走，犹如人有善行，这就是天道规则，也是自然规律。

第二种是荀子性恶论。荀子《性恶》说：“人之性恶，其善者伪也。今人之性，生而有好利焉，顺是，故争夺生而辞让亡焉，顺是，故残贼生而忠信亡焉；生而有耳目之欲，有好声色焉，顺是，故淫乱生而礼义文理亡焉。然则从人之性，顺人之情，必出于争夺，合于犯分乱理而归于暴。故必将有师法之化，礼仪之道，然后出于辞让，合于文理而归于治。用此观之，然则人之性恶明矣。其善者伪也。”[②] 荀子认为人的本性是恶的，所有的善其实是一种伪装，因为社会有礼仪制度来进行约束，是无可奈何而为之。

第三种是自然人性论。这一种观点认为人的本性既非善，也非恶，而是素朴自然之心。在老子看来，人性存在一个恒定的本性，这个本性就是“返璞归真”的一种自然逍遥的状态。这种状态体现在“婴儿”中，体现在“道”中，体现在“混沌”之中。也就是说，无论人性如何变化，终归有一个“常德”所在，他说：“常德不离，复归于婴儿。”[③] “常”就是恒久，就是本根之心不变的东西，他没有像孟子一样分出上

① （宋）朱熹集注：《四书章句集注》，中华书局2012年版，第331页。
② （清）王先谦集解：《荀子集解》（下），中华书局2013年版，第513—514页。
③ 朱谦之校释：《老子校释》，中华书局1984年版，第112页。

下左右，而是回归到人性的上游，从这些分化变异中倒退到未分化状态，所以《老子》云：“夫物芸芸，各复归其根。归根曰静，静曰复命。复命曰常，知常曰明。”① 老子没有将善恶进行分化，而是强调人性之根、常和命。庄子《骈拇》说：“至德之世，同与禽兽居，族与万物并，恶乎知君子小人哉。同乎无知，其德不离；同乎无欲，是谓素朴。素朴而民性得矣。”② 庄子和老子一样，认为无知无欲的素朴之心，才是人性之根本，这是一种天人合一的自然人性。

总体上讲，儒家思想认为人性应当存在善与恶两个方面，虽然用这对词来标示人性不一定绝对准确，但至少是有一定作用的。道家思想肯定了人性之“常”，但又用“无”来回避了是非和善恶的判断。其中，争论的关键在于孟子和荀子，孟子认为在利欲之心的背后，还有恻隐之心、羞恶之心、辞让之心与是非之心，即四端或四体，但是：“孟子的失误，在荀子看来，就在于没有‘理论结合实践’。”③ 荀子认为人性本恶，要通过实践教育让他从善，因此，他把辞让视为一种礼仪教化后的人不得不接受的被动局面，而孟子则认为这是人性中自然而然的一种非功利行为，只要是健全的人，那么就应当符合这些要求，否则无恻隐之心，非人也；无羞恶之心，非人也。于连在这个问题上也基本认同孟子的看法，他指出：“荀子对孟子的批驳不仅是片面的，而且它本身是依附于一个简单化的过程。”④

事实上，在荀子看来，道德不是天生的，人性也是天生伪善，正因为不善所以才求善，在荀子看来，孟子只是将人性固定为善这样一种属性，而忽视了后天的行为，忽视了人的实践教育功能，荀子强调“人定

① 朱谦之校释：《老子校释》，中华书局 1984 年版，第 65—66 页。

② （清）郭庆藩集释：《庄子集释》（中），中华书局 2012 年版，第 344 页。

③ François Jullien, *Dialogue sur la morale*, Paris: éditions Grasset et Fasquelle, 1995, p. 58.

④ Ibid., p. 60.

胜天”，他把人的意识发展到一个比较重要的地位。因此，他当然会认为人可以改变先天的事实，人性本恶，所以才可以努力地去实现最终的善。但荀子显然忽视了一点，就是孟子性善论并非一个固定的论断模式，孟子提出的“四体”或“四端”之所以称之为“体”和“端”，那是因为孟子还隐含着另外与之相对的两个范畴，就是“用”和“末”。于连说：“我翻译的‘体’（ti：corps）只有与‘用’（yong）联系起来才有含义；而作为绝对的天没有自身之体；构成其体者，皆为世界之各种功用。您还是看中国思想怎样无需‘存在’和‘上帝’，在形成其概念时是多么准确，在其语意衔接中是多么严密。为了表达过程的逻辑，它有自己的澄清办法，而这种澄清毫无幼稚或哲学的成分。”①体只是本源性的潜能属性，或者说是内在的一种向善的驱动力，然而，这个驱动力并不意味着人的行为一定是善的，当人在日常行为中用善的标准来发展这种本性的时候，那么，体与用就结合在了一起，形成了外在的善。同样，“四体”也被视为“四端”，这个端也就是开始，开始仅仅是一个点，这个点只能指明发展的大致方向，不能决定发展的必然轨迹。如果后天没有将“四端”之潜在意义价值开掘出来，那么走向恶也是可能的。

概言之，在孟子看来，善是这样一种潜能，知善并不意味着必然行善，即良知不等于良为，但两者之间又存在必然联系，犹如水之上端与末端一样，善也是一个端，它联系着先天性与后天性，联系着内在与外在，联系着本质与现实。正如于连所说：“孟子非但不曾否认人成长过程种种努力的重要性，反而极力证明道德进步是完全可能的。其做法是在天生与后天之间引入了一个中介性的可能，以化解二者的对立：即他

① ［法］弗朗索瓦·于连、狄艾里·马尔塞斯：《（经由中国）从外部反思欧洲》，张放译，大象出版社2006年版，第191页。

所称的道义之‘端’。这些开‘端’通过羞恶、怜悯等自然反应显示出来的确是我们天生的趋向，但是我们还得继续通过我们的努力去发展它们（把它们推广到我们全部的行为当中），换句话说，道德只是作为一种预先的可能性而被视为天生的，人性‘本’善——但‘善’只是潜能而已。”①

这样，人性论问题就显得越来越清晰明朗了，从上面的分析可以看出，孟子的性善论被荀子扭曲了，而且一直以来也存在这样的误解，那就是，我们把道德伦理的本源归于人性之良知，即知善。因为天性即善，所以人性亦善。所以，通常认为，人性之初，有着不忍之心的，人本性是善的。然而我们却可以找到很多证据来证明人性是恶的，要证明人性本恶真是易如反掌，不费吹灰之力。例如“孔融让梨”，这个伦理典故显然是儒家思想教化使然，大家看看现实生活中，几个不懂事的孩子为了争玩具、争糖果打得不可开交的现象比比皆是，在饥饿的肚子面前，礼让显得多么虚伪。而问题的关键就在于，孟子所谓的善，并不是不可改变的“根”，即行善的作为与性善的本心是有区别的，并不是因为性善就一定导致行善。善不是一个占据着人心的独立的实体，只是潜能而已，它是一个“端”，潜伏在人心之中，可能走向恶，也可能走向善，并没有完全展开，只有在后天把这个“端”扩展开去，才体现为善行，才是真正意义上的道德行为。

所以，在日常生活中，不仅要讲良知之本性，还要讲养性，所以孟子说养“浩然之气”，吴经熊教授认为：“当然，孟子并无‘原罪’的观念。但我们从其只谈人性本具善端，而不说人性本善，以及从其一再强调人类应该致力于人性本然倾向的实现，我们便会惊奇孟子的

---

① François Jullien，*Dialogue sur la morale*，Paris：éditions Grasset et Fasquelle，1995，p. 60.

见解与天主教哲学家的是多么近似!"[1] 我们暂且不去对孟子和天主教哲学家作出比较，只是可以肯定的是："如果人是自由的，并且如果自由作为致善与致恶的可能构成人类存在的本质，那么个别人之是自由的，就只有当他自己始初地已对于自己本质的必然性做出决定，才有可能。"[2]

因此，人性处于善与恶之间，处于端与末之间，它不是一个固定模式，需要去弘扬、拓展、开发。良知并不是良为，他依靠个人的自我承担和教化实践："虽然儒家主流传统主张人性自善，但是它还是把成善的重任放在了个人的肩膀上。儒家与海德格尔都认为人在世界上要找到自己的路，不能依靠上帝或超自然的力量。"[3] 用萨特的话来说，就是存在先于本质而不是本质先于存在。善指向了人性之内在性，内在性只是潜在地指向外在性而不是决定着外在性，只有内外结合，先天的善因与后天的善行相结合，才可能抵达道德良知。

在西方思想来看，人是社会性的动物，人类社会从原始状态过渡到文明状态的一个非常重要的环节，就是政府的建立和社会集体意识的形成。当然，人总会有各种各样的欲望，这些欲望政府难以操控。国家政府可以通过意识形态体系来影响和教化这些欲望，但事实上却拿这些欲望无可奈何，因为人心难测，这些欲望时时刻刻潜伏在某个角落，随时可能衍化成具体的行为来破坏这个政府制度或社会整体结构，尤其是人性中恶的一面。当人以极端自私、残暴、邪恶的行为出现时，当人的某种欲望可以不顾这个整体机制而肆无忌惮地任意发挥时，国家体制也就危在旦夕了。

---

① 吴经熊：《法律哲学研究》，清华大学出版社2005年版，第245页。

② ［德］马丁·海德格尔：《谢林论人类自由的本质》，薛华译，辽宁教育出版社1999年版，第237页。

③ 李晨阳：《道与西方的相遇》(中文增订版)，中国人民大学出版社2005年版，第50页。

所以，在西方看来，道德律令必须与政治权力结合在一起，才能够控制这些欲望及行为，这些政治权力也不仅是当权者单方面的意愿，道德只有在权力之间达成一致时，才能构成一个稳定和平的社会。当然：“这一切都是从一个理智的算计得来的：因为担心暴力危及自身，所以人情愿服从一个共同的权力，以确保自己在一个社会结构当中的安全。惟一的解决办法也就是社会各个部分都表示同意让权。这就是霍布斯理论中保证和平状态的社会契约或社会合同。”① 这种思想在中国是不存在的，古代中国智者想了很多办法：要么是站在统治者的角度来进行“法治”，如法家思想中的赏罚制度；要么是进行思想上的“礼教”，如儒家的“仁政”；要么是道家思想中的“无为”，鼓励大家循规蹈矩，无欲无求，老死不相往来。这些思想在哲学理论上是可行的，但是在政治理论上，要使人“不贵不贪”却仍然具有很强的乌托邦性质。按照哈贝马斯的交往行为理论，社会结构是以“交往理性”作为行动基础的，无论是法治、礼教还是返璞归真，我们看到的只是“君”或者是“圣人”在指点江山，而“民”始终是失语的，即使孟子提出“以民为本”，但“君”的根本利益还是隐藏在背后而且丝毫不能触动，这个交往理性结构并没有在实际生活中形成，所以说：“老百姓很少需要人们的尊敬，所以应当受到尊敬。君主和老百姓之间存在着无限的距离，这使老百姓很不容易来打扰君主。君主对恳求要宽施；对要求要坚拒。他要做到老百姓满意他的拒绝，朝臣满意他的恩宠。”②

无论是人性善还是人性恶，中国思想都在制造一种思想舆论，这个舆论的幕后操纵者想用这样的论争来主宰百姓的思想，或者说是教化。当然，百姓也会有觉悟的时候，但外在的政治权力使得他们在暴力层面

① François Jullien, *Dialogue sur la morale*, Paris: éditions Grasset et Fasquelle, 1995, p. 64.

② ［法］孟德斯鸠：《论法的精神》上册，张雁深译，商务印书馆 2004 年版，第 249 页。

的反抗显得力不从心。中国思想在人性层面正是因为缺乏契约精神，才使得很多批判都显得苍白无力。于连说："我认为，中国思想依旧面临着这样一个问题：政治秩序要不就被视为是道德单纯的延续（儒家思想中的'礼'；要不就完全取缔了道德（如中国古代的专权论者，法家思想）。荀子试图将这对立的二者融合起来，所以他才失败了。（我们主要从卢梭那里得来的）道德与法律两大不同领域的互补性，（直到今天）在中国仍是未得深思的：一边是道德之天然性（这在中国思想中已是如此精妙）。另一边，则是一个法治社会结构之健全（通过契约与法律等形式）。如若不然，社会当中便总会有当权力量利用政治结构的空档，专断独行而不受任何法权限制的深刻危机。"① 一方面，中国没有这样一个授权仪式，即个体为了自身安全而主动移交原始权的主动意愿，古代中国政府的权力来源于"君权神授"，所以，祭祀作为一种仪式在古代中国显得异常重要。另一方面，正因为没有这种平等的让权与授权的契约模式，才让"善"嵌入思想内部，儒家的"仁政"是从内在的心入手，得民心者得天下，而西方的法治是从外在的身入手。

总而言之，朱利安所采用的是"之间"的比较策略，他认为："之间的本性是，不留焦点、不留固定点，它就不引人注意。"② 圣人处于神和人之间，道德处于法律与宗教之间，人道处于天道和地道之间，良知处于善和恶之间，而善处于端与末之间，意义处于有与无之间，判断处于是与非之间，过程处于终与始之间，思想处于彼与此之间……。这并非中国思想回避选择，或不作出选择，而是它处处强调这种关系，过程比结果更重要。"处于 ……之间"的这种关系把一个问题放入一个系

① François Jullien, *Dialogue sur la morale*, Paris: éditions Grasset et Fasquelle, 1995, pp. 64 – 65.

② ［法］朱利安：《间距与之间》，方维规：《思想与方法》，北京大学出版社 2014 年版，第 31 页。

统之中，而并不固定地落脚于哪一点。概言之，道德良知也是“之间”，古代中国始终坚持伦理与政治之间的统一性：“孔子也对政治思想做出了重要的贡献，那就是他坚持伦理学和政治学之间的统一性，他相信政府不仅仅是操纵权力，而更为重要的是，对于统治者自己的良知和人民的良知两者来说，都是一种道德责任。”①

因此，要把握中国思想，并不能仅仅采取直接进入的方式，我们可以跳出东方文明视野，迂回到西方文明之中，从西方的法律、宗教、道德等诸领域来反思和阐释中国古代思想的话语言说机制，通过这种跨文明比较阐释，我们才可以用一种迂回的思维方式，进入其思想的未被思想之物，这种“不比之比”的比较策略，就是比较文学阐释学。

① Swami B. S. Tridandi, *Seeking the Essence: An Investigation into the Search for the Absolute*, New Delhi: Associated Publishing Company, 1990, p. 224.

第七章 “裸体”的跨文明阐释变异

第一节 中西语境中裸体的意义关联场域

中西方在艺术领域存在大量的研究方向，然而于连却没有像很多学者那样去比较中西方艺术形态的种种异同，而是非常仔细、非常精微地聚焦于裸体艺术现象，以此来抽丝剥茧，深入艺术领域的内部层面。谈论裸体可以从很多方面入手，于连要关心的问题不是从艺术史的角度去研究裸体的价值，而是沉醉于这样一个问题，即：为什么裸体不断出现在西方文明史之中，而作为文明古国的中国，却一直没有出现裸体这样一种文化和艺术形式（当然裸体画是肯定有的）。在这里，我们必须要思考：从跨文明比较文学阐释学的角度来分析，裸体是什么？裸体对于西方和中国又分别意味着什么？它的可能性及不可能性的发生条件及语境是什么？这样，就可以从思想史、文化史以及比较文学阐释学的视野去把握裸体及其衍生出的意义关联场域。

裸体，在法文中即“nu”，阴性为“nue”，这个词可以是名词、形容词和副词。做名词是表示裸体画或裸体雕像，作形容词时置于名词之后，表示裸体的、无掩饰的，作副词表示无遮盖的。必须要澄清的是，裸体和赤裸不是一回事，尽管两者存在密切联系，法文裸体（le nu）

来自赤裸（la nudite）：“如果说赤裸是在行动（生命之动态）中被感受到的，裸体则产生自停顿及固定（也因此摄影注定发出裸体，因为每一镜头皆必然凝固）。特别是由赤裸转为裸体时，我们抛弃主体的观点及意识。”① 西方关于裸体的经典叙述很多，在《圣经》中就可以找到这样的例子：“therefore a man leaves his father and his mother and clings to his wife，and they become one flesh. And the man and his wife were both naked，and were not ashamed.”②（因此，人要离开父母与妻子连合，二人成为一体，夫妻二人赤身露体并不觉得羞耻。）在原初时候，人没有羞耻之心，换言之，裸体也是一种日常生活形式，裸体并不是可以还是不可以的问题，它根本就不成为一个问题，因为大家并没有这样一种意识或观念。

原初社会形态中，大家对男女之裸体并无羞耻感，为什么现代人却有不同的心理反应呢？为什么东西方面对裸体的直接心理反应也会大不相同呢？且看《圣经》还有这样的表述：“so when the woman saw that the tree was good for food，and that it was a delight to the eyes，and that the tree was to be desired to make one wise，she took of its fruit and ate，and she also gave some to her husband，who was with her，and he ate，then the eyes of both were opened，and they know that they were naked；and they sewed fig leaves together and made loincloths for themselves。”③（于是，女人见那棵树的果子可做食物，也悦人的眼目，且是可喜爱的，能使人有智慧，就摘下果子来吃了；又给她丈夫，她丈夫也吃了。他们二人的眼睛就明亮了，才知道自己是赤身裸体，便摘下无花果树的叶子，

① ［法］弗朗索瓦·于连：《本质或裸体》，林志明、张婉真译，百花文艺出版社2007年版，第7页。

② 《圣经·创世记》（中英文版），中国基督教协会2006年版，第4页。

③ 同上。

为自己编作裙子。）从这段表述可以发现，人类穿上衣服的根本原因，是因为禁果使他们具有了智慧，智慧让人有了起码的是非判断和羞恶之心。于是，裙子掩饰了裸体本质，使原始野蛮之人走向了社会性的人。

在现代西方，裸体一般有两种内涵：一是指人体的完美状态，这是指古希腊人对于自然人性的最好表达形式。我们可以从古代奥运会上的裸体竞技者，也可以从古希腊的裸体雕塑中领会到这种含义："裸体，衬托出'单纯的人'，将其独立于所有脉络，它画出人的本质，人之所唯一是的饱满状态。"① 于连所谓的饱满状态，就是一种完美的艺术状态；二是指人体一丝不挂的无衣着状态。这就是描述一种基本感官事实，他没有第一种含义的精神气质，更多地具有了世俗性，或者更准确地说，这是一种赤裸（nakedness）状态。

我认为，这两种定义分别阐释了裸体的两个基本层面，那就是"完美"与"缺憾"，或者说是"无"与"有"的两个状态。在第一种定义看来，无衣之裸体乃是人的完美，"无"乃是"大有"，虽然没有服饰的掩盖，但却是本质的呈现。我们知道，逻各斯的最大特征就是从最近处把握对象，因此裸体使得人以最真实最本源的状态与自然融会呼应，它与本质、逻各斯是并存的。因此，对裸体的探索其实也就是对本质的探索，在把握身体最高意义之"大有"。因此，作为本质的一种表现形式，裸体乃是西方对于"有"的最高意义上的把握；第二种定义意味着：无衣之无，乃是彻底的形而下的"大无"。这是站在"本来有服饰，而逐渐被脱去"这样一个逻辑上形成的，就是从有衣服逐渐地被显现为一个裸体，呈现为一个彻底的"无"，它就意味着存在本身的样

① ［法］弗朗索瓦·于连：《本质或裸体》，林志明、张婉真译，百花文艺出版社 2007 年版，第 67 页。

态。除了肉身，已经无路可退，所拥有的不过是“无”而已。在这里，一个是“大有”，一个是“大无”，我们尚且不从一个价值判断领域来进行论述，只是似乎可以从裸体这样一个词语，把握到某种哲理性的启示：裸体，究竟是“有”还是“无”呢？从裸体到着衣再到裸体这样一个过程，是谁在展开，谁在消隐？这个角度对于我们理解中西方的裸体观有什么意义呢？这就是比较文学阐释学的基本方法，我们的论述就沿着这样一个逻辑展开下去。

首先来看西方艺术史上对于裸体的认识。裸体在人类的原初形态是自然存在的，但是作为一种艺术样式在西方开始流行却是在古希腊时期。自那以后，裸体一直在西方艺术中占据着非常重要的位置。对古希腊艺术（包括裸体艺术）形成的原因进行理论分析却还要推迟到新古典主义时期，德国著名文艺理论家和艺术史家温克尔曼（Johann Joachim Winckelmann，1717—1768）就对古希腊奴隶主民主政治时代的造型艺术进行了仔细研究。他本人被视为是近代欧洲第一个对古希腊艺术进行系统全面研究的人。虽然文艺复兴对中世纪的基督教神学思想进行了批判，而且从一定程度上发展了古希腊罗马的艺术传统，但是，他们主要是从艺术创作上来展开的，对于系统地研究古希腊的艺术理论，还是在新古典主义尤其是温克尔曼那里才得以实现。1755 年，温克尔曼就出版了《对古希腊绘画和雕刻的反思》（*Reflections on the Paintings and Sculpture of the Greeks*）。在这本书中，他系统反思了古希腊艺术中的审美价值。1764 年又出版了《古代艺术史》（*History of Ancient Art*），深入研究了古希腊的艺术问题。他的一个主要创新点，就是把古希腊艺术纳入一个完整的社会历史系统中去分析，他认为任何一种艺术形式，都与一个民族的精神和当时所处的时代环境相融会，这与丹纳、史达尔夫人的观点基本一致。

从他的研究角度中可以看出，古希腊的艺术，包括裸体艺术，存在一个深厚的文化语境，我们不能脱离这个语境去进行横向地比较“有”什么或“是”什么，而是应当深入挖掘为什么会如此。正如曹顺庆教授在研究中外文论时所感受到的那样：“作为跨文化研究的《中外比较文论史》，如果仅仅是论述‘是什么’，总让人觉得不惬于心。在最初的撰写中，我尤为强烈地感受到了这一点。于是，我调整了撰写大纲，将文化探源式的跨文化比较研究，作为本书一项重要内容；在论述‘是什么’的同时，进一步探索‘为什么’。”① 因为历史总是以碎片化的隐性形式蕴藏在各种文本之中，这些文本包含文学文本、历史文本、哲学文本以及考古学文本等，文本之间表面上互不相连，实质上却有着异曲同工之处。因此，对一种艺术形式的分析，不能简单局限于文本本身，应该深入整个文化诗学、历史诗学的层面去进行纵向开掘，整合同一时期的文化类型在不同范式中的呈现状态，并借此而把握这个文化类型，正如福柯使用“知识型”这一术语指称特定时期的知识产生、运动以及深层框架一样。

因此，裸体这一艺术形式的出现，在温克尔曼看来，是古希腊人性特征的一种话语言说，它所展现的，乃是古希腊对于本质、形式、逻各斯以及其他形而上思想模式的追求。首先我们看看法国艺术史家丹纳是如何表述的：“希腊人这种特有的风气产生了特殊的观念。在他们眼中，理想的人物不是善于思索的头脑或者感觉敏锐的心灵，而是血统好，发育好，比例匀称，身手矫健，擅长各种运动的裸体。”② 丹纳和温克尔曼一样，首先将希腊艺术置放在自然、政治及文化的语境下来分析。为了分析裸体的外部产生语境，温克尔曼也表明：“希腊永远是自由的故乡。”③ 没有自由理念，就没有裸体艺术。在朱光潜

① 曹顺庆：《寻求比较诗学研究的新路径》，《中国比较文学》1997 年第 2 期。

② ［法］丹纳：《艺术哲学》，傅雷译，安徽文艺出版社 1991 年版，第 81 页。

③ 马新国：《西方文论史》，高等教育出版社 2002 年版，第 119 页。

先生看来，他未免美化了希腊奴隶社会，但是这种研究方法是值得借鉴的。

温克尔曼和丹纳都认为希腊的自然环境尤其是那里的天气能够让人体得到充分完美的发展，因此希腊人不但身体健美、活力充沛，而且在思想上形成了对于自由的无限追求。在艺术上，身体就自然而然成了一种完美的表达形式，身体与当时温和的气候、美丽的景色以及民主自由的政治体制完全浑然天成，身体是作为自然的一个最重要的部分而出现的。从某种意义上说，在当时，裸体是一种深层的本质性的美。这就是为什么裸体在希腊艺术中频频出现的一种宏观原因。

美丽的自然环境及和谐自由的社会环境没有让人觉得裸体是丑陋的，而是促使他们反复在艺术活动中塑造裸体的形象。裸体体现的不仅是身体的自由奔放，更体现了希腊人对于精神自由的无上推崇。温克尔曼认为，正是这种民主自由的文化艺术的总体趋向，导致古希腊裸体艺术形成"高贵的单纯和静穆的伟大"。并且，古希腊裸体美学观念的意向性塑造，很大程度源于对神的形态摹仿，比如他们把"男性青年美的最高标准特别体现在阿波罗身上"。[①] 还有赫尔墨斯、雅典娜、宙斯等，他们的形态和希腊人的日常生活形态形成呼应，要么全裸，要么半裸，这些从生活中变异而来的集体想象形式，转而成为西方艺术反复摹仿的话语资源。

从温克尔曼的研究中，我们可以发现，裸体之所以能够在古希腊成为一个完美的艺术形式，并且一直在西方延续下去，就是因为古希腊对于自由精神的渴望。当时那种民主制从很大程度上实现了古希腊人自由健康全面发展的目标。罗尔斯说："对民主政体来说，最合乎理性的政

① ［德］温克尔曼：《论希腊人的艺术》，马奇：《西方美学史资料选编》上卷，上海人民出版社 1987 年版，第 709 页。

治正义观念将是自由主义的。这意味着它保护人们所熟悉的那些基本权利并赋予它们以特殊的优先性；它还包括着确保所有公民都能获得充足的、有效利用这些基本权利的物质手段之种种维度。”① 因此，在当时，古希腊艺术中的裸体所展现的，就是这种高贵的单纯。这种单纯，可以从精神和物质两个层面来理解。在精神上就是和谐自由，在物质上就是对于裸体这样的艺术形式的推崇。

裸体是人的最干净最简单的形式，也许只有这种形式，才能和当时的自然环境和精神模式相契合。从这个角度上讲，裸体所呈现的，就是完美，就是人与世界的自由沟通、对话、映衬和和谐，甚至可以说，裸体就是自然世界最原始最完美的载体。通过裸体，不仅看到的并不是生理学意义上的肉身，而是海德格尔所说的“存在”，是此在与世界照面的一个场域，透过这个场域，可以进入存在状态。另一个方面是思想上的民主。与专制社会最大的不同，真正的民主就在于它允许对正义的颂扬，以及对真、善、美的艺术追求。这与后来的古罗马时期贺拉斯写《诗艺》的初衷是分道扬镳的。对于贺拉斯所推崇的“合式”的原则，朱光潜认为：

> “合式”牵涉到文艺标准问题。合什么“式”呢？这“式”是由谁定的呢？它是否一成不变呢？古典主义者大半都是普遍人性论者。他们相信人性中都有理性，无论就创作还是就欣赏来说。理性都是判断好坏的标准。贺拉斯所要求的“合情合理”，“一致性”和“正确的思辨”其实都假定普遍永恒的理性。我们知道，“思辨”与“判断”是意识形态方面的事，总不免要牵涉到思辨者与判断者的主观因素，历史背景和阶级立场，绝对普遍

① ［美］约翰·罗尔斯：《政治自由主义》，万俊人译，译林出版社2000年版，第167页。

> 永恒的理性和“式”都是不存在的。贺拉斯的“合式”概念毕竟还是奴隶主阶级意识的表现，合式其实主要是合有教养的奴隶主的“式”。①

朱光潜先生的论述无疑触摸到了一个非常关键的环节，艺术形式其实和政治意识形态是密不可分的。古希腊真正意义上的民主自由思想使得裸体这一形式成为可能，而当古罗马帝国形成的时候，艺术往往承担着“说教”的功能。艺术往往在各种“原则”和“规范”之中难以展现自身的“然”，而这些原则和规范，说到底，是一种政治意识形态的表象。

那么，在中国，裸体又意味着什么呢？如果说，最初是由西方的气候、环境、政治、思想等因素滋生了对于裸体的崇尚，那么，中国为什么没有裸体呢？甚至于连还说：

> 在中国的传统中，我们不只看不到裸体，更激进的是，这个传统到处都诉说着裸体的不可能存在。相对地，我们“西方人”到博物馆参观时，面对裸体作品时，却带着一种已经司空见惯的麻木眼光。这时，相对于这样的传统，裸体会突然呈现为具有启现性的事物：它揭示的由希腊下传到今天的欧洲艺术传统，并由雕塑、绘画、一路流传到摄影之中；它也揭示了我们思想活动中的组成部分。对于文化上“西方”而言，裸体乃是其构成成分的派典（paradigme）之一。它展现出构成我们的哲学基础中的一些基本立场；透过裸体出现的，乃是本质（essence）、“物自体”的问题，而这一段历史便沉积其中；它以最直接的——正面面对的——方式，同

① 朱光潜：《西方美学史》，人民文学出版社1979年版，第104页。

时也是最感性的方式，使人感受到本体论（ontologie）的可能性，也重新展开在我们面前。①

这里就显得比较有意思了，于连说不仅没有裸体，而且连裸体产生的可能性都不存在，这个判断的理由何在呢？

首先，产生裸体的条件是什么？关于中西方文化结构的深层比较，近年来研究成果较多，比如中国文化的核心概念是时间，西方是空间。因为中国是农耕文明，农业与气候密切相关，西方重商业，商业注重空间上的市场拓展。中国重自给自足，西方重竞争拼搏等等。但就艺术环境而言，裸体之所以在西方受到推崇，关键就在于这个最直接的、无任何遮拦的、赤裸裸的一个物体被认为是最完美的"形式"，而在传统中国，裸体首先是一种不道德的东西，或者说，裸体就是色情的一个代名词，其直接的审美反应不是自由、美感、艺术、本质这样一些思想概念，而是欲望、色情、性甚至是丑陋等联想体验。

于连说，他思考裸体问题是在20世纪80年代初期，中国改革开放之后，他在北京国际机场餐厅的一面墙上看到了一幅裸体画，但是很快这幅画就被遮掩了。于连认为："这个裸体是个刻意选择的符号，而这符号却立即引起（'开放'与正统之争）在其他文化及意识形态方面的争论焦点的浮现。"② 为什么在这个语境之下裸体被视为刻意的符号呢？刻意之说从何谈起？凭什么裸体不可以自然而然出现在这个语境之中？他谈到了文化意识形态方面的原因，在他看来，"开放"除了经济机制的创新之外，还可不可以转移到一个更加通俗化世俗化的层面，即：能否彻底地打破传统伦理观念，让身体从一个私人话语场域过渡到一个公

① ［法］弗朗索瓦·于连：《本质或裸体》，林志明、张婉真译，百花文艺出版社2007年版，第9—10页。

② 同上书，第55—56页。

众话语场域？显然，在当时的中国是难以实现的。因为在中西方跨文明阐释语境下，裸体的符号意义相差甚远，说得更直接点，穿上衣服，一般来说，是为了遮丑，而在裸体艺术中，脱去衣服，是为了审美。那么，在衣服之下的裸体，究竟是美还是丑？中西方自然有不同的回答。

之所以中国在公共领域规避裸体符号，归根结底源于它丧失了善与美的价值要素。孔子早就说，要“尽善尽美”，裸体不能跨向审美领域，关键在于它为善的伦理观念所否定了。尽管“五四”新文化运动从一定程度上否定了儒家思想，但是中国在身体观方面还是没有一个彻底的转变，礼义廉耻这些伦理学思想，在中国人的心中根深蒂固，不是说变就变的。所以，于连做出这个判断的原因是：“首先在中国，不论是作为一种可能或是一种艺术的效果，裸体并未与肉体或赤裸区分开来：在现代的中国，要说‘色情的’（pornographique），人们还是会只说‘裸体’。语义学上的区别尚未完全清楚。另一方面，既然在中国式的情色中，身体可以被画成赤裸却又不构成裸体，我们可以得知，要有裸体的成立，必须要有一定的形式——可以见证它的自我坚定。”① 可见，在中国，裸体不能出现，一是因为裸体和色情的概念在中国一直没有清晰地分开过；二是因为中国的艺术哲学缺乏裸体所需要的“形式”。那么，裸体与色情、裸体与形式的关系在中国究竟是怎样展开的呢？

第二节 中国的身体观与裸体的不可能性

既然于连提出了裸体在中国不可能发生的两种假设，那么，首先来看第一个层面：为什么中国缺少这样一种形式让裸体与色情区分开来？

① ［法］弗朗索瓦·于连：《本质或裸体》，林志明、张婉真译，百花文艺出版社 2007 年版，第 60 页。

裸体为什么在中国会直接和色情、性、不道德联系在一起呢？中国的传统文化中为什么会对它进行无意识地拒绝和否定呢？这就必然要将裸体艺术纳入中国的身体观和伦理观中来进行考查。

首先，儒家思想强调中和、中庸、中正。《中庸》中说："喜怒哀乐之未发，谓之中；发而皆中节，谓之和。中也者，天下之大本也；和也者，天下之达道也。"[①] 所谓中庸，就是中用，不偏不倚，不执不守。虽有喜怒哀乐之情，但不随意而发，用"中"来调衡这些极端情绪之间的冲突碰撞，"和"就是说即使要发，也要符合一定的伦理道德规则，不能将之发挥到一个过分的程度。只要达到中和，那么天下就国泰民安、井然有序。所以孔子说："子曰：中庸之为德，其至矣乎。"[②]

中庸思想深入中国文化的各个层面，对于身体而言，也不例外。具体来说，身体也是一种表现形式，也是一个具体的事物对象，在表现身体的时候，也理应做到中节、中和、中庸。这样一来，裸体就意味着一种过于直接的方式，没有服饰的映衬，赤裸的身体当然显得如此彻底的暴露、突兀、直观，对视觉和心理形成强力冲击，一些非理性元素容易被激发。孔子曰："质胜文则野，文胜质则史，文质彬彬，然后君子。"[③] 当然，如果我们用内容和形式这样的词语来表述孔子这一思想显得非常西方化，但我们必须承认一点，虽然中国思想讲究"天人合一""物我不分"，但是当我们说出这样八个字的时候，还是不得不将天、人、物、我分开。换言之，裸体走向了一个极端，这个极端没有应和的对象，正如乾需要坤、刚需要柔、阳需要阴、天需要地一样。儒家哲学是"三"的哲学，它不是仅仅固执在一元论和二元论之中，而是将两者化合之后形成"三"，这个"三"不是一个实在之物，它构成"之间"。所以老

① （宋）朱熹集注：《四书章句集注》，中华书局2012年版，第18页。
② 同上书，第91页。
③ 同上书，第89页。

子说：“道生一，一生二，二生三，三生万物。万物负阴而抱阳，冲气以为和。”[①]“三”居于阴阳“之间”，它不是实有的两个极端，而是虚无之气，所以具有无穷的孕育性。可见，裸体并没体现中国“三”的哲学，它退到身体的极端，没有空间和想象的余地：“裸体所完成之事，使得存有透过它进行自我挖掘的最秘密者，可以被终极地达到及显露。像是在己者（en soi）。它不再有覆盖及遮蔽，不再有幻觉的产生：不再有回避、不再有退缩。”[②] 因此，裸体，就停止在那里，中和之路便显得举步维艰了。

因而，对于身体而言，赤裸的肉身显然只呈现出了质，而没有彰显文的痕迹。对于文，《周易·系辞下》曰：“道有变动，故曰爻；爻有等，故曰物；物相杂，故曰文；文不当，故吉凶生焉。”[③] 文其实就是一种纹饰，如果文不当，就是不和，因此，吉凶之类的现象就交替出现了。文的另一个意思是事物的“纹理”，由这两个基本意思可以引申出“制度”“秩序”“条文”的文化意义。但裸体却彻底否定了纹饰，它将“质”完全彰显。或者说，阴阳某一方的势力完全突出，另一方完全消隐，两方就趋于不平衡、不太和，即属于孔子所谓“质胜文则野”的形式，其中“野”不再是野蛮、粗狂之意，它表示过分、过度、无节制的意思。将身体完全地暴露，在儒家看来，不符合中节的行为规范和道德操守。孔子强调的“文质彬彬”，就是注重内外协调、表里合一、互相映衬、浑然一体，裸体只是单一的身体符号呈现在那里而已，无人应和、无物文饰。

在古希腊，裸体是自然、自由的表现形式，可以用裸体这种最直

① 朱谦之校释：《老子校释》，中华书局1984年版，第174—175页。

② ［法］弗朗索瓦·于连：《本质或裸体》，林志明、张婉真译，百花文艺出版社2007年版，第26页。

③ （唐）孔颖达疏：《十三经注疏》上册，上海古籍出版社1997年版，第90页。

接、最彻底的方式展现本质的美。但在儒家思想这里，本质当然可以通达，但通达的方式不是靠单一原色（如裸体）的形式去逼近，而是需要两个基本元素（如乾坤、内外、文质）的回旋、迂回、反复运作，才可以领会到“之间”的哲学意味。中西方裸体观念在这里存在两点不同：第一，西方认为本质是一个确然的对象，是可以用单线的逻辑推理去抵达。中国却认为“道”不是留守在某处有待于去研究的，它飘忽不定、自本自根、求之不得，不求之时，它又自然涌现，基本不用某种客观形式去体悟，而是“目击道存”“道法自然”。第二，在方法论上，西方普遍承认可从表象认识本质的哲学观念，而在中国思想中，“道”不是被认识出的，而是存在于多种元素“之间”的相互运作，所以西方有逻各斯之说，而中国却是阴阳说、五行说，这就是多元互动的关系型思维模式。

裸体这一形式，与其他自然万物没有什么不同，甚至可以说，正是因为它是裸体，反而远离了道，老子说：“返者道之动，弱者道之用。”① 裸体越是逼近本质，在道家看来，越是远离了本质，只有以静为动、以虚为实、以退为进，才能得其真貌。儒家还认为，自然、自由是有限度的，身体当然可以作为一种表现形式，这一点无可厚非，但是，裸体这种形式毕竟太过于自由，自由得过于彻底，让人一览无遗，让人无所适从，让人顿时无言以对。也就是说，裸体已经穷尽了一个视野，从这里开始，就没有了一个空间可以前进，瞬间凝固在那里。

我们可以说，当西方认为裸体接近本质的时候，中国人在思考的是：本质是可以这样直接去接近的吗？你们接触到的是本质吗？如果本质是可以以这样的方式接近，那么古代中国的百姓难免打破砂锅问到底：“君权神授”的神在哪里呢？神的本质是什么？授权之神究竟是神

① （宋）朱熹集注：《四书章句集注》，中华书局2012年版，第165页。

还是人呢？“天命”真的是纯粹客观的吗，庄子“知其不可奈何而安之若命”的本质是什么？这些问题没有哪一个智者可以正面回应，这样接近下去，就直接威胁到国家体制以及意识形态了。所以当“王侯将相宁有种乎”等质疑出现的时候，暴乱也就开始了。这样的推论意在表明，直接进入本质，在中国是非常困难的，或者说，裸体这样的直接形式，让一切迂回都成了泡影，让一切想象、回旋、思想的加工都无处藏身。当裸体接近所谓的本质的时候，在中国思想看来，已经与本质分道扬镳了。

概言之，儒家身体观最核心的成分是抑制对“自由”“民主”的过分追求，让中节、中和来调制整个社会结构和思想秩序。韦伯认为：“在（中国的）语文里，没有‘自由’（Freiheit）这个字眼。这倒是可以从家产制的国家的本质与历史的轨迹来说明。”[①] 当然，儒家的这个政策对文艺、哲学有正面影响，也有负面影响，甚至我们可以说，正面影响也就是另一种形式的负面影响。在魏晋时期，思想格局不再是“罢黜百家、独尊儒术”了，道家、佛家思想并行其道，谈玄、说理风行一时。在《世说新语》和鲁迅的《魏晋风度及文章与药及酒之关系》中论述得非常详细生动。阮籍、嵇康那些“无礼”之行为显然是儒家难以忍受的，他们本来就不想用这样的“礼”来限制对于自然、自由的追求，他们标榜“越名教而任自然”，他们的言论显然是发生在政治上的“乱世”。一时代有一时代之意识形态，一时代有一时代之文艺形态，秩序井然的国家秩序当然不会允许为所欲为、自由散漫的文艺形式，当然，反过来则是，国家不幸诗家幸，赋到沧桑句便工。魏晋时期那种“越名教”之风，只盛行在某一个圈子之内，在中国几千年的发展过程中，“礼”“中和”还是像无形之绳一样束缚着中国思想。

---

① ［德］马克斯·韦伯：《中国的宗教》，《韦伯作品集》第五卷，康乐、简惠美译，广西师范大学出版社 2004 年版，第 214 页。

中国思想身体观的另一个重要方面，就是“抑身扬心”。《庄子·让王》曰：“身在江海之上，心居乎魏阙之下。”① 在古代中国的各种思想表述中，身心是相对的两个范畴，但是身心不能绝对分开，但中国思想还是更注重对于“心”的追求，如“存天理，灭人欲”“饿死事小，失节事大”。王阳明说：“无心则无身，无身则无心。”② 身体在儒家思想之中，远远没有“心”来得重要。这不是简单的唯物主义或唯心主义的问题，关键就在于身体是一个事实，是一个可以感知、可以认识、可以研究的对象。任何一个客观事实，按照亚里士多德的说法，都有“形式”和“质料”。当局限在“质料”这个层面的时候，身体就承担了知识的客观功能，这是可以言说的、可以研究的。但是，在儒家思想中，身体只是一个形而下的层面，儒家的最大贡献，就是在于超越“身”去达到“仁”或“心”的境界。“身”当然也重要，只是相对于“心”和“仁”而言，只是一个基本的运作途径，不是思想聚焦的中心。那么，儒家为什么要“抑身扬心”呢？

儒家智慧所体现的正是这样一种策略：古代中国社会是一个君主专制社会，尽管孟子也说“民贵君轻”，但为什么受伤的永远是民而不是君呢？铁打的营盘流水的兵，变化的只是皇帝，不变的却是皇位。所以，古代社会机构有一个非常重要的任务，就是让人知道这样几个道理：第一，“以民为本”。民的背后，一直隐藏着另一个概念——君。虽然以民为本，但民依旧是民，民永远成不了君。第二，“君权神授”。当人民意识到政治家的这种诡计之后，就发现，民和君永远是两个概念，就开始质疑君的权力，当然，君主不可能说是被人民赋予的权力，因为，古代中国本来缺乏这样一种民主契约制度，也不存在当今的人民

① （清）郭庆藩集释：《庄子集释》（下），中华书局2012年版，第971页。

② （明）王阳明：《王阳明全集》，上海古籍出版社1992年版，第91页。

代表制度。君主就只能找到一个既非民，又非君，超越民，又超越君的范畴，如神、圣人等等。第三，“抑身扬心”。第三个步骤就是：“以民为本”只是一种政治口号或理论构想，“君权神授”也只能证明君权是合理的，但事实上，百姓仍然要去面对痛苦的生活和烦恼的人生。也就是说，在古代中国社会，百姓通过上述两个步骤开始领会了庄子“知其不可奈何而安之若命”的人生智慧，然而，所谓“安之若命”之“安”只是暂时的，任何压抑的痛苦和对不公平待遇的愤怒可以忍一时，但却忍不了生生世世。一旦集体情绪爆发，必然引起社会动荡。事实也是如此，陈胜、吴广、项羽、黄巢等人便是这样的例子。所以，古代中国社会与儒家思想必然存在这样一个协议，即：不仅要让百姓安于现实生活的痛苦（就是“身”的诸种问题），还要让他们去享受这种痛苦（即“心”的愉悦），在身体的痛苦之中安贫乐道、自娱自乐、安分守己，要做到这一点，就只能“抑身扬心”。

“抑身扬心”这个策略告诉百姓：“身”不是关键，或者说，聚焦于“身”不足以成为真正的仁人志士、达人君子。要从心中对君子之道保持忠恕：“吾日三省吾身：为人谋而不忠乎？与朋友交而不信乎？传不习乎？”[①] 每一天我们睡觉之前都要反思三件事情，其中第一件事情就是是否做到了对人之“忠”。这一个字，下面是个心，上面是中间的中，可以看出孔子对“心”的重视。一般说来，常人睡觉之前对一天的回顾，可能是我今天做了什么事，吃了什么，味道如何，穿的衣服别人怎么评价，等等。这些事都是发生在我身上的，我做过的，或感受过的，没有脱离我的视野。从心理学角度上，人在第一时间应该注重自己的身体感知，只有从社会学、伦理学以及带有某种目的时，才可能会“设身处地”地思考问题。那么，孔子在这一开头就强调为人谋、为人

① （宋）朱熹集注：《四书章句集注》，中华书局2012年版，第48页。

忠，想到的是别人的感受而不是自己的体验，这就是一种“抑身扬心”的逻辑构建。只是，其中的玄妙没有点破：对谁“忠”？对谁“恕”？“忠”本来就是单向推演结构，“君为臣纲”“父为子纲”“夫为妻纲”，这就决定了臣要忠于君，子要忠于父，妻要忠于夫，反之呢？则不一定，君主不可能听百姓的，古代社会没几个男性愿意当“耙耳朵”。这本身就不是平等的，这同时也意味着，即使老百姓知道“以民为本”是一个骗局，知道“君权神授”是一个谎言，那么也不能改变这些游戏规则（除了革命）。无论君主犯了怎样的错误，也要“恕”，丈夫去寻花问柳，终日不顾家，也要“恕”，这才能体现一个臣民、一个妻子博大宽容的胸怀。所以，中国封建社会几千年的历史，只有民恕君，没有君恕民，但是百姓在“恕”的过程中，“身”遭受了不公正待遇，“心”中却膨胀了道德虚荣，我的不计较，我的忍让，恰恰能彰显我的胸怀、境界、度量，当然，这也是君主们乐于见到的局面，“抑身扬心”这个策略，让民安于为民，君乐于为君，双赢。

要实施这个策略，最关键就是要建立“心”的话语价值体系，让百姓像吸精神鸦片一样沉醉于其中不能自拔。不仅“知之”“好之”而且还要“乐之”，这里的“乐”显然具有自娱自乐的性质。百姓乐于受苦，君主乐于享受，各司其职，当然国泰民安、相安无事。所以孔子非常欣赏颜回：“子曰：‘贤哉，回也！一箪食，一瓢饮，在陋巷，人不堪其忧，回也不改其乐。贤哉，回也！’”[①] 作为一个高级知识分子，颜回吃得像乞丐，住得像贫苦户，实际上心理是崩溃的，但是孔夫子表扬他具有仁者之心，是众人学习的榜样，他也就打肿脸来充胖子，假装乐在其中了。后来鲁迅看穿了这个“捧杀人社”的诡计，所以提倡“打倒孔家店”，也就不足为怪了。

---

① （宋）朱熹集注：《四书章句集注》，中华书局2012年版，第87页。

中国思想在逃避“身”的同时，也是在逃避客观的知识、真理和哲学。一旦从客观知识的角度来分析问题，就会发现社会体制的很多不平等，知识、真理必然会瓦解这个体制的合理性。“心”和“仁”是一个相对抽象，也是一个相对可以斡旋的概念，它不像知识、真理那样是非分明、逻辑清晰。它们可以不断地生产新的意义，不断阐发出新的内涵，这就是儒家知识分子依经立义、皓首穷经的精神支柱。当然，它也可以隐蔽和调和很多现实中的问题。因此，中国走向的是智慧，西方走向的是哲学，中国要通过杀“身”而成“仁”，而西方却是认为本质就是在“身”之中，不用否定身的独特价值，尤其是裸体之身，它就是本质、真理、知识。于连由此而指出：“人体在中国，被完全不同地看待。毋庸置疑的，这也正是中国思想与我们的思想最极端的分歧点（因为此一差别，更突显出那只是‘我们’的概念）。中国人对解剖学没太多兴趣，中国的解剖学仍在粗糙阶段。中国人对形态学的成分如器官、肌肉、肌腱等的指认或特征的兴趣远不如对‘内’与‘外’之间的交流品质乃至维系人体本身的生气感到兴趣。”①

“抑身扬心”的策略使得中国思想价值观一直倾向于“心”的建构层面。《大学》：“物格而后知至，知至而后意诚，意诚而后心正，心正而后身修，身修而后家齐，家齐而后国治，国治而后天下平。”② 可见，要修身先要诚意正心，心正则身修，古代中国传统社会遵循的就是这样一个逻辑程序。台湾学者杨儒宾对儒家身体观有着深入研究，台湾大学历史系教授黄俊杰对杨儒宾的《儒家身体观》一书有这样的论述：“杨儒宾主张传统儒家理想的身体观具备：意识的身体、形躯的身体、自然气化的身体与社会的身体四义。这四种身体不可分割，而且是同一机体

① ［法］弗朗索瓦·于连：《本质或裸体》，林志明、张婉真译，百花文艺出版社 2007 年版，第 69 页。

② （宋）朱熹集注：《四书章句集注》，中华书局 2012 年版，第 4 页。

的不同指谓。由于这四体相互参差，因此，每一体可以说都由心气渗入，因此，我们可以说任一体皆有主体义，可以称为‘身体主体’(body subject)。此一主体之名可含摄意识主体、代表形躯内外两面的形气主体、自然主体与代表社会规范体系的文化主体。”① 在中国，身心是不能分开的，身有四个含义，但是每一个含义都存在心气。身体对于儒家而言是一个文化主体，不纯粹是一个具体的肉身。

“抑身扬心”也同时决定了中国绘画甚至是整个中国艺术活动中对“身”的关注方式：“以身寻道”或“澄怀观道”。中国画家总是将裸体艺术置于一个社会伦理网络之中，即使画中呈现裸体，也仅仅是赤裸而已，并非西方意义上的裸体，身体的“质”需要服装的“文”才能构成其文明性和社会性。刘勰在《文心雕龙》中赞美天文、地文，目的是为了引出人文。天、地、人和谐统一，构成“三才”。人又秉承阴阳二气，所以人文就是对天文、地文的一种弘扬，为什么裸体需要服饰？正如天文需要地文、乾需要坤一样。在这个意义上讲，裸体，在中国不构成一个完整的符号意义，它是残缺的示意结构。然而，在西方，它却一度是彻底的完美，是本质的一种形式。

那么，既然中国从伦理学意义上否定了裸体存在的可能，那么，中国艺术中怎样表现身体呢？答案是，淡化“造型”，突出“传神”。因此，像裸体这样的造型艺术在古代中国被视为形而下的“技”，并没有传达深层次的“道”。“造型”无所节制地凸显身体的感官性、直接性，“传神”是点到为止、含蓄蕴藉，提供一种和谐与中庸的美学话语。沈清松认为：“中国绘画不以身体直接裸露呈显，而必披之以衣物，且衣褶成为人物画重点之一，即使是秘画，或今日所谓色情画，也多加上衣物，或安置于雅致的脉络，而不直接出之以赤裸裸的身体。这点主要和

① 黄俊杰：《中国思想史中“身体观”研究的新视野》，《现代哲学》2002 年第 3 期。

中国文明在奠基时期的‘礼’观念有关，认为人性必须经由礼而实现。‘礼’本身有宗教仪节、社会制度与行为规范之意，孔子则将之提升为富于秩序与美感的文化理想，其中难免也有压抑的约束作用。”① 由于有了“礼”这种社会制度和行为规范的约束作用，中国画中的女性总是多少披上些衣物，在若隐若现之间，展示一种朦胧而间接之美。除了用衣物来展现身体的间接性之外，中国还倾向于用面容尤其是眼神来传神：“值得注意的是，裸体没能成为中国艺术哲学与创作的关心点，并不代表中国哲学不关心透过身体以开显本体。相反的，对于中国人而言，一个人的面容是最重要的揭露场域，而面容之中，又以眼睛之传神为至要。比较起来，对于古希腊的雕刻，面容与眼睛并不重要。”② 因为“眼”在中国被视为心灵的窗户，通过“眼”能够窥见到“心”。而且，眼睛是灵动的，通过眼神，能够看到人的精神状态，从眼睛可以捕捉人的思想形象。反之，对西方绘画而言，更重视身体的比例、线条、结构等外在性因素。

所以，儒家讲求中和，用“礼”“和”来调节社会矛盾，尽管局部的紧张时而发生，但整体上还是趋于稳定和谐，而西方追求一种思想的紧张效应，裸体正需要这种紧张，于连指出：

> 裸体在欧洲文化中长久不褪，不断重建的优势地位，其原因之解释，必然要看到孕育此一文化的各种紧张，正是在裸体之中汇聚，并且达到顶峰。在欧洲文化中，裸体所处身其中的端点有：感性事物与抽象事物、物理与意念、情欲与精神、以及最终的自然与艺术：裸体正是一个熔炉，使这些对立在其中不断精炼和融化的；

---

① 沈清松：《本质或裸体》中译本序言，百花文艺出版社 2007 年版，第 5 页。

② 同上书，第 4 页。

> 它们在其中同时是更加地活跃、但也归于消灭。虽然人们一再重复地说，“西方”曾经是二元对立的（比如身心二元对立等等），而此一论调正显示出哲学套语的力量，但，这样想其实是天真的。实际上，裸体挖空了这些二元对立，并且投身于其分裂之中——直至坠入深渊，而当它越是如此，这些对立面越是会召唤其超越，并因而激发其思想：裸体之所以出现，正是和这些对立极端正面相迎，同时冲撞，而同时合作的结果。①

在于连看来，裸体出现的可能之一，就是一种紧张的文化。正是二元对立思维所塑造的张力，导致两个极端不可调和，裸体所承担的功能就是将这些悖论进行化解。但是，儒家思想的“中和”一开始就避免了这种对立。并且，从另一个层面来说，裸体意味着每一个生命体在这一个层面上的共通性、平等性，人与人之间，服饰可能存在差异，例如有多有少、有贵有廉，但是一旦赤身裸体，只有男女之分，甚至连男女都可以不分，都是赤裸的人、平等的人、一样的人。而儒家对这个问题则有不同看法，从伦理学角度分析，人与人之间本身不是绝对公平的，存在一个道德差序结构，例如，“孝”文化历来坚持“君君、臣臣、父父、子子”，《孝经·开宗明义》中就有：“身体发肤，受之父母，不敢毁伤，孝之始也。立身行道，扬名于后世，以显父母孝之终也。”② 在中国传统观念来看，身体受之于父母，对身体的敬重也是孝的一部分，这就意味着，个体没有在身体问题上的随意性，看似损毁的是身体，实际上彰显的是不孝。如果裸露身体，在儒家看来，不符合“仁”与“礼”的规范。礼仪为不平等的文化体系建构合法性依据，艺术不仅要

---

① ［法］弗朗索瓦·于连：《本质或裸体》，林志明、张婉真译，百花文艺出版社 2007 年版，第 18—19 页。

② （唐）孔颖达疏：《十三经注疏》下册，上海古籍出版社 1997 年版，第 2545 页。

考虑到自身的欲望，还要考虑到社会的影响，以及自己在社会中所承担的责任，于是，裸体在古代中国文化中就这样被“和谐”了。

当然，在中国，没有这样一部法律认为裸露是违法的，一个人在家里洗澡，这当然需要裸露，但这显然不违法，没有在一个公共视野之中裸露，当然是可以的。但是，一旦在公众之中裸露，这就涉及一个伦理问题。儒家认为，凡事需要中节，艺术也一样。不要有什么就完全暴露，即使要暴露也要委婉含蓄，所谓：“《国风》好色而不淫，《小雅》怨诽而不乱。”① 因此，对中国而言，裸体意味着彻底地暴露、无遮拦地宣泄自我的欲望。当然，从某种意义上讲，身体是个体自身所具有的，为什么没有随意赤裸的权力呢？但必须意识到，古代中国语境下的自由与西方是有区别的，中国传统社会把人置于一个血缘关系和社会体系之内。在权力集团看来，如果裸体的观念是正常的，而且公众具有把裸体视为一种美的倾向，那么，从思想的角度上来讲，当一个人被压迫之后，是不是就可以站在一个自由、民主的角度来反抗、起义、暴乱？是不是就暗示这些行为的合理性？因为，彻底地暴露、紧张和宣泄，在西方是对于本质和存在的接近，但在中国，却意味着对王权的潜在威胁。当身体迈向裸体之时，也就同时预示了思想可以直接走向本质真理和一个自由的话语场域。一旦如此，真正的民主进入政治体系，而“君权神授”便理所当然地被瓦解。君主便处处要考虑到百姓的权力，这个等级制度便被解构了，一旦被解构，“礼崩乐坏”的场景也就出现，儒家思想也就无处藏身了，社会结构就要重组。

因此，儒家的仁礼教义要求：无论怎样的艺术思想，无论是缘情还是缘志，当它进入一个公共领域，或一个普适性的审美互动之中，就不

① 周振甫：《文心雕龙今译》，中华书局1986年版，第41页。

能随心所欲地彻底表现，儒家文明使得中国思想倾向于一个“合适”的或能够接受的状态。显然，裸体超出了这样一个基本要求，它在儒家思想看来，是不合适的、不合理的、不合尺度的。所以，在“三纲五常”的道德规范面前，裸体，尤其是女性的裸体，在古代中国是极其敏感和不齿的，因此它也缺乏成为艺术形式的客观条件，这就是裸体在中国艺术中的不可能性以及在西方的可能性。

第三节　西方的形式观与裸体的本质会通

第二个问题就是，西方裸体艺术之形成，除了自然和政治因素外，它还与哲学有什么关系？于连认为：“既然在中国式的情色中，身体可以被画成赤裸却又不构成裸体，我们可以得知，要有裸体的成立，必须要有一定的形式——可以见证它的自我坚定。”① 这样一个判断涉及一个非常关键的问题：中国思想传统中为什么缺乏这样一种裸体“形式”？在西方语境中，裸体又是怎样以裸体进入本质的呢？

首先，形式究竟是什么？在裸体问题上，它凭什么扮演着如此重要的作用，于连说：“‘形式’（eidos）统领整个的希腊思想。也似从它开启了——而且我们永远必须如此重新开始——哲学的历史。”② 同时，他还认为：“裸体的可能性首先和我们对‘形式’的概念有关，而这是由希腊以来一直如此：形式的作用是作为模型、其背景往往被数学化、几何化，而且，因为它固定了本质的理念，所以具有理想的价值（这是希腊文 eidos 的意义）：形式确立了裸体的地位。”③ 他认为西方有形式

① ［法］弗朗索瓦·于连：《本质或裸体》，林志明、张婉真译，百花文艺出版社 2007 年版，第 60 页。

② 同上书，第 76 页。

③ 同上书，第 39—40 页。

论，所以裸体才有出现的可能。

谈论形式首先要从亚里士多德开始，他认为世界是由各种形式与质料所组成。所谓质料就是指组成事物必备的材料，形式则是事物某一个方面的特征或属性。例如，一只狗，它所具有的形式就是会吃、会叫、会保护人，当这只狗死去时，形式也就不复存在，剩下的就是它的质料。在这个基础上，他还分析了构成世界的四种“因”：质料因、形式因、动力因、目的因。亚里士多德认为最重要的是形式因和目的因，形式因不是一个外在具体的结构、形式、外形、图案等，它隐藏在一切自然物体之内。亚里士多德和柏拉图最大的不同就在于，柏拉图认为世界的最高范畴是“理式”（Idea），它不依赖于物质存在，也不存在于人的意识之中，是一种超越性的本体。因此，他在《理想国》中举例说，床有三种，一种是作为“理式”的床，第二种是木匠按照这个理式而造出来的床，第三种是画家根据木匠的床而画出来的床。因此，画家所画的床与理式之床“隔着三层”，因此是“摹本的摹本”“影子的影子”。就是说，艺术依照现实，而现实依照理式，因此，柏拉图断言，感觉不可能是真知的源泉，感觉到的东西只是一些虚构的摹本而已，只有“灵魂附体”的迷狂状态才能获得对真善美的理式世界的回忆。而亚里士多德却认为形式和质料是关联在一起的，没有柏拉图所说的这种隔阂，在具体事物中，没有无质料的形式，也没有无形式的质料，质料与形式的结合过程，就是潜能转化为现实的运动，这就是亚里士多德的形式观。

可见，西方意义上的形式，不同于我们通常所理解的外形，形式是物质的内在基础和根本依据，是物质内部所固有的本质力量。不同物质之间之所以具有各种各样的差异，就是源于这种内在的本质力量，就是物之为物的那种本质属性特征，这就是由形式所决定的。只要把握了形式，就能在各种差异之中找到本质，找到同一性，就可以获得真理。在中国，我们所谈论到的形式，往往只是“形”的因素而缺乏“式”的内涵。詹姆逊说：“中国、印度、埃及各民族就其（艺术）形式、神像和偶像而言，仍然是无形式的，或者是属于低劣和不真实的确定形式，不能把握真实的美，因为他们的神话体系，他们的艺术作品的内容和思想本身就是不确定的，或是十分浅薄地确定的，不是本身就是绝对的内容。”①

《周易》有：“形而上者谓之道、形而下者谓之器。”② 在古代中国，形主要是指一种具体的物象形式，是可以感知的、可以把握的一种存在状态。在中国哲学中，与它相对立的一个范畴是“质”，它主要是指对象的内部结构。与形相近的一个范畴是文。刘勰在《文心雕龙》中提到了“形文”：“故立文之道，其理有三：一曰形文，五色是也；二曰声文，五音是也；三曰情文，五性是也。”③ 可见，“形文”就是五色相交所形成的具体图像。更深入地分析，我国古典诗文理论把文学作品分为志与文、质与文、意与辞、实与华、情与采等对立统一的两个方面。其中志、质、意、实、情等概念，都是指作品的内在因素，即相当于内容的概念；文、辞、华、采等概念，都是指作品的外在表现，即相当于形式的概念。文学作品的内容与形式是辩证统一的关系。没有内容，形式就无法存在；没有形式，内容也无从表现，这两者相互依赖、相互制约。因此，我们只能在抽象的意义上把它们分别开来。我们再看西方的形式观：

我们在奥古斯丁的语言中又可发现相同的暧昧性：“形式”（for-

① ［美］詹姆逊：《新马克思主义》，李自修译，王逢振：《詹姆逊文集》第一卷，中国人民大学出版社 2004 年版，第 20 页。

② （唐）孔颖达疏：《十三经注疏》上册，上海古籍出版社 1997 年版，第 83 页。

③ 周振甫：《文心雕龙今译》，中华书局 1986 年版，第 287 页。

ma）同时指：一、模范的形式（心智，圣言）；二、外在形式亦即轮廓；以及三、作为美的来源之形式。而这也可以反向来看：在“造型”的形式之下，可见的形式之下，不断生产出模范性的、指引性的、本体论的形式。然而，正是此一暧昧使得裸体有其可能：透过可感的形式，我们希望回溯到“最优先的形式”，亦即作为模范与原型的“裸体”。因此，裸体不是众多形式之一，它就是形式中的形式（不是此裸体，而是裸体本身）。①

那么，形式为什么决定了裸体成为“形式中的形式”呢？这意味着，裸体可以具有很多可见的“造型”，可以扩展为外在的形式或轮廓。这一形式具有了本源性、指引性和本体论的特征。因此，从这个意义上讲，裸体所展现的，就是本质。在这里，关键之处就是，西方意义上的形式其实与形而上学是紧密联系的。西方哲学从亚里士多德开始，就研究形而上学（metaphysics），形而上学的一个重要内容，就是通过现象进入本质，不管这种本质是物质性的、观念性的还是精神的，因此，本体论是形而上学的一个重要命题。基于认识世界方式的不同，西方哲学有这样两个传统，首先就是理性主义，它们的主张就是必须通过理性的概念、判断、推理等逻辑形式去把握世界的本质；其次是经验主义，像休谟的怀疑论，它们认为本质不是通过知识的推衍而达到的，必须通过实践的直观经验才能把握。从这个意义上说，形而上学就是要研究质料之后的这个“形式之形式”，亚里士多德认为：

有一门学术，它研究实是所以为实是，以及实是由于本性所应

① ［法］弗朗索瓦·于连：《本质或裸体》，林志明、张婉真译，百花文艺出版社 2007 年版，第 78 页。

> 有的禀赋。这与任何所谓专门学术不同；那些专门学术没有一门普遍地研究实是之所以为实是。它们把实是切下一段来，研究这一段的质性；例如数学就在这样做。现在因为我们是在寻取最高原因的基本原理，明白地，这些必须是禀于本性的事物。若说那些搜索现存事物诸要素的人们也就在搜索基本原理，这些要素就必须是所以成其为实是的要素，而不是由以得其属性的要素。所以我们必须认清，第一原因也应当求之于实是之所以为实是。①

这样，我们从亚氏的论述中可以看到形式与西方形而上学的密切关联，裸体在西方表示“就是如此”，是“之所以为实是”的东西，于连说：

> 在裸体的背景里，我们不得不找到存有的概念及在己存在的问题：裸体即“即是如此”，resipsa（事物本身），而且因为它是如此法超越，它是现实还原为其身份（identity）。裸体回答了 tiesti（这是什么?）的问题。然而，我们知道古代中文没有（既是“是”又是“有”的）“存有”动词（le verbe“être”），它只知道用“有”和连词，而且因为如此，它不用存有的角度来构想这个世界，而是以过程（“道”）为角度。如果裸体在中国不可能，那是因为它找不到一个存有的地位：于是留下来的，只有肉体（中国情色艺术）或是猥亵的裸露。中国“缺乏”存有的基底，然而由希腊以来，裸体便是建构在这个基底上。②

① ［古希腊］亚里士多德：《形而上学》，吴寿彭译，商务印书馆 1959 年版，第 56 页。

② ［法］弗朗索瓦·于连：《本质或裸体》，林志明、张婉真译，百花文艺出版社 2007 年版，第 41 页。

裸体这一形式回答了关于存在的问题。裸体展现的就是事物本身，这是现象学还原的一种表现形式。中国没有这样一个“存在”（being或être），我们习惯将之称为道，它的一个最重要的特征就是“目击道存”。中国的道与西方的本体论形而上学的一个最大的区别就在于：道是不可须臾而离的，道不远人。道也没有一个最优的选择去展现自身，道存在于一切事物之中。因此，不存在“A是B”这样的形式来推衍出道的本质问题。在西方，裸体就是亚里士多德所说的“形式”或者说是“本质”，于连认为：“对‘本质’的思考意味着要隔离出一个超时间的、知性的状态，将这种状态与所有变化的事物相对立。中国思想从未有过这样的划分。”① 然而，裸体，在中国思想的视域之下，它就是如此这般的一个形态，不存在另一个本质或另一个道，所有一切都处于和谐自然的状态，世界就是应然如此。

所以，西方的形式论主张超越，从此岸到彼岸，从现象到本质，从A到B。正因为具备这样一个超越的对象和目的，“形式”才显得如此重要，存在的形式化使得整个裸体“如存在之所是”。然而在中国，裸体所展现的道就是裸体本身。虽然《周易》中也有道器论，但道器是合二为一的，道就在其中，不需要言说，也不需要刻意用某种外在形式去表现它。一旦有了某种形式，或者说本质，那么，就将道分裂了，也就“非常道”了。道家主张“道通为一”，其中的“一”就是齐物、逍遥、自然，就是天籁之音。

裸体，在中国并不被视为一个形式，因为中国思想中一直在回避这样一个哲学形式。因为中国思想面向的是智慧而不是哲学。西方哲学追求形式，因此哲学史就开始了，我们可以说形式是逻各斯、上帝、理

① 秦海鹰：《关于中西诗学的对话——弗朗索瓦·于连访谈录》，《中国比较文学》1996年第2期。

念、物自体、经验、理性等，形式就这样不断地处于争论之中。不同的是，中国用“一”回避了本体论哲学。道不需要一个超越，道法自然，物就是物本身，存在就是这样一个彻底开放的场域。正如于连所说：“我们了解为何中国人对于希腊用以建立其思想，发展其科学、固定其裸体的稳定形式，并不感到兴趣。对他们而言，既不存在原型，也没有永恒的形式；既没有模范，更没有本质的天空。”① 因为，原型、形式、模范、本质等概念都是一个分化的概念，在中国思想中，这些概念都化归于“未始有封”，在认识道的过程中，从来不需要任何知识分化。混沌、模糊、不清不楚，其实就是自然的表现。

在这里，我们也就可以理解，西方视野中的裸体，因为具有了一定的形式，才可以见证他的自我坚定。中国没有这种形式，裸体只是没有衣物的肉身，和色情没有多大区别。沈清松在《本质或裸体》一书的序言中也分析道：

> 于连先生以“形式”一词联系了古希腊与近代西方的裸体观，指出了由柏拉图（Plato）经由普洛丁（Plotinus）到西方近代似乎有的一贯线索。一般而言，近代的裸体已经失去本体论的意涵，变成一种美感与知识的对象，与解剖学、数学紧密相连，如同达芬奇所见证的，裸体已然成为客观性的展示。至于近代西方裸体与古希腊艺术的延续，则在于形式的观念，是柏拉图的“理型”或“本质”继续在近代科学中作用的结果。②

所以，在中国，裸体所呈现的不是本质，而只是赤裸本身，而且这

① ［法］弗朗索瓦·于连：《本质或裸体》，林志明、张婉真译，百花文艺出版社2007年版，第40—41页。

② 沈清松：《本质或裸体》中译本序言，百花文艺出版社2007年版，第2页。

个赤裸还与色情相连，关键就在于，中国思想缺少西方意义上的哲学形式论，而西方哲学则缺少中国思想中的智慧性，这就是比较文学阐释学中的阐释变异现象。因此，在中国文化诗学的语境下，身体之物与其他之物从来不存在任何分化，无须任何主观形式来刻意通达，身体之物与身外之物和而不同、道通为一。

第八章 “原道”的跨文明阐释变异

第一节 中西语境之下的本体论与文学

前面已经阐明，裸体这一个现象背后所隐藏的，是中国对于直接性或极端性思维的回避，同时也表明了中国没有西方意义上的形而上学。中国艺术并不聚焦于对象的外在性，而是让其内在性说话。这一点，不仅仅体现在裸体这样一个现象中，也同样存在于文学现象中。这里要阐述的问题就是：从比较文学阐释学视野来分析，中国文学与西方文学相比，最大的异质性在什么地方？中国文学是否可以用本体论范畴来言说？不管如何，中国文学本体论的探讨必然要展开为以下两个逻辑命题：第一，中国文学语境中是否存在西方意义上的本体论视域；第二，如果存在，那么这个所谓的本体究竟是什么，是一元的还是多元的。事实上，围绕这两个命题，中国文论界一直进行着激烈的论争，可谓众说纷纭、莫衷一是，它潜在地推进着中国文论话语研究的纵深开掘。

关于这个问题，2001 年 9 月 14 日，在上海社会科学院的一次座谈中，有人问道德里达：“中国传统中似乎也有逻各斯中心主义，比如《易经》中有‘得意忘言’之说，这是否可说与西方的逻各斯中心主义差不多?”① 德里达说：“中国文化也一样，也存在声音系统，意义系统和语言系统。但是中国的书写不原始地是声音中心主义，它和逻格斯中心主义不是一回事，逻格斯中心主义是一种组织话语的方式，它考虑的是‘B是B’，‘什么样的存在是存在’等类型的问题。中国传统文化中没有希腊传统中的这种本体论。并不是任何思想都是本体论的，并不是任何的思想都是哲学，哲学和思想不尽相同。海德格尔就看到了这点，他力图超出哲学，超出本体论进行‘思’。中国传统文化中，存在着思考方式，但它不能还原为哲学本体论和逻格斯中心主义，中国思想力图理解什么是‘他者’。”② 德里达认为，中国文化中没有逻各斯，也没有西方哲学中的本体论，那么，从跨文明比较阐释的角度分析，为什么德里达认为中国传统文化没有西方意义上的本体论？这个观点的依据是什么？事实上，众多研究资料已经澄清了一个不容回绝的事实，那就是：尽管中西诗学存在可以融会贯通和对话的话语维度，但也仍然摆脱不了难以跨越的异质性元素。这种异质性的根源（如道与逻各斯、天人合一论与二元对立论等）都从根本上制约和影响着中西诗学不同的精神脉络和发展走向。

本体论（ontology）本来是西方哲学研究中的最根本最重要的一个问题，主要研究整个世界的终极本源或逻辑起点。“on”本来就意味着“在……之上”，简言之，它就是要穿越客观事实表象，去讨论世界之为世界的深层哲学基础。因此本体论是任何哲学都无法回避的理论前提。本体论这个哲学术语后来被泛化和细化，即：大家普遍认为每一个学科门类都存在自身的逻辑本体。于是，文学本体论的探讨在哲学框架下逐渐成形。但是，必须意识到，“本体”一词首先便存在这样一个理

① 杜小真、张宁:《德里达中国讲演录》，中央编译出版社2003年版，第157页。
② 同上。

论预设：它是一种根本的、深层的、本质性的、决定性或占据中心话语地位的一种言说。或者说，它是一个具有终极视域的话语生产机构，是深度模式的认知类型。与此相对，就必然存在一种表象性的、非本质性的、边缘性的一种言说范畴，它是本体观照下的具体派生形式。于是可以看出，西方文化对本体论的探讨是基于这种理性逻辑思维之上的研究范式。这种范式的一个重要表征，就是断言存在一个超越于此在表象的绝对真理，再通过概念、判断和推理，以二元对立的逻辑方式去认知世界的本质。这样，就必然存在是与非、呈现与消隐、中心与边缘等一系列的主观认知结构。如此划分显然是要确立本体论研究在逻辑上的思维图示。中国虽然也有“道器论”“本末论”“体用论”等具有思辨思维特征的表述模式。但值得注意的是，他们最终并不是通向二元论之路，它的终极归宿乃是“道器不二”“本末合一”“体用不分”，即是一种稳定的、整体功能极强的思维方式。简言之，就是“天人合一”“物我不分”“道通为一”的交感诗学思维。

于连说：“但在我看来，‘形而上’既是‘métaphysique’的对应词，又是一个完全相反的词。首先，在中国传统中，‘形而上’是与‘形而下’相联系的，是相互的；其次，这里有一个‘形’字，‘形’就是当前化，是一个正在进行、正在显示的形式；另外，中文说的是‘形’而上，这个‘而’是有活力的、能动的，如果认为它不具有概念意义而去掉它，那就失去了中国思想的内涵。”① 因此，中国文学的最高境界是“化”“无”“不隔”“逍遥”，它与西方追寻“有”“实体”“在”是分道扬镳的，因为：“西方以有为本，从有到实体，中国则以无为本，从无到有。”② 可见，中国文化脉络中一直注重和谐、整体，

① 秦海鹰：《关于中西诗学的对话——弗朗索瓦·于连访谈录》，《中国比较文学》1996年第2期。

② 黄药眠、童庆炳：《中西比较诗学体系》上册，人民文学出版社1991年版，第35页。

而西方重视形式和局部。所以，用逻辑理性思维去推演世界本质的本体论研究在传统中国文化中是非主流的。即使是深藏中国文化圭臬的《周易》，尽管也用阴阳论来产生八卦，继而认识宇宙万物，但它也有“一阴一阳之谓道”之说，阴阳二爻也不是分裂的实体，而是一种功能性的符号，不断变化发展，最终是抵达阴阳协调、万物交感、融会贯通、生生不息的审美境界。汉代通行的五行学说，其中的五行也是化归为一个整体关联系统，可见，中国最终是走向“道通为一”的整体诗学之路。

所以，传统的西方本体论习惯于从“表象—本质”“现象—本体”“中心—边缘”“主流—附庸”的结构去把握世界，中国常常在一种模糊混沌的“心斋”“坐忘”状态中领会或妙悟出世界的本质。从这个意义上讲，中国文学本体论显然是一个悖论式的陈述。中国文学作为一个历史事实，其本身并不具有西方意义上的本体论研究的话语土壤。如此说来，我们在这里讨论的中国文学本体论是一个伪命题？其实不然，虽然中西文化诗学的异质性决定了这种悖谬元素必然存在的客观事实，但是，当下中国文学语境，尤其是20世纪80年代以来的中西诗学对话历史，决定了这个命题在特定历史框架中其本身的合理性和必然性。

在20世纪西方本体论转向与语言学转向的宏观症候下，整个文艺理论界涌现出各种革命性的思潮。从巴门尼德提出“存在”论开始，西方本体论便开始从实体本体论走向存在本体论。无论是赫拉克利特的所说的“逻各斯”，还是柏拉图的“理式”，或是亚里士多德的“第一实体”，或是黑格尔的“理念”，都将世界的终极本源划归为一个可以言说和观照的实体。直到康德，他用审美经验论来调和主客体之间的认知模式，把实体本体论引向人的存在本身，于是，美学判断力参与人的整个话语实践，最后引向以海德格尔为代表的存在本体论。存在本体论与实体本体论的最大区别在于，它始终在调和主客体之间的二元化关系，有意识地对人为的主体认知活动进行“祛魅”。如胡塞尔提出“回到事物本身”，用整体意识来反对主客体分离的传统哲学。

因此，在胡塞尔看来，任何一个客体都不是实在的客体，也不是观念的客体，而是一个“纯意向性客体”。同样，海德格尔也用“存在”的敞开性消解了传统的本体论观念，对传统的实体论本体展开系统批判。后来，卡勒还进一步指出：“所有这些概念均关系到一种呈现的观念，均出现在试图对基础作出描绘的哲学之中，而这些基础久被视为中心，主导力量或原则。一些二元对立如意义/形式、灵魂/肉体、直觉/表现、字面义/比喻义、自然/文化、理智/情感、肯定/否定等，其间高一等的命题是从属于逻格斯，所以是一种高级呈现，反之，低一等的命题则标示了一种堕落。逻格斯中心主义故此设定第一命题的居先地位，参照与第一命题的关系来看第二命题，认为它是先者的繁化、否定、显形或瓦解。”[①] 卡勒明显意识到了这些概念之间的等级关系和内在拒斥，并且精辟地指出逻各斯在西方话语中的优先性，这种分类化的知识谱系，决定了本体论在西方的重要地位。那么，中西方在本体论问题上的“共识”具体表现在什么地方呢?

首先，从诗学本体层面来说，西方 20 世纪发生的本体论转向，导致它与中国文化哲学思想呈现明显的趋同特征。前文已经谈到，从康德开始，西方本体论就开始从实体本体论转向了存在本体论，后经胡塞尔现象学，柏格森直觉主义再到海德格尔的存在论，“存在”开始取代实体本体，调和主体与客体的结构性矛盾，并成为一种动态式的间性互涉体系，这也就使得：“海德格尔诗学与庄子诗学思想之间‘同源’，‘同道’，‘同归’，使二者呈现出了某些惊人的相似和一致，再加上海德格

① ［美］乔纳森·卡勒：《论解构》，陆扬译，中国社会科学出版社 1998 年版，第 79 页。

尔诗学中至少有三处明确引用过庄子诗学思想，我们完全有理由断定：庄子诗学思想是海德格尔诗学的一个重要的‘秘密来源’。”① 可见，中西诗学思想在这一个层面达成了对话与会通的理论兴奋点。存在本体论的蔚为大观以及它对传统本体论的突破，也潜在地为中国文学本体论的探索提供了一个外在的理论契机。这种异质性开始逐渐转向通约性的话语层面。中国文学的本体论探索，从某种意义上讲，就是在西方存在论本体论参照之下的跨文明比较阐释。

其次，从审美意识形态上说，中国文学的本体论探讨之所以在20世纪80年代风起云涌，很大程度上取决于文学身份的合法性诉求。“五四”新文化运动割裂了中国文化的历史血缘，使得在这之后的中国文化形成“无根的苦难”，也让“失语症”成为可能。另一方面，20世纪80年代西方文化思潮的大规模移植和侵入，直接冲击了中国文学自身的话语机制。例如，西方本体论研究的合法性屡屡受到质疑，尤其是以德里达为代表的解构主义思潮，以语言论革命为批判契机，对传统的逻各斯中心主义进行了摧枯拉朽式的反思和超越。这样一来，历史文化基因链条的断裂与外来文化的碰撞，导致中国文学面临强烈的身份危机。而后，颠覆与重建、反观与重构、回归与超越成了摆脱这种状态主要的学理思路：“于是，本体论研究不仅注意到传统宇宙‘时空本体’的总体存在性，而且更加关注现代‘人的本体’的存在语境与状况，以及当代‘主体间性’存在的‘价值本体’交流等问题，使得学界出现了理论深化和文学作品的深度意义发掘的连锁效应。”② 由此可见，虽然中国文学并不存在西方传统意义上的本体论言说语境，或者说，这些话语的挪用的确存在概念上的误释，然而这种误释在诗学比较中是在所难

① 钟华：《〈庄子〉：海德格尔诗学的一个“秘密来源”》，《西南师范大学学报》2005年第6期。

② 王岳川：《文艺方法论与本体论研究在中国》，《广东社会科学》2003年第2期。

免的。中国文学的本体论特征进入我们论域的重要因素就在于：中国文学发展所出现的“失语症”等一系列身份危机导致学界必然回归“文学之为文学”的本体论思考。另一方面，当代西方存在论本体论的中国化传播又提供了外在的理论契机：“于是引进西方科学方法论后，一种由外在思维论开放到内在的观念价值重建的内在学理要求，就必然浮出水面。”[①] 尤其是中国之“道”与西方之“存在”，都有着思想对话的通约之处。于是乎，这种内外呼应的对话合力，超越了表象上的异质性，使得中国文学本体论成为当下特殊的研究视域。

第二节　道作为中国文学本体的优先性

既然对中国文学本体论的探讨已然成为一个客观的学术事实，那么，这个本体究竟是什么？它是一元的还是多元的？其学理根据是什么？这也是不容回避的理论问题。

学界大致认为：中国文学本体有“道本论”、“气本论”以及“心本论”三种走向，每一种都对中国文学产生了深远的影响。其中，道本论占据着非常重要的地位。“道”的含义相当宽泛，本义是指大路或道路，后来由于路具有导向作用，可以引导人们走向正确的目的或方向，所以引申为方法、手段、途径或者道理。作为本体论意义上的“道”，主要来源于老庄的道家思想，“道”是天地万物的本原。庄子说：“道者，万物之所由也。”（《渔夫》），“夫道，覆载万物者也。”（《天地》）这些论述表明，中国古代思想中的“道”并不是用于一般言说之道，而是一种具有本体论意义的哲学范畴。那么，“道”为何物，它为什么会成为一种至高无上的终极本体？

---

① 王岳川：《文艺方法论与本体论研究在中国》，《广东社会科学》2003 年第 2 期。

关于这个问题，《周易》中有：“是故形而上者谓之道，形而下者谓之器。化而裁之谓之变，因而制其会通，适变之道也。”① 孔颖达注曰：

> 正义曰：“是故形而上者谓之道，形而下者谓之器”者，道是无体之名，形是有质之称。凡有从无而生，形由道而立，是先道而后形，是道在形之上，形在道之下。故自形外已上者谓之道也，自形内而下者谓之器也。形虽处道器两畔之际，形在器，不在道也。既有形质，可为器用，故云“形而下者谓之器”也。“化而裁之谓之变”者，阴阳变化而相裁节之，谓之变也。是得以理之变也。犹若阳气之化不可久长，而裁节之以阴雨也，是得理之变也。阴阳之化，自然相裁，圣人亦法此而裁节也。②

在《周易》看来，“道”并非一个绝对的实体，它不像逻各斯一样具有绝对性、唯一性，它和“器”共同构成了一个有机整体。但这又和西方的现象和本质有根本差异。老子云：“有物混成，先天地生。寂兮寥兮，周行而不殆。可以为天下母。吾不知其名，字之曰道，强为之名曰大。”③ 可见，老子认为“道”是无名无常的，它是天下之母，先天地而生，其特征是“大”，这里的“大”并不是空间上的一个概念，而是说，它有高度的包容性和抽象性，它可以渗透到每一个具体的细节。老子还说：“道冲，而用之或不盈。渊兮似万物之宗。挫其锐，解其纷，和其光，同其尘。湛兮似或存。吾不知谁之子，象帝之先。”④“道”具有明显的优先性，是万物之宗，即事物之本根。庄子也有类似的

① （唐）孔颖达疏：《十三经注疏》上册，上海古籍出版社 1997 年版，第 83 页。
② 同上。
③ 朱谦之校释：《老子校释》，中华书局 1984 年版，第 100—101 页。
④ 同上书，第 18—21 页。

说法:“夫道有情有信,无为无形。可传而不可信,可得而不可见。自本自根,未有天地,自古以固存。神鬼神帝,生天生地。在太极之先而不为高,在六极之下而不为深,先天地生而不为久,长于古而不为老。”①

老庄所言之“道”的特征表现在:第一,它不是一个实体,只是一个表述的范畴;第二,它是不可言说或定义的,只能被描述;第三,它是终极本源,是“自本自根”,是一个极限域,通过它能衍生万物;第四,它不是形式化的逻辑演绎,也不是可以认知的“有”,而是归于“无”。这里的“无”也不是什么都没有,按庄子的说法,也有一个从“有无”到“无有”再到“无无”的过程。“道”的最高体现便是自然而然。“道”“自然”“无”“一”都是相通的,都是非主观化的、非人为性的纯粹意向性存在。

先秦道学思想主要提供的是一种哲理阐释,“道”进入文艺理论大致发生在魏晋玄学时期。南朝宗炳在《画山水序》中提出“畅神”“澄怀观道”的重要观点,他认为诗画作品是自然的艺术呈现,因此,作为哲学意义上的抽象本体的“道”,演化为可以通过文学艺术形式抵达的一种具体范畴。于是,道本论由一元论发展为“道、人、文”之三维论。刘勰对此有精辟论述:“故知道沿圣以垂文,圣因文而明道,旁通而无滞,日用而不匮。《易》曰:‘鼓天下之动者存乎辞。’辞之所以能鼓天下者,乃道之文也。”② 他认为,“道”是“文”的内在根据,“文”是“道”的外在形式,广义的“文”是指宇宙万物的表现形式,如日月叠璧之天文、山川焕奇之地文,而人心也是“道”的一种具体体现:“夫无识之物,郁然有彩,有心之器,其无文耶!”③ 正所谓心生而言立,言立而文明,因此,人文也可以归属自然之道。但是,介于“道”与“文”

① (清)郭庆藩集释:《庄子集释》(上),中华书局2012年版,第252页。
② 周振甫:《文心雕龙今译》,中华书局1986年版,第14页。
③ 同上书,第11页。

之间的人，并非常人，而是“圣人”，“圣人”之文：“或简言以达旨，或博文以该情，或明理以立体，或隐义以藏用。”① 这种形式的“文”，是内容与形式的高度统一，近乎自然之道。因此，这三者之间构成和谐的统一体，圣人于创作之中领会“道”之真谛，而“道”也因圣人之“文”得以呈现，而“文”就成了观“道”的一种途径或方式。

无论是老子的“道法自然”，还是庄子的“天籁之音”，或者是刘勰的“自然之文”，都是要根循“物我两忘”“天人合一”的原则，反对人工的矫饰，要造语天然而不觉其巧，妙夺天工而不失其本。到唐代，韩愈首先肯定道本论，他即而提出了著名的“文以明道”。这里的“道”，开始渐渐脱离本体论意义上的自然而然之道，更多体现的是儒家的政治伦理思想。换言之，韩愈所谓的“原道”有了文道疏离之倾向，主张文章应体现儒家的诗学传统，类同于“文章合为时而著，歌诗合为事而作”（白居易），文学应为社会政治思想服务。至清代章学诚，他在《文史通义·原道》中一方面继承了“文以明道”的思想遗产，同时，又有意识地化归了刘勰的“自然之文”，提出“文贵明道”，即文章要反映现实社会，揭示事物发展规律。

道本论从刘勰再到韩愈，以至章学诚，贯穿了整个中国文论的本体论流变，也确立了中国文论的基本言说方式。正如曹顺庆教授说：“‘逻各斯’对‘有’的探索、追问与分析，也使得西方文化与文论显得更加严密而系统，更注重逻辑因果、注重情节结构。老子的重‘无’，将中国文论引向了重神遗形，而赫拉克里特的偏‘有’将西方文论引向了注重对现实事物的摹仿，注重外在的比例、对称美、注重外在形式美的文论路径。”② 除道本论之外，气本论和心本论也同样影响深远。气本论的奠基

① 周振甫：《文心雕龙今译》，中华书局1986年版，第20页。

② 曹顺庆：《道与逻各斯：中西文化与文论分道扬镳的起点》，《文艺研究》1997年第6期。

人当推汉代的王充，他从阴阳五行学说中推演出“元气”之说，认为这个气涵盖了天地自然之气，又包括“仁义礼智信”的“五常之气”，强调人所禀受之元气决定了个人的生死命运。后来理学家张载提出“太虚即气”，这主要是从哲学本体论上来论述的。在文学方面，曹丕认为：“文以气为主，气之清浊有体，不可力强而至。”① 这里所提出的文气论也非常有名。心本论主要根植于佛教，禅宗有“明心见性，见性成佛”的说法，在禅宗看来，心外无物，心外无事，心外无理，心外无义，把心看作是一种超越性的具有普遍意义的绝对存在。

道本论、气本论、以及心本论其实并不是互相排斥、水火不容的。事实上，无论是从时间跨度上讲，还是从本体论意义上说，气本论和心本论都是对道本论的延伸和异化。“气”的最高境界还是“无”，这是一种抽象的哲学范畴，它只是表面意义上对“道”进行了类似唯物主义倾向的一种阐释和言说。“心”的范畴也是如此，心是理，理是心，心学在根本意义上与理学是贯通的。因此，道、气、心最终都要化归于一个根源性本体。我们可以把“道”看作是更为终极性的本体概括，它的最大优越性就在于：它并不是把文学的本体指称为一个客观的、具体的、可以把握的事实性存在，如西方的“逻各斯”“理式”“第一实体”等，它本来是一个超验性的范畴。道、气、心都是这样的抽象范畴，表面上它是二元论，其实它们都不是一个可割裂的单独存在之物，不是一个具体的、孤立的范畴。于连认为：“中国人对形而上学的认识是从印度佛教的传入开始的，也就是从西方来的，因为佛教产生在印欧文化背景中。我觉得道家和儒家都与形而上学无关。”② 在他看来，作

① 曹丕：《典论·论文》，郭绍虞：《中国历代文论选》第一册，上海古籍出版社 2001 年版，第 158 页。

② 秦海鹰：《关于中西诗学的对话——弗朗索瓦·于连访谈录》，《中国比较文学》1996 年第 2 期。

为中国本土的思想，儒家和道家都提倡自超越，没有构成形而上学，只有佛教这种外来文化，从宗教层面构建了形而上学本体。概言之，道与文、道与器、本与末都不是割裂的，而是一而二、二而一的辩证统一。

第三节 道与中国文论的意义生成方式

一 大音希声，大象无形

“大音希声，大象无形”是《老子》第四十一章提出来的，王弼对此的解释是：“听之不闻名曰希。大音，不可得闻之音也，有声则有分，有分则不宫而商矣，分则不能统众，故有声者非大音也。有形则有分，有分者，不温则凉，不炎则寒，故象而形者，非大象。”① 大音就是听不见的声音，大象则是看不见的形象，这显然是一个典型的道家悖论表述。这类似于庄子所谓的天籁之音，这种声音的特征是：“听之不闻其声，视之不见其形，充满天地，包裹六极。”② 这里的“大”作为一个美学范畴，并非以形容词身份出现：“夫唯大，故似不肖，若肖，久矣其细。”③ 很显然，老庄在这里所谓的“大”“无”都是“道”的一种体现，就是说，任何一种具体的“音”“象”都是对某一类审美经验的占有和据位，同时这也就意味着它是对另一类审美经验的放弃和失语，即“有声则有分”“分则不能统众”，那么，要将其做到最高境界，必然就不能执着于部分的“有”，而是提升到一种更为宏观性的“无”，因为它是无所不包的“全之美”，而不是人为追求的“偏之美”，陶潜云“但识琴中趣，何劳弦上声”，这正是“此中有真义，欲辨已忘言”，

① 楼宇烈校释：《王弼集校释》，中华书局 1980 年版，第 113 页。
② （清）郭庆藩集释：《庄子集释》（中），中华书局 2012 年版，第 510 页。
③ 朱谦之校释：《老子校释》，中华书局 1984 年版，第 270 页。

真正的道，乃是应然而然。

既然如此，“道”作为文学之本体，是如何体现出“大音希声，大象无形”这一特征的呢？这里至少有三个审美阶段：一是无声无形，即“什么都没有”的阶段；二是有声有形，用适当的手段表达某种意绪的阶段；三是“大音希声，大象无形”阶段，它是否定之否定后的艺术最高境界，这不是什么都没有，而是体现为：有中是无、无中生有、有无相生、韵味无穷。对文学而言，其特殊性又表现在：文学是一种语言的艺术，换言之，文学就是用语言去表达我们的思想，反映客观事物的一个符号系统。因此，客观存在的事实、文本中的艺术形象，以及作者心中之意，它们之间相互通约、变异、勾连、拒斥就形成了文学理论的一个核心问题——言意之辩。儒家推崇“诗教”“言教”，因此他们相信言能尽意，作者可以运用语言去比较准确地表达或传播思想。道家则不同，根据老庄的思想体系来看，“道”无名无常，万物自显自明，正如庄子所说：“天地有大美而不言，四时有明法而不议，万物有成理而不说。”① 简言之，文学所要表达之“意”，是无法用语言传达的，用语言文字写成的圣人之书，不过是糟粕而已。

虽然言意是完全异质的两个元素，从本体上说两者是不可通约的，但不可否认的是，语言是表情达意最好的途径和方式，那么如何才能超越言语自身的束缚而抵达真正的意义所在呢？那就只能是得意而忘言了，这就要求真正得“道”的文学作品，不是用淋漓尽致的语言去精确地描述、勾勒、论述，不是像西洋画一样精雕细琢，透视其本质，而是要进行写意化的表达。因为无论怎样完美的话语文本都逃离不了这个语言体系的窠臼。正如刘勰所言：“至于思表纤旨，文外曲致，言所不追，笔固知止。至精而后阐其妙，至变而后通其数。伊挚不能言鼎，轮

① （清）郭庆藩集释：《庄子集释》（中），中华书局2012年版，第732页。

扁不能语斤，其微矣乎！”[1] 换言之，言语是不能完全穷情达意的，但如果能至精至变，掌握其言说的规律，则能实现本质的超越。所以说，“大音希声，大象无形”的文学境界，并不是不要语言文字，而是要借助于文字又超越于文字，追求言外之意、弦外之音、味外之味，用最少的文字表达最丰富的思想。

二 亦虚亦实，虚实相生

虚与实是在无与有基础上建立起的一对范畴。中国艺术一向注重对“虚”的利用，有之以为利，无之以为用，而西方艺术追求的是“实”，比如雕刻、油画。雕刻是一种团块的造型，讲求艺术质感，因此，古希腊的雕塑艺术异常发达，在宗白华看来：“中国就很不同，中国古代艺术家要打破这团块，使它有虚有实，使它疏通。”[2] 通则空也，静故了群动，空故纳万境，无堵无塞，畅通无阻，司空图也有：“行神如空，行气如虹。”[3] 空无乃大有，它能为文学艺术提供一个广阔的审美想象空间。

与虚实相生说吻合印证的，是刘勰提出的“隐秀”说：“隐也者，文外之重旨也；秀也者，篇中之独拔者也。隐以复义为工，秀以卓绝为巧，斯乃旧章之懿绩，才情之嘉会也。”[4] 他所谓的隐秀，实际上就是要求文学作品不仅要有可以直接感知到的艺术形象，而且应当通过暗示、象征、比兴等具有超越于表面形象的深层韵味。所谓“秀”就是实境，而“隐”就是虚境，“秀”是有，“隐”是无，但是这两者之间又是密不可分的有机整体。“秀”是外在的艺术形象，它是对客观事物

---

① 周振甫：《文心雕龙今译》，中华书局 1986 年版，第 253 页。

② 宗白华：《美学散步》，上海人民出版社 1981 年版，第 48 页。

③ （唐）司空图：《诗品》，郭绍虞：《中国历代文论选》第二册，上海古籍出版社 2001 年版，第 204 页。

④ 周振甫：《文心雕龙今译》，中华书局 1986 年版，第 357 页。

的艺术化创作和编码，所以应当“卓绝”，而“隐”则是不确定的、流动的、灵活的思维领域，但是它又不能脱离“秀”而单独存在，受众可以通过对“秀”的领会，“秘响旁通”“举一反三”，从而深味诗家之三昧。“秀”在“隐”中得到提升和拓展，而“隐”在“秀”中得到体现和承载，这也就避免了“言不尽意”的不足之处。

换言之，语言的确不能完全传达主观意念，但是它却可以通过言语表象构成一个潜在的话语体系和深层结构，通过对有限语言的领会而抵达无限想象的诗学境界。同时，这还涉及读者与作者的关系问题。作者提供的只是一个文学文本，它本身的意义必须在读者的阅读过程中由读者将“文外之重旨”具体化。就是说，“秀”的部分是相对固定的一个话语范畴，但是，这并不是一个完全封闭的一个诗学体系，它本身具有“秘响旁通”的启示性功能，并且可以通过读者自身的主观能动性去进行填充，把虚空的“隐”纳入自我的认知系统，然后得到自身的一个知识理念。课虚无以责有，叩寂寞而求音，在有与无之间，虚与实之间，存在一个主客体的间性变异过程。

严羽在《沧浪诗话》道：“所谓不涉理路，不落言筌者，上也。诗者，吟咏情性也。盛唐诸人惟在兴趣，羚羊挂角，无迹可求。故其妙处透彻玲珑，不可凑泊，如空中之音，相中之色，水中之月，镜中之象，言有尽而意无穷。”① 正是这种虚无缥缈、似真似幻的表现方式，让文学超越文字而取得无穷的艺术魅力。叶燮《原诗》中也有：“诗之至处，妙在含蓄无垠，思致微渺，其寄托在可言不可言之间，其指归在可解不可解之会，言在此而意在彼，泯端倪而离形象，绝议论而穷思维，引人于冥漠恍惚之境，所以为至也。”② 含蓄无垠就是出神入化、不可

① （宋）严羽：《沧浪诗话》，郭绍虞：《中国历代文论选》第二册，上海古籍出版社 2001 年版，第 424 页。

② （清）叶燮：《原诗》，郭绍虞：《清诗话》下册，上海古籍出版社 1982 年版，第 584 页。

琢磨、神秘莫测的诗学状态，正是从虚无中滋生出的大有之境。

三 以少总多，万取一收

道之文的一个重要特征，就是怎样才能用含蓄凝练的语言进行文学表现。《周易·系辞下》：“其称名也小，其取类也大，其旨远，其辞文，其言曲而中，其事肆而隐。”[①] 可见，《周易》已经开始追求以小看大、以少总多的美学风格。孔子也对此有相关论述，他说诗可以“兴、观、群、怨”，“兴”，在朱熹的《四书章句集注》中被解释为“感发意志”，就是说诗歌具有启示、联想、象征、延伸等功能。黑格尔认为：“语言在本质上只是表示那一般的普遍观念，而人们所指谓的东西却是特殊者，个别者。因此，人们对于自己所指谓的东西，是不能在语言中来说的。”[②] 维特根斯坦也认为，对于可以言说的东西，我们尽可以言说，对于不可言说的东西，我们最好保持沉默。但是，对艺术而言，沉默并不是最终的解决办法，毕竟沉默就否定了一切艺术，而中国文论话语则提供了很多关于“含蓄”的书写策略和示意方式。

诗学话语与科学话语最大的区别就在于它具有“以少总多，万取一收”的含蓄示意功能，它能用最少的语言表达最丰富的思想。刘禹锡说：“片言可以明百意，坐驰可以役万里。工于诗者能之。”[③] 梅尧臣说：“必能状难写之景，如在目前；含不尽之意，见于言外，然后为至矣。”[④] 这种诗学特征还表现在中国文学惯于且善于用典。用典（也叫事类、援引、或用事），即使用典故，这是中国文学惯用的修辞手段。刘勰《文心雕龙》最先从理论上论述了用典的基本话语风格，他说：

① （唐）孔颖达疏：《十三经注疏》上册，上海古籍出版社 1997 年版，第 89 页。

② ［德］黑格尔：《哲学史讲演录》第二册，贺麟、王太庆译，商务印书馆 1981 年版，第 128 页。

③ 吴汝煜：《刘禹锡选集》，齐鲁书社 1989 年版，第 352 页。

④ 朱东润：《梅尧臣诗选序》，人民文学出版社 1980 年版，第 14 页。

“事类者，盖文章之外，据事以类义，援古以证今者也。”[①] 典故是具有复合意义的一种语词样式。首先，每一个典故都有最原始的出处，从某种意义上讲都有一个相对固定的意义域。其次，正是由于它在表述某个意义时所特有的优越性和优先性，因此在后来的言语实践中被多次重复使用，虽然一定程度上仍然沿袭了其本来的内涵特征，但由于历史语境的不同，每一个典故都不同程度地发生了变迁，这个变迁的历史，就构成这个典故的一个价值链。每一次具体的用典，都是在这个论域中的此在据位。典故的优势在于它是某一意义相对固定的表达方法，它有一个相对有限的论域，但是这个论域并不是绝对封闭的，它是开放性的意义范畴。因此，它一方面涵盖了这类思想的基本表述形式，另一方面又极具灵活性，可以在不同的语境下随机变动。因此，通过在不同语境中反复使用一个典故，从“少”中变幻出千万种不同的意义，这就充分体现了道之文“以少总多，万取一收”的诗学本体论特征。

---

① 周振甫：《文心雕龙今译》，中华书局1986年版，第339页。

参考文献

一 中文著作

［德］阿多诺：《美学理论》，王柯平译，四川人民出版社 1998 年版。

［德］阿多诺：《否定的辩证法》，张峰译，重庆出版社 1993 年版。

［法］埃德加·莫兰：《反思欧洲》，康征、齐小曼译，生活·读书·新知三联书店 2005 年版。

［法］埃斯卡皮：《文学社会学》，王美华、于沛译，安徽文艺出版社 1987 年版。

［苏联］巴赫金：《巴赫金全集》，河北教育出版社 1998 年版。

［英］鲍桑葵：《美学史》，张今译，商务印书馆 1985 年版。

［瑞士］毕来德：《驳于连》，法国阿里亚出版社 2006 年版。

［古希腊］柏拉图：《柏拉图文艺对话集》，朱光潜译，人民文学出版社 1959 年版。

［丹麦］勃兰兑斯：《十九世纪文学主流》，李宗杰译，人民文学出版社 1986 年版。

曹础基：《庄子浅注》，中华书局 2000 年版。

曹顺庆：《中西比较诗学》，北京出版社 1988 年版。

曹顺庆：《比较文学史》，四川人民出版社 1991 年版。

曹顺庆:《东方文论选》,四川人民出版社 1996 年版。

曹顺庆:《中国比较文学学科理论的垦拓》,北京大学出版社 1998 年版。

曹顺庆:《迈向比较文学新阶段》,四川人民出版社 2000 年版。

曹顺庆:《中国文化与中国文论》,内蒙古教育出版社 2000 年版。

曹顺庆:《世界文学发展比较史》,北京师范大学出版社 2001 年版。

曹顺庆:《中国古代文论话语》,巴蜀书社 2001 年版。

曹顺庆:《比较文学学科理论研究》,巴蜀书社 2001 年版。

曹顺庆:《跨文明比较文学研究》,巴蜀书社 2005 年版。

曹顺庆:《比较文学学》,四川大学出版社 2005 年版。

曹顺庆:《中外比较文论史》,山东教育出版社 1998 年版。

曹顺庆:《中西比较诗学》,北京出版社 1988 年版。

曹顺庆:《比较文学论》,四川教育出版社 2002 年版。

曹顺庆:《比较文学教程》,高等教育出版社 2006 年版。

[法] 蒂费纳·萨莫瓦约:《互文性研究》,邵炜译,天津人民出版社 2003 年版。

[法] 笛卡尔:《第一哲学沉思集》,庞景仁译,商务印书馆 1986 年版。

杜小真:《远去与归来》,中国人民大学出版社 1999 年版。

[法] 弗朗索瓦·于连、狄艾里·马尔塞斯:《(经由中国)从外部反思欧洲》,张放译,大象出版社 2006 年版。

[法] 弗朗索瓦·于连:《圣人无意》,闫素伟译,商务印书馆 2004 年版。

[法] 弗朗索瓦·于连:《道德奠基》,宋刚译,北京大学出版社 2002 年版。

[法] 弗朗索瓦·于连:《迂回与进入》,杜小真译,生活·读书·新知三联书店 2003 年版。

冯友兰:《中国哲学史》,华东师范大学出版社 2000 年版。

[法] 福柯:《权力的眼睛》,严锋译,上海人民出版社 1997 年版。

［荷兰］佛克马、易布思：《二十世纪文学理论》，林书武等译，生活·读书·新知三联书店 1988 年版。

干永昌：《比较文学研究译文集》，上海译文出版社 1985 年版。

［法］高宣扬：《德国哲学通史》，同济大学出版社 2007 年版。

［德］顾彬：《关于"异"的研究》，曹卫东译，北京大学出版社 1997 年版。

郭绍虞：《中国历代文论选》四卷本，上海古籍出版社 2001 年版。

［法］卢梭：《社会契约论》，何兆武译，商务印书馆 2003 年版。

［德］海德格尔：《论人道主义》，熊伟译，商务印书馆 1963 年版。

［德］海德格尔：《存在与时间》，陈嘉映、王庆节译，生活·读书·新知三联书店 2006 年版。

［德］海德格尔：《海德格尔诗学文集》，成穷等译，华中师范大学出版社 1992 年版。

［德］哈贝马斯：《交往行为理论》，洪佩郁、蔺青译，重庆出版社 1994 年版。

［德］哈贝马斯：《启发性的批判还是拯救性的批判》，学林出版社 1997 年版。

［德］哈贝马斯：《公共领域的结构转型》，曹卫东译，学林出版社 1997 年版。

［德］黑格尔：《美学》，朱光潜译，商务印书馆 1979 年版。

［德］胡塞尔：《纯粹现象学通论》，李幼蒸译，商务印书馆 1996 年版。

［德］胡塞尔：《逻辑研究》，上海译文出版社 1998 年版。

黄药眠、童庆炳：《中西比较诗学体系》，人民文学出版社 1991 年版。

［德］霍克海默、阿多尔诺：《启蒙辩证法》，洪佩郁等译，重庆出版社 1990 年版。

［英］斯图亚特·霍尔：《表征》，徐亮、陆兴华译，商务印书馆 2003

年版。

[德] 伽达默尔:《真理与方法》，洪汉鼎译，上海译文出版社 1999 年版。

[德] 卡西尔:《人论》，甘阳译，上海译文出版社 1985 年版。

[德] 康德:《判断力批判》，宗白华译，商务印书馆 1964 年版。

孔颖达疏:《十三经注疏》，上海古籍出版社 1997 年版。

[美] 劳伦斯·卡弘:《哲学的终结》，冯克利译，江苏人民出版社 2001 年版。

李清良:《中国文论的思辨思维》，岳麓书社 2001 年版。

李普曼:《当代美学》，光明日报出版社 1986 年版。

李达三、罗钢:《中外比较文学的里程碑》，人民文学出版社 1997 年版。

梁漱溟:《东西文化及其哲学》，上海世纪出版集团 2006 年版。

刘小枫:《现代性中的审美精神》，学林出版社 1997 年版。

[美] 刘若愚:《中国的文学理论》，田守真译，四川人民出版社 1987 年版。

罗钢、刘象愚编:《后殖民主义文化理论》，中国社会科学出版社 1999 年版。

罗根泽:《中国文学批评史》，上海古籍出版社 1984 年版。

[法] 卢梭:《论人类不平等的起源和基础》，李平沤译，商务印书馆 2007 年版。

[法] 卢梭:《社会契约论》，商务印书馆 1994 年版。

[匈] 卢卡奇:《理性的毁灭》，王玖兴译，山东人民出版社 1997 年版。

[德] 马克斯·舍勒:《价值的颠覆》，罗悌伦等译，生活·读书·新知三联书店 1997 年版。

[德] 马克思、恩格斯:《马克思恩格斯选集》，人民出版社 1995 年版。

[德] 马克斯·韦伯:《韦伯作品集》五卷本，广西师范大学出版社 2004 年版。

马新国:《西方文论史》,高等教育出版社 2002 年版。

孟华:《比较文学形象学》,北京大学出版社 2001 年版。

[法] 孟德斯鸠:《论法的精神》,张雁深译,商务印书馆 2004 年版。

[德] 尼采:《悲剧的诞生》,周国平译,生活·读书·新知三联书店 1986 年版。

[德] 尼采:《快乐的知识》,黄明嘉译,中央编译出版社 2001 年版。

[法] 米歇尔·福柯:《知识考古学》,谢强、马月译,生活·读书·新知三联书店 2004 年版。

[法] 米歇尔·福柯:《疯癫与文明》,刘北成等译,生活·读书·新知三联书店 1998 年版。

[法] 米歇尔·福柯:《规训与惩罚》,刘北成等译,生活·读书·新知三联书店 1998 年版。

缪朗山:《西方文艺理论史纲》,中国人民大学出版社 1987 年版。

[法] 帕斯卡尔:《帕斯卡尔思想录》,何兆武译,陕西师范大学出版社 2002 年版。

[英] 齐格蒙特·鲍曼:《现代性与大屠杀》,杨渝东等译,译林出版社 2002 年版。

[英] 齐格蒙特·鲍曼:《现代性与矛盾性》,邵迎生译,商务印书馆 2003 年版。

钱林森:《法国作家与中国》,福建教育出版社 1995 年版。

钱锺书:《管锥编》,中华书局 1979 年版。

[美] 萨义德:《文化与帝国主义》,李琨译,生活·读书·新知三联书店 2003 年版。

[美] 萨义德:《东方学》,王宇根译,生活·读书·新知三联书店 1999 年版。

[德] 叔本华:《作为意志和表象的世界》,石冲白译,商务印书馆 2006

年版。

孙隆基：《中国文化的深层结构》，广西师范大学出版社 2004 年版。

孙周兴：《海德格尔选集》，上海三联书店 1996 年版。

［瑞士］索绪尔：《普通语言学教程》，高名凯译，商务印书馆 1980 年版。

［法］泰纳：《艺术哲学》，傅雷译，人民文学出版社 1983 年版。

王超：《比较文学变异学研究》，中国社会科学出版社 2019 年版。

王岳川：《后现代主义文化与美学》，北京大学出版社 1992 年版。

王逢振：《最新西方文论选》，李自修译，漓江出版社 1991 年版。

伍蠡甫：《西方文论选》，上海译文出版社 1979 年版。

伍蠡甫：《欧洲文论简史》，人民文学出版社 1987 年版。

吴经熊：《法律哲学研究》，清华大学出版社 2005 年版。

吴明贤：《兵书战策》，巴蜀书社 1996 年版。

［美］韦勒克、沃伦：《文学理论》，刘象愚译，生活·读书·新知三联书店 1984 年版。

［美］维斯坦因：《比较文学与文学理论》，刘象愚译，辽宁人民出版社 1982 年版。

［奥］维特根斯坦：《维特根斯坦全集》，陈启伟译，河北教育出版社 2003 年版。

温儒敏：《寻求跨中西文化的共同文学规律》，北京大学出版社 1987 年版。

谢天振：《译介学》，上海外语教育出版社 1999 年版。

徐扬尚：《中国比较文学源流》，中州古籍出版社 1998 年版。

［古希腊］亚里士多德：《诗学·诗艺》，罗念生译，人民文学出版社 1962 年版。

杨乃乔：《比较文学概论》，北京大学出版社 2002 年版。

叶维廉：《比较诗学》，台湾东大图书公司 1983 年版。

叶维廉:《寻求跨中西文化的共同文学规律》，北京大学出版社 1987 年版。

［英］特里·伊格尔顿:《文学原理引论》，刘峰等译，文化艺术出版社 1987 年版。

［英］特里·伊格尔顿:《美学意识形态》，王杰译，广西师范大学出版社 1997 年版。

［美］约翰·罗尔斯:《政治自由主义》，万俊人译，译林出版社 2000 年版。

［美］约翰·罗尔斯:《正义论》，何怀宏等译，中国社会科学出版社 1988 年版。

余虹:《中国文论与西方诗学》，生活·读书·新知三联书店 1999 年版。

乐黛云:《文化传递与文学形象》，北京大学出版社 1999 年版。

赵毅衡:《新批评文集》，中国社会科学出版社 1988 年版。

章培恒、骆玉明:《中国文学史》三卷本，复旦大学出版社 1996 年版。

张京媛:《新历史主义与文学批评》，北京大学出版社 1993 年版。

张京媛:《后殖民理论与文化批评》，北京大学出版社 1999 年版。

周良霄:《皇帝与皇权》（增订本），上海古籍出版社 2006 年版。

朱东润:《中国文学批评史大纲》，上海古籍出版社 1983 年版。

朱东润:《中国历代文学作品选》六卷本，上海古籍出版社 1980 年版。

朱光潜:《西方美学史》，人民文学出版社 1979 年版。

朱光潜:《文艺心理学》，复旦大学出版社 2005 年版。

（宋）朱熹:《四书章句集注》，中华书局 2012 年版。

周振甫:《文心雕龙今译》，中华书局 1986 年版。

宗白华:《美学散步》，上海人民出版社 1981 年版。

二　论文文献

曹顺庆:《21 世纪中国文化发展战略与重建中国文论话语》，《东方丛刊》

1995 年第 3 辑。
曹顺庆：《道与逻各斯：中西文化与文论分道扬镳的起点》，《文艺研究》1997 年第 6 期。
曹顺庆：《文论失语症与文化病态》，《文艺争鸣》1996 年第 2 期。
曹顺庆、周春：《“误读”与文论的“他国化”》，《中国比较文学》2004 年第 4 期。
曹顺庆：《比较文学中国学派基本理论特征及其方法论体系初探》，《中国比较文学》1995 年第 1 期。
曹顺庆：《变异学：比较文学学科理论的重大突破》，《中山大学学报》2008 年第 4 期。
曹顺庆：《寻求比较诗学研究的新路径》，《中国比较文学》1997 年第 2 期。
曹顺庆：《中国文论的“异质性”笔谈》，《文学评论》2000 年第 6 期。
曹顺庆：《中国文论话语及中西文论对话》，《浙江大学学报》2008 年第 1 期。
曹顺庆、王超：《中国比较诗学三十年》，《文艺研究》2008 年第 9 期。
曹顺庆、王超：《论中国古代文论的中国化道路——对“中国文学批评”学科史的反思》，《中州学刊》2008 年第 2 期。
曹顺庆、张雨：《比较文学变异学的学术背景与理论构想》，《外国文学研究》2008 年第 3 期。
曹顺庆、李卫涛：《比较文学学科中的文学变异学研究》，《复旦学报》2006 年第 1 期。
曹顺庆：《跨文明研究：把握住世界学术基本动向和学术前沿》，《思想战线》2005 年第 4 期。
曹顺庆、王庆：《中国文学理论的话语重建》，《文史哲》2008 年第 5 期。
陈来：《跨文化研究的视角》，《跨文化对话》1999 年第 2 辑。

陈嘉明:《中西哲学交融的方式》,《江海学刊》1999 年第 2 期。

姜智芹:《欲望化他者:西方文学中的中国形象》,《国外文学》2004 年第 1 期。

李春青:《为于连一辩——兼谈对中国古代文化的阐释立场与方法问题》,《中国图书评论》2008 年第 6 期。

李冬君:《真理之辨——读毕来德〈驳于连〉》,《中国图书评论》2008 年第 5 期。

秦海鹰:《关于中西诗学的对话——弗朗索瓦·于连访谈录》,《中国比较文学》1996 年第 2 期。

孙景强:《中西哲学比较中的几个关键问题》,《世界哲学》2006 年第 3 期。

王超:《思想的未被思想之物》,《海南大学学报》2008 年第 4 期。

王超:《论中国古代文论的中国化道路》,《中州学刊》2008 年第 2 期。

王超:《符号表象体系与理性深度秩序——论阿多诺否定主义的批判维度》,《内蒙古社会科学》2006 年第 3 期。

王超:《双重视阈下的认同危机——论王祥夫新作〈惩罚〉中的人性论批判》,《当代文坛》2006 年第 1 期。

王超:《从"作者之死"到"读者之死"——论话语分析的权利增值与边际约束》,《文艺评论》2007 年第 5 期。

王超:《从在者之思到共在之域——论交感诗学思想在中国文论中的嬗变与转型》,《江西社会科学》2005 年第 11 期。

吴兴明:《"…者…也"与"S 是 P"》,《西南民族学院学报》2002 年第 3 期。

吴兴明:《"迂回"与"对视"——弗朗索瓦·于连中西比较的路径分析》,《西南民族大学学报》2007 年第 7 期。

吴兴明:《迂回作为示意——简论于连对中国文化"意义发展方向"的思索》,《文艺理论研究》2007 年第 5 期。

吴兴明：《"理论旅行"与"变异学"对一个研究领域之立场或视角的考察》，《中外文化与文论》第13辑。

叶舒宪：《从比较文学到比较文化——文学研究新趋势展望》，《东方丛刊》1995年第3期。

赵毅衡：《争夺孔子》，《新左翼评论》2007年第3—4月号。

周宪：《文学与认同》，《文学评论》2006年第6期。

三 外文文献

E. D. Hirsch, *Validity in Interpretation*, Yale University Press, 1976.

Edward W. Said, *The World, The Text, and the Critic*, Cambridge: Harvard University Press, 1983.

François Jullien, *Du mal/Du négatif*, Paris: éditions du Seuil, 2004.

François Jullien, *La valeur allusive*, EFEO. 1985.

François Jullien, *Procès ou création: Une introduction à la pensée des lettrés chinois*, Seuil, 1989.

François Jullien, *Eloge de la fadeur*, Philippe picquier, 1991.

François Jullien, *Figure de l'immanence: pour une lecture philosophique du Yiking*, le Classique du changement Grasset, 1993.

François Jullien, *Le détour et l'accès: Stratégies du sens en chine, en Grèce*, Grasset, 1995.

François Jullien, *Traité de l'efficacité*, Grasset, 1997.

François Jullien, *Un sage est sans idée*, Seuil, 1999.

François Jullien, *Du temps: éléments d'une philosophie du vivere*, Grasset, 2000.

François Jullien, *Le nu ou l'essence de la vérité*, Seuil, 2001.

François Jullien, *Dialogue sur la morale*, Grasset et Fasquelle, 1995.

François Jullien, *Lu Xun écriture et révolution*, Presses de l'école normale supérieure, 1979.

François Jullien, *La prorension des chose: Pour une histoire de l'efficacité en Chine*, Seuil, 1992.

Herbert Marcuse, *One dimensional Men*, London: Sphere Press, 1968.

Jacques Derrida, *Le probléme de genèse dans le philosophie de Hessel*, Paris: Presses Universitaire de France, 1990.

Jean Francois Lyotard, *The Postmodern Condition: A Report on Knowledge*, Minneapolis: the University of Minneapolis press, 1997.

Marcel Granet, *La Pensée chinoise*, Paris: Albin Michel, 1980.

Morris Weitz, *Theories of Concepts*, London: Routledge, 1988.

Mortimer J. Adler, *Ten Philosophical Mistakes*, New York: Macmillan Publishing Company, 1985.

P. Bourdieu, *In Other Words*, Stanford: Stanford University Press, 1990.

Swami B. S. Tridandi, *Seeking the Essence: An Investigation into the Search for the Absolute*, New Delhi: Associated Publishing Company, 1990.

Terry Eagleton, *Literary Theory: An Introduction (second edition)*, Oxford: Blackwell Publishers, 1996.

后　记

本书初稿完成于2008年，修改定稿于2020年。写这本博士学位论文的时候，我在汶川县委工作，灾后重建结束后，去湖北工作了8年，本书定稿的时候，我已调到海南，且新冠肺炎疫情在无情肆虐。12年的两端，连接着两次生与死的痛苦记忆，也连接着意气风发的青春和一声叹息的中年。

这本书的每一个字，都和母校四川大学以及导师曹顺庆教授有关。2006年开题报告时，选了两个题目，各方面论证都做好了，但是都好心让给了同学，别人兴高采烈地开怀畅饮，我却闷声醉得一塌糊涂。在曹老师鼓励下，我选择弗朗索瓦·于连作为研究对象，难度显然更大，也更有挑战。从那以后，每天晚上蹬着破自行车，去电子科大法语联盟，坚持学习了2年法语，托海外朋友把法文原版书带回来，于连教授也给我寄来了很多他的著述。2006—2008那两年，上午图书馆查资料，下午打篮球，晚上蹲在川大南苑401宿舍写书稿。地震发生时，正在睡午觉，穿个短裤拼命跑，晚上不能回去睡，在宿舍楼下的帐篷里和几个博士同学通宵打麻将。没想到，2008年年底居然去了汶川工作，2年后又去了湖北，8年后又调到海南，而这本书，就这样颠颠簸簸、断断续续、修修补补，持续了12年。修改的过程，确实让身体和心理都非常痛苦，一遍又一遍，总是不满意，总有很多新问题。但是在修改的过程中，却让我时时想起20多岁时的无忧无虑，晚上跟着曹老师学十三经，早上在东门荷花池旁边背《文心雕龙》，在曹老师的指导下写论文，参编一些书稿。那时候，瘦瘦的我，经常穿着T恤，背着书包，在校园里风里来雨里去。想犒劳自己的时候，就和几个兄弟去西门外的蜀江春，点上一条活渡花鲢，几个小菜，吹牛到餐馆打烊。

导师曹顺庆教授和师母蒋晓丽教授是真正具有大智慧的大学者。那时候，作为曹门弟子，在川大文学院学生之间说话都比较有底气（吹牛的资源比较多），这种底气源于曹老师的严格要求，先生不仅要我们多看、多背、多读、多想，还要多写，有的师兄三年发了8篇CSSCI，有的博士学位论文还入选“全国百篇优秀博士学位论文”，有的还当上了教育部“长江学者”等，当然，教授博导更是数不胜数。曹老师属于庄子说的那种“真怒未发而威，真亲未笑而和”的学者，对我们的爱无所不在，有好事总会想到我们，虽然他随时笑呵呵，很少批评人，但是每个弟子在他面前都战战兢兢、如履薄冰。

先生的客厅就是我们的“会议室”，在先生的家里，他和师母总是那么温文尔雅、谈笑风生，在侃侃而谈之中，我学会了做人、做文和做事。曹老师对待每一个弟子，都倾注了无数的爱与关怀。他曾带着我去外地开会，见识那些大名鼎鼎的专家学者；推荐我去美国哈佛大学燕京学社交流；带着我去给川大的本科生讲课。尤其是外出开会，给老师提包是一件很有面子的事情，可以看到很多国际学术大咖。2004年给我的一个U盘，我用了17年都还是好好的。上学时老师待我们像孩子一样，参加工作了，远隔千山万水，最期盼的事就是有机会见到老师。但凡有什么学术会议，管他国内还是国外的，只要老师参加，能去都尽量去，能多陪老师说会儿话、散会儿步，听一听老师对我学术和工作方面的教导，都是很快乐的事情。前些年在基层工作，不好请假，见老师的时间很少，老师推荐到海南师大以后的这几年，向老师请教的机会越来越多，这个很好。

这本书就是在曹老师指导下完成的，原稿为博士学位论文《思想的未被思想之物——弗朗索瓦·于连研究》，最初主要从海外汉学的角度研究于连的比较文学策略，后来根据需要作了两次大的修改调整：一是研究于连的比较策略与比较文学变异学之间的学理关联，这也是我前些年和曹老师一起思考的问题。变异学是曹老师 2005 年提出的，当时我正在跟着他读研究生，参与了变异学相关项目、论文和著作的撰写，有一些体会，后来 2019 年出版了专著《比较文学变异学研究》，对于连作了一些分析。二是研究于连的比较策略与比较文学阐释学之间的学理关联，也就是这本著作的内容。因为在研究变异学的时候，发现还是不能对于连比较策略作出有效解释，尤其是于连教授在 2012 年北京师范大学参加学术会议时，又提出了一些新观点新概念，虽然学界有一些反响和讨论，但仍然没有在学科理论上讲清楚。在向曹老师请教时，老师也反复提到这个问题，后来曹老师建议定义为比较文学阐释学，从这个角度对变异学及当前的比较文学学科理论作出创新。因此，本书就主要在比较文学变异学的基础上，进一步研究比较文学阐释学。前三章讲理论基础、学术背景和基本内涵，后五章以于连的文本为基础，阐述五个中国文论话语范畴在西方语境中发生的跨文明阐释变异。本书不仅反思了百年来比较文学研究中的“以西释中”“强制阐释”等问题，还思考了当今西方学者对中国思想话语的阐释变异问题。应该说，对比较文学学科理论研究有一定的参考作用。

我要感谢弗朗索瓦·于连教授，他身兼数职、著作等身，但在百忙之余，还不忘对我加以多次鼓励和无私的帮助，给我寄来他大量的法文文献和研究成果，使得我获得非常宝贵的第一手资料，让我感受到了一个学者的博大胸怀和严肃的治学态度，也感受到了他那富有原创力的批判思维。

求学的岁月里，对我思想上进行引导的还有吴兴明教授，当时是他在课堂上对于连的解读，使我可以领略到最前沿的学术思想。另外，英国伦敦大学终身教授、著名学者赵毅衡先生也曾把于连的法文资料借给我，还给予了我不少宝贵的建议。当然，还要感谢徐新建、王晓路、阎嘉等教授，我听了他们的课程，我庆幸能够在川大遇到这一批学术牛人。当然，还要感谢那些可爱的曹门同学，也是终身的朋友，他们给予了我非常好的建议。那些一起为学术问题而争论不休的日子，那些相互帮助、相互批评的日子，那些轮流请客聚餐交流感情的日子，我终生难忘。这些年常常翻开老照片，那些天真的笑脸，像春阳一样灿烂，永远定格在心间。

本书的出版还要衷心感谢中国社会科学出版社文学艺术与新闻传播出版中心主任郭晓鸿博士，郭老师不仅颜值很高，而且为人真诚，在交流过程中总是替我着想，做事非常认真负责，体现了权威出版社超高的工作效率和工作水平，我们这是第二次合作，非常愉快。

我的领导、朋友、同事、家人也给了我很多支持。感谢海南师范大学党委李红梅书记、林强校长的关心，感谢科研处、人事处等部门的支持，感谢文学院邓志斌书记、王学振院长及其他各位老师的无私帮助。感谢父母、妹妹遥远的关爱，也感谢家属王一迪、女儿王末初、儿子王未萌及其他亲朋好友的温暖陪伴。由于才疏学浅，本书难免有很多不足之处，请学界同人批评指正。

从3岁念幼儿园到28岁博士毕业，整整25年，我一直待在校园里面，念书其实很轻松，只要能吃饱穿暖，我一直都想待在学校里面。当然，我也庆幸自己走出了象牙塔，在地震灾区、秦巴山区、经济特区，在最基层的土地上工作了十多年。曹老师说，别人过了一辈子，你过了两辈子。

改完这本书，想起这么多年的校园生活，那些青涩的往事，便潸然泪下。我常常在深秋，一个人走在校园的法国梧桐树下面，看秋叶飘零，想起春天时那些嫩芽，便觉得伤感。我喜欢踩在这些枯叶上，听那种折碎的声音，仿佛是生命被时间挥刀斩断一样脆生生的感觉，我也喜欢夜晚站在校园的最高处看成都这座来了就不想走的城市，在灯火阑珊之处，找寻逝去的青春，追忆花样的年华，水样的岁月，还有那一汪春水般淡淡的爱情，那些爱我的人和我爱的人，让我在尘世找到一点点的勇气。

世上没有容易的事，自己受过的苦，不需要对人言说，而且，很多话也难以言说。从荆楚大地走出来，我只想迎着椰香的海风，从南中国海，一直向北望、向北望，想起那首忧伤得让人心酸的唐诗：去年今日此门中，人面桃花相映红。人面不知何处去，桃花依旧笑春风。青春无悔。

王　超

2020 年 3 月 7 日